C000219569

Der Soldat aus der Wüste

Gerhard Wirth

© tao.de in Kamphausen Media GmbH, Bielefeld

2. Auflage 2019

Autor: Gerhard Wirth

Umschlaggestaltung: Gerhard Wirth und Kerstin Fiebig
Verlag: tao.de in Kamphausen Media GmbH, Bielefeld, www.tao.de,
eMail: info@tao.de
Herstellung: tredition GmbH, Halenreie 40-44, 22359 Hamburg

Bibliografische Information der Deutschen Nationalbibliothek
Die Deutsche Nationalbibliothek verzeichnet diese Publikation in der
Deutschen Nationalbibliografie; detaillierte bibliografische Daten sind
im Internet über http://dnb.d-nb.de abrufbar.

ISBN Hardcover: 978-3-96240-453-6
ISBN Paperback:978-3-96240-452-9
ISBN e-Book: 978-3-96240-454-3

Inhalt:

Die Handlung

Im Jahre 1960 verschlägt es den achtzehnjährigen
Deutschen Gerd Landenfels nach Verdun, in eine Stadt,
die damals im Geiste noch im Ersten Weltkrieg lebte - in
einem Frankreich am Rande des Bürgerkrieges. Gerd wird
mit fanatischem Hass auf die Deutschen konfrontiert. Aber
er lernt auch die Toleranz seiner Nachbarn kennen und
schätzen, ja, er begegnet auch Freundschaft und Liebe.

Nach einem halben Jahr Arbeit als Elektro-Installateur
übernimmt er die Leitung der dortigen Jugendherberge.
Der Patron des nahen Bistro Sophocle, der faszinierende
Soldat aus der Wüste Jean-Pierre, und der algerische
Fallschirmjäger Bagir werden seine besten Freunde. In
dem Mädchen Nine begegnet er der großen Liebe seines
Lebens. Gerd ahnt damals noch nicht, dass durch Jean-
Pierre eine Reihe von Menschen in sein Leben treten
werden, mit denen er schon Tausende von Jahren
schicksalhaft verbunden ist.

Fast unversehens nimmt das beschauliche Dasein in
Verdun ein Ende. Bagir und Gerd geraten mitten in den
blutigen Kolonialkrieg um Algerien. Die
Sprengstoffanschläge, das endlose Leid der französischen
Kolonisten und der algerischen Landbevölkerung und die
unbarmherzigen Kämpfe bescheren ihnen auf Jahre
hinaus Alpträume.

Sie lassen die beiden zu stahlharten Kämpfern werden.
Und zu Brüdern.

Zurück in Frankreich erwartet die beiden eine wundervolle Zeit bei Bagir's Freundin. Dem „Rhonetal-Mädchen" Ariadne verdanken die beiden wieder neue Lebensfreude.

Aber bald müssen sie um Nine's Leben fürchten. Sie ist unbequeme Zeugin geworden und soll unbedingt beseitigt werden. Doch Gerd und Bagir wurden in Algerien wahre Meister in Strategie und lernten dort auch, hart und gnadenlos zuzuschlagen. Schauplätze sind Verdun und Paris. Die kleine Lise tritt in Gerd's Leben und in das von Sophocle. Und es ist endlich Frieden! Fast!

Gerd ist immer wieder lange Zeit Gast in der unglaublichen Bergfestung von Jean-Pierre in der Bergwildnis des Tamanrasset, ganz im Süden Algeriens, an der Grenze zu Mali. Dort begegnet er dem Stammesführer Omar und seinen Kriegern. Er begegnet Sélène. Und er begegnet Laila, mit der er über alle künftigen Leben hinaus verbunden sein wird.

Laila führt ihn in verschiedene Ebenen der Wirklichkeit, jenseits dieser Welt der Täuschungen, jenseits von Maja. Allmählich entwickelt sie Fähigkeiten, von denen „der gewöhnliche Sterbliche" nicht einmal träumt. Gerd beginnt zu ahnen, wohin die Reise eines jeden Menschen geht über Tausende und Tausende von Jahren hinweg. Das Ziel steht fest. Nur der Weg dorthin kann für einen jeden anders sein.

Verdun war die Drehscheibe für Jahrzehnte unglaublicher und turbulenter Ereignisse. Hier hatte alles begonnen. Und hier endete ein großes Kapitel im Buch des Lebens:

Mit dem Tod von Lise und Sophocle.
Nine und Gerd finden ihre endgültige Heimat im südlichen
Pfälzer Wald, nahe der Grenze zu Frankreich. Die
politische und ökonomische Entwicklung in Europa, vor
allem aber in Deutschland, wirkt bestürzend, wird als
immer bedrohlicher empfunden.

In Fofo, der fünfjährigen Tochter einer nigerianischen
Familie aus dem Kongo, findet Gerd ein geliebtes
Enkelkind.

Schonungslos werden die Missstände, die Korruption und
die Inkompetenz von Politik und Wirtschaft in der
Europäischen Union, vor allem in Deutschland, an den
Pranger gestellt. Aber es wird auch erzählt, wie Menschen
in Freundschaft und Liebe zueinander finden. Über die
Grenzen von Weltanschauungen, Nationen und Rassen
hinweg.

Bis zum Jahre 2017 sind alle historischen Ereignisse
authentisch und belegbar, vielleicht bis auf die
kriegerischen Handlungen im Tamanrasset. Der Autor
weiß, dass sie wirklich statt fanden. Aber da unten, im
tiefen Süden Algeriens, ist damals einfach zu viel passiert.
Alle Schauplätze der Handlungen sind Wirklichkeit. Der
Autor ist mit all diesen Orten vertraut, hat an etlichen
jahrelang gelebt. Die meisten Personen lebten oder leben
tatsächlich. Wenn nötig, wurden ihre Namen geändert, um
ihre Anonymität zu gewährleisten. Fast keine der
Handlungen ist frei erfunden.
Dieses Buch ist weitaus mehr als eine Dokumentation
über den Algerienkrieg. Der Leser könnte der Meinung

sein, dass dieser Krieg schon über ein halbes Jahrhundert vorüber ist. Er wird aber die gleichen Muster zu allen Zeiten finden. Nicht nur in Algerien, wo der Schrecken in abgelegenen Gegenden weiter tobt, sondern in Ländern wie zum Beispiel Burundi, Ruanda, Uganda, Serbien und seinen Nachbarstaaten, im Sudan, in Syrien, im ehemaligen Rhodesien und, in noch nie da gewesenem Ausmaß, in einem Gebilde, das sich IS nennt.

Wir müssen diese überall analogen Muster erkennen und Lösungen finden, die nicht in Tod und Verderben, sondern zu Frieden und Aufbau führen.

In diesem Buch erwiesen sich die Bereitschaft, zu verstehen, Tapferkeit und Opferbereitschaft, Freundschaft und Liebe stärker als Profitgier und Machtgier, stärker als Hass und politischer oder religiöser Fanatismus.

Es ist also möglich! Das Fazit ziehe ich mit einem Zitat von Prentice Mulford:

Setze künftigen Möglichkeiten nie die Grenze!

I Zueignung

**Unser ganzes Wesen, alles was wir sind,
bestimmen wir durch das, was wir tun.
Ich glaube, dass uns das erst zu Menschen macht.**

Gerhard Wirth „Gedanken"

Mitternacht ist längst vorüber, als ich langsam aus dem
Schlaf empor gleite. Meine Frau neben mir schläft tief und
fest. Einen Augenblick lang lausche ich ihren
regelmäßigen Atemzügen. Ich küsse sie auf die Stirn und
sie lächelt im Schlaf. Leise gehe ich in unser Wohnzimmer
hinüber und blicke durch das Panoramafenster in das
weite Tal, das sich tief unten ausbreitet, vom silbernen
Licht des fast vollen Mondes beschienen. Irgendwo in den
Wäldern bellt empört ein Rehbock, den wohl ein Geräusch
aufgestört hat. Dann der leicht melancholische Ruf eines
Käuzchens.

Ich gieße mir ein Glas Orangensaft ein und trinke es
langsam, während die Maschine mir einen starken
Türkischen Kaffee braut. Sinnend trinke ich den heißen,
süßen, schwarzen Kaffee; auf der großen Terrasse vor
dem Wohnzimmer. Dann weiß ich plötzlich, was mich
geweckt hat. Ein Traum brachte mir die fernste
Vergangenheit dieses jetzigen Lebens zurück. So viele
Jahre ist es her, als ein naiver, achtzehnjähriger Bengel
namens Gerd Landenfels nach Verdun kam, eine Stadt,
die ihm zum Schicksal wurde.

Ich knipse die Tischlampe an und hole mein Schreibzeug. Denn ich werde heute Nacht anfangen, die Geschichte meines Lebens zu schreiben. Alles steht mir so klar vor Augen, als wäre es gestern passiert und nicht vor so vielen Jahren. Mit der eigenen Geschichte schreibe ich auch die Geschichte all der Menschen, mit denen mich damals das Schicksal eng verbunden hat, dort in Verdun.

Mir kommt die „Zueignung" aus Goethes „Faust" in den Sinn. Bevor gleich der Stift über das Papier gleiten wird, zitiere ich leise für mich selbst diese wundervollen Verse:

„Ihr naht euch wieder, schwankende Gestalten, die früh sich einst dem trüben Blick gezeigt.
Versuch ich wohl, euch diesmal festzuhalten? Fühl' ich mein Herz noch jenem Wahn geneigt?
Ihr drängt euch zu! Nun gut, so mögt ihr walten, wie ihr aus Dunst und Nebel um mich steigt.
Mein Busen fühlt sich jugendlich erschüttert vom Zauberhauch, der euren Zug umwittert."

„Ihr bringt mit euch die Bilder froher Tage; und manche liebe Schatten steigen auf.
Gleich einer alten, halb verklungenen Sage kommt erste Lieb' und Freundschaft mit herauf.
Der Schmerz wird neu. Es wiederholt die Klage des Lebens labyrinthisch irren Lauf.
Und nennt die Guten, die, um schöne Stunden vom Glück getäuscht, vor mir hinweg geschwunden."

„Sie hören nicht die folgenden Gesänge, die Seelen,
denen ich die ersten sang.
Zerstoben ist das freundliche Gedränge, verklungen
ach! der erste Widerklang.
Mein Lied ertönt der unbekannten Menge. Ihr Beifall
selbst macht meinem Herzen bang.
Und was sich sonst an meinem Lied erfreuet, wenn es
noch lebt, irrt in der Welt zerstreuet."

„Und mich ergreift ein längst entwöhntes Sehnen
nach jenem ernsten, stillen Geisterreich.
Es schwebet nun in unbestimmten Tönen mein
lispelnd Lied, der Äolsharfe gleich.
Ein Schauer fasst mich, Träne folgt den Tränen. Das
strenge Herz, es fühlt sich mild und weich.
Was ich besitze, seh' ich wie im Weiten. Und was
verschwand, wird mir zu Wirklichkeiten."

(Johann Wolfgang von Goethe: „Zueignung, Faust
Teil 1")

Versunken betrachte ich einen Augenblick die silberne
Scheibe des Mondes. Dann fange ich langsam und
bedächtig an zu schreiben.

II Verdun

Immer den Mut wie eine Flamme vor sich tragen!
Nichts fürchten und nichts unmöglich nennen!
Kein Individuum hassen — nur seinen Irrtum meiden,
und vielleicht auch seine Gesellschaft!
Das Leben lieben — das Vertrauen aber vorsichtig
und weise verteilen!

(Frei nach Prentice Mulford)

Einen Abend, eine Nacht und einen Vormittag lang
lauschte ich fasziniert und hingerissen seiner Erzählung.
Über ein Erlebnis, welches seine ganze Existenz
veränderte, radikal Schluss machte mit seinem alten
Leben und ihm etwas weitaus Besseres bot. Das ist jetzt
alles sehr lange her. Damals war ich so um die achtzehn
Jahre jung und Père Aubergiste, das heißt
Jugendherbergs-Vater, damals in Verdun, Anfang der
sechziger Jahre des zwanzigsten Jahrhunderts; heute bin
ich ein alter Mann. Aber ich habe ihn nie vergessen und
sehr oft an ihn gedacht in meinem Leben. Heute kann ich
so ungefähr ermessen, wie sehr diese eine Begegnung
auch mein eigenes Leben verändert hat. Vielleicht
übertreibe ich, denn ich weiß: Erinnerung vergoldet. Aber
dennoch weiß ich, dass dieser einzige Abend zu dem
Kostbarsten gehört, was mir je gegeben wurde. Obwohl
mich das Leben ansonsten reich beschenkt hat.

Wie so oft, wenn in der Jugendherberge im „Parc de Londres" vor den alten Festungsmauern aus dem Ersten Weltkrieg Ruhe eingekehrt war, ging ich über die Straße hinüber zu dem ruhigen kleinen Bistro. Dort trank ich dann meist ein Bierchen oder ein Glas Rotwein. Ich aß vielleicht auch ein großes Stück Baguette mit Butter, Schinken und Käse oder ein Croissant mit einem Café au Lait, wenn mein schmaler Geldbeutel dies gerade erlaubte. Oft kommentierte ich mit den Nachbarn die „welterschütternden Ereignisse des Tages" in der Kleinstadt Verdun. Die meisten von ihnen wussten, dass ich ein Boche war, ein Deutscher. Doch daran nahm kaum einer von ihnen Anstoß, obwohl man damals in Verdun gedanken- und gefühlsmäßig noch in der Zeit des Ersten Weltkrieges lebte.

Sonntags und an den warmen schönen Abenden des Indianersommers saß man vor dem kleinen Bistro auf der einfachen Terrasse aus Zement unter einer ständig wachsenden Weinlaube, die jetzt dicht behangen war mit schweren, dunklen, süßen Trauben. Von diesen Trauben durfte jeder Gast gratis essen, so viel er wollte und konnte.

Und das war nicht die einzige Annehmlichkeit, die dieses kleine einfache Bistro so beliebt machte.

Ein Glas Wein in der Sonne, eine Gauloise oder Gitane, den geschwind Straß' auf, Straß' ab fliegenden dunkelblauen Schwalben zuschauen oder einem einsamen Silberreiher, der hoch oben über den samtblauen Himmel zog. Oder den Blättern, sanft bewegt im Winde an den hohen Bäumen, welche die Auberge de Jeunesse, die Jugendherberge umstanden. Das ruhige Gespräch mit den nie sehr zahlreichen Gästen aus den Häusern in der Nachbarschaft, über den Sinn ihrer Arbeit, über den Sinn ihres Lebens, auch oft über den grausigen Unsinn des Krieges im allgemeinen und über den noch tobenden Kolonialkrieg in Algerien im besonderen. Über unser aller Sehnsucht nach Frieden zwischen Menschen und Nationen. Oder alleine mit einem Glas Wein sitzen nach dem langen, umtriebigen Tag, die Gedanken wie Wolken vorbeiziehen und zur Ruhe kommen lassen. Bis endlich der stete innere Dialog mit sich selbst, das innere Geschwätz von selbst aufhörte. Das war wunderbar. Es war genau das Richtige, um den Tag harmonisch ausklingen zu lassen.

Diesen Abend ging Nine mit mir hinüber zum Bistro. Nine war genau zwei Jahre älter als ich, ein großes, überschlankes, fast mageres Mädchen mit dichtem schwarzem Haar und einem breiten Mund, der mich oft anlachte und schneeweiße, kleine Zähne zeigte.

Ich träumte jede Nacht von ihr. Denn ich war wahnsinnig in sie verliebt. Aber lieber wäre ich gestorben, als ihr meine Liebe zu gestehen. So ein hoffnungsloser Narr war ich damals.

Ihre zahlreiche Familie hatte keinen festen Wohnsitz. Sie lebten in vier großen Wohnwagen, die von Autos entsprechender Pferdestärke gezogen wurden. So zogen sie durch ganz Frankreich und verkauften Kleider und

Schuhe auf den Märkten der Städte. Keinen billigen Ramsch, sondern gute Qualität zu günstigen Preisen. Nein, sie waren keine Zigeuner, sondern recht wohlbetuchte Franzosen. Und in den Sommern machten sie hier für zwei oder auch drei Monate Urlaub im Parc de Londres und ließen es sich wohl sein.

Ich war ein sehr gerne gesehener Gast bei ihnen. Und ich bin mir ganz sicher: Sie liebten es, in mir den zukünftigen Mann von Nine zu sehen, obwohl ich ja nichts als ein armer Schlucker war. Die paar Kröten, die man als Père Aub' erhielt, reichten gerade für recht bescheidenes Essen, für die Zigaretten, für den Pulverkaffee, für ein Gläschen im Bistro. Und ab und zu für „Steak, frites, salade" samt einem Viertelchen Rotwein, das man damals sonntags für sage und schreibe fünf Francs in einem Restaurant in Verdun bekam, wohin ich dann, bei entsprechender Lage unserer beider Finanzen mit François, dem ehemaligen Jugendherbergs-Vater ging. François wohnte bei mir noch ein gutes Jahr in der Jugendherberge, bevor er zum Militär eingezogen wurde. Nine's gesamte Verwandte gehören in meiner Erinnerung für mich zu den großartigsten, aufrichtigsten und liebsten Menschen, denen ich je begegnet bin.

Diesen Sommer wurde ich beim Durchstreifen der Wildnis um die alten Festungsmauern von einer Kreuzotter attackiert, der ich leider unversehens und verbotenerweise auf den Schwanz getreten war. Zum Glück verfehlte sie meine nackte Wade und ich konnte sie mit einem Stock erschlagen, bevor sie zum zweiten Male zuschnappen konnte. Dann hatte ich eine in meinen Augen sehr gute

Idee: François und ich wollten heute eine große Schüssel Salat verzehren. Also rollte ich die Kreuzotter schön eng zusammen und packte sie in einen tiefen Suppenteller, den ich François ganz lieb servierte. Die Salatblätter und die Tomatenscheiben bedeckten die Schlange vollständig. Doch schon gleich am Anfang stieß er mit seiner Gabel auf einen unerwarteten Widerstand und bekam einen Riesenschreck, als die großen Salatblätter herunterrutschten. „Oh la vache!!! Oh la vache de Gérard!!!", schrie er. Und musste dann doch laut mit mir lachen.

Und hier halte ich einen Ausflug in eine der vielen Eigenheiten der französischen Sprache für angebracht. Keine Angst: Es wird lustig. Zumindest mir geht es so, dass ich die Flüche und die unanständigen Worte einer Sprache viel besser behalte als alle anderen Vokabeln. Aber das Eine nehme ich mir jetzt feierlich vor: Nach einem kurzen Ausflug in die Welt der französischen Kühe, und, etwas später in die Welt des schöneren französischen Geschlechtes werde ich mich aller frivolen und unfrivolen Französisch-Lektionen enthalten (oder zumindest fast). Also, es geht los:

Die französischen Bauern lieben und schätzen ihre Kühe sehr. Aber sprachlich misshandeln sie die armen Viecher nachgerade grausam. Also: Eine vache ist eine Kuh. Aber „Oh la vache!" heißt „So ein verfluchter Mist!" oder auch „Dunnerlittchen!" Die einzige noch mögliche Steigerung ist „Oh la vérole", und vérole heißt Syphilis. Und „La vache de Gérard" ist „Der Schuft von Gerd"; das wird nur noch von „Salaud", d.h. „Schweinehund" übertroffen. Eine „vacherie" ist eine Sauerei, eine Gemeinheit. Und wenn man sagt „Qu'elle est vache!", so heißt das „Sie ist hundsgemein!" Aber wenn man sagt „C'est vachement bien!", dann ist etwas wirklich toll. Sagt man von jemandem: „Il parle vachement bien français", so spricht er ein nahezu perfektes Französisch. Ganz schlecht kommen allerdings die spanischen Kühe weg: Sagt man von jemandem „Il parle français comme une vache espagnole", „Er spricht französisch wie eine spanische Kuh", so spricht er ein ganz fürchterliches, geradezu unerträgliches Französisch. Auch die lieben Kleinen vergisst man nicht: Das Kalb heißt „veau". Und sagt man zum Beispiel von einer Frau „Elle pleure comme un veau", will sagen „Sie flennt wie ein Kalb", dann jammert sie wirklich herzzerreißend.

Zum Glück war François auch noch in dem Winter hier, der so kalt war, dass man auf der Maas drei Monate lang Schlittschuh lief. So konnten wir zu zweit Holz sammeln für den Bullerofen in der Küche und uns auch noch die Kosten für einen Zentner Koks und einen Zentner Brikett teilen. Die drei Schweizer Chalets, aus denen die Jugendherberge bestand, hatten sehr dünne Wände, die Fenster natürlich nur Einfachverglasung, dafür aber etliche Ritzen, durch die oft ein recht kühler Wind pfiff. „Le Château aux courants d'air", das „Schloss der Luftzüge", nannten wir unsere Bleibe. Und die Fenster unseres Schlosses schmückten sich die meiste Zeit mit den herrlichsten Eisblumen. Morgens zum Frühstück saßen wir in dicken Pullovern und Parkas am Küchentisch, tranken Café au Lait aus den großen Bols, den großen, runden Tassen ohne Henkel, und aßen dazu Baguette mit Margarine und Marmelade. Zu mehr reichte es meist leider nicht.

Die vordere Hälfte des dritten Schweizer Chalet wurde von dem Hausmeister des Stadions im Parc de Londres und seiner alten Mutter, Madame Deroulain, bewohnt. Unten befand sich eine große Küche und oben, eine sehr steile Treppe hoch, zwei Zimmer.

Robert war etwas beschränkt und fast Analphabet. Seine Mutter führte das auf eine Meningitis in seiner Jugend zurück. Ich hegte allerdings den stillen Verdacht, dass die mindestens zwei Liter Rotwein, die er schon seit zartem Knabenalter zu sich nahm, da auch ein winziges Wörtchen mitzureden hatten. Sonntags gab es in den Duschen des Stadions warmes Wasser und wir durften jeden Sonntag eine köstliche heiße Dusche nehmen, die wir eine kleine Ewigkeit lang genossen. Das Leben hatte also auch im Winter bei sibirischer Kälte seine unvergleichlichen Freuden.

Roberts Mutter, la mère Deroulain, wie wir sie nannten, war schon sehr alt. Unter ihren dunklen langen Kleidern und Schürzen verbargen sich nur Haut und Knochen. Und jede echte Hexe hätte sie rasend beneidet um ihr Gesicht: Alles nur Falten, dann Triefaugen, eine Hakennase wie ein Geierschnabel, schiefe Zähne, dabei aber ein goldenes Herz.

Irgendwann fing sie an, für unser beider Mittag- und Abendessen zu sorgen. Und zu so fantastisch niedrigen Preisen, dass wir uns das auch leisten konnten. Da gab es zum Beispiel eine Ölsardine mit einem Scheibchen gerösteter Baguette und etwas Knoblauchbutter als Vorspeise. Der zweite Gang konnte eine Gemüse- oder Linsensuppe sein, dann oft als Hauptspeise vielleicht eine Boulette aus Fleisch von der Freibank, versteht sich. Aber einwandfrei und gut gewürzt; oder ein Steak oder eine Wurst vom Pferd mit Reis und Erbsen. Danach noch ein

kleiner Pudding und die zwei, drei unvermeidlichen Stückchen Käse als Abschluss.

Mir wird es ein ewiges Rätsel bleiben, wie sie uns so herrlich und so überaus preiswert verpflegen konnte. Aber sie hatte halt auch Beziehungen, weckte im Sommer fleißig ein und war eine ganz tolle Hausfrau. Und als Verwalterin! Da hätten sich sämtliche Politiker eine große Scheibe von ihren Fähigkeiten abschneiden können!

La mère Deroulain mochte die Deutschen. Sie hatte eine hohe Meinung von ihnen, die in der Hauptsache auf ihren Erfahrungen mit dem deutschen Militär während der Besetzung in den beiden Weltkriegen beruhte. Im Ersten Weltkrieg hatten für die Dauer von über drei Jahren deutsche Offiziere bei ihr Quartier bezogen. Sie und ihr Mann besaßen damals ein geräumiges Haus in dem wunderschönen Städtchen Saint Mihiel, das etwa dreißig Kilometer südlich von Verdun liegt. Nach der französischen Hasspropaganda seit 1871 waren die Deroulains sehr überrascht von der Freundlichkeit und Hilfsbereitschaft der Deutschen. Ihr Mann war damals Soldat und wurde gleich bei der Erstürmung von Saint Mihiel gefangen genommen. Und die von französischer Seite als blutrünstig, kriegslüstern, grausam und so weiter verleumdeten Deutschen behandelten ihre Kriegsgefangenen so gut, wie es die Umstände nur erlaubten. Der Mann der mère Deroulain wurde als Bäcker von den Deutschen zum Brotbacken eingeteilt und durfte sogar die Nächte und Wochenenden im eigenen Haus verbringen. Allerdings erlebten sie so auch aus nächster Nähe die ganze grausige Tragödie des Krieges mit. Die Toten und Verwundeten, die so oft auf Lastkraftwagen oder auf Bahren zurückgebracht wurden.

Der Mann der mère Deroulain war noch im Dezember 1918 mit einigen anderen Kriegsgefangenen von seinen Landsleuten als Kollaborateur erschossen worden. Wenn Madame Deroulain das erzählte, hatte sie heute noch, nach mehr als vierzig Jahren, Tränen in den Augen. Und auch mir standen die Tränen in den Augen. Sie selbst entging der Ermordung nur knapp: Da sie sehr beliebt war, stellten sich viele der empörten Bürger schützend vor sie. Im folgenden Sommer zog sie dann nach Verdun in den Parc de Londres, wo sie die Anstellung als Hausmeisterin bekam, die später ihr Sohn Robert übernahm.

Im Zweiten Weltkrieg war Verdun für mehr als vier Jahre von den Deutschen besetzt. Diesmal nahmen Soldaten der Wehrmacht bei ihr Quartier. Und auch diesmal erfuhr sie von diesen Soldaten nur Freundlichkeit und Hilfsbereitschaft. Dieses Mal waren es Angehörige der französischen Résistance, die sie wegen Kollaboration mit den Boches erschießen wollten. Und wieder bewahrten sie empörte Bürger von Verdun vor der Ermordung. Ich hörte ihr gerne zu, wenn sie erzählte. Doch erfuhr ich so auch, wie unvorstellbar grausam und gewissenlos

Menschen im Namen von - ja von was eigentlich? - von der gerechten nationalen Sache? - handeln konnten. Eine erste bittere Lektion, auf die ein psychisch halbwegs gesunder Mensch nur mit Fassungslosigkeit und mehr Toleranz zu seinen Mitmenschen, egal welcher Nation oder Rasse angehörig, reagieren konnte. Oh Robert, mon pauvre vieux! Mein armer alter Robert! Kein Wunder, dass du als Kind schon das Saufen anfingst! Heute weiß ich, dass schon Kleinkinder viel mehr von ihrer Umgebung wahrnehmen, als sich Erwachsene das überhaupt vorstellen können.

Wie hättest du das Grauenvolle auch anders ertragen können?

Manchmal kam es auch vor, dass die mère Deroulain mitten in der Nacht an meine Tür hämmerte und ich mit ihr im Eilschritt hinüberging: Robert hatte wieder einmal einen epileptischen Anfall, wohl auch eine Folge seiner Kindheitserlebnisse, und meist auch noch auf der obersten Stufe dieser steilen Treppe. Und wir beide mussten alle Kräfte aufbieten, um ihn festzuhalten, damit ihm ernsthaftere Verletzungen erspart blieben. Die mère Deroulain weinte und redete ihm gleichzeitig gut zu, um ihn zu beruhigen. Manchmal schlug er sich auch den Kopf an der Wand blutig oder stürzte gar die Treppe hinab. Einmal brach er sich dabei auch den Arm.

Mir tat jedes Mal das Herz dabei weh. Und wenn nach einer uns endlos erscheinenden Zeit der Anfall vorbei war, saßen wir meist noch zu dritt eine oder zwei Stunden in ihrer Küche unten beisammen. Die mère Deroulain richtete uns Baguette mit Butter, Pastete und Käse und stellte einen Liter Rouge und eine Flasche Cognac dazu. Jeder hing seinen Gedanken nach.

Die französischen Jugendherbergen ließen sich, zumindest damals, nicht mit den deutschen Jugendherbergen vergleichen, die in meinen Augen eher eine Art Hotel mit Vollpension für von Lehrern beaufsichtigte, mit dem Bus reisende Schüler sind. Hier in Frankreich waren es Jungen und Mädchen aus aller Herren Länder: Franzosen, Amis - Pardon: Amerikaner, Kanadier, Japaner und vor allem Deutsche. Sie kamen per Anhalter, auf Schuster's Rappen oder mit dem Fahrrad, waren also meist unternehmensfreudige, oft welterfahrene, ausgeprägte Individualisten.

In der Auberge bekam jeder ein Bett in einem der Schlafsäle. Dann war da eine große Küche mit viel Geschirr und drei Gasherden, die jeder benutzen konnte, wenn er nach dem Essen sein Geschirr wieder spülte. Und jedem Gast teilte ich morgens eine kleine Arbeit zu: Ein Fenster putzen, Küche oder Aufenthaltsraum fegen, die Treppe kehren oder feucht wischen und so weiter.

Das alles war für 210 Francs, das waren etwa 1,75 DM pro Nacht zu haben.

Eine wohl nicht sehr welterfahrene Amerikanerin, auf „Jungfernflug" denke ich, blätterte mir einmal, ohne auch nur im mindesten mit der Wimper zu zucken, 210 Neue Francs, also etwa 175 DM hin. Und war dann sehr erstaunt, als ich ihr die beiden großen Scheine wieder hinschob und sie für den kleineren Schein auch noch eine Menge Münzen von mir zurück erhielt. Natürlich klärte ich sie etwas humorig mit meinem damals schon guten Englisch auf, dass überall in Frankreich noch in Alten Francs gedacht wird. Ich wollte ja nicht, dass sie nach einer Woche schon völlig pleite in die Staaten zurück musste. Wir lachten beide herzlich und sie umarmte mich ganz spontan und küsste mich ab. Unglücklicherweise kam Nine ausgerechnet in diesem Augenblick in mein winziges Büro gestürmt und riss den Mund und die schwarzen Kulleraugen ganz weit auf. Dann drohte sie mir scherzhaft mit dem Finger. Ich erzählte ihr daraufhin die kleine Episode, und wir lachten noch einmal ganz herzlich zu dritt. Noch heute muss ich amüsiert schmunzeln, wenn ich an diesen und ähnliche Vorfälle denke.

Recht oft fanden sich nach dem Essen ganz spontan so ein halbes Dutzend Jungen und Mädchen im Aufenthaltsraum ein und setzten sich an den Tisch, an dem ich vielleicht gerade ein Buch las. Dann klönten wir bei ein paar Flaschen eines preiswerten Rotweines die halbe Nacht. Jeder lernte bei diesem Erfahrungsaustausch ungemein viel über Denkweisen und Mentalitäten in fernen Ländern. Oft sprachen wir auch über Philosophie und Religion, über Liebe und Hass, über Krieg und Frieden, über Leben und Tod. Und ich fühlte mich immer ganz reich beschenkt.

Bevor ich die Jugendherberge übernahm, hatte ich sechs Monate als Elektroinstallateur bei der Firma Hariga gearbeitet. Fast die ganze Zeit ersetzten wir die maroden elektrischen Installationen in den uralten Kasernen Miribel neu, um sie für die Paras, die in den Kolonien eingesetzten Fallschirmjäger, die neben der Fremdenlegion die zweite Elitetruppe Frankreich's war, wieder bewohnbar zu machen.

Verdun befand sich damals am Rande eines Bürgerkrieges. Die Nation war gespalten. Auch die Paras und die Fremdenlegion waren gespalten. Ein Teil von ihnen hielt weiter zu de Gaulle, der Algerien aufgeben und die französischen Siedler, die Pieds Noirs, praktisch ihrem Schicksal überlassen wollte. Der andere Teil der Paras und der Fremdenlegion putschten und gründeten die OAS, die „Organisation de l'Armée Secrète", die mit Waffengewalt Algerien den Siedlern und Frankreich erhalten wollte. Vor jedem öffentlichen Gebäude: Post, Bürgermeisteramt und so weiter Maschinengewehr-Nester hinter Barrikaden aus Sandsäcken. Die Kasernen Miribel waren von der CRS umstellt, einer bei allen Parteien verhassten Truppe mit einem ganz traurigen Ruf. Die Paras waren in Quarantäne. Und auch wir und unsere Camionette wurden beim Hineinfahren und Verlassen der Gebäude genauestens nach Waffen und Sprengstoff gefilzt. In der damaligen Naivität meiner achtzehn Lebensjahre fand ich das Ganze recht interessant. Bis unweit der Jugendherberge der Eingangsbereich eines Gebäudes mit einer ohrenbetäubenden Explosion in die Luft flog. Da wurde selbst mir der Ernst der Lage klar.

CRS steht für Compagnies Republicaines de Sécurité, also etwa Republikanische Einheiten für Sicherheit. Ihr schlimmer Ruf war schon damals voll gerechtfertigt. Und sie taten alles, um ihn noch weiter zu festigen. 1977 zum

Beispiel schossen sie Blendgranaten in eine Menge von sechzigtausend Menschen, die gegen den Bau des Kernkraftwerks von Crey-Malville demonstrierten. Ein Demonstrant wurde tödlich, und Hunderte von ihnen teilweise schwer verletzt. Schlagworte auf Plakaten waren unter anderem: Compagnies de Répression Syndicale, also Einheiten zur Unterdrückung der Gewerkschaften. Oder CRS = SS. Oder CRS = Gestapo. Natürlich begriff ich das Ganze damals noch nicht so recht.

Ich hatte gute Freunde unter den Paras. Die meisten hatten schon in Indochina, also in Vietnam, gekämpft, alle schon jahrelang gegen die FLN, die Front de Libération Nationale, die Nationale Befreiungsfront Algeriens. Bagir war mein bester Freund. Er war Algerier, hatte ein sanftes Gesicht. Er war klein und zierlich, dabei aber ein stahlharter, drahtiger Para. Ich fragte ihn natürlich, wieso er für die Franzosen kämpfe. „Weil ich meine Heimat Algerien liebe, Gérard." „Das verstehe ich nicht, Bagir." Er seufzte. „Weil die FLN Zehntausende von Algeriern abschlachten würde, die in irgendeiner Weise mit den Franzosen zusammengearbeitet haben. Weil die Intelligenz und die Mittelschicht abwandern würde. Aber wenn die Franzosen gehen, so würde es auch nicht lange dauern, bis die FLN die Kontrolle verliert und religiöse Fanatiker ganze Dörfer abschlachten werden, im Namen Allah's natürlich." Bagir war drei oder vier Jahre älter als ich. Mich wundert noch heute, dass er diesen Weitblick hatte. Seine schlimmsten Befürchtungen trafen später leider voll ein.

Als einfacher Para durfte Bagir die belagerte Kaserne bis zum Beginn der Sperrstunde abends verlassen. So kam er oft zu mir in die Jugendherberge. Ich freute mich immer über seinen Besuch. Er kam auch immer sehr gerne. Wir saßen dann zusammen, schlürften heißen Kaffee und sprachen über Gott und die Welt. So auch an diesem Abend, als Guy, der Sohn eines Gewerkschaftsbosses, politisch natürlich ganz weit links angesiedelt und mit fürchterlich mieser Laune bewaffnet, gerade in dem Augenblick in die Herberge kam, als Bagir eiligst zu den Kasernen zurück musste. Ich glaube sogar, dass Guy diesen Moment abgepasst hatte.

„Dein Araber da ist genau so ein Nazischwein wie du. Ihr vergesst wohl, dass wir Franzosen die Sieger sind." Mir blieb die Spucke weg. „Tolle Sieger seid ihr! Als ob es da überhaupt einen Gewinner gäbe in so einem Scheißkrieg! Bist du denn wirklich so ein Idiot? Sacré connard idiot que tu es! Eure Kolonien habt ihr verloren. Und auch Algerien werdet ihr jetzt sehr bald verlieren, wenn ihr so weitermacht. Und bei uns in Deutschland klappt es mit dem Wiederaufbau weitaus besser als bei euch in Frankreich. Du kennst ja Deutschland überhaupt nicht. Und die Deutschen noch viel weniger! Kennst du überhaupt noch ein einziges anderes deutsches Wort als „Nazischwein?". Echt französischer Gewerkschaftler: Von Tuten und Blasen keine Ahnung! Aber die Klappe ganz weit aufreißen!" Ich war so richtig in Fahrt gekommen. François stand mit großen runden Augen daneben, gespannt der Dinge harrend, die da noch kommen sollten.

„Ihr wart doch immer nur Sklaven, ihr Deutschen. Erst mit der Revolution haben wir euch so ein bisschen zeigen können, was Freiheit ist. Und die Résistance hat euch dann auch noch einmal gezeigt, wo euer Platz ist!"
„Die Französische Revolution und die Résistance, die zwei heiligen Kühe Frankreichs! Du lieber Himmel! Die hättet ihr schon längst schlachten sollen! Was hat euch denn eure glorreiche Revolution gebracht? Endloses Gemetzel! Die Guillotine war Tag und Nacht in Betrieb. Und die weniger zartbesaiteten der revolutionär gesinnten französischen Weiber hatten sich Stühle und ihr Strickzeug mitgebracht, damit sie ja kein einziges Mal versäumten, wenn so ein armer Teufel da hochgeschleppt wurde und sein Kopf dann abgeschlagen in einen Korb rollte, während das Blut in Strömen aus dem Körper schoss. Schlimmer als jedes Tier wart ihr!"

Guy schaute mich jetzt doch betreten an. Ich war aber nicht mehr zu bremsen. „Und das Direktorium? Despotie, Todesurteile am laufenden Band, Guillotine, Hungersnöte. Und Napoleon, euer großer Korse!
Lässt als Befehlshaber der Artillerie eine Demonstration im Auftrag des Direktoriums mit Kartätschen äußerst blutig niederschlagen. Schlimmer als die CRS! Danach Diktatur Napoleons. Zensur von Presse und Theater. Frankreich wird in endlosen Kriegen restlos ausgeblutet! Sag' mal, Guy: Wer liebt wohl Frankreich mehr? Du oder ich?"

„Und wie war das mit dem Maréchal Pétain, dem Held von Verdun im Ersten Weltkrieg? Er tat doch nur das Beste für Frankreich, als er im Zweiten Weltkrieg als Staatschef der Vichy-Regierung mit den Deutschen kollaborierte.1945 wurde er wegen Hochverrats zum Tode verurteilt. De Gaulle wandelte die Todesstrafe dann in lebenslange Haft um. Trotz der Fürsprache der Vereinigten Staaten und Spaniens musste der schließlich schwerkranke Maréchal bis zu seinem Tode in Haft bleiben. Hast du das eigentlich gewusst, Guy?" „???" „Also, du kennst nicht einmal euere neuere Geschichte? Ich sage dir auch, dass ihr euch in hundert Jahren noch gegenseitig die Köpfe einschlagen werdet über das Für und Wider. Auch der Ministerpräsident Pierre Laval setzte sich im Grunde nur für das Wohl Frankreichs ein und wurde 1945 von Franzosen wegen Hochverrates zum Tode verurteilt und erschossen, besser gesagt ermordet." Guy sah ziemlich perplex aus. „Woher weißt du denn das alles, Gérard." „Wenn ich nicht Bescheid weiß, dann frage ich oder halte den Schnabel, Guy. Und stelle nicht mit „Nazischwein" meine mehr als kümmerlichen Deutschkenntnisse zur Schau."

Guy war voll auf dem Rückzug, bereit die weiße Fahne zu hissen. Aber ich war noch nicht ganz fertig mit dem Thema. „Lass uns doch noch ein paar Worte über die glorreiche Résistance sagen. Es war die Zeit der Abrechnung nach dem Krieg. Es genügte, einen Nachbarn, dem man neidete, anonym zu denunzieren. Und jeder wollte dabei gewesen sein und mindestens ein Dutzend Boches umgelegt haben. Herrlich! Was spielt es da schon für eine Rolle, dass für jeden tatsächlich aus dem Hinterhalt ermordeten Deutschen zehn Geiseln von der Gestapo ermordet wurden? Der englische Duke of Wellington sagte völlig zu Recht, dass der Partisanenkrieg alle Pforten zur Hölle öffnet.

Weißt du denn nicht, was eure Résistance der mère Deroulain und dem kleinen Robert antaten?"

„So! Wenn du einmal nur halb so gut deutsch sprichst wie ich französisch; und wenn du einmal auch nur halb so viel Ahnung von der Geschichte Europas hast wie ich, dann darfst du wieder kommen und mir etwas von Siegern erzählen! Aber ich fürchte: Dummheit ist unheilbar!"

Guy wollte ja schon lange kapitulieren. Er streckte mir die Hand hin, in die ich nicht einschlug. „Komm' vielleicht morgen wieder. Aber du solltest einiges lernen: Leute wie du wissen anscheinend überhaupt nicht, was Freundschaft ist, oder echte Gefühle, oder wirklicher Frieden. Aber vielleicht gebe ich dir trotzdem morgen die Hand."

Guy zog mit hängendem Kopf ab. So hatte er sich die Abreibung, die er mir verpassen wollte, ganz bestimmt nicht vorgestellt. François war einerseits erschüttert, verbiss sich aber trotzdem nicht das Lachen. „La vache de Gérard!" kicherte er. „Et Guy! Ce connard!" „Weißt du was, Kumpel?" sagte ich zu ihm. „Etwas kann man dem jetzigen Verdun bei all seinen Fehlern und Dummheiten nicht vorwerfen: Dass man sich als Deutscher hier zu Tode langweilt!"

Damals in Verdun erhielt ich also in Rekordzeit meine politische Bildung. Die samt ihren Offizieren von der CRS in ihren eigenen Kasernen belagerten Paras galten als ultra-rechts. Das eng mit der Arbeiterbewegung verknüpfte französische Jugendherbergswerk wiederum konnte man getrost als ultra-links bezeichnen. Dann das Städtchen Verdun, das noch voll im Ersten Weltkrieg lebte und voller Deutschenfresser, die am liebsten allen „sales Boches" den Kragen umgedreht hätten. Und ich da mittendrin als Deutscher, dessen Sprache man aber schon längst nicht mehr anmerkte, dass er kein Franzose war. Prost Mahlzeit!

Als ich noch bei der Firma Hariga arbeitete, gingen meine Kumpels und ich zum Frühstück und Vesper oft in das nahegelegene Bistro mit dem schönen Namen „Au Gars die Nord, Défenseurs de Verdun", will heißen „Zu den Jungens vom Norden, den Verteidigern von Verdun." Dort durften wir unsere Baguettes mit Wurst oder Käse auspacken und bestellten dazu einen „Coup de Rouge", ein Achtel Rotwein.

So wie an diesem Tag, als zum ersten Male Soldaten der deutschen Bundeswehr durch die Straßen von Verdun fuhren, um die riesigen Gräberfelder auf der Höhe von Douaumont zu besuchen, wo so viele deutsche und französische Soldaten vereint begraben liegen. Gefallen in den so blutigen und so sinnlosen Kämpfen des Ersten Weltkrieges um Verdun. Wir tranken mit Behagen unseren Coup de Rouge und mampften dazu unsere Stullen. Und am Tisch nebenan wetterte ein Poilu - so nennt man hier die französischen Landser des Ersten Weltkrieges: „Ces sales Boches, zweimal haben wir sie davongejagt! Und jetzt sind sie schon wieder da, diese Schweinehunde!" Natürlich! Als guter Franzose sagte er „Ces salauds!". Und so ging das ohne Pause.

31

Schließlich setzte ich mich zu ihm, ohne mich als Deutschen erkennen zu geben. „Aber Monsieur, was ist nur mit Ihnen los? Diese jungen Kerle sind ein bisschen weiter im Osten geboren und sprechen eine andere Sprache. Das ist alles. Und in den vergangenen drei Kriegen wurde wohl keiner von ihnen gefragt, ob er sich in Frankreich abschlachten lassen wolle." Er zeigte sich wenig beeindruckt und schimpfte weiter. Schließlich mischten sich meine Kumpel ein. „Mais il est complètement con, celui-là! Quel connard !" „Une grande connerie!" stimmte ich begeistert zu. Und so ging das eine ganze Weile.

Hier ist es angebracht, noch eine Eigenart der französischen Sprache zu betrachten. Die Franzosen schätzen ihre Frauen genau so hoch wie ihre Kühe. Man öffnet einer Dame galant die Tür, verbeugt sich und zieht den Hut, schwärmt von ihrer Schönheit auch dann, wenn der Anblick besagter Dame selbst einen Tyrannosaurus Rex zu vorsichtigem Rückzug motivieren würde. Aber sprachlich werden sie genau so misshandelt wie die Kühe. Oder, genauer gesagt, ihre Vagina wird so misshandelt: Con ist ein unfeiner und oft mit Begeisterung gebrauchter Ausdruck für Vagina, allerdings nicht so vulgär wie die entsprechenden deutschen Ausdrücke. Selbst eine Dame der gehobenen Gesellschaft sagt ohne weiteres so etwas wie „Bon Dieu! Q'il est Con! - Guter Gott! Ist der bescheuert!" Wenn jemand complètement Con ist, so ist er also total bescheuert. Ein Connard ist ein Vollidiot und eine Connasse eine blöde Ziege. Und „une grande Connerie" ist ein Riesen-Blödsinn.

Wir argumentierten also mit dem Poilu, der sich schließlich geschlagen gab: „Es kann ja sein, dass ihr recht habt! Aber das ist einfach stärker als ich!" Einer meiner Kumpel lachte schallend. „Diese Franzosen!" prustete er heraus „Die sind ja noch viel dümmer als die Deutschen!" Dann sah er mich schräg von der Seite an und schüttelte bedauernd den Kopf. „Und die Deutschen sind ja nun wirklich nicht die Hellsten!"

Dem Poilu dämmerte es jetzt. Er schaute mich ganz entgeistert an. „Ja, Monsieur." sagte ich zu ihm, „Ich bin einer von diesen sales Boches und arbeite hier in Frankreich mit meinen französischen Copains zusammen." Verlegen bot er mir die Hand, in die ich gerne einschlug. „Verzeihung, Monsieur. Aber heute habe ich etwas gelernt. Ich schließe jetzt endlich Frieden mit den Boches - pardon, den Deutschen." Wir schieden in bester Eintracht. Wie oft existieren das Grausige und das Komische Seite an Seite! Dazu kann man eigentlich nur sagen „Oh la vache!"

III Jean-Pierre

Glück ist der ewige Augenblick, den wir nicht gegen das Nichtsein eintauschen wollen.

(Frei nach Montesquieu)

Besagten Sommerabend saß Jean-Pierre am Nachbartisch unter der Weinlaube, ein Glas Rotwein und einen doppelten Cognac vor sich. Saß da in Shorts, Sandalen und Khaki-Hemd. Ziemlich groß und untersetzt wirkte er unverrückbar wie ein Berg. Kein Adonis, aber ungeheuer sympathisch. Und wohl ein ganz klein bisschen beschwipst. Er strahlte eine so heitere Ruhe aus, ein Offen-Sein, ein Einverstanden-Sein mit der unmittelbaren Gegenwart. Gelassenheit und Aufmerksamkeit zugleich für alles, was um ihn herum vorging. „Ein wirklicher Löwe." dachte ich einen Moment. Aber nein! Er war kein Löwe, er war viel mehr. In meinem ganzen späteren Leben bin ich nie wieder jemandem begegnet, der so sehr er selbst war, so ganz in sich ruhte. Nie wieder habe ich einen Menschen gesehen, der so frei war von Furcht und Aggression. Und so sehr Herr seiner selbst und seiner Umgebung. Achtung gebietend und Vertrauen erweckend. „Ein Gott." dachte ich. Aber nein! Dafür strahlte er zu viel Wärme und Gefühl aus. „Ein Mensch im wahrsten Sinne des Wortes." Das war es! Er war alles das, was ein Mensch nur werden konnte in diesem kurzen Leben! Oft trafen sich seine und meine Blicke, während ich mich leise mit Nine unterhielt. Ich wusste: Wir fühlten uns zu einander hingezogen. Nine's Bruder kam herüber, um sie abzuholen; sie sollte bei der Zubereitung des Abendessens helfen. Sie umarmte mich einen Augenblick und drückte sich ganz eng an mich, küsste mich leicht und lieb auf den Mund. Und ich genoss so sehr diese kurze intensive Berührung unserer Körper. Auch ihr Bruder umarmte mich kurz und lächelnd. Ich sah den beiden nach, bis sie im Eingang des Parc de Londres verschwanden.

Der Mann am Nachbartisch blickte mich an, lächelte und machte eine kurze, einladende Bewegung mit dem Kopf. Wie selbstverständlich nahm ich mein Glas, ging hinüber und setzte mich zu ihm an seinen Tisch. Gab ihm die Hand. „Ich bin Gérard." „Ich bin Jean-Pierre." Wir waren allein. Saßen da und schwiegen beide. Es war einfach schön. Es war kein peinliches Schweigen. Wir mussten nicht reden. Noch vor nicht ganz einer Minute war Jean-Pierre ein Fremder für mich gewesen. Er war es jetzt schon nicht mehr. Und niemals zuvor oder danach hat mir ein Mensch den Eindruck vermitteln können, dass alles, aber auch alles vollkommen in Ordnung sei. Ich kann es nicht besser beschreiben. Die Sprache, die wir sprechen, genügt einfach nicht, um zu vermitteln, was in diesen Augenblicken geschah und was wir fühlten. Die Welt war einfach in Ordnung. Es war, als durfte ich ein Stückchen Paradies erleben. Ich fühlte mich eingehüllt in eine Wärme und Geborgenheit, die ich vorher nie erfahren hatte. Und ich hatte das Gefühl, ich könnte Jahrhunderte lang da sitzen in diesem warmen goldenen Schweigen und mir wünschen, dass es nie ein Ende nehmen würde. In diesen kurzen Augenblicken wurde eine tiefe und lebenslange Freundschaft geboren.

Wie viel Zeit mochte vergangen sein? Er bestellte zwei Glas Wein und zwei doppelte Cognac für uns und wir prosteten uns zu. „Ich bin ein sale Boche und bin Père Aub' hier in der miesesten Ecke Frankreichs." Er lachte. „Das habe ich schon mitgekriegt. Ich stamme aus dieser miesen Ecke." „Und jetzt?" „Jetzt lebe ich in Algerien, ganz tief im Süden, im Tamanrasset." „Oh je! Dann wirst du jetzt wohl bald nach Frankreich zurück kommen?" „Nein. Ich bin nur gekommen, weil ich meinen Vater noch einmal sehen will. Er wird bald sterben. Dann kehre ich ins Tamanrasset zurück. Er wohnt ein Stückchen weg von hier, in der Avenue Saint Exupéry."

Sophocle, der Eigentümer des Bistro, brachte unaufgefordert einen Teller mit Baguette, Leberpastete, Schinken, Käse, Gurken und Oliven. Sophocle ist nicht sehr groß, breit in den Schultern, und hat wohl auch heute noch außerordentliche Kraft. Er ist aber sehr sanft. Schaut er jemanden an, mit diesen Augen eines Cockerspaniels, so könnte er einem glatt das Herz brechen.

„Sophocle ist der beste Freund meines Vaters. Beide haben während des Ersten Weltkriegs fast die ganzen vier Jahre Seite an Seite gekämpft." sagte Jean-Pierre. „Aber warum bist du hier, Jean-Pierre?" fragte ich entgeistert. „Warum bist du dann nicht bei deinem Vater?" „Da kann ich nur in der Nacht hin, wenn mich wirklich niemand sieht. Ich gelte ja als vermisst. Und die meisten der lieben Nachbarn dort würden sich sehr freuen, mich zu denunzieren. Dafür gibt es, inoffiziell, eine hohe Belohnung. Hier hingegen kennt mich niemand." Er sah mich prüfend an und lächelte spitzbübisch. „Wie wäre es denn mit dir? Du könntest doch eine finanzielle

Aufbesserung vertragen." Ich lachte. „Ganz bestimmt! Und Sophocle würde mich dafür bestimmt loben!" Jetzt lachten wir beide. Er legte mir die Hand auf den Arm. „Gérard, ich sehe es dir an. Du würdest liebend gerne erfahren, was da unten im Tamanrasset mit mir geschehen ist. Aber dann musst du dich auf eine lange Nacht gefasst machen." „Mensch, Jean-Pierre. Ich wäre dir so dankbar, wenn du dieses Geheimnis mit mir teilen würdest." Wir sprachen leise, sahen zu dem mit Sternen bedeckten Himmel empor. Aßen unsere Baguette und tranken ein kühles Bier dazu. Und ich lauschte fasziniert seiner Erzählung.

„Ganz unten im Süden Algeriens, an der Grenze zu Mali, gibt es hoch oben in der Bergwildnis eine Oase, die immer reichlich Wasser und Früchte liefert. Die Franzosen bauten sie zu einer richtigen Bergfestung aus, als Operationsbasis. Unmengen von Munition, Maschinengewehre, panzerbrechende Waffen, jede Menge Treibstoff, Dieselgeneratoren, Scheinwerfer, die blitzschnell die ganze Umgebung in Tageslicht tauchen konnten, Minengürtel. Jede Menge Konservennahrung. Sogar Cognac, Bier, Wein, Kühlhäuser, Kühlschränke. Mein ganzes Leben lang hätte ich dort prassen und saufen können. Ich war Funker in dieser Festung, die an sich schon der reine Wahnsinn war. Es herrschte anscheinend zunehmende Verwirrung. Ein Riesendurcheinander. Schließlich sah ich oft wochenlang keine menschliche Seele.

Aber der Irrsinn fing ja schon viel früher an. Damals, in Indochina, dem heutigen Vietnam. Die französische Dschungelfestung Dien Bien Phu hatte eine einzigartige strategische Schlüsselstellung inne. Mit ihr würde auch die

Herrschaft der Franzosen in Indochina stehen oder fallen. Irgendwelche hochrangigen Krämerseelen, welche in dieser Angelegenheit dort anscheinend das Sagen hatten, machten aus Kostengründen von Anfang an alles falsch, was man nur falsch machen kann: Die berühmte Dschungelfestung bestand im Wesentlichen aus Bunkern, die eher bessere Unterstände aus Balken und Lehm waren, ergänzt durch ein System von Laufgräben und Schützenlöchern. Das weite Tal von Dien Bien Phu war völlig ungeschützt. Keine Artillerie, keine Granatwerfer zu ihrem Schutz auf den umliegenden Höhen. Und eine mehr als völlig unzureichende Besatzung. Aus Kostengründen!

Dem vietnamesischen General Ghiap waren wohl die Kostengründe schnurz. Im Gegensatz zu unseren Sesselfurzern. Unter fast übermenschlichen Anstrengungen massierte er ein ungeheures Aufgebot an schwerer und leichter Artillerie, an Flugabwehr-Geschützen, an Munition, an regulären Soldaten und Vietminh auf den umliegenden Höhen. Und beschoss unsere Dschungelfestung ununterbrochen,Tag für Tag.

Aber auch jetzt ging der französische Irrsinn weiter: Anstatt alle verfügbaren Kräfte so schnell wie möglich nach Dien Bien Phu zu werfen, anstatt Ghiap's Artillerie-Stellungen mit sämtlichen verfügbaren Bombern und Jagdflugzeugen anzugreifen, geschah fast nichts. Aus Kostengründen!

Die Jungs von der Fremdenlegion und die Paras mussten damals ausgesprochene Idealisten gewesen sein. Die wirklich glaubten, dass sie westliche Kultur und Zivilisation gegen kommunistische und asiatische Barbarei verteidigen müssten. Nicht ahnend, dass sie versuchen wollten, westliche Barbarei gegen asiatische Barbarei zu schützen. Wohl wissend, dass der Fallschirm-Absprung über der Festung höchstwahrscheinlich ein Sprung ohne Rückfahrkarte war, meldeten sich fast alle freiwillig zu diesen Himmelfahrts-Kommandos.

Und dann geschah das bei weitem Beschämendste, das sich französische Führung je leistete: Sie schickten die Flugzeuge los, nicht massiert, sondern wirklich tröpfchenweise einzelne Maschinen. Eine, zwei oder auch drei Flugzeuge mit Freiwilligen. Die natürlich sofort von der feindlichen Flugabwehr beschossen wurden. Als die Flak-Granaten um die Maschinen herum explodierten, drehten die nicht besonders motivierten Piloten nach allen möglichen Richtungen weg. Die abspringenden Soldaten wurden dabei weit über das Tal hin verstreut. Und natürlich beschossen! Wenige dürften heil den Boden erreicht haben. Keiner kam bis jetzt nach Frankreich zurück.

In wenigen Tagen gelang es unseren wohlbestallten Krämerseelen, ein ganzes Bataillon der Fremdenlegion zu verheizen! Aus Kostengründen!"

Jean-Pierre hatte mit steigender Erbitterung gesprochen. Ich hatte ihm fassungslos zugehört. Er nippte an dem Wein, beruhigte sich langsam wieder.

„Das war 1954. Ein Trauma, an dem die Grande Nation noch lange leiden wird! Und 1953 wurde ich „im zarten Alter" von achtundzwanzig Jahren noch einmal eingezogen und erhielt nach der Grundausbildung eine

Ausbildung als Funker, zu der ich mich gemeldet hatte. Ich war dann auch einige Zeit in Frankreich als Funker beim Stab eingesetzt. Dadurch weiß ich über die Katastrophe von Dien Bien Phu so gut Bescheid."

Ich blickte ihn überrascht an. „Aber Jean-Pierre! Lass mich mal rechnen. Dann bist du ja schon fünfunddreißig Jahre alt! Ich hätte dich höchstens - ich weiß nicht! - höchstens auf zweiundzwanzig oder dreiundzwanzig geschätzt!" Er lächelte. „Weißt du Gérard, ich saufe nicht jeden Tag so viel wie hier und jetzt in Verdun. Das mich ja ebenfalls an den Irrsinn von zwei Weltkriegen erinnert. . . ."

„Ganz im Gegenteil: Unten im Tamanrasset genehmige ich mir nur gelegentlich ein Gläschen Rotwein zum Essen und ab und zu in besinnlichen Stunden unter dem Sternenhimmel ein großes Glas Bier und einen eisgekühlten Gin. Wir da unten haben die lebenswichtigsten Dinge in höchster Reinheit: Trockene, saubere Wüsten- und Gebirgsluft, wunderbar reines Wasser. Und Früchte, Gemüse, Eier und Fleisch ebenfalls in reinster Qualität. Außerdem stopfen wir uns nicht voll, sondern essen gerade so viel, wie wir zum Leben brauchen. Und genießen es. Aber jetzt werde ich dir weiter erzählen, wenn du es hören willst."

Ich nickte nur eifrig. „Natürlich! Du glaubst gar nicht, wie ich das alles mit dir miterlebe! Jean-Pierre - bitte, bitte, erzähle mir das alles zu Ende. Ich will doch auch unbedingt wissen, wer du bist und wie du dort lebst." So sehr fieberte ich seiner weiteren Erzählung entgegen, dass ich mir die Frage nach dem „Wir da unten" verkniff.

Wir lächelten uns an. Jean-Pierre erzählte weiter; er, der ein Meister im Erzählen und Beschreiben war.

„Das Trauma von Dien Bien Phu muss in den Köpfen mancher hoher Tiere den neuen Irrsinn von Tamanrasset gezeugt haben: Zwei oder drei solcher autonomer Bergfestungen wie unsere im Tamanrasset, mit je einer Division Besatzung und mit Artillerie bestückt in dem strategisch so lebenswichtigenTal von Dien Bien Phu wären uneinnehmbar gewesen. Die Franzosen hätten heute noch das Sagen in Indochina. . . .

Aber genau eine solche autonome, uneinnehmbare, für die Besatzung einer Division bestimmte Festung errichtete man mit ungeheurem Kostenaufwand im Tamanrasset, eintausendundfünfhundert Kilometer von der Küste entfernt, am Arsch der Welt, wo die Wüstenfüchse und die Karnickel sich den Gute-Nacht-Kuss geben. Ein bisschen Militär und Gendarmerie in der Stadt Tamanrasset, um die Bewohner vor Übergriffen zu schützen. In einer Gegend, die nur heimgesucht wird von fanatischen „Gläubigen", Mädchenhändlern auf der Suche nach weißer Ware, Marodeuren und ähnlichem Abschaum.

Ich wurde im Jahre des Herrn 1956 als Funker in die gerade fertig gestellte Bergfestung versetzt. Die Division sollte möglichst bald nachrücken. Sie kam nie. Ich war die ganze Besatzung der Bergfestung mit einer paradiesischen Oase als Beigabe. Und ich blieb die einzige Besatzung. Endlos erscheinende Jahre lang. Aber ich war nicht alleine hier."

Jean-Pierre machte eine Pause, nippte an seinem Bier und dem eisgekühlten Gin. Ich sagte gar nichts, hing wie gebannt an seinen Lippen. Und er berichtete weiter, erlebte dies alles beim Erzählen wohl selbst noch einmal wieder. So, wie ich selbst es mit ihm erlebte. Als sein Freund, der ihn wirklich verstand. Ich fühlte auch, was für eine Erleichterung, ja Befreiung es für ihn war.

„Jenseits der Oase lebte ein kleiner Stamm, der mich am Anfang zweimal angegriffen hatte. Und Verluste erlitten hatte. Durch mein Maschinengewehrfeuer und durch den Minengürtel. Es waren wohl Verzweiflungsangriffe, weil sie von jeglichem Wasser und jeglicher Nahrung abgeschnitten waren. Wie gerne hätte ich ihnen Wasser und Nahrung zukommen lassen! Aber wie? Ich war Franzose. Und mir war ganz klar, dass sie allen Grund hatten, uns zu hassen. Meine Landsleute hatten ihnen die Oase weggenommen und sie in die Wildnis getrieben. Und sie blindlings bombardiert. Ein Patt, das der reinste Irrsinn war.

Schließlich flog noch einmal eine Maschine über die Festung hinweg. Man versicherte mir über Funk, dass in absehbarer Zeit Entsatz kommen werde. Und ich hatte jetzt, ganz intuitiv, die feste Gewissheit, dass ich für den Rest meines Lebens allein hier festsitzen würde. Oft kroch die Einsamkeit wie ein kaltes, feuchtes Reptil in mir hoch. Tiefe Niedergeschlagenheit, oft tiefe Depression. Manchmal dachte ich daran, meinem Leben und dem Irrsinn, zu dem es geworden war, ein Ende zu setzen. Was mich letzten Endes rettete, war die majestätische Stille der Wüste und der Sternenhimmel, unter dem ich jede Nacht schlief. So tief in der Sahara sind die Sterne zum Greifen nah und geben einem die Gewissheit, dass letztlich doch alles einen Sinn hat."

Tief bewegt legte ich ihm die Hand auf den Arm. Wirklich! Ich lauschte nicht nur seiner Erzählung. Nein. Ich erlebte das alles mit. Ich war er geworden.

„Fünf oder auch fünfzig Monate mochten vergangen sein. Für Zeit hatte ich jedes Gefühl verloren. Eines Abends, es war noch hell, alarmierte mich ein leises Geräusch und riss mich aus meiner Lethargie. Ich wurde angegriffen! Die fast nicht wahrnehmbaren Laute kamen vom westlichen Rande des Sees, den die Oase hier an die Oberfläche treten ließ. Mit schussbereiter Maschinenpistole robbte ich vorsichtig um den letzten Felsvorsprung. Und wurde sofort entdeckt. Etwa vier Meter vor mir starrten mich die panikerfüllten Augen eines vielleicht zehnjährigen Mädchens an. Sie war im Begriffe gewesen, Wasser zu trinken. Jetzt stellte sie sich schützend vor einen etwa sechsjährigen Jungen, ihren kleinen Bruder, wie ich später erfuhr. Außer den beiden Kindern war keine Menschenseele weit und breit.

Langsam ließ ich die Maschinenpistole zu Boden gleiten, zeigte den Kindern die Handflächen mit den weit gespreizten Fingern nach oben gerichtet, bewegte diese Handflächen langsam nach links und rechts, in einer beschwichtigenden, beruhigenden Geste, ganz instinktiv, und lächelte dabei. Ich kramte meinen Wasserbecher hervor, tat, als ob ich daraus trinken würde, deutete auf die beiden und nickte. Dann stellte ich den Becher vor mich hin auf den Boden und trat zwei Schritte zurück. Das Mädchen kam ganz vorsichtig heran. Sie hatte die Augen noch ängstlich auf mich gerichtet, wie ein scheues kleines Tier, nahm den Becher und zog sich zurück zum Wasser. Zuerst bekam der kleine Bruder zu trinken, dann trank sie. Nach dem zweiten Becher Wasser für jeden von beiden schüttelte ich den Kopf und winkte mit nach unten gerichteten Handflächen ab. „La, alan la yujad almazid min almiah! - Nein, jetzt kein Wasser mehr!" sagte ich auf arabisch. Ich habe mich schon immer für Sprachen interessiert. Und obwohl mir Arabisch sehr schwer fällt, hatte ich mir aus meinem Lehrbuch doch so viel angeeignet, dass es für eine ganz einfache Unterhaltung reichte. Wahrscheinlich hatte ich einfach gebüffelt, um noch ein Ziel zu haben und so den schlimmsten Depressionen zu entgehen.

Die beiden Kinder sahen mich fragend an. Langsam verlor sich die Angst aus ihren Augen. Ich lächelte wieder. Und erst jetzt bemerkte ich etwas fast Unglaubliches: Das Mädchen war gar keine Araberin, anscheinend eine kleine Europäerin. Ihre Haut war von der Sonne verbrannt, aber sie hatte glattes Haar von der Farbe goldenen Hafers: Und die Augen waren blau wie zwei leuchtende Aquamarine. „Ich glaube das einfach nicht!" Etwas Besseres fiel mir gar nicht ein. Und total abgemagert und verdreckt waren die zwei.

Ich hatte einen Schokoladenriegel in der Tasche. Ohne zu überlegen wickelte ich ihn aus der Stanniol-Folie, brach ein Stückchen davon ab, schob es mir in den Mund und rieb mir dann ganz wohlig den Bauch. Dann hielt ich den Rest den beiden hin. Das Mädchen kam jetzt ohne Scheu zu mir herüber, ihre Nasenflügel witternd geweitet; sie musste einen fantastischen Geruchsinn haben. Sie ging gar nicht mehr von mir weg, sondern winkte ihren kleinen Bruder heran, brach den Riegel in zwei Hälften und reichte die eine Hälfte dem kleinen Jungen. Beide kosteten andächtig; sie erlebten gerade ein Wunder, ein Stückchen Paradies. Das Mädchen brach in Tränen aus. Ich verstand das vollkommen. Tränen der Erleichterung nach so viel Hunger und Durst und Angst. Spontan nahm ich sie in den Arm und sie schlang mir ihre dürren Ärmchen um den Hals. Der Junge umschlang mein Bein und drückte sein Köpfchen an meine Hüfte. Und ich weinte mit den beiden. Tränen der Erleichterung nach so viel Depression und Anspannung.

Unbeholfen streichelte ich die beiden Köpfchen. „Hallo, kleine Lady, ihr beide stinkt aber alle zwei ganz schön!" sagte ich auf französisch, wohl um meiner Rührung einigermaßen Herr zu werden. Ich bedeutete den zweien, einen Augenblick zu warten, gab ihnen aber vorher den Becher. Sie sah mich gespannt an. Ich hob den Daumen. „Wahid - Eins." sagte ich zu ihr. Eifrig nickte sie. Sofort schleppte ich meine größte Badewanne aus imprägniertem Leinen herbei, holte einen Eimer und füllte sie randvoll mit dem noch lauwarmen Wasser des Teiches. Dann bedeutete ich den Kindern, dass sie da hinein steigen dürften. Ihre Augen leuchteten. Der Junge zog sein zerfetztes, ehemals weißes Hemdchen aus, das Mädchen das einst hellrote, jetzt völlig ausgebleichte Kleidchen. In völliger Unschuld, ganz ohne Scheu strahlten sie mich an. Die kindliche Spalte des Mädchens und das Zipfelchen des Jungen weckten in mir sämtliche Beschützer-Instinkte und ein überwältigendes Gefühl der Rührung. Ich holte zwei Schwämme. Selig wuschen sie sich. Und das Wasser färbte sich sehr schnell dunkelbraun. Also wiederholten wir die Prozedur. Das alte Wasser schleppte ich hinüber zu den Gemüsebeeten. „In ein paar Monaten werde ich mit diesem Dünger die tollsten Tomaten ernten." frotzelte ich. Natürlich verstanden sie die Worte nicht, aber sie verstanden anscheinend den Humor dahinter. Und dann geschah wieder ein kleines Wunder: Das Mädchen lachte mit einem Male hell und völlig unbeschwert. Auch der Junge kicherte jetzt laut. Es war wirklich ein Stückchen Paradies.

Ich holte ein großes Handtuch. Das Mädchen sah mich fragend an. Ich verstand: Sie wollte auch die zwei total verdreckten Kleidungsfetzen auswaschen. Lächelnd nickte ich. Wir brauchten fast keine Worte mehr, um uns auf irgendeine Weise fast alles sagen zu können. Sie legte die ausgewaschenen Sachen zum Trocknen auf einen Felsen. Die Sonne war schon untergegangen. Etwa eine Stunde lang würde jetzt eine angenehme und belebende Kühle herrschen. Aber danach Stunde würde es sehr kalt sein.

Was durfte ich den beiden kleinen, an fast keine Nahrung mehr gewohnten Mägen zumuten? Besser etwas ganz Leichtes. Ich brachte ihnen Biscuits mit Feigenkonfitüre und zwei große Becher Kakao aus Trockenmilch angerührt und, zögernd, zwei kleine Tomaten. Und sah meinen beiden Nackedeis lächelnd zu, wie sie auf einem Felsen nebeneinander saßen und ganz langsam und andächtig aßen.

Aber jetzt wurde es zu kalt, um unbekleidet im Freien zu bleiben. Wir gingen in mein Wohnzimmer, das mit den vielen Bücherregalen an den Wänden, dem Sofa, den

Sesseln, dem Esstisch und dem Kaminofen überhaupt nichts Militärisches an sich hatte. Die Schießscharten waren geschlossen und durch Vorhänge verdeckt. Staunend sahen sich die beiden um. Ich ging ins Schlafzimmer zu meinem Kleiderschrank, schlüpfte in meinen Hausmantel und brachte zwei dicke Unterhemden für die Kinder mit ins Wohnzimmer. Sie ertranken fast darin; wir lachten alle drei aus vollem Herzen.

Dann deutete ich auf meine Brust. „Ismi Jean-Pierre - Ich heiße Jean-Pierre." Das Mädchen deutete auf den kleinen Bruder. „Ismuhu Ecrin - Er heißt Ecrin". Dann deutete sie auf sich selbst. „Ismi Laila - Ich heiße Laila." Der Name Laila hatte mich schon immer fasziniert. Es gab ihn auch in so entfernten Kulturen wie denen von Lappland und Finnland. „Laila" hatte im Arabischen die Bedeutung „Die Weise"; und weise kam mir dieses wunderbare Mädchen auch vor. Und „Ecrin", schaute ich später in meinen Büchern nach, bedeutete „Geschenk". Er war ein Geschenk, dieser süße Junge. Laila schmiegte sich plötzlich an mich und ich legte den Arm um sie und um Ecrin. „Jean-Pierre, Ana ahabbuk - Jean Pierre, Ich liebe dich." „Laila, Ana ahabbak jiddaan - Laila, Ich liebe dich auch." „Und dich liebe ich auch, mein kleiner, süßer Ecrin." fügte ich auf arabisch hinzu. Es war so wunderbar. Auf wunderbare Weise hatten diese beiden Kinder meine ganze Welt verändert.

Jetzt wurden wir alle langsam müde. „Meinen" beiden Kindern machte ich auf dem Sofa ein Bett zurecht. Danach zog ich mich gleich ins Schlafzimmer zurück. Es dauerte aber nicht einmal eine Minute, da kamen beide Hand in Hand zu mir herein, blieben vor meinem Bett stehen und schauten mich bittend an. Und ich breitete ganz weit die Arme aus. Beide sprangen geradezu zu mir ins Bett und drückten sich ganz fest an mich. Waren auch sogleich eingeschlafen. Der Ausdruck von Glückseligkeit auf ihren Gesichtern. Behutsam löschte ich das Licht. Und wusste, dass mein Gesicht den gleichen Ausdruck vollkommenen Glücks zeigte.

Die Kinder waren schon wach, als ich am Morgen die Augen aufschlug. Sie strahlten mich an „Sabah ul kher, Babaan! - Guten Morgen, Papa!" sagten sie fast gleichzeitig. Es war einfach wunderschön. Laila hielt sich dann beide Hände vor den Bauch und ich verstand sofort: Sie „musste in die Büsche". Ich führte sie ins Bad. Atemlos stand sie vor dem Spiegel, der ihr Gesicht so viel klarer zeigte, als der Wasserspiegel des Sees.

Der Bunker erhält sein Wasser vom See. Die Abwässer werden durch ein Rohr in der Bunkerwand etwa 35 Meter nach unten in eine Senkgrube geführt, die für eine ganze Division bestimmt ist und die ich in meinem ganzen Leben auch nicht annähernd füllen werde.

Ich erklärte Laila den Gebrauch der Toilette und des Wachbeckens, gab ihr Handtuch, Waschlappen und eine neue Zahnbürste. Dann verzog ich mich. Als sie fertig war, rief sie Ecrin ins Bad. Ich hörte, wie sie ihm alles erklärte, wie sie beide lachten. Eine richtige große Schwester! Eine richtige kleine Maman!

Dann gingen wir hinaus. In einer schattigen Ecke hinter meinen Gemüsebeeten hatte ich einen schönen Hühnerhof mit einem stolzen Gockel und einem ganzen

Dutzend Legehennen. Die Hühner lebten ausschließlich von Gemüseresten, Würmern und Insekten. Ich mag Hühner sehr. Bei den alten Galliern und Germanen galten sie als Vögel, die Glück und Wohlstand bringen und wurden geachtet und geliebt. Ich empfinde ganz ähnlich. Meine Lieblingshenne Fatima flatterte uns gleich entgegen. Sie liebt es, von mir gestreichelt zu werden. Die Kinder waren hellauf begeistert und schmusten ausgiebig mit dem zutraulichen Vogel.

Sechs frische Eier! Das würde ein tolles Frühstück werden! Ich machte uns eine schöne Pfanne Rührei mit reichlich Tomaten, Paprika, Zwiebeln und einer Dose Büchsenwurst. Dazu gab es wieder Kakao.

Langsam wurde ich unruhig. Ich fürchtete, dass die Abwesenheit der Kinder einen Angriff provozieren könnte. Die Tragödie wäre dann vollkommen gewesen. Sie mussten - leider! einstweilen schleunigst zu ihren Leuten zurück. Ich versuchte, es Laila zu erklären. Und merkte zu meinem maßlosen Erstaunen, dass wir beide uns plötzlich mit den Augen verständigten. Es war fast wie Gedankenübertragung. Auch sie fühlte das alles und schaute mich ganz erstaunt und beglückt an. Sie begriff. Und dann eine Bitte von ihr: Bitte, Papa! Gib uns Wasser und Essen mit!

Natürlich! Die Kinder würden die Brücke sein! Die einzige Möglichkeit, diesen mörderischen und irrsinnigen Zustand zu beenden! Endlich würden wir alle Frieden haben!

Die beiden zogen die Unterhemden aus, die ich ihnen gestern Abend gegeben hatte und schlüpften wieder in ihre jetzt trockenen und sauberen Hemdchen. Was konnten sie wohl tragen? Ich füllte einen Fünf-Liter-Wassersack. In eine Tasche gab ich einige Büchsen Wurst, einige Schokoladenriegel, Tubenkäse, Kekse und zwei schöne reife Mangos.

Tieftraurig schauten wir uns an. „Wir sehen uns ja bald wieder. Ich liebe euch." Dann zogen beide schwerbeladen ab. Und ich kämpfte gegen Bangigkeit und Resignation. Sie verschwanden hinter einem Felsvorsprung. Da war dieses Gefühl der Unwirklichkeit in mir. War das alles wirklich wahr gewesen, was seit gestern Abend geschehen war? Oder hatten Sehnsucht und Einsamkeit meinem Verstand einen Streich gespielt? Waren die beiden Kinder nur Geschöpfe meiner Sehnsucht und meiner Einsamkeit gewesen?

Schnell eilte ich ins Bad. Nein! Da lagen die gebrauchten Unterhemden. Da waren zwei gebrauchte Zahnbürsten, Waschlappen und Handtücher. Erleichtert atmete ich auf. Jetzt konnte ich nur noch warten und beten. Diese Nacht schlief ich kaum. Ständig grübelte ich darüber nach, welches üble Schicksal diese beiden so reizenden und so liebenswerten Kinder genau so hoffnungslos einsam machte wie mich selbst. Diese beiden musste doch ein jeder lieb haben, selbst der gefühlsärmste Trottel! Dabei waren die Araber doch richtige Kindernarren. Total unvorstellbar, total unerklärlich war mir das Leid dieser Kinder.

Schon kurz nach Sonnenaufgang war ich draußen im Garten, lenkte mich mit kleinen Arbeiten ab, holte die frischen Eier aus den Hühnernestern, goss die Gemüsebeete, ölte die Achse des Windmotors, der Wasser in einen großen Tank pumpte, mit dem ich die wenigen höher gelegenen Gemüsebeete bewässerte. Dabei schaute und lauschte ich dauernd angestrengt in Richtung See, in die Richtung, aus der die beiden Kinder kommen würden.

Und dann kamen sie jauchzend auf mich zu gelaufen! Lange umarmten wir einander ganz fest, rieben unsere Wangen aneinander, lachten, schwatzten und waren einfach unsagbar glücklich, wieder zusammen zu sein. Dann saßen wir in der Sonne auf einer Bank, die ich selbst vor einem Jahr gezimmert hatte.

Zuerst gab es schöne, reife Mangos zum Frühstück. Ganz von selbst oder scheinbar ganz von selbst begann der Sprachunterricht. Sie lernten von mir französisch und ich von ihnen arabisch. Unter ganz viel Lachen und Heiterkeit. Kinder, die sich geliebt fühlen, sind die besten Schüler. Und Kinder sind auch die besten Lehrer für die, die sie gern haben. Diesen gegenseitigen heiteren Unterricht behielten wir bei, jeden Morgen, auch später, und machten alle drei ungeahnte Fortschritte.

Und dann die andere Geschichte, diese Verständigung, dieses Miteinander-Sprechen mit den Augen zwischen Laila und mir. Das war ja fast Gedankenübertragung, Telepathie. Es war tatsächlich Gedankenübertragung, wie ich sehr schnell feststellen sollte. „Jetzt glaub' ich auch noch an den Weihnachtsmann!" dachte ich unwillkürlich und sah die Verständnislosigkeit in ihren Augen. Jetzt wollte ich es aber wissen und holte das Wörterbuch. „Santa kluz" sagte ich gespannt und sie lachte schallend. „Du bist eine richtige kleine Hexe." dachte ich ganz unwillkürlich und sie lächelte vergnügt. Hatte sie das wirklich verstanden? Das war doch einfach nicht möglich! Wieder holte ich mein Lexikon und schlug den Satz nach. „Ant sahirat alhaqiqi - Du bist eine richtige kleine Hexe." sagte ich zu ihr. Und sie nickte jetzt ganz ernst, weil sie wusste, dass ich wirklich begriffen hatte. Es gab ganz eindeutig und unbezweifelbar Gedankenübertragung zwischen uns. Der kleine Ecrin verhielt sich ganz still, war volle Aufmerksamkeit. Er fühlte, dass zwischen mir und seiner Schwester im Augenblick etwas ganz Wichtiges geschah.

Ich bin gewiss kein Weltmeister im Angsthaben; aber dieses ganze Geschehen wurde mir unheimlich, sehr unheimlich. Was geschah hier? Gab es wirklich so etwas wie Dämonen, wie Lamien? Die sich in liebreizender Gestalt einem Menschen nähern, ihn betören, um dann das Leben und die Wärme aus ihm heraus zu saugen? Waren beide denn nicht umsonst verfemt, gemieden und wahrscheinlich gefürchtet bei den Ihrigen?

Laila las alle meine Gedanken und Gefühle, erschrak zutiefst, war traurig und bestürzt. Sie schmiegte sich ganz eng an mich und sah mir ganz tief in die Augen. Und in ihren Augen sah ich nur Liebe, fühlte in meinem Inneren ihre grenzenlose Liebe zu mir. Ich drückte sie ganz eng und zärtlich an mich und wusste: Es war alles gut! Mehr! Es geschah hier und jetzt zwischen uns beiden etwas Wunderbares. Wenn ich es auch noch nicht richtig verstand: Uns beiden wurde eine Gabe, eine Gnade zuteil, von der ich vor einer Stunde, bei all' dem Glück, das wir drei auch vorher schon empfanden, nicht einmal geträumt hatte."

Jean-Pierre hielt sinnend inne. Wie verzaubert saß ich da unter den Sternen des sommerlichen Nachthimmels auf der Terrasse von Sophocle's Bistro. Ich hatte diese ganzen sich geradezu überstürzenden Ereignisse richtig selbst miterlebt, so als wäre ich selbst Jean-Pierre gewesen. So drei- bis viertausend Kilometer südlich von hier; und in einer anderen Zeit: Ein oder zwei Jahre von uns entfernt in der Vergangenheit. Urplötzlich waren wir hier, in Verdun. Es war etwas kühl geworden.

Sophocle bemerkte wohl, dass Jean-Pierre eine Pause gemacht hatte und kam heraus zu uns. „So ihr beiden Helden. Zeit, mit der Sauferei aufzuhören. Sonst brummt euch morgen früh der Schädel." Missbilligend schüttelte er den Kopf, als er die Reihe leerer Bierflaschen und die fast leere Ginflasche sah; denn wir waren längst von Rotwein und Cognac zu Bier und Gin übergegangen. „Jetzt wird erst einmal etwas gegessen. Ich mache euch vorher einen großen, heißen Kaffee und dann etwas Solides, das ihr euch zwischen die Kiemen schiebt. Einverstanden?" Wir nickten dankbar. Im Augenblick fiel uns das Sprechen schwer. Immer noch befanden wir uns zwischen zwei Welten. Den dampfend heißen, schwarzen und süßen Kaffee tranken wir noch schweigend auf der Terrasse unter dem Sternenhimmel. Dann gingen wir hinein.

Aus der Küche kam ein verführerischer Duft. Jean-Pierre grinste. „Wundervoll! Heißer Kakao und Ratatouille."

„Ratatouille" war damals noch das Arme-Leute-Essen par excellence, das aber heutzutage geradezu salonfähig und sehr beliebt ist.. „Touiller" heißt „rühren" und „Rata" heißt in etwa „Schweinefutter". Es ist ein meist in der Pfanne geschmortes Gemüsegericht und stammt ursprünglich aus der Gegend von Nizza. Man nehme einfach all die Essensreste, die vom Vortag übrig geblieben sind, schneide sie in nicht zu kleine Stücke und schmore sie kurz in der Pfanne. Zum Beispiel Tomaten, Zwiebeln, Zucchini, Paprika, Knoblauch, Auberginen und so weiter, dann am Schluss Salz, Pfeffer, Kräuter wie Thymian, Rosmarin, Salbei und reichlich Olivenöl. Wenn man in die ganze Chose dann noch ein paar frische Eier schlägt und die diversen Wurstzipfel der letzten Tage in kleinen Stücken hinein schneidet: Also, ich könnte da richtig süchtig werden. Ratatouillle machten François und ich uns selbst sehr oft, drüben in der Auberge, bevor die mère Deroulain unsere Verpflegung in die Hand genommen hatte. Und es schmeckt natürlich jedes Mal anders. Es kann wahrscheinlich sogar Tote auferwecken.

Genau so ein köstliches Essen fabrizierte uns Sophocle in seiner Küche. Wir setzten uns zu dritt an den Küchentisch und schaufelten uns das Ratatouille aus der großen Pfanne direkt auf die Teller. Dazu tranken wir starken heißen Kakao, den wir mit Honig süßten und mit Zimt würzten. Es war einfach köstlich. Andächtig und schweigend genossen wir das Essen. Keiner von uns wollte die Stimmung stören, die nach Jean-Pierre's Erzählung noch in uns nachklang.

Schließlich räusperte sich Sophocle. „Meine Gästezimmer oben stehen leer. Ihr könnt euch hier unten weiter unterhalten und oben ein paar Stunden schlafen, wenn ihr wollt. Kaffee, Wein, Bier, Wasser, Cognac, Gin, Calvados, alles da. Du kennst dich ja aus, Jean-Pierre." Er stand auf, lüftete gründlich durch und schloss dann die Fensterläden. „Gute Nacht, ihr beiden!" „Gute Nacht, Sophocle." sagten wir und sahen ihm nach, wie er die Treppe emporstieg. „Was für ein wunderbarer Freund er auch mir ist!" sagte Jean-Pierre andächtig. „Kaffee?" Ich nickte und er holte die Kanne vom Herd und goss uns die Bols, diese großen runden, henkellosen Tassen aus dicker Keramik, voll. Schweigend tranken wir. „Bier und Gin?" fragte Jean-Pierre dann grinsend. Wieder nickte ich und grinste zurück. Es dauerte ein bisschen, bis wir zurückfanden an den anderen Ort und in die andere Zeit. Dann erzählte Jean-Pierre weiter.

„Wir saßen schon längst im Schatten, weil es in der Sonne zu heiß geworden war. Gegen Mittag holten wir Auberginen, Kartoffeln, Tomaten, Paprika und Wirsing aus dem Garten. Dann gingen wir in den Bunker und von dort in die Küche. Sie würde die Suppe kochen, teilte sie mir in Gedanken mit. Aber auch ihre Ratlosigkeit kam mit herüber. Wie sollte sie ohne Feuer kochen? Suchend blickte sie sich immer wieder um. Da war keine Herdstelle, auf der man Feuer machen konnte. Ja natürlich, auf dem Kaminofen kochen! Ein bisschen unpraktisch, aber es würde gehen. Sie füllte eine Schüssel mit Wasser, immer noch staunend, dass das Wasser wie durch Zauberei aus einem Rohr kam, wusch das Gemüse kurz ab und schnitt es klein. Dann schrubbte sie die Kartoffeln, die sie mit der Schale in die Suppe geben wollte, schnitt sie in Stücke. Das alles kam in den großen Suppentopf. Ich lernte mit Ecrin, der auf meinen Schoß geklettert war, arabisch beziehungsweise französisch. Es war so schön, so urgemütlich. Ein Stückchen Heimat, ja Heimat. Auch Laila's Gesicht und Gedanken spiegelten die gleichen Empfindungen wider.

Als Laila dann im Kaminofen Feuer machen wollte, schüttelte ich lächelnd den Kopf, nahm ihr den Topf ab und stellte ihn auf die größte Platte des Elektroherdes. Ratlos sah mich Laila an. Ich zeigte ihr die vier Drehschalter für die vier Platten und die Symbole neben den Schaltern, die jeden Schalter einer bestimmten Platte zuordneten. Dann schaltete ich die große Platte ein, nahm kurz den Topf wieder weg, ergriff Laila's Hand und legte sie auf die sich schnell erwärmende Platte. Überrascht schrie sie auf und zog erschrocken die Hand weg, während ich den Topf wieder auf die Platte gab. Zwar hatte ich gestern schon Kakao für uns auf dem Herd gemacht. Aber sie war wohl so überwältigt gewesen von all dem Neuen, das da auf sie und Ecrin einstürmte, dass ihr vieles erst einmal völlig entging.

Sprachlos stand mein Mädchen da, wusste weder, was sie denken, noch was sie sagen sollte. Als dann das Wasser sehr schnell anfing zu sieden, kam ihr unwillkürlicher Gedanke zu mir herüber. „Unser Papa ist ein Zauberer." „Nein, meine Süße." dachte ich zurück „Diese Wärme ist genau so natürlich wie die Wärme der Sonne oder die Hitze des Feuers aus Holz. Es ist nur etwas, das du noch nicht kennst." Ich musste schmunzeln. Dieses Mädchen, mit dem ich in telepathischer Verbindung stand und für die diese Telepathie anscheinend selbstverständlich war, hielt elektrischen Strom für Zauberei. „Weißt du, mein Schatz. Was Zauberei ist oder was Magie ist, wird hauptsächlich durch unsere Kenntnisse und durch unsere Erfahrungen bestimmt." Dann schickte ich ihr einen leuchtenden Gedanken voller Liebe und Zärtlichkeit. Sie strahlte glücklich. „Papa! Ich hab' dich auch sooo lieb!" kam es zurück.

Ich öffnete eine Büchse mit Würstchen, die Laila dann in kleine Stücke schnitt und in die Suppe gab. Wir aßen in aller Ruhe und unterhielten uns dabei. Denn Gedankenübertragung zwischen Laila und mir schloss Ecrin immer etwas aus. Auch hörte ich so gerne ihre liebe, helle Kinderstimme. „Ich höre deine Stimme auch so gerne, Papa." kamen ihre Gedanken. Für so „komplizierte" Sätze brauchten wir halt bis jetzt doch noch die Telepathie. Grund genug, so schnell wie möglich zu lernen.

Nach dem Essen stellte Laila einen Topf mit Wasser auf den Herd und betätigte ganz vorsichtig den Drehschalter, bereit, sofort die Flucht zu ergreifen, sollte dieser rätselhafte Apparat auf dumme Gedanken kommen. Für mich war es so seltsam und rührend und spannend und wunderschön, alle ihre Gedanken und Gefühle in mir selbst zu erleben. Wir waren Eins. Auch wenn es mich das Leben gekostet hätte: Auf dieses Gefühl der Liebe und Einheit wollte ich nie wieder verzichten.

Der Elektroherd kam allerdings auf keine dummen Gedanken, sondern tat das, was ein anständiger Elektroherd, der etwas auf sich hält, im allgemeinen so zu tun pflegt: Er machte einfach brav das Wasser heiß. Ich

erlebte mit dem Mädchen mit, wie sie sicherer wurde und

ihre Freude darüber.

Jetzt schaltete sie die Platte aus, gab kaltes Wasser in die Waschschüssel und goss heißes Wasser aus dem Topf hinzu. Machte unser Geschirr mit der Bürste sauber und stellte Stück für Stück zum Abtrocknen auf die Spüle. Spontan trat ich hinter sie und drückte sie an mich. „Du bist ja eine richtige kleine Hausfrau!" Ein Gedanke voller Freude kam zurück. Sie quietschte vor Vergnügen und Übermut, drückte sich noch enger an mich und rieb sich an mir, zappelte richtig dabei. Mon Dieu! Wie hatte sich die Welt in nur zwei Tagen verändert! Wir waren unendlich glücklich.

Wir gingen hinaus in den Garten und wanderten alle drei Hand in Hand in jeden Winkel. Erst durch Laila's Augen sah ich die zauberhafte Schönheit dieses Fleckchens Erde. Der See, das reinste Idyll, strahlte eine immense Ruhe und reinen Frieden aus. Die große Naturwiese mit ihren Wildblumen, mit dem Löwenzahn, dem Spitzwegerich und den Gänseblümchen, die fast täglich meinen Speisezettel bereicherten. Die Gemüsebeete mit ihrem bunten Allerlei; und die Kräuterbeete, die jetzt stark nach Thymian, Lavendel und indischer Pfefferminze dufteten.

Die Obstbäume, von denen immer einige ihre Früchte anboten: Äpfel, Birnen, Pflaumen, Mirabellen, und Aprikosen, in etwas sonnigeren Gefilden die Orangenbäume, die Grapefruits und die kurzstämmigen Mandarinen- und Zitronenbäumchen. In den feuchteren Ecken die Ananas-Stauden, das leuchtende Gold der schweren Bananenbüschel, die vielen Feigensträucher und die breit ausladenden Mango-Bäume voll schwerer Früchte. Dann die schlankeren Papaya-Bäume mit ihrer jetzt noch grünen Last. Das feuchte Stück Erde zwischen den Felsen mit seiner Fülle an Melonen und Kürbissen. Und ganz drüben an den Grenzen der Oase die hohen schlanken Dattelpalmen. Das sah ich jetzt alles mit den Augen der beiden Kinder. Und war genau so entzückt und verzaubert wie sie.

Im Grunde genommen hätte ich die Riesenvorräte in den trockenen kalten Kasematen unter dem Bunker nie gebraucht. Von dem, was die Erde mir hier in so großzügiger Fülle anbot, konnte ich ohnehin nur einen winzigen Bruchteil verzehren. Alles andere kehrte wieder als Kompost in den Schoß der Erde zurück, als neue Nahrung für Bäume und Pflanzen. Ein einziger Mensch im Paradies. Das war fast Sünde. Aber es war ja schon anders geworden.

Dann saßen wir zwischendurch immer wieder auf den sonnenwarmen Felsen am See und lernten unter viel Lachen und Heiterkeit Französisch und Arabisch. Und die Stunden flogen nur so dahin. Die Sonne berührte in weiter Ferne den Gipfel eines Berges und begann dahinter zu verschwinden. Es wurde kühl. Wir gingen hinein.

„So, ihr beiden Rangen! Heute seid ihr ja nicht mehr so dreckig. Da genügt wohl eine Dusche. Ich ging mit den beiden zu meiner Duschkabine, zog die Tür auf und drehte den Hahn für kaltes Wasser ein wenig auf. Laila und Ecrin blickten mich fassungslos an. Jetzt auch noch Regen aus einem Rohr, den man nach Belieben rinnen lassen konnte? Laila streckte zögernd die Hand aus. Ja!

Das Wasser war wirklich! Vorsichtig öffnete ich den Hahn für heißes Wasser. Jetzt war sie total verblüfft. Konnte das Wahrheit sein? „Allah Wallah T'Allah!" brachte sie nur hervor. Ich gab meinen Kindern zwei Schwämme und machte lächelnd eine einladende Handbewegung zur Duschkabine. Jetzt begriffen sie, zogen sich schnell die Hemdchen aus und tauchten unter den körperwarmen Wasserstrahl. Ich schloss die Glastür der Dusche und hörte sie nur laut lachen und juchzen. Sie wollten gar nicht mehr unter der Dusche hervorkommen. Irgendwann holte ich meine beiden Rangen heraus.

Laila übernahm das Kommando in der Küche. Als Hausmann war ich abgemeldet. Es machte ihr eine ungeheure Freude, für uns drei zu kochen. Ein spitzbübischer Gedanke von ihr sagte mir, dass ich in der Küche nichts mehr verloren hätte. „Du süßes, kleines Biest!" gab ich ihr in Gedanken zurück und sie kicherte vergnügt. Sie fabrizierte ein tolles Ratatouille, das wir andächtig verzehrten. Dann spülte sie das Geschirr. Ich fühlte, wie gerne sie das alles tat. Dieses wunderbare zehnjährige Mädchen gab uns allen dreien Heimat.

Schon war es wieder Zeit, ins Bett zu gehen. Wie selbstverständlich holten die beiden ihre zwei Unterhemden aus meinem Schlafzimmer und zogen sie an. Laila nahm mich einfach bei der Hand und zog mich ins Schlafzimmer. Und ich hatte die beiden wieder in meinen Armen, die ganze Nacht. Was für ein wundervoller Tag! Was für eine wundervolle Nacht!

Die Kinder waren schon wach, als ich nach tiefem Schlaf die Augen aufschlug, bewegungslos und ganz eng an mich gekuschelt. Noch lange blieben wir so liegen und genossen die Wärme und die Geborgenheit, in die wir uns gegenseitig einhüllten. Zeit hatte keine Bedeutung.

Mango-Frühstück und später ein tolles Coscous aus Hirse, Tomaten, Zwiebeln, Gurke, Eiern, kleingeschnittener Lyonerwurst aus der Büchse, Knoblauch und Kräutern. Dazu eine wirklich scharfe Harissa, die sie, ich weiß gar nicht wie, zusammenstellte. Das Rezept musste sie wohl aus meinen unbewussten Erinnerungen hervorgeholt haben.

Und plötzlich lief es mir eiskalt den Rücken hinunter. Ich fror. Mit einem Schlage wurde ich mit einer Realität konfrontiert, mit der wohl noch kaum ein anderer Mensch konfrontiert worden war: Alle meine Gedanken, Gefühle und Taten, auch diejenigen, derer sich ein Mensch im Grunde tief schämt, die er nie einem anderen anvertrauen würde, lagen vor Laila nackt und offen da. Vom Tag meiner Geburt an bis zum heutigen Tage. Mein Bewusstsein, meine ganzen Erfahrungen und Erinnerungen, alles, was mein Selbst ausmacht, mein wirkliches Ich, meine Seele. Alles konnte sie nicht nur sehen, sondern auch nachvollziehen, so, als wäre sie ich selbst. Und noch weitaus besser! Denn all mein Unbewusstes war ihr voll erschlossen. Wahrscheinlich konnte sie mit mir nach Belieben verfahren, mich zum willenlosen Roboter machen, da ja fast alle unsere Antriebe und Motivationen aus dem Unbewussten kommen.

Wieder kamen mir die Lamien aus der griechischen Mythologie in den Sinn, jene Ungeheuer, die sich dem Sterblichen in liebreizender Gestalt zeigen, ihn oft sexuell verführen und ihm dabei die Wärme und die Lebensenergie aus den Adern saugen. Ein kalter, ein grauenvoller Tod.

Krasses Entsetzen und unendliche Traurigkeit überfluteten mich. Das war, was Laila jetzt wegen meinen Gefühlen, meinen Ängsten und meinen Gedanken empfand. Und dann die schlagartige Gewissheit für mich: Zwischen Laila und mir gab es nur noch unendliches Vertrauen. Und eine grenzenlose Liebe. Wir waren Eins. Es war pure Seligkeit. Ich konnte das alles in ihren Augen lesen.

Harissa, jene scharfe Paste aus ganz viel Chili, Peperoni-Schoten, Curry, Kümmel, Knoblauch, Oregano, Salz und Olivenöl und noch ein paar Sächelchen nach ganz individuellen Rezepten. Im ganzen Maghreb gewinnt man schnell und leicht das Herz jeder guten arabischen Hausfrau, wenn man sie nach ihrem ureigenen Rezept für Harissa fragt. Mit Enthusiasmus und bis ins kleinste Detail schildert sie einem dann ihr magisches und uraltes Spezialrezept, nach dem wohl schon zu Lebzeiten des Propheten, gesegnet sei sein Name, die allererste Urgroßmutter der Frau ihren Gemahl beglückt hatte. Und natürlich hatte besagte Hausfrau, die mir das Interview gewährte, diese Harissa noch ein ganz klein wenig viel vervollkommnet.

Ist der Gatte besagter Dame dabei anwesend, so lauscht er ihrer Schilderung ebenso ergriffen und hingerissen wie ich. Dabei wächst sein Stolz ins Riesengroße. Mit ganz neuen Augen betrachtet er nun dieses Juwel von Gemahlin, das ihm Allah in seiner Güte und Barmherzigkeit gewährt hatte. Sie ist einfach vollkommen; er wusste es ja schon immer!

Hat man einmal zu viel Harissa beim Essen erwischt und fängt an, Feuer zu spucken, so sollte man bloß kein Wasser und erst recht kein Bier trinken; sonst wird es sehr unangenehm. Aber Milch hilft. Oder Kokosnuss. Laila war ein kleines Genie!

Wir trennten uns wieder sehr ungern. Wieder zogen beide schwer beladen ab. Mit einem Fünfliter-Wassersack und diversen Lebensmitteln. Den ganzen Tag arbeitete ich im Garten, tat dies und jenes, es gab wirklich genug zu tun. Aber ich war fröhlichen Herzens und sang bei der Arbeit. Denn ich wusste: Meine Kinder kommen morgen wieder. Nur in der Nacht fühlte ich mich ziemlich einsam in meinem plötzlich viel zu breiten französischen Bett, träumte dann, ich hätte beide im Arm.

Aufstehen, Waschen, Rasieren, Zähneputzen. Alles mit Unlust. Meine Kinder fehlten mir. Café au Lait, Biscuits, Wurst, Eier und Käse zum Frühstück, ohne großen Appetit. Und plötzlich blieb mir der Bissen im Hals stecken. Das Herz blieb mir stehen und ich zitterte wie Espenlaub. Der Minengürtel! Es gab nur einen schmalen Pfad durch das Minenfeld und es war wirklich ein Wunder, mehr als ein Wunder, dass die Kinder noch lebten und unversehrt waren. Verzweifelt versuchte ich, Laila telepathisch zu erreichen, bekam aber keine Verbindung zu ihr. Vielleicht schlief sie noch, es war noch sehr früh am

Tag, oder die Gedankenverbindung ließ sich nur bei kurzen Entfernungen herstellen.

Hier gab nur eine Lösung, eine tödliche möglicherweise. Ich fuhr hoch und in die Kleider. Kampfanzug, Stiefel, Handgranaten, Munition und Maschinenpistole, durchgeladen und gesichert , geladene automatische Pistole im Halfter und noch einmal sechs volle Magazine für die Pistole und ebenfalls sechs für die Mitraillette. Ich hastete den schmalen Pfad entlang durch das Minenfeld und legte die Strecke auf dem überaus schwierigen Terrain in der Rekordzeit von dreißig Minuten zurück. Ganz langsam ging ich dann weiter, um Atem zu schöpfen und meine Gedanken zu ordnen. Schließlich blieb stehen und setzte mich auf einen Felsen, noch außer Sichtweite. Meinen Kindern konnte ja nichts mehr geschehen. Was sollte ich tun? Einfach hier warten auf meine beiden Rangen und ihnen den schmalen Pfad durch das Minenfeld zeigen? Die Gasse erweitern? Das war alles viel zu riskant. Kinder sehen einen Schmetterling am Wegesrand oder eine schöne Blume. . . .

Die Entscheidung wurde mir unversehens abgenommen. Irgend so ein Frühaufsteher war um die Ecke gebogen, hatte mich erblickt und rannte schrill schreiend zurück. Lautes Stimmengewirr, Alarmrufe. Ich wartete erst einmal ab, bis sich der größte Lärm gelegt hatte, mit klopfendem Herzen. Was sollte ich tun? Kurz entschlossen bog um die Ecke. Die Maschinenpistole hatte ich nicht im Anschlag, sonst wäre das Blutbad vorprogrammiert gewesen. Sie hing aber griffbereit am Riemen über meiner Schulter, fertig, blitzschnell feuerbereit in Anschlag zu springen. Dann machte ich noch ein paar Schritte auf den erregt durcheinander schreienden Haufen zu. Die Frauen und Kinder waren geflüchtet. Nur die Männer standen erregt zusammen und fuchtelten mit Speeren und uralten Hinterladern herum. Ich wusste allerdings, dass die Jungs mit den Dingern sehr gut umgehen konnten. Wenn der Sturm losbräche, würden wir wohl fast alle draufgehen, ich und die etwa vierzig Mann.

Die Spannung war unerträglich. Spontan hob ich beide Hände auf halbe Körperhöhe. Ich zeigte ihnen die offenen Handflächen zum Zeichen, dass ich in Frieden gekommen war und ließ sie dann langsam wieder sinken. Damit keiner auf die Idee käme, ich wollte mich ergeben.

Das Geschrei ging in erregtes Gesumme über, in dem Erstaunen mitschwang. Und trotzdem: Jeden Moment konnte es losgehen. Wir näherten uns schnell der Katastrophe, fühlte ich. Nur weil irgend so ein nervenschwacher Idiot die Spannung nicht mehr aushielt.

Dann sah ich plötzlich Laila! Sie kam schräg von rechts vorn auf mich zugelaufen, etwa auf zwei Uhr, wie das im Militärjargon heißt. Und sie stellte sich schützend vor mich, mit waagrecht ausgebreiteten Armen! Begann auf den erregten Haufen auf arabisch einzureden. Und ich bekam durch unsere telepathische Verbindung ihre sämtlichen Gedanken und Gefühle mit, verstand alles, was sie sagte. Meine kleine Tochter, meine süße Laila rettete mir das Leben! Rettete uns allen das Leben!

„Jean-Pierre will den Frieden. Er ist unser Papa! Er hat uns Wasser gegeben und zu essen. Wir werden alle Wasser und viel Essen haben. Und es wird Frieden sein und allen wird es gut gehen." Plötzlich kam auch noch mein kleiner Ecrin gelaufen und stellte sich ebenfalls schützend vor mich. Die Krieger waren verstummt. Einige fingen an zu kichern. Es war wegen meinem kleinen Jungen, der mich so energisch zu beschützen versuchte. Der wohl so wild entschlossen aussah, als wollte er es mit dem ganzen Haufen hier aufnehmen, der seinen Papa bedrohte. Und dann brachen wir alle in ein homerisches Gelächter aus! Dieses uns alle befreiende Lachen wurde wirklich zum Symbol von Frieden und Wohlstand für uns alle. Es begann eine neue Zeit, eine wunderbare Zeit, die bis heute anhält.

Allmählich verebbte das Lachen. Die Atmosphäre war total entspannt. Unwillkürlich drehte ich mich um in die Richtung, aus der Laila und Ecrin zu mir herüber gekommen waren. Da stand sie vor mir, in etwa vier bis fünf Metern Entfernung. Unwillkürlich hielt ich den Atem an. Ich blinzelte, weil ich wohl an eine Fata Morgana glaubte. Eine wunderschöne Frau, so schön in meinen Augen, dass ich an ein Wesen aus einer höheren Welt zu glauben bereit war. Kohlschwarze Augen und glattes, glänzend schwarzes Haar. Aber eine Araberin, ohne Zweifel.

Auch sie sah mich fassungslos an und war genau so gebannt und ergriffen wie ich, das wusste ich einfach. Es gab keine Zeit mehr. Wir lebten in einem jener seltenen Augenblicke, in denen das Schicksal das Leben von Menschen verändert, zum Guten oder zum Schlechten. In diesem Augenblick, in dem die Zeit stillstand, sahen wir einander bis in den tiefsten Grund unserer Seelen. Wir wussten beide, dass dies der Beginn einer großen Liebe war, einer Liebe, die unser ganzes Leben währen sollte. Wir fühlten die Seelenverwandtschaft zwischen uns. Ebenso wussten wir, dass wir ungemein glücklich miteinander werden würden. Das war alles so einfach! Aber zunächst gab es Anderes, Dringenderes zu tun. Wir schenkten uns gegenseitig ein Lächeln, ein verstehendes Lächeln. Fast gewaltsam riss ich mich los. Bald, sehr bald, würden wir viel Zeit für einander haben. Fast alle Zeit der Welt.

Ich wandte mich an den Anführer, einen Mann, nicht viel älter als ich, der jetzt einen ausgeglichenen und vertrauenswürdigen Eindruck auf mich machte. „Der Friede sei mit dir, oh Scheich!" sagte ich auf arabisch. „Der Friede sei auch mit dir, oh mein Freund, und mit uns allen." antwortete er in einem recht guten Französisch, das nur wieder etwas Übung brauchte. Wunderbar. Das ließ sich ja alles sehr gut an. „Wenn ich einen Vorschlag machen darf, oh Scheich," antwortete ich, „dann sollten mich alle arbeitsfähigen Männer des Stammes begleiten, ohne Waffen, aber mit Krügen für Wasser und großen Körben für Obst, Gemüse und Fleisch." Er sah mich einen kurzen Augenblick prüfend an, nickte lächelnd und erteilte ein paar schnelle Befehle. Die Karawane formierte sich. „Ihr müsst aber alle in meine Fußstapfen treten. Der Pfad durch den Minengürtel ist sehr schmal. Niemand sollte mehr auf diese Weise sterben."

Ich ging voran, Ecrin huckepack auf den Schultern, gleich hinter mir Laila. Mir war es gar nicht recht, dass meine Kinder jetzt mit uns kamen. Aber ich wusste es ohne Worte: Ich hätte sie gar nicht davon abbringen können.

Etwa dreißig Mann, es waren die, welche noch halbwegs bei Kräften waren, folgten uns vorsichtig, einer in den Fußstapfen des anderen. Wir gingen langsam und schonten die Kräfte. Es ging bergauf, da meine Oase um mindestens achtzig Meter höher lag als die weite Talsenke der Dorfbewohner. Dann, urplötzlich öffnete sich der Blick auf das Panorama der Oase. Ausrufe des Staunens und des Entzückens wurden laut. Der herrliche blühende Garten in seiner ganzen Pracht, die still ruhende, weite Wasserfläche des blauschimmernden Sees wirkten wohl wie ein ungeheurer Schock, ein ungemein wohltuender Schock.

Die ganze Schar ließ sich andächtig und in voller Ruhe am Ufer nieder, alle möglichst nah am Wasser, bewegungslos die Blicke auf die ruhige Fläche des Sees gerichtet. All die herrlichen Früchte beachteten sie im Moment überhaupt nicht. Halb verhungert und sterbend vor Durst zog sie doch der Zauber dieser stillen ruhigen Wasserfläche viel stärker in seinen Bann.

Ich kannte das. Lebst du monatelang nur zwischen Stein und Sand und kennst Wasser nur aus Feldflaschen, Wasserschläuchen und Zisternen, so ziehen dich die still schimmernde Fläche eines Sees oder die ruhig dahin strömenden Fluten eines friedlichen Flusses geradezu magisch an. Du verharrst andächtig und ganz still. Es ist ein stummes Gebet, ein Dank aus tiefster Seele.

Auch jetzt, als ich zurück kam nach Verdun, ging ich zu allererst hinunter ans Ufer der Maas. Dort sah ich auch prompt einen Araber unterhalb der Kaimauer ganz dicht über den dahingleitenden Wassern sitzen. Ich setzte mich neben ihn. Wir blickten uns an und lächelten. „Der Friede sei mit dir, mein Freund." sagte ich. „Auch mit dir sei der Friede, mein Freund." erwiderte er lächelnd. Still saßen wir, unser Inneres ganz weit dem Wunder des Flusses geöffnet, den lebensspendenden Wassern, die nicht nur dem Körper Leben und Erquickung, sondern auch der Seele Erquickung und Frieden bringen.

Irgendwann erhob ich mich und nahm für kurze Zeit Abschied. Denn ich würde vor meiner Rückkehr ins Tamanrasset noch einige Male hier sitzen. Mein arabischer Gefährte blickte mich an. „Der Friede sei mit dir mein Bruder. Möge Allah großzügig und gnädig zu dir sein." sagte ich zu ihm. „Auch mit dir sei Friede, mein Bruder. Möge Allah dein ganzes Leben lang seine Hand über dich halten, so dass dir nur Gutes widerfahre." erwiderte er.

Wo er wohl herkommen mochte? Möglicherweise würde ich ihn in ein paar Tagen noch einmal sehen. Ruhig neben ihm sitzen an den lebensspendenden Wassern des Stromes.

Aber hier in meiner Oase, im Hier und Jetzt musste ich wohl dafür sorgen, dass diese Jungs nicht vor ihrer Zeit in die paradiesischen Gärten Allah's eingingen, will sagen, direkt an den köstlichen Wassern meines Sees sitzend verdursteten.

Ich erhob mich und räusperte mich laut, um sie aus ihrer Versenkung zu reißen. „Der Friede sei mit euch allen, meine Freunde. Seid mir willkommen und teilt das lebensspendende Wasser mit mir". Ungefragt übersetzte

Laila meine Worte. „Friede sei mit dir, o mein Bruder." erwiderten sie. „Möge Allah dir all das gewähren, was für dich erspießlich ist, o du mein Bruder." fügte der Scheich in blumigem Französisch hinzu. Aber ich wusste: Es kam ihm von Herzen.

Andächtig, langsam und maßvoll tranken sie, nicht zu viel auf einmal, um keinen Zusammenbruch zu riskieren. Maß, Bedachtsamkeit und Genügsamkeit, da wo es wirklich not tut. Das habe ich an den Arabern der Wüste schon immer bewundert.

Sofort brach ihnen der Schweiß aus allen Poren. Ihre ausgetrockneten Körper waren absolut überhitzt gewesen. Ein Wunder, dass selbst diese zähen Burschen das alles überlebt hatten! Lange, wohl etliche Stunden, dauerte es, bis ihre Körper einigermaßen ins Gleichgewicht kamen. Bis sie fähig waren, sich mit mir um den Proviant zu kümmern.

Etwa zwanzig Mann wies ich an, alle Krüge mit Wasser zu füllen und ihre Körbe mit Mangos, Orangen, Bananen, Gemüse und Salat. Überall Ausrufe ekstatischen Entzückens. Diese vormals finsteren und blutrünstigen Burschen hatten sich in eine Schar glücklich lachender Kinder verwandelt. Es war einfach herrlich! Laila und Ecrin wichen nicht von meiner Seite, strahlten mich beide an.

Mit den restlichen zehn Mann und dem Scheich stieg ich hinab in die Kasematten. Sie staunten in ergriffenem Schweigen, als sie die riesigen Vorräte an Proviant sahen. Wir füllten die meisten Körbe mit Hirse und Buchweizen. Wurst oder Würstchen kamen nicht in Frage, da Moslems ja kein Schweinefleisch essen. Dafür bekamen sie dann von mir etliche Großkonserven an Rindfleisch und Thunfisch. Ich fühlte direkt ihre immense Dankbarkeit. Der Scheich umarmte mich spontan, drückte mich fest an sich und rieb seine Wange an meiner. Er drückte damit wohl die Gefühle aller Anwesenden aus. Und eines wusste ich ganz bestimmt: Wir hatten es geschafft: Zwischen uns würde es nie wieder Feindschaft geben. Was immer auch geschah.

Da es für die Männer unmöglich gewesen wäre, beim Rückweg nicht auf eine Mine zu treten, erschöpft und schwer beladen, wie sie waren, ging ich ein Stück voraus, räumte Minen und machte so aus dem schmalen Pfad durch den Minengürtel eine etwa zwei Meter breite Gasse. Die Minen verstaute ich zur eventuellen späteren Verwendung in den dafür vorgesehenen tiefen Nischen im Fels. Mit in den Nischen gelagerten Wimpeln markierte ich die Grenzen der Gasse.

Obwohl es auf dem Rückweg bergab ging, mussten die entkräfteten Männer sehr häufig lange Pausen einlegen. So dauerte die Reise bis in die Stunden des späten Nachmittags. Ehrfürchtiges Schweigen, gefolgt von aufgeregtem Stimmengewirr empfingen uns. Wir alle ließen uns erschöpft um die Feuerstelle nieder, nachdem der Scheich einige kurze Anweisungen gegeben hatte. Vor den Hütten wurde geschnippelt und gebrutzelt. Die fröhliche Unterhaltung der Frauen kannte dabei keine Pause.

Und dann tischten sie uns auf: Grünen Salat mit Tomaten, Gurken, Knoblauch und Zwiebeln, gewürzt mit Thunfisch aus den Vorräten. Etwa eine Stunde später dann Hirse und Buchweizen in irdenen Schalen, dazu das geschmorte Rindfleisch im eigenen Saft. Ein klein bisschen fade war das Ganze. Zu einer guten Harissa reichte es jetzt leider noch nicht. Es schmeckte aber trotzdem. Die Frauen aßen das Gleiche, getrennt von den Männern, vor den Hütten. Nur meine Kinder hatten sich nicht von mir getrennt. Sie wurden anscheinend auch gutwillig geduldet.

Die gemeinsame Mahlzeit mit mir zusammen war sehr wichtig. Dadurch wurden wir nicht nur Freunde, sondern fast so etwas wie Blutsbrüder.

Zum Glück hatte ich an Zigaretten gedacht und etliche Stangen mitnehmen lassen. Andächtiges Gemurmel erhob sich, als ich die Zigaretten herumreichte und jedem der Männer eine Schachtel überließ.

Der Scheich reichte mir die Hand. „Ich bin Omar." „Und ich bin Jean-Pierre." Kurzes nachdenkliches Schweigen. „Omar?" „Ja, mein Freund und Bruder?" Ich dachte kurz nach, überlegte, wie ich den ganzen Komplex in Worten ausdrücken konnte. Zum Glück verstanden Omar und ich uns sehr gut, fast schon intuitiv. Er war wirklich für mich so etwas wie ein Bruder geworden.

„So Vieles ist geschehen. So viel an Leid, an Blut, an Tränen und Verzweiflung haben wir alle verursacht. Immer wieder hat das Schicksal gnädig die von uns heraufbeschworenen Katastrophen aufgehalten und uns vor dem absoluten Ende bewahrt. Aber ich fühle auch, dass die Geduld der höheren Mächte ihre Grenzen erreicht hat. Jetzt liegt es an uns, uns zu bewähren. Wenn es uns nicht gelingt, restlos alles auszuräumen, was sich da angesammelt hat zwischen uns an Unklarheiten, Hass, Feindseligkeit, Tod, Vergeltung und noch einer ganzen Reihe von fürchterlichen Dingen, dann sind wir alle endgültig verloren. Wir müssen jetzt absolut offen miteinander reden, sollte es auch manchmal sehr weh tun. Wie denkst du darüber, Omar?"

Omar blickte mich einen Moment sinnend an. „Wie alt bist du eigentlich, Jean-Pierre?" „Ich bin fast dreißig Jahre alt." „Dreißig Jahre, und dann solche Weisheit. Ich fühle mich alt und müde, Jean-Pierre. Viel älter, als ich wirklich bin. Ich würde dir gerne die Führung meines Stammes anvertrauen. Du bist ein großer Führer. Du sollst mir als Scheich nachfolgen."

Ich war zutiefst erschrocken und wehrte sofort energisch ab. „Nein, Omar! Auf keinen Fall! Nur du kennst deinen Stamm gut genug, um ihn zu führen. Niemals wäre ich fähig, an deine Stelle zu treten." „Und was ist dein Wunsch, deine Vorstellung, mein Freund?" Eine lange Minute sann ich nach. „Lass mich einfach dein Berater sein. Wir beide zusammen werden mit der halben Welt fertig. Du bist der geborene Führer. Ich nicht." „Was bist du dann?"

„Ich bin ein „Crisis Beast", wie die Briten es nennen. Das ist jemand, der sich gerne aus dem ganzen Getriebe heraushält und in Ruhe und ungestört sein eigenes Leben leben will. Der aber über sich hinauswächst und es mit einer ganzen Welt aufnehmen kann, sollte es wirklich einmal nicht zu vermeiden sein." Er dachte nach.

„Ich bin der Vater und Führer meines Stammes. Und wer und was bist du sonst noch?" Omar hatte Recht: Als allererstes mussten wir einander gründlich kennen, uns selbst, unsere Möglichkeiten und unsere Ziele. Wir beide würden ein aufeinander eingespieltes, harmonisch

funktionierendes Team werden. Alles andere würde sich dann wie spielend von selbst ergeben.

„Ich? Ich bin Soldat. Und damit auch Stratege und Organisator. Und ich bin ein Bauer, ein Gärtner und ein Lehrer."

„Ja, das bist du! Und in allem überaus gut. Ein Stück Wüste in einen paradiesischen Garten verwandeln und diesen Garten verteidigen. Die Menschen lehren, ihren Hass zu vergessen und ihre Vorurteile. Sie lehren, zu leben und zu lieben."

Er blickte meine Kinder an, die sich an mich geschmiegt hatten und seine Miene verdüsterte sich. „Mein Stamm und ich haben unsägliche Schande über uns selbst gebracht durch die Art und Weise, wie wir Sélène und Laila und Ecrin verfemt und ausgegrenzt haben. Es wird bitter für mich werden, dir diese meine Schmach zu gestehen. Aber es muss sein."

Ich hob beschwichtigend die Hand. Sélène, das wusste ich jetzt, hieß diese wunderschöne Frau, die trotz aller Ereignisse nie ganz aus meinen Gefühlen und Gedanken verschwunden war. Sélène hieß sie also. Der Name der Mondgöttin aus der griechischen Mythologie. Der Name der Göttin, die meinem Herzen am nächsten stand. Die Göttin, die Schönheit, Milde und heilsame Güte für mich bedeutete. „Nein, Omar. Ich möchte dir das wirklich ersparen. Lass´ es die Kinder oder Sélène mir erklären. Ist es dir recht so?" Er nickte dankbar und erleichtert. Und ich war froh, dass ich diesem würdevollen Mann seinen Gang nach Canossa ersparen konnte.

Ich legte ihm den Arm um die Schultern und lächelte. „Laila und Ecrin waren schon vom ersten Tag an meine Kinder. Und ich werde Sélène heiraten." Omar lächelte. „Ich sah, wie ihr euch angeschaut habt in diesem kurzen Augenblick unserer Ankunft. Und ich wusste, dass ihr zusammen gehört und dass ihr ein ganzes Leben lang sehr glücklich miteinander werdet." „ Ja, Omar, ich weiß auch, dass sie und ich ein ganzes Leben lang sehr glücklich miteinander sein werden." Unser beider sinnendes Schweigen. „Ist das nicht mehr als seltsam, Omar? Innerhalb weniger Tage finde ich meine Kinder, nach denen ich mich schon jahrelang sehne. Ich finde die Frau, die mir für dieses Leben bestimmt ist und vielleicht für alle weiteren Lebe. Ich finde dich, mit dem ich mich so völlig verstehe wie mit keinem anderen Mann." Überrascht von der Schlussfolgerung, die sich mir plötzlich aufdrängte, hielt ich inne.

„Dies ist irgendwie wie ein Eisenbahn-Knotenpunkt in unseren Leben. Wo Menschen, die jetzt zusammengeführt werden müssen, auch zusammengeführt werden. Du, vielleicht sogar der ganze Stamm, meine neue Familie und ich."

„Du hast Recht, Jean-Pierre. Dies ist ein Knotenpunkt des Schicksals, in Raum und Zeit. Wir werden sehen. Ich bin mir aber sicher: Jetzt beginnt für uns alle hier etwas ganz Neues. Eine Zeit des Friedens, eine Zeit der Fülle."

„Ich möchte, dass wir jetzt das alles für etliche Tage ruhen lassen, Omar, und nichts überstürzen. Unbedachte Hast hat schon weitaus mehr Existenzen ruiniert, als die meisten ahnen. Noch heute Abend gehe ich mit meiner Familie in die Festung, für mindestens eine Woche. Denn wir werden sehr viel zu bereden und zu tun haben."

Ich erhob mich. „Und jetzt noch etwas Profanes: Schicke doch bitte jeden dieser Tage am späten Nachmittag deine Männer in die Oase für Wasser und Nahrung. In der Kleiderkammer habe ich jede Menge an Jacken und Hosen aus Khaki und Moleskin, feste Schuhe und Stiefel. Und Nähmaschinen und Stoffe, damit sich eure Frauen Kleider nähen können."

Er umarmte mich. „Ich komme jeden Tag mit den Männern zu dir. Ich bin sehr glücklich für dich und für uns alle." Gerne erwiderte seine Umarmung. „Bis morgen, mein Bruder."

Die Kinder und ich gingen hinüber zu Sélène's Hütte. Sie wartete schon auf uns. Wir sprachen kein Wort, gingen einfach alle vier Hand in Hand den Weg zu unserer Oase, unter einem Himmel voller Sterne, die zum Greifen nahe erschienen.

IV Sélène, Laila und Ecrin

Jeder Mann trägt seine Eva in sich, jede Frau ihren Adam.
Jeder sucht auf dieser Welt den Menschen, der der eigenen Eva
oder dem eigenen Adam am meisten ähnelt,
und versucht so, das geistige Gleichgewicht zu erlangen.

Jeder Mann sucht seine Eva und jede Frau ihren Adam.
Tief in der Seele lebt ein Idealbild, das die eigene Seele vervollständigt.

(C. G. Jung)

Wir gingen ins Wohnzimmer. Sélène staunte über die urgemütliche Atmosphäre hier drinnen. Sie sah mich dann fast etwas verlegen an. Ich nahm sie in die Arme und küsste sie ganz zärtlich und innig. „Ich weiß, Liebste. Laila hat dir von diesem ersten Wannenbad erzählt." Wir gingen hinaus. Ich füllte die große Safari-Wanne aus imprägniertem Leinen, richtete Schwamm, Seife und Handtuch. Sie blieb stehen und sah mich verlegen bittend an. Ich verstand: Es war keine falsche Scham. So verdreckt und heruntergekommen wie sie war, sollte ich sie einfach nicht sehen. Ich lächelte, holte eines der Sprechfunkgeräte und wollte ihr den Gebrauch erklären. „Ich weiß, wie man damit umgeht, Liebster. Ich rufe dich dann an, wenn ich fertig bin. Lässt du mir etwas Zeit?" „So viel du willst, Schatz. Ruf' mich dann einfach an." „Kanal Eins?" fragte sie zur Sicherheit, als sie das Gerät mit ein paar fachkundigen Griffen bereit machte. „Kanal Eins." bestätigte ich.

Im Wohnzimmer legte ich mich auf das Sofa, meine Kinder im Arm, die sich still und zufrieden an mich kuschelten. So lagen wir da mit geschlossenen Augen. Es war wieder so unendlich viel geschehen heute, so viel, dass mir ein bisschen schwindelig wurde und ich leicht zu schweben meinte. Laila's Gedanken kamen zu mir: „Papa, mir und Ecrin geht es ebenso. Papa, bist du auch so glücklich wie wir?" „Ich liebe euch." gab ich in Gedanken zur Antwort und „hörte" hinter meiner Stirn ihr leises, glückliches Lachen.

Dann erwachte das Sprechfunkgerät zum Leben. „Frau ruft Gebieter. Frau ruft Gebieter. Gebieter bitte kommen. Ende." Ich musste erst einmal laut loslachen. „Gebieter ruft Raben-Aas. Gebieter ruft Raben-Aas. Raben-Aas bitte kommen. Bitte um Vollzugsmeldung. Ende." „Hier Raben-Aas. Melde gehorsamst: Superdünger für die Tomaten steht bereit. Ende und Aus." „Komme hinaus, um Superdünger in Empfang zu nehmen. Ende und Aus."

Ich schnappte mir erst einmal Laila und kitzelte sie. „Du Petze!" sagte ich. Sie quietschte vor Vergnügen, schlang ihre langen, dünnen Beine fest um meine Hüften und küsste mich auf den Mund. „Was ist eine Petze, Papa?" kam ihr Gedanke zu mir herüber. „Das ist so ein böses Mädchen wie du, das alles herum erzählt, was es keinem erzählen soll." sagte ich ihr mit meiner normalen Stimme. „Und das bestraft werden muss!" Wieder kitzelte ich sie. Sie quietschte noch einmal vergnügt, hielt dann ganz still, schmiegte ihre Wange an meine. „Papa, es ist alles so wunderschön. Papa, ich hab' dich so sehr lieb." sagte sie leise mit einer an das Herz rührenden Zärtlichkeit. Mir wurde die Kehle eng. „Du, meine geliebte, zärtliche, süße Tochter." sagte ich leise zu ihr, küsste dann meinen kleinen Ecrin und ging hinaus.

Der volle silberne Mond stand über dem See und spiegelte sich auf der still ruhenden Wasserfläche. Und neben der Wanne, vom Mondlicht magisch umflutet diese zauberhaft schöne Gestalt von Sélène, meiner Gemahlin. Ergriffen, zunächst unfähig, auch nur ein Wort hervorzubringen, umfing ich sie mit meinen Blicken. „Sélène, meine Liebste. Du bist so schön! Du bist so wunderschön!" „Oh mein Liebling. Das ist nur so, weil du mich mit den Augen der Liebe betrachtest. Und ich bin ganz dein, du mein Gemahl."

Endlich riss ich mich los von ihrem Anblick und leerte die Wanne mit den beiden mitgebrachten Eimern. Sie wollte mir dabei helfen; ich wehrte ab; trotzdem blieb sie an meiner Seite. „Das ist so paradiesisch, diese grässliche Dreckschicht los zu sein. Ich war fast kein Mensch mehr!" Sie weinte vor Glück. „Verzeih!" schluchzte sie.

Ich füllte die Wanne ein zweites Mal für sie und wollte dann wieder gehen. Sie hielt mich zurück. „Bitte bleibe bei mir. Ich glaube, jetzt kannst du meinen Anblick ertragen."

lächelte sie schelmisch. Auf einem Felsvorsprung neben der Wanne sitzend schaute ich ihr zu, wie sie sich mit anmutigen Bewegungen wusch, gebadet im silbernen Licht der Göttin, deren Namen sie trug. Wir spürten nicht die immer kühler werdende Luft. Wie viel Zeit verging? Irgendwann strahlte sie mich an und stieg aus der Wanne. Unwillkürlich entstand in mir das Bild der schaumgeborenen Aphrodite, wie sie aus den Fluten stieg. Und nur Aphrodite selbst konnte schöner sein als sie. Ich umfing sie, ließ es mir nicht nehmen, sie mit dem großen Badetuch abzurubbeln. Wir gingen hinein. Unsere Kinder warteten auf uns.

Laila hatte für sich und Ecrin das Bett auf dem Sofa im Wohnzimmer gerichtet. „Laila, Schatz! Wir haben hier noch eine ganze Reihe von Zimmern. Ihr wollt natürlich zusammen bleiben. Kommt gerade mit mir. Ihr werdet zusammen ein wunderschönes großes Zimmer haben. Ich nahm sie bei der Hand und führte sie in eines der Zimmer.

Entzückt sahen sie die freundliche Einrichtung, die Bilder, die Regale voller Bücher an den Wänden, den Schreibtisch, Tisch und Couchtisch, Sofa und Sessel und das herrlich breite Doppelbett, alle Holzteile aus rötlicher Eibe. „Papa! Das soll alles uns gehören?" „Ja, mein Liebes. Und nur euch beiden." „Kommst du noch, uns Gute Nacht sagen, Papa?" „Ich komme gleich wieder und bringe euch zu Bett und bleibe noch ein bisschen bei euch." So geschah es dann auch.

Sie warteten auf mich, immer noch in den viel zu großen Unterhemden. Wie immer legte ich mich wie in die Mitte des Bettes und breitete die Arme aus. Und hatte meine beiden Rangen gleich darauf, wie immer im Arm, Laila's Kopf an meiner Schulter und Ecrin's Kopf in meinem Schoß. Lange lagen wir ganz still da. Irgendwann verrieten mir ihre tiefen Atemzüge, dass sie eingeschlafen waren. Leise erhob ich mich und deckte sie mit der weichen Steppdecke zu. Gab jedem meiner Kinder noch einen Kuss. Und zog die Tür leise hinter mir ins Schloss. Dann ging ich hinüber ins Wohnzimmer, wo Sélène auf mich wartete.

Wortlos umarmten wir uns. Wortlos gingen wir hinüber ins Schlafzimmer, lagen nackt nebeneinander auf dem breiten Bett. Ich umarmte sie zärtlich. Ihre schlanken, starken Schenkel öffneten sich. Ich war im Begriff, in sie einzudringen. „Liebster!" sagte sie plötzlich. Überrascht hielt ich inne. Sie errötete, voller Verlegenheit. „Liebling. Du musst mir sagen, wenn ich etwas falsch mache, wenn ich ungeschickt bin." Ich streichelte sie. „Meine süße Sélène. Zwei Menschen, die sich wirklich lieben, können dabei gar nichts falsch machen." Behutsam drang ich in sie ein. Und es war vom ersten Augenblick an wunderschön, so ganz in ihr zu sein. Und sie in mir.

Denn es war nicht nur die selige körperliche Vereinigung zweier Liebender. Es war das Eins-Sein im Verstehen. Sie verstand mich, wie man einen Menschen nur verstehen konnte. Auf einer Ebene, die sich mit Worten nicht beschreiben ließ. Die man nur erleben konnte. Sie wusste meine Gedanken und Gefühle so sehr nachzuvollziehen, dass sie zu ihren eigenen wurden. Wir gingen ineinander auf, wurden Eins im Verstehen. Und ich erlebte das

Gleiche wie sie. Ihre Gefühle und Gedanken wurden zu meinen eigenen. Sie lebte in mir und ich lebte in ihr. Die Stunden verflossen. Irgendwann, noch immer auch körperlich vereint, schliefen wir einer in des anderen Armen ein.

Als ich die Augen aufschlug, blickte ich direkt in ihre nachtdunklen sprechenden Augen. Wir lächelten, genossen noch lange, köstliche Minuten unsere innige Umarmung. Widerstrebend löste ich mich sanft von ihr und holte uns zwei weiche Morgenmäntel. Unsere Kinder warteten schon im Wohnzimmer auf uns. Laila hatte ein erstes Obstfrühstück für uns alle vorbereitet. Sie hatte fünf oder sechs Mangos in kleine gabelfertige Stücke geschnitten und den Tisch hergerichtet. Wir brauchten uns nur zu setzen. Auch war sie schon draußen bei den Hühnern und im Gemüsegarten gewesen: Ein ganzes Dutzend Eier, Zucchini, Karotten, schon geputzter Feldsalat, Auberginen, Lauch und einige Kräuter lagen auf der Anrichte. Ich lächelte ihr dankbar zu. Schweigend und glücklich genossen wir die frischen Mangos. Danach saßen wir noch lange am Tisch; erfüllt und zufrieden.

Auch das üppige Ratatouille, das Sélène und Laila gemeinsam für uns brutzelten, genossen wir schweigend, langsam und andächtig. Schließlich ging die Familie Lavalle zunächst vollends zu den profanen Angelegenheiten des Alltags über. Laila ließ es sich nicht nehmen, das Geschirr zu spülen. Während Sélène Morgentoilette im Bad machte, wollte ich Laila beim Geschirrspülen helfen, wurde aber sanft zurückgewiesen. „Ich mache das doch so gerne für uns, Papa." Und dann übermütig und schelmisch: „Papa? Sind dir zwei Frauen etwa zu viel?" Wie schon einige Male, wenn sie Geschirr spülte, umarmte ich sie von hinten, während sie sich ganz fest an mich presste, sich an mir rieb und zappelte und quietschte vor Vergnügen.

Als ich dann im Bade meine Morgentoilette machte, sagte ich zu meinem mich anstrahlendem Spiegelbild: „Hallo, du alter Bussard! Womit hast du denn solch ein Glück verdient?" „Doch! Das hast du!" entschied ich dann. Wir alle vier hatten uns solch ein Glück verdient, hatten es mehr als reichlich verdient.

„Ich gehe mit Ecrin hinaus in den Garten, Papa. Ist das in Ordnung?" „Natürlich, ihr Lieben." „Papa. Der kleine Gockel ist sehr scheu. Aber der große Gockel, der mag mich sehr. Er kommt immer zu mir her und lässt sich von mir streicheln. Hat er denn einen Namen?" „Güldenkamm heißt er." „Das hat doch bestimmt eine Bedeutung?" „Ich glaube, das ist noch ein bisschen zu viel für dich, Kleines."

Aber ich hatte einen Augenblick lang vergessen, dass Laila und ich in allen Gedanken und Gefühlen, in allen unseren Erfahrungen, in all unserem Wissen eine einzige Wesenheit waren, ob wir das nun wollten oder nicht. Die aquamarinblauen Augen sahen mich entsetzt und erschrocken an. „Ja." sagte ich widerstrebend. „Güldenkamm weckt die Helden in Walhall, wenn die Zeit der Götterdämmerung gekommen ist. Sie werden mit Odin und den anderen Göttern gemeinsam gegen die Mächte der Zerstörung und des Chaos kämpfen." „Doch Güldenkamm bei den Göttern kräht; er weckt die Helden bei Heervater." zitierte sie aus der Edda. „Wie grausig und groß das alles ist, und doch irgendwie schön." flüsterte sie fröstelnd. Sie drückte sich an mich und ich spürte, dass sie leicht zitterte. Ecrin verspürte unsere Stimmung und schmiegte sich von der anderen Seite eng an mich.

„Hat sich denn je etwas grundsätzlich geändert, mein Liebes? Steuern wir nicht schon wieder auf eine neue Götterdämmerung zu? Und vielleicht zum wievielten Male. Es sind immer die Menschen, nie die Götter, welche hauptsächlich für die Götterdämmerung verantwortlich sind."

„Aber die Welten entstehen alle wieder aufs Neue. Vielleicht mit geläuterten Menschen und auch mit geläuterten Göttern." Wir lächelten uns an. Und ich zitierte:
„Unbesät werden Äcker tragen.
Böses wird besser.
Baldur kehrt heim."

Und dann fuhr Laila mit leiser Stimme fort:

„Einen Saal sehe ich sonnenglänzend
mit Gold gedeckt zu Gimle stehen.
Wohnen werden dort wackere Scharen,
der Freuden walten in fernste Zeit."

Sie küsste mich, nahm Ecrin an der Hand. „Komm, Ecrin. Wir gehen jetzt Güldenkamm streicheln."
Völlig perplex schaute ich den beiden nach.
Philosophische Gespräche, Geschichte, germanische und

nordische Mythologie, Zitate aus der Edda und Telepathie.
Und das alles mit einem zehnjährigen Mädchen!

Sélène schaute mich nachdenklich lächelnd an. Hand in
Hand gingen wir hinüber ins Schlafzimmer, stiegen in das
breite Bett und fanden uns noch einmal in inniger
Umarmung. Ohne Leidenschaft, aber von einer noch nie
erlebten Zärtlichkeit. Ja, wir waren Eins, verschmolzen
vollends im gemeinsamen Höhepunkt.

Still lagen wir nebeneinander. Ich legte den Arm um sie
und streichelte ihre kleinen festen, anmutig
geschwungenen Brüste. „Oh ja, Liebster." sagte sie und
schmiegte sich noch enger an mich. „Ich würde so gerne
alles über dich wissen, wie du als Kind aufgewachsen bist
und du letztendlich zusammen mit den Kindern in diese
Lage gekommen bist. Dein ganzes Leben möchte ich
kennen, wenn es dir nichts ausmacht, meine Liebste." bat
ich sie.

„Du willst meine Geschichte hören?" „Ja, meine Königin."
Und so erfuhr, nein, erlebte ich selbst Sélène's
Geschichte. Denn jeder vollzog die Gedanken, die
Gefühle, Erlebnisse und Erinnerungen des anderen so
nach, als wären es seine eigenen. Dies ist also Sélène's
bisheriges Leben gewesen:

„Ich hatte sehr liebevolle Eltern. Vor allem zu meinem
Vater hatte ich eine enge Beziehung; ich war ein richtiges
Papa-Kind. Noch gut kann ich mich erinnern an diese
sorglosen Jahre meiner Kindheit. So weit ich das
beurteilen kann, führten meine Eltern eine Liebesehe. Sie

redeten frei und offen über alles miteinander und ebenfalls mit mir. Ich glaube, ich war absolut glücklich. Mein Vater behauptete, ich wäre schon als neugeborenes Baby so schön gewesen wie der Mond. Eben deshalb gaben mir meine Eltern den Namen „Amar"; das ist das arabische Wort für Mond.

Meine Eltern hatten einen kleinen Buchladen mit reger Kundschaft. Hauptsächlich Franzosen, welche damals voll in der Literatur des Existenzialismus lebten. Die ganze literarische Clique vom Montmartre und von Sacré Coeur, aber hauptsächlich Albert Camus: „ Der Fremde", „Die Pest", „Caligula". . . Papa hatte mich oft auf seinem Schoß und erzählte mir davon, obwohl ich mit meinen damals noch nicht ganz sechs Jahren natürlich kaum etwas verstehen konnte. Es war aber himmlisch, auf seinen Knien zu sitzen und seiner Stimme zu lauschen.

Die literarisch interessierte arabische Kundschaft wurde weniger und weniger. Aus Angst vor dem Terror, der immer öfter ganze Familien auslöschte. Die Fanatiker hier unten erklärten den Koran als das einzig erlaubte Buch. Und auch das sollte man möglichst nicht selbst lesen, sondern es sich von ihren „Gelehrten" auslegen lassen. Alles andere war das Werk des Teufels und daher ein todeswürdiges Verbrechen. Papas arabische Freunde, die es sich leisten konnten und Ersparnisse in einer der französischen Banken in den Städten des Nordens hatten, ließen hier unten alles im Stich und zogen in den Norden oder gleich nach Frankreich. Einem ungewissen Schicksal entgegen, aber einem Schicksal frei von Angst und Albträumen. Es war mein Vater, der immer wieder geduldig versuchte, mir diese Zusammenhänge zu erklären. Er wollte mir in dieser aus den Fugen geratenen Welt eine möglichst große Überlebenschance mitgeben. Leider vergaß ich zu fragen, warum mein Vater hier nicht alles aufgab und ebenfalls mit uns nach Frankreich ging. Hätte er es doch getan!

Dann kam der schicksalhafte Tag, der meine so sorglose und umhegte Kindheit jäh beendete. Ich liebte es, Besorgungen für meinen Vater zu machen und die bestellten und dann eingegangenen Bücher zu den Kunden in der Stadt zu bringen. Damals sprach ich schon gut französisch und war stolz darauf, mit allem so gut zurecht zu kommen. Die meisten der Franzosen hier unten waren sehr freundlich zu mir und oft bekam ich ein paar Bonbons, eine Madeleine oder einen Schokoladenriegel. So auch an diesem Tag. Eine freundliche alte Dame wollte gerade das Buch entgegennehmen, als eine furchtbare Explosion Boden und Luft erschütterte. Im Schock starrten wir einander an. „Komm herein, Kindchen." sagte die alte Dame zu mir und ergriff meine Hand. Ich aber riss mich von ihr los und flog durch die Straßen zum Haus meiner Eltern, getrieben von einer entsetzlichen Ahnung.

Das Haus meiner Eltern und die beiden benachbarten Häuser links und rechts gab es nicht mehr. Ein riesiger, rauchender Trümmerhaufen war da an ihrer Stelle. Sirenen kreischten. Polizei und Feuerwehr waren schnell hier. Wie betäubt ging ich ein Stück die Straße hoch und setzte mich auf den Bordstein. Der Albtraum hatte begonnen.

In halbwegs normalen und friedlichen Zeiten verhungert kein Bettler und erst recht kein Kind auf den Straßen einer muslimischen Stadt. Aber mir wagte niemand zu helfen. Sogar die Menschen, die mich kannten, machten einen weiten Bogen um mich. Ich wusste, warum: Angst und Terror. Ich verstand sie. Der Tag verging, die Nacht verging und auch der zweite Tag. Ich spürte keinen Hunger und keinen Durst, hoffte nur, dass Allah sich meiner erbarmte und mich ganz schnell wieder zu meinen geliebten Eltern führte, die jetzt in den Gärten des Paradieses lebten.

Jemand beugte sich über mich und berührte sanft meine Schulter. Ich blickte hoch. Über mir stand ein französischer Soldat, hochgewachsen und hager, ein sehr hoher Offizier, wie ich automatisch an den Epauletten seiner Uniform erkannte. Unfassbar, was er zu dieser späten Stunde noch im muslimischen Viertel zu suchen hatte. Er schüttelte fassungslos den Kopf. „Komm Kleines. Du kannst hier nicht bleiben. Ich nehme dich erst einmal mit zu mir." sagte er sanft und versuchte, mir auf die Beine zu helfen. Es ging nicht. In mir war kein Quentchen Kraft mehr. Da nahm er mich in die Arme und trug mich durch die Straßen zu sich nach Hause.

Eine hübsche blonde Frau öffnete uns die Tür und sah uns fassungslos an. Ich bekam noch ihren erstaunten Ausruf mit und den Anfang eines lebhaften Gespräches, bevor ich das Bewusstsein verlor. Irgendwann wachte ich auf. Frisch gewaschen, in einem sauberen Nachthemdchen, in einem sauberen Bett. Der Mann und die Frau saßen nebeneinander auf dem Bettrand und blickten gerührt und besorgt zugleich auf mich herab. Seltsam, wie mein Gedächtnis die allerkleinsten Details mit geradezu fotographischer Genauigkeit für immer festhielt.

Und ich hatte einen rasenden Durst und die ersten Anzeichen von Appetit. Es war vor allem der Mann, der sich um mich kümmerte. Liebevoll legte er seinen Arm um mich, so dass ich mich im Bett aufsetzen konnte. Er hielt mir ein Glas wunderbar klares und frisches Wasser an die Lippen. Es war das Köstlichste, was ich bis zu diesem Zeitpunkt erlebt hatte. „Ganz langsam, mein Liebes. Wir haben so viel Zeit." sagte er zärtlich. Seine Frau blickte ihn mit feuchten Augen an. Und er nickte ihr zu. „Ich hätte sie auf jeden Fall mitgebracht, hätte kein Kind auf der Straße zugrunde gehen lassen. Aber als ich sie sah, musste ich sofort an unsere Tochter, unsere süße Sélène denken. Unsere Sélène wäre jetzt auch in ihrem Alter." „Ja, Chéri" sagte seine Frau. „Es ist mehr als seltsam. Auch ich musste sofort an unsere kleine Sélène denken, als du sie herein brachtest. Es ist wie eine Fügung Gottes."

Ich schaffte das Glas Wasser und dann noch den allerbesten frisch gepressten Orangensaft. Dann dämmerte ich, in den Armen des Mannes, in einen tiefen, heilsamen Schlaf hinüber.

Wohl vergingen etliche Tage, an denen ich wie gelähmt im Bett lag, unfähig zu sprechen, voll im Schock über den schrecklichen Verlust meiner geliebten Eltern. Außer Wasser und Orangensaft verweigerte ich jede Nahrung. Ich war nie allein. Die Frau saß bei mir auf dem Bett, streichelte mich, bot mir immer wieder frisch gepresste Säfte und irgendwelche Happen an. Ich nahm das alles nur ziemlich verschwommen wahr, wollte einfach hinübersterben, um wieder bei meinen Eltern zu sein. Trotzdem war ich überaus dankbar, dass sie mich nie allein ließen.

Aber es war vor allem der Mann, der sich äußerst hingebungsvoll um mich kümmerte. Wenn er vom Dienst kam: Gleich war er bei mir, hielt meine Hand, streichelte meine Wangen und flüsterte mir zärtliche Worte zu. Und oft hatte er Tränen in den Augen.

Und irgendwann löste sich der Schock. Ich brach in haltloses Weinen aus. Da nahm er mich auf seinen Schoß, wiegte mich sanft und beruhigend und flüsterte mir tröstende Worte zu. Ich wollte gar nicht aufhören, zu weinen. Und dann verstand ich allmählich, was er zu mir mit leiser, sanfter Stimme sagte. „Du meine süße, kleine Tochter. Ich hab' dich so lieb. Wir wollen für dich Papa und Maman sein. All das Furchtbare wird langsam vergehen. Und dein Leben wird wieder schön werden. Du mein Kind." Plötzlich war ich ganz ruhig. Ich schlang meine Ärmchen um seinen Hals, schmiegte meinen Kopf an seine Schulter und fiel in tiefen Schlaf.

Wir saßen am Frühstückstisch, ich auf dem Schoß von Papa. Maman hatte für uns alle eine große Schüssel kleingeschnittener Papaya-Stückchen hingestellt. Von denen wir jetzt alle mit Appetit aßen. Sogar ich, wenn auch noch wenig. „Wie heißt du eigentlich, mein Liebes?" fragte mich Papa. „Amar." erwiderte ich. Und ich sah, dass meine neuen lieben Eltern erstarrten und sich irgendwie betroffen?, beglückt? ansahen.

„Habe ich etwas falsch gemacht, Papa?" „Nein, überhaupt nicht, meine kleine Prinzessin. Ich will dir sagen, wie das alles für mich gewesen ist, als ich dich vor ein paar Wochen dort auf der Straße fand. Ich hätte jedes Kind mit nach Hause genommen, hätte es nicht auf der Straße verkommen lassen. Aber du hast mich sofort an unsere kleine Tochter erinnert. Du bist ihr genaues Ebenbild. Sie ist vor etwa anderthalb Jahren an einem Fieber gestorben. Meine Frau ist bis heute untröstlich gewesen über unseren Verlust. Aber mich hätte es beinahe umgebracht. Ich habe sie über alles geliebt."

Er streichelte mein Haar. „Du bist so unwahrscheinlich klug und verständig für dein Alter. Das war unsere kleine Tochter auch. Und jetzt sagst du uns, dass du „Amar" heißt. Wir wissen, dass das „Mond" bedeutet. So hieß unsere kleine Tochter ebenfalls." „Sie hieß „Amar?" fragte ich verblüfft. Er lächelte. „Nein. Sie hieß „Sélène." Das ist der Name der Göttin des Mondes und gleichzeitig heißt es „Mond" in uralten griechischen Legenden." „Das ist ein wunderschöner Name." flüsterte ich. „Papa! Es wäre so schön, wenn ihr mich „Sélène" nennen würdet." wisperte ich schüchtern und etwas angstvoll. Rührte ich da nicht an etwas Heiliges?

Er blickte mich ernst an. „Du musst verstehen, mein Liebes. Maman und ich wissen beide, dass unsere kleine Sélène tot ist, dass sie jetzt oben bei den Engeln ist. Dass sie glücklich dort ist. Und dass wir erst nach unserem Tod wieder mit ihr zusammen sind. Das ist das Paradies, mein Liebling: Ein Ort, der frei ist von Angst, von Schmerz und von Verwundbarkeit."

„Warte, meine Süße." lächelte er, als ich etwas sagen wollte. „Du musst verstehen, dass wir in dir keinen Ersatz für unser totes Töchterchen sehen. Sondern wir lieben in dir das wunderbare kleine Mädchen, das du selbst bist, und nur du selbst. Wir beide nennen dich gerne „Sélène". Aber damit meinen wir nur dich selbst."

So begann diese herrliche, wunderbare Zeit mit Papa und Maman. Meine leiblichen Eltern hatte ich keineswegs vergessen. Ich dachte oft voll Zärtlichkeit an sie, vor allem an meinen Vater, aber jetzt ohne Sehnsucht. Und ich wusste, dass meine neuen Eltern in gleicher Weise an ihre leibliche Tochter dachten. Das alles jedoch lag in der Ordnung der Dinge. Zutiefst unversöhnt mit unserem Verlust hatten wir uns gefunden und uns gegenseitig gerettet, uns dreien selbst den Weg in ein aktives, Sinnerfülltes und glückliches Leben geöffnet. Mit dem beschützenden Zauber, den jeder neue Beginn in sich birgt.

Es begann eine herrliche, aufregende Zeit des Lernens. Maman war eine ausgezeichnete Köchin und eine geschickte Näherin. Sie bereitete alle Mahlzeiten selbst zu, sehr gesunde und bekömmliche Mahlzeiten. Reste wurden keineswegs weggeworfen, sondern erschienen am folgenden Tag mit einigen anderen Resten als Ratatouille auf dem Tisch, das uns meist noch besser schmeckte als die Mahlzeiten, von denen es herrührte.

Und das alles durfte ich von ihr lernen. Bald bereiteten wir die Mahlzeiten gemeinsam zu. Was haben wir dabei gelacht und gekichert und erzählt!

Auch das Nähen und Stricken brachte sie mir bei. Recht bald nähte ich selbst die schönsten Kleider für mich aus Leinen, Khaki und Baumwollstoffen. Die erste Strickjacke misslang gründlich. Und die ersten Baumwollsocken mit Fersen. Oh je! Aber auch da gab es irgendwann brauchbare Ergebnisse. Mir machte es so viel Freude, von Maman zu lernen und mit ihr zu arbeiten.

„Aristide" sagte sie einmal, „hat mir ganz am Anfang unserer Ehe einmal erklärt, dass wahre Freiheit nur aus Selbstgenügsamkeit und Tüchtigkeit entstehen kann. Und dass ein einfaches und bescheidenes Leben der Beginn der Weisheit ist. Man lebt trotzdem in Fülle und kann sich seine eigene vollkommene und freundliche Welt wie eine Insel schaffen, selbst in einer feindseligen Welt. Oft sind gerade die einfachsten Dinge das Beste, was wir haben."

„Papa heißt „Aristide?" Und wie heißt du, Maman?" Sie lächelte. „Ich heiße „Arlette", mein Liebling." Ich staunte. „Aristide und Arlette. Das klingt so vornehm und doch so warm und lieb." Maman lachte schallend. „Und „Sélène" erst!" sagte sie zärtlich und küsste mich. „Aristide und Arlette und Sélène! Papa und Maman und Sélène" jubelte mein Herz.

Am allerschönsten war es aber, mit Papa zu lernen und zu arbeiten. „Wir beide waren schon lange ein Liebespaar geworden. Nichts Sexuelles natürlich, sondern so ähnlich

wie du und Laila ein Liebespaar seid. Wie stolz und
glücklich war ich über seine Anerkennung und wie stolz
und glücklich war er über meine raschen Fortschritte und
ausgezeichneten Ergebnisse! Nie tadelte er mich. Er
musste mich auch nie ermutigen. Er eröffnete mir, dem
atemlos staunenden Mädchen, ganz neue, wunderbare
und nie geahnte Welten.

Lesen und Schreiben, und zwar französisch und arabisch
vervollkommnete ich wie im Fluge. Papas ganze
umfangreiche Bibliothek stand mir zur Verfügung. War er
dienstlich außer Haus, so verschlang ich mit glühenden
Wangen Romanzen, Abenteuer-Romane, geschichtliche
Romane, Romane über Krieg und bald auch Literatur wie
Albert Camus, Gustave Flaubert, Victor Hugo. . .
Schließlich Blaise Pascal, Descartes. . . Und über alles
konnte ich mit ihm reden, alles konnte ich ihn fragen, auf
alles wusste er eine Antwort. Noch heute verbinde ich mit
ihm Allwissenheit, Weisheit, Liebe und Güte.

Parallel dazu unterrichtete er mich in Algebra, Geometrie,
Winkelfunktionen, Logarithmen, Grenzwert-
Betrachtungen, Differential- und Integralrechnung,
analytische Geometrie, Mechanik, Elektrotechnik, Chemie.

Ich lernte, Autos und elektrische Anlagen zu reparieren.
Ich lernte, mich auf Märschen in der Wüste zu orientieren,
lernte die dortige Pflanzen- und Tierwelt kennen. Lernte,
wie man mit einem Stückchen Folie oder imprägniertem
Leinen und einem im Sand vergrabenen Gefäß der Wüste
etwas nächtlichen Tau abringt, mit Geschick und etwas
Glück manchmal bis zu einem Liter pro Nacht. Papa lehrte

mich das Überleben in der Wüste und in den Städten der Menschen.

So flogen die Jahre dahin. Papa und Maman schienen keinen Tag älter zu werden. Das Kind Sélène aber wuchs zu einem drahtigen, schlanken Mädchen heran.

Wäre in den damaligen Tagen ein nichts ahnender Fremder in die Stadt Tamanrasset gekommen, so hätte er wahrscheinlich nichts Besonderes festgestellt. Er hätte wohl nichts von der dumpfen Angst unter einer anscheinend ruhigen Oberfläche verspürt. Alles schien „normal": Ab und zu ein Sprengstoff-Attentat, ab und zu ein Mord, eine Schießerei. Das gab es zu dieser Zeit überall in Algerien und auch in Frankreich. Nur waren es anderswo Militär, FLN und OAS, die Krieg gegeneinander führten.

Hier aber waren es außerdem Marodeure und Mädchenhändler, vor allem aber perverse Fanatiker, die allen Menschen mit eigenem Denken und Fühlen nur Tod und Vernichtung bringen wollten. Die für eine blutige, dunkle und grausige Zukunft dieses Landes kämpften. Für den Untergang von allem, was sich von ihnen selbst unterschied.

Eines Abends, ich war wohl so an die vierzehn Jahre alt und Papa hatte mich, wie immer, zu Bett gebracht und war im Begriffe, zu gehen, drehte er sich noch einmal um und schaute mich ernst und nachdenklich-zögernd an, fast verlegen. „Papa?" „Sélène, Liebes. Ich muss dich jetzt etwas fragen, weil ich vielleicht mit dir etwas tun möchte, das unter geordneten Verhältnissen in meinen Augen gar nicht in Ordnung wäre. Aber nur, wenn du es selbst wirklich und von ganzem Herzen ebenfalls willst." „Ja, Papa?"

Er legte sich wieder zu mir ins Bett und wir nahmen uns in die Arme. Ich fühlte, wie schwer es für ihn war, mit dem herauszurücken, was er auf dem Herzen hatte, wie sehr er nach den richtigen Worten suchte, obwohl wir uns von Anbeginn an immer alles, aber auch alles, frei und offen gesagt hatten. Die Minuten verrannen in Stille. „Sélène, mein Liebes." Er holte tief Luft. Ich fühlte, wie er, der so Selbstsichere, der sonst jede Situation beherrschte, sich sichtlich einen Ruck gab.

„Der Gedanke, dass man dich abschlachten könnte wie ein Tier, wie das so vielen hier geschieht in diesem Land, ist mir unerträglich. Es geht mir zwar als Soldat gewaltig gegen den Strich und du sollst auch nur zustimmen, wenn du es selbst wirklich willst, keinesfalls, weil ich das möchte. Ich möchte dich im Umgang mit Waffen ausbilden und im Nahkampf. Im Anschleichen an den Feind und im lautlosen Töten. In der Konditionierung, die die Hemmung zu töten unterdrückt. Und im Feuergefecht im Gelände. Ich möchte aus dir eine Elitekämpferin machen, die niemand so leicht zur Schlachtbank führt. Aber es soll deine ureigene Entscheidung sein, die ich bedingungslos akzeptieren werde."

Ich schmiegte mich ganz eng an ihn und küsste ihn. Dachte vor allem an den so sinnlosen und grausigen Mord an meinen leiblichen Eltern. „Ja, Papa! Ich will! Ich will unbedingt!"

Jetzt begann für mich ein Unterricht ganz anderer Art. Bei dem es auch Schmerzen und Blutergüsse gab. Und Rückschläge und Enttäuschungen, weil manche Dinge ewig nicht klappen wollten. Bei dem ein ungeschickter Rekrut in der französischen Armée von seinem Ausbilder „liebevoll" als „Sac de Plomb", als „Sack voll Blei" tituliert wird. Ich lernte auch, dass gerade wegen der Härte und der Strapazen eine Art grantiger Humor ungemein wichtig war.

Märsche bis zur Erschöpfung durch schwieriges Gelände, dabei einen Rucksack mit zehn Kilo Ballast schleppend; Papa hatte einen Rucksack mit zwanzig Kilo Ballast. Er schien unermüdlich. Und in den Pausen, die wir einlegten, wenn ich einfach nicht mehr konnte, wurde der unerbittliche Antreiber wieder zum liebevollen Papa, der mich in seine Arme nahm, mir zärtliche Worte zuflüsterte und mir immer wieder sagte, wie großartig ich das alles bewältigte. Dass es mit jedem Tage leichter für mich werden würde. Und es war so. Tatsächlich war es so. Aus den qualvollen Strapazen wurde einfach nicht mehr als ein anstrengender Marsch bis fast an die Grenzen des Durchhaltevermögens.

Ausbildung an Schusswaffen. Pistole, Mitraillette, Karabiner, Scharfschützen-Gewehr mit Zielfernrohr. Waffen reinigen, laden, entladen, sichern, übergeben, das alles bis zum Abwinken. Mit Pistole und Maschinenpistole auf fünfundzwanzig Meter, mit Karabiner auf fünfzig Meter und mit Scharfschützen-Gewehr auf bis zu dreihundert

Meter Entfernung schießen. Am ersten Tage hatte ich Mühe, die an sich recht große Zielscheibe zu treffen. Mit einem Steinwurf hätte ich sie spielend getroffen. Ich machte wohl vor dem Abdrücken die Augen zu, aus Angst vor dem Knall. Doch schon am dritten Tag, riss sich Papa die Mütze vom Kopf, schwenkte sie wild hin und her und schrie vor Begeisterung: Ich hatte beim Pistolenschießen mit acht Schüssen achtmal ins Zentrum der Scheibe getroffen. „Bon sang, Kleines!" brüllte er. „Du schießt ja wie ein Wilddieb!"

Ich wurde ein hervorragender Schütze. Die Zielscheiben mit den konzentrischen Kreisen wurden ersetzt durch Zielscheiben, auf denen lebensgroße Soldaten abgebildet waren. Die auf einen zielten. Und die es jetzt zu treffen galt. Je nach Vorgabe: In den Kopf, in die Brust oder in den Bauch. Abbau der Tötungs-Hemmung. Dies hier war kein Sport, sondern Vorbereitung auf bittere Notwendigkeit.

Übungen von Schussgefechten im Gelände, bei denen es auf schnelle Reaktion, richtiges Einschätzen der Situation, möglichst genaues Treffen und sparsamen Umgang mit Munition ankam. Hier ergab sich eine unerwartete Schwierigkeit: Papa und mir war es unmöglich, mit der Waffe aufeinander zu zielen, weder mit Platzpatronen, noch mit entladener Waffe.

Aber es gab eine andere Lösung. Ich pirschte durch das Gelände, Pistole geladen und entsichert im Halfter, Maschinenpistole entsichert im Anschlag. Dann Papas laute Stimme. „Feind auf drei Uhr!" - Das war genau rechts von mir. Ich fuhr herum, zielte auf den Bauch eines dort von Papa versteckten „Pappkameraden" und schoss. Ich traf ihn auch wie beabsichtigt, in die Brust. Weil die Maschinenpistole beim Abdrücken von selbst hochreißt. „Schatz!" sagte er erschüttert. „Du wärest jetzt tot. Du kannst noch so schnell sein. Aber jemand, der dich schon im Visier hat, ist auf jeden Fall schneller als du. Sage mir bitte, was du falsch gemacht hast." „Ja, Papa. Ich weiß. Ich hätte einfach erst einmal drei, vier Schüsse sofort in die ungefähre Richtung abgeben sollen. Während der Feind dann aus Reflex in Deckung gehen will, ziele ich diesmal und erledige ihn. Und verpasse ihm zur Sicherheit noch einmal ein oder zwei Schuss."

Wir gingen weiter. „Feind auf zehn Uhr!" Diesmal machte ich alles richtig. Zu guter Letzt vergaß ich auch nicht, ihm mit der Pistole den Fangschuss zu geben. Papa schaute sich befriedigt meine Treffer an, die er zu weiteren Verwendung der Scheibe mit speziellem Papier überklebte. „Wunderbar." meinte er dann grimmig. „Der lächelt nie wieder." Bedrückt schauten wir uns an. Dieser grimmige Humor war wohl nötig, um das Grausige, auf das er mich da vorbereitete, überhaupt ertragen zu können. Wie gerne, wie ungemein gerne, hätten wir beide auf all das hier verzichtet! Wir brauchten es nicht auszusprechen. Er umarmte mich ganz fest. Ich glaube, für mich war es weitaus leichter als für ihn. Ich brauchte nur wieder an den Mord an meinen leiblichen Eltern zu

denken und all das wurde ganz leicht und machbar für mich.
Viel besser gefiel mir der Nahkampf mit Papa, denn hierin

war ich eindeutig im Vorteil. Die ernsthaften und auch tödlichen Schläge, die verstümmelnden oder tödlichen Fußtritte übte er mit mir an harten Lederpolstern. Dann das gezielte Abbremsen von Faust, Handkante oder Fuß, um den Partner nicht zu verletzen. Und jetzt kommt das Schöne für mich: Bei den Umklammerungen, die den Gegner unbeweglich und wehrlos machen, ihm vielleicht auch das Genick brechen sollen, wenn mich mein Papa da also so richtig in der Mache hatte, rieb ich meine Wange an seiner, gab ihm Küsschen und fing an zu schnurren wie ein Kätzchen. „Du freches Ding!" kam es dann in komischer Verzweiflung. „Wie in aller Welt soll ich dir denn den Hals umdrehen, wenn du anfängst, mit mir zu schmusen?" Und dann boshaft: „Probier das doch einmal an einem der ungewaschenen Fanatiker aus!" Mir wurde ganz blümerant zumute. Mein Magen meldete sich voller Empörung. „Fi donc! Pfui, Papa!"

Es gab auch das Herrliche, Wunderbare. Und zwar bei den zweitägigen Orientierungsmärschen durch das Gebirge. Etwa eine Stunde vor Sonnenuntergang hatten wir meist einen geeigneten Lagerplatz gefunden. Müde und verschwitzt machten wir Toilette, das heißt, wir spülten uns mit etwas Wasser den Staub und Schweiß aus dem Gesicht. War kein Brennholz zu finden, so setzte ich den Gasbrenner in Aktion und wir tranken erst einmal einen heißen, schwarzen, süßen Pulverkaffee. Viel schöner war es natürlich an einem kleinen heimeligen Lagerfeuer. Dann schauten wir den Flammen zu und spürten, wie Ruhe und Frieden in uns einkehrten. Papa sagte immer, dass Feuer etwas Lebendiges sei, so wie die Wellen des Meeres. Obwohl ich schon viele Bilder von

Meeren und Küsten aus meinen Büchern kannte, konnte ich es mir nicht wirklich vorstellen. Er und Maman würden mit mir bald einmal ans Meer fahren. Das hatten sie mir schon lange versprochen. Ich freute mich sehr darauf. Das mitgebrachte Couscous, den fertigen Salat und die belegten Baguette spülten wir mit viel Tee hinunter.

Inzwischen war es fast dunkel. Die Glut des langsam ersterbenden Feuers knisterte noch. Die ersten Sterne zeigten sich am samtschwarz gewordenen Himmel, wurden schnell heller und zahlreicher, rückten immer näher. Wir knöpften unsere beiden Schlafsäcke aneinander, so dass wir dann bequem in einen einzigen weiten Schlafsack krochen.

Und jetzt begann das Wunderbare. Papa und ich lagen nebeneinander, hielten uns an der Hand und blickten immer wieder staunend wie kleine Kinder zu der glitzernden Pracht über uns empor. Weit weg von Stadt und Meer, in der trockenen klaren Luft inmitten der Sahara flogen wir im Geiste nach oben und berührten diese wunderbaren, leuchtenden, tröstenden Sterne. Fühlten deutlich in unseren Herzen, dass die Bindung zum Göttlichen, zum Ewigen immer noch bestand. Dass alles gut werden würde, alles seinen Sinn hatte. Und Papa und ich wurden Eins, weit jenseits von Zeit und Raum, in dem sich die Körper zweier Menschen in Vereinigung berühren.

In diesen Nächten schliefen wir kaum, höchstens minutenweise.

Am frühen Morgen genossen wir dann ein ausgiebiges

Frühstück mit Kaffee und Tee. Seliges Schweigen. Manchmal trafen sich unsere Augen, unsere Hände. Dann lächelten wir. Das wunderbare Gefühl des Eins-Seins mit Papa, das nichts und niemand uns nehmen konnte. Papa und ich würden Eins bleiben, auch wenn dieses Leben für uns einmal endete.

Zehn Jahre waren vergangen, zehn glückliche Jahre mit Papa und Maman, trotz allem. Papa sagte mir oft, ich sei die aller- aller- schönste Sechzehnjährige, die er je gesehen hätte. „Da klatschen ja die Augen vor Entzücken und Begeisterung in die Hände!" meinte er manchmal schmunzelnd. Und ich errötete jedes Mal vor Freude und Verlegenheit, gab ihm einen Klaps auf den Handrücken - Aber Papa! - und wir lächelten uns an. Und er brachte mich abends immer noch zu Bett. Ich hätte es sehr vermisst, hätte er es nicht mehr getan, hätte er sich nicht noch ein bisschen zu mir gelegt, mir dann einen zarten Kuss gegeben und mich liebevoll zugedeckt. In diesen Augenblicken war ich wieder sein kleines Mädchen, das er einst auf der Straße gefunden hatte. Wir waren noch das gleiche Liebespaar, wie von Anfang an. Wir würden es unser ganzes Leben lang bleiben. Unser ganzes Leben lang würden Papa, Maman und ich zusammen bleiben. So hatte ich es beschlossen.

Eines Morgens nach dem Frühstück gingen meine Eltern mit mir hinüber an den Couchtisch. Sie waren ungewöhnlich ernst. Irgend etwas lag in der Luft. „Habe ich denn etwas falsch gemacht?" fragte ich erschrocken. „Aber nein, Chérie!" versicherten mir beide lächelnd „Ich mache uns Kaffee." sagte Maman. „ Lass' mich doch das machen, Maman, wie immer." Ich eilte in die Küche, füllte den Percolator mit frisch gemahlenem, duftendem Kaffee, gab eine Spur Zimt und eine Prise gerösteter und gemahlener Kichererbsen hinzu und schaltete das Gerät ein. Das würde jetzt ein paar Minuten dauern. In der Zwischenzeit trug ich die Tassen, Milch und Zucker zum Couchtisch. Und nach kurzer Überlegung auch eine Schale feines Konfekt. Das war wohl der Situation angemessen. Fand ich. Meine Eltern lächelten mir verständnisvoll zu. Ja, wie wunderbar wir drei uns verstanden. Endlich war der Kaffee fertig und ich holte die Kanne und goss uns ein. Dann setzte ich mich zwischen Papa und Maman und blickte beide ganz erwartungsvoll an.

Papa räusperte sich. „Ich komme gleich zur Sache und sage es, wie es ist." meinte er. „Nicht nur ich, sondern auch noch etliche andere hohe Offiziere sind mit der Politik, die Paris in Algerien betreibt, schon lange nicht mehr einverstanden. Ich wurde mit meinen bloßstellenden Eingaben und Protesten der Pariser Lobby wohl allzu lästig, zumal ich nicht auf den Mund gefallen bin. Also bot man mir verfrüht meine volle Pension an, wenn ich meinen Dienst quittiere. Das habe ich vor zwei Wochen getan und gestern die Bestätigung erhalten." „Und was machen wir jetzt, Papa?"

Er nahm meine Hände in seine und lächelte. „Wir gehen aus Algerien weg nach Europa. Erinnerst du dich an die Bilder von den Pyrenäen?" Ich nickte erwartungsvoll. „Ich habe schon vor vielen Jahren auf der spanischen Seite der Pyrenäen ein ausgedehntes Grundstück mit einem schönen alten Bauernhaus aus grauem Basalt und mit Schieferdach gekauft. Dort werde ich mit Maman und dir leben. Und wir werden glücklicher sein und ein weitaus ruhigeres Leben haben als hier. In einer kaum erschlossenen Region, in der die Zeit stehenbleibt, der Fluss des Lebens ruhig dahin strömt. Wenige Autostunden von der französischen Grenze und vom Meer entfernt. Und wir werden im Sommer oft ans Meer fahren, immer einen großen Pique-Nique-Korb mitnehmen und viel schwimmen. Du wirst schnell lernen, in den Wellen des Meeres zu schwimmen, dich von der Dünung tragen zu lassen. Ich verspreche dir: Es ist herrlich." Vor Aufregung verschluckte ich mich. Aber etwas musste ich noch genau wissen: „Papa? Können wir dort auch in die Berge gehen und nachts miteinander wieder zu den Sternen empor fliegen?" „Ja, mon Amour! Auch ich möchte diese Nächte, vor allem mit dir, nie wieder missen!"

„Was werden wir denn dort noch alles tun, Papa?" „Ich werde uns Bienenstöcke anschaffen. Von der Imkerei verstehe ich einiges. Wir werden köstlichen eigenen Berghonig essen aus Kastanien-, Akazien- und Orangenblüten. Wir werden endlich unser eigenes Obst und Gemüse, unsere eigenen Hühner und Gänse und unsere eigenen Kräuterbeete haben. Und wir werden alle drei richtig gut die spanische Sprache lernen." Ich nickte begeistert.

„Das Klima ist anders als hier, mein Liebes. Im Winter werden wir oft Wochen oder auch Monate von der Außenwelt abgeschnitten sein durch tiefen, weißen

Schnee, in dem du morgens alle Spuren von Hasen, Füchsen, Fasanen und Rehen siehst. Auch die Bäume des Waldes tragen alle ein Kleid aus blendend weißem Schnee."

„Im Sommer hacke ich fleißig Holz für diese Winter. Dann machen wir jeden Tag ein schönes, warmes Feuer in dem großen Kaminofen. Du wirst merken, dass das eine viel angenehmere Wärme ist als die Wärme hier aus der Gasheizung an den kalten Tagen." Ich wusste vor Aufregung und Freude gar nicht, was ich sagen sollte, strahlte nur Papa und Maman an.

„An diesen langen Wintertagen und Abenden komme ich dann endlich dazu, all die Bücher zu schreiben, die philosophischen, religiösen und geschichtlichen Abhandlungen in Form von Romanen und Geschichten, die ich bisher nur in Kopf und Herz und in Notizheften mit mir herumtrage. Schatz? Willst du mein Lektor sein? Ich könnte mir keine hübschere, bezauberndere und bessere Lektorin vorstellen." Wieder bekam ich einen roten Kopf, wie so oft bei Papa's Komplimenten. Freude und Verlegenheit. Himmel! War das Leben schön! „Papa! Ich wüsste doch nicht, was ich lieber täte!"

Als er mich diese Nacht zu Bett brachte, lagen wir noch stundenlang zusammen in meinem Bett und machten flüsternd Zukunftspläne, wie zwei Verschwörer. Mein Papa, mein Geliebter, mein bester Freund, mein Kamerad durch Dick und Dünn. Als er mir schließlich meinen Gute-Nacht-Kuss gab, mich zudeckte und sanft die Tür hinter sich schloss, schlief ich endlich ein. Mit den allerschönsten

Träumen.

Unser Frühstück am nächsten Morgen fiel ganz aus dem gewohnten Rahmen. Nach dem Obst machte ich uns heute Morgen etwas ganz Kräftiges: Rohkostsalat, Rindersteaks mit Spiegeleiern und mit reichlich Harissa gewürzten Zwiebelreis. Einen besonders edlen Rotwein, und eine besonders reichliche Käseplatte als Nachtisch. Die freudigen Aufregungen des gestrigen Tages und der Nacht hatten für einen gesunden Hunger gesorgt.

Papa und Maman hatten alle Hände voll zu tun, alles hier aufzulösen. Da gab es eine Menge Verwaltungskram, von dem ich absolut nichts verstand. Die ganze Einrichtung, die praktischen Küchengeräte, all die so lieb gewordenen Möbel, die vielen Bücher, von denen ich jetzt schon einen guten Teil gelesen hatte, die Werkzeuge und Geräte einer gut ausgestatteten Werkstatt. Alles wurde abgesprochen mit der Spedition, die die Einrichtung nach unserer Abreise verpacken und verschiffen würde. In diesen Tagen waren Papa und Maman waren sehr oft unterwegs.

So auch an diesem Morgen. Irgendwie kam ich mir verloren vor, fühlte eine innere Leere, die ich seit dem Mord an meinen leiblichen Eltern nie wieder gekannt hatte. Diese unerklärliche schreckliche Unruhe in meinem Inneren. Ich lief im Wohnzimmer hin und her wie ein kleines gefangenes Tier und konnte mich überhaupt nicht mehr freuen. Manchmal blieb ich stehen und starrte mit einem mulmigem Gefühl in der Magengrube zum Fenster hinaus in den Garten. Was war denn nur los?

Und dann schrie ich plötzlich auf und brach zusammen. Ich erlebte in mir den Tod meines Papas mit, meines Papas, der mir meine ganze Welt bedeutete, den ich über alles liebte. Auch Maman's Tod drang etwas später wie ein spitzes Messer in mein Herz. Die Türglocke ertönte. Ich konnte nicht antworten. Einige Male klingelte noch jemand und schlug gegen die Tür. Dann entfernten sich die Schritte.

Irgendwann knatterte ein Motorrad heran und stoppte vor dem Haus. Wieder ertönte die Türglocke. Ich konnte gar nicht reagieren. Ein Schlüssel drehte sich im Schloss. Über mich beugte sich die gedrungene Gestalt eines Gendarmen. Puterrotes, faltiges, hässliches Gesicht, dicker Schnauzbart. Aber seine Augen blickten freundlich. Und sehr besorgt und sehr mitfühlend. „Kleines," sagte er mit leiser Stimme, „es tut mir so Leid! Deine Eltern sind von Marodeuren überfallen und getötet worden. Deine Maman konnte mir noch die Adresse hier sagen und hat mich gebeten, mich um dich zu kümmern." Er legte einen Arm um mich, richtete meinen Oberkörper auf und versuchte, mir Wasser einzuflößen. Ich konnte gar nicht reagieren. Das Wasser floss an meinem Kinn herab und tropfte auf mein Kleid. „Bon Sang de bon sort!" fluchte er erbittert. Er ging hinaus und kam mit einem Sprechfunkgerät wieder.

„Hier Marcel Giraud. Traumatisiertes junges Mädchen. Schwerer Schock. Lebensgefahr. Erbitte dringend Ambulanz mit Notarzt! Was! Vom Croix Rouge sind alle unterwegs? Dann schickt einen vom Croissant Rouge!

Auch nicht? Gut. Ich bleibe hier bei ihr, bis ihr eine
Ambulanz schicken könnt. Macht es dringend!" Tröstend
blieb sein Arm um mich liegen. Stumm verhielten wir.
Dann das Piepsen des Sprechfunkgerätes. „Endlich!"
murrte er, schaltete ein, meldete sich und lauschte. „Was?
Seid ihr denn alle wahnsinnig geworden? Ich kann hier auf
keinen Fall weg, kann die Kleine auf keinen Fall allein
lassen!" Wieder lauschte er, schüttelte verzweifelt den
Kopf und schlug mit der Faust auf den Tisch. „Wenn das
vorbei ist, Yvonne," brüllte er in das Sprechfunkgerät,
„dann poliere ich einigen Sesselfurzern gewaltig die
Fresse!"

Er kam wieder zu mir herüber, legte seinen Arm um mich,
weinte fast. „Ich muss jetzt weg, ma petite, ich kann es
nicht ändern." sagte er mit erstickter Stimme. „Die
schicken so schnell wie möglich eine Ambulanz. Und ich
komme so schnell wie möglich wieder zurück zu dir." Die
Haustür fiel hinter ihm ins Schloss.

Irgendwann kam jemand. Zwei Gestalten. Teilnahmslos
nahm ich wahr, wie sie alles durchstöberten, etliche Dinge
aus dem Wohnzimmer in mitgebrachten Taschen
verschwinden ließen. Zwei unrasierte, hämische Gesichter
über mir. Sie rissen mich hoch. Einer warf mich wie einen
Sack über seine Schultern. Ich war unfähig, zu reagieren.
Alles war sinnlos geworden. Draußen vor der Tür stand
ein zerbeulter, mit Plane überdachter Pick-Up. Da waren
noch fünf andere Mädchen. Drei etwa in meinem Alter. Die
anderen beiden waren höchstens sieben oder acht Jahre
alt. Es war so quälend, dies alles fotografisch genau zu
registrieren und dabei total teilnahmslos neben sich selbst

zu stehen. In der Ferne erklang sich näherndes Sirengeheul. Vielleicht hatte ein Nachbar die Polizei verständigt. Die beiden Marodeure sprangen zu uns auf die Ladefläche, der Pick-Up startete und ließ die Stadt in waghalsigem Tempo hinter sich.

Abrupter Halt in einer Bodensenke. Der Motor verstummte. Dicke Steppdecken wurden als Lager ausgebreitet. Die beiden Marodeure luden uns aus und machten sich sofort über mich und eines der anderen Mädchen her. Aus dem Führerhaus kamen zwei weitere Gestalten. Der eine riss unsere Peiniger von uns herunter und traktierte sie mit Fußtritten und Faustschlägen ins Gesicht. „Ihr wisst genau, dass der Boss diese kleinen Nutten als Jungfrauen will, weil er dann viel mehr Knete für sie bekommt. Und sauft nicht so viel, wir haben zwei schwierige Tage vor uns." Fluchend ließen sich die beiden in einiger Entfernung von uns nieder, aßen, tranken Wein aus der Flasche und schauten ab und zu finster zu uns herüber. Uns fesselte man die Hände auf dem Rücken. Es begann eine endlose Nacht.

Am nächsten Morgen bekamen wir etwas Wasser eingeflößt. Wir tranken gierig. Durst und Überlebenstrieb waren schließlich stärker geworden als der Wunsch zu sterben. Unsere Hände blieben gefesselt. Die Fahrt ging weiter. Da wir uns wegen der Fesseln nirgends festhalten konnten, wurden wir durch die Stöße erbarmungslos in dem Wagenkorb herumgeworfen, waren schnell zerschunden und voller Blutergüsse. Das war gut so! Vertrieb meine Teilnahmslosigkeit. Weckte Wut, unbändigen Hass und Rachedurst. „Papa! Maman! Ich werde euren Tod bitter rächen." Jetzt kam mir meine Ausbildung zugute. Ich spannte den Körper in den richtigen Momenten an und fing so die Stöße geschickt ab. Mit den Augen versuchte ich, meinen Leidensgenossinnen eine Botschaft des Mutes und der Hoffnung zu übermitteln. Lächelte ihnen auch zu. Nur die beiden Kinder lächelten schließlich manchmal zurück.

Zwei Tage und die Nacht dazwischen. Dann, gegen Abend des zweiten Tages erreichten wir ein Dorf an einem Hang, mit Häusern aus massiven Steinen, selbst aus der Luft schwer auszumachen und leicht zu verteidigen. Ein Dieselaggregat tuckerte. Elektrischer Strom. Wir wurden abgeladen. Ein hässlicher gedrungener, von Völlerei und Ausschweifungen gezeichneter Typ mit einem Krötengesicht watschelte herüber und begutachtete uns. Der Boss der Bande, wie ich am Verhalten der anderen feststellen konnte.

„In den Kerker mit ihnen. Nehmt ihnen die Fesseln ab, lasst sie sich waschen und gebt ihnen genug an Essen und Trinken. Sie sollen möglichst gut aussehen. Dann zahlen ihre neuen Herren mehr für sie. Was denn? Ihr kennt doch das alles schon!" Sein Blick fiel auf mich. Ein lüsternes Grinsen, das mir den Magen umdrehte.

„Mit der kleinen Hure mache ich eine Ausnahme. Die reite ich erst selber ein paarmal ein. Das ist mir der finanzielle Verlust wert." „Und wir, Boss?", fragte der Chef unseres Transportes. „Dürfen wir uns auch mit ihr amüsieren?" Der Boss grinste. „Wenn ich mit ihr fertig bin, darf sie jeder von euch haben bis er nicht mehr kann, alle vierzig Mann.

Dann taugt sie immer noch für einen Puff in Oran oder Alger. Dafür behalte ich dann von jedem von euch zweihundert Dollar der Löhnung ein. So machen wir das. Aber jetzt bringt sie erst in den Sonderkerker. Auch Waschen, Essen, Trinken, das Übliche. Lasst sie heute nacht ausschlafen und bringt sie mir frisch nach meinem Frühstück, dann besorge ich es ihr gründlich!"

Ein Raum mit vergittertem Fenster, trüber Glühbirne, Matratze auf dem Boden, Waschkrug, reichlich Trinkwasser, Hartwurst, Kekse, Marmelade. Sogar ein Kübel in der anderen Ecke für sanitäre Bedürfnisse. Mich so gründlich zu waschen wie nur möglich war das erste Bedürfnis. Ich zwang mich dazu, zu essen, machte immer wieder lange Pausen, weil mein Magen überhaupt nicht damit einverstanden war. Dann spülte ich das Ganze mit reichlich Wasser hinunter. Nur ein Mal, ein einziges Mal, musste ich in den Kübel kotzen.

Danach gab ich es auf, noch etwas mehr essen zu wollen und legte mich hin. Ich befahl mir zu schlafen. Denn ich würde viel Kraft für morgen brauchen. Dieser schmierige Boss hatte überhaupt keine Ahnung, wie sehr ich mich auf die Begegnung mit ihm freute!

Stampfende Schritte. Das Knirschen des Schlüssels im Schloss. Die hämisch grinsenden Visagen der beiden „Adjutanten". Sie packten mich an den Schultern und schleppten mich den Gang entlang. Scheinbar willenlos ließ ich mich von den beiden über den Versammlungsplatz in einen großen Raum bringen. Breite Couch, Tisch mit Leckereien, brutzelndes Schaschlik daneben, Bar mit

Tresen und einer riesigen Auswahl an Flaschen, hauptsächlich Cognac und Whisky. Sehr teure Möbel und Bilder; und sehr wenig Geschmack.

Das Krötengesicht watschelte heran, musterte mich abschätzend, tätschelte und begrapschte mich. Dabei kicherte er irgendwie pfeifend-keuchend, packte mich am Handgelenk und schleppte mich zur Couch. Die beiden Adjutanten verschwanden. Weiter kichernd nahm er ein Bild von der Wand und öffnete den dahinter verborgenen Safe, in dem es glitzerte und funkelte. Dann kam er herüber zu mir mit einer schweren Halskette aus Gold, Smaragden und Rubinen und legte mir diese Halskette um. „Die darfst du anhaben, mein Hürchen, so lange ich dich reite und es dir besorge. Das macht alles noch viel geiler für mich." Er leckte sich mit der Zunge die Lippen und wollte mir dann das Kleid vom Leibe reißen. Aber dazu kam er nicht mehr.

Mit aller Kraft rammte ich ihm mein Knie zwischen die Beine. Da unten war bestimmt nichts mehr ganz. Sein Brüllen hatte nichts Menschliches an sich. Ich wirbelte herum, ergriff einen Schaschlik-Spieß und rammte ihn in sein rechtes Auge. Sein Brüllen steigerte sich zu einem kreischenden Crescendo.

Die Tür flog auf. Die beiden „Adjutanten" stürzten herein und starrten einen Augenblick fassungslos auf die Szene. Ich wirbelte herum. Vier, fünf fliegende Schritte. Mein Fuß traf den ersten am Kinn, brach ihm den Unterkiefer und warf ihn gegen seinen Kumpan, der ins Taumeln kam, gerade als er seine Maschinenpistole in Anschlag bringen wollte. Ein schneller Griff und die Maschinenpistole gehörte mir.

Wie in Zeitlupe sah ich die Einschüsse in Kopf und Brust, sah das Blut hervorschießen und Möbel und Wände bespritzen. Natürlich wollte ich noch das Krötengesicht erledigen. Dazu kam ich aber nicht mehr. Das Magazin der Maschinenpistole war leer. Schnell ergriff ich die Maschinenpistole des zweiten Marodeurs. Drei weitere Gestalten erschienen in der Türöffnung. Ich erschoss alle drei. Rufe und Getümmel überall. Die leer geschossene Maschinenpistole ließ ich fallen, rannte hinaus, sprintete über den Versammlungsplatz und rannte auf den Spuren des Pick-Up zurück in Richtung der Stadt Tamanrasset. Als ich außer Sichtweite war, ging ich erst einmal langsam weiter, um wieder zu Atem zu kommen. Dann verfiel ich in einen Kilometer verschlingenden Trab, den ich stundenlang durchhalten konnte."

Sélène weinte plötzlich herzzerreißend und klammerte sich an mich. Ich legte meine Arme fester um sie und wiegte sie wie ein Kind. „Ich war doch gerade sechzehn Jahre alt, mon Amour. Willst du denn überhaupt noch etwas wissen von dem Ungeheuer, zu dem ich geworden bin?"

Ich war genau so erschüttert wie sie. Dies alles hatte ich ja selbst so erlebt, wie sie es noch einmal erlebte Und ich erzähle es in den Worten, wie ich es erlebt habe, nicht in den Worten, wie sie es mir geschildert hat.

Immer wieder streichelte und küsste ich sie, ließ sie meine

ganze Liebe und Zärtlichkeit für sie fühlen. „Liebste," sagte ich sanft. „Du hättest ja gar nicht anders handeln können. Ich an deiner Stelle hätte genau so gehandelt. Du bist alles andere als ein Ungeheuer. Und es ist ein wahres Wunder, dass nach all diesen Ungeheuerlichkeiten dein inneres Wesen so unberührt und intakt geblieben ist. Dass du heute diese wunderbare, liebevolle, innerlich so lebendige Frau bist. Du kannst mir alles erzählen und du musst mir nichts erzählen. An unseren Gefühlen für einander wird das überhaupt nichts ändern."

„Ich möchte dir das alles erzählen, Liebster, weil ich will, dass du alles über mich weißt. So schlimm es im Augenblick auch ist. Es tut mir irgendwie gut und wirkt befreiend." „Ich verstehe das gut, mon Amour, und finde es auch besser so. Aber ich denke, wir gönnen uns jetzt eine kleine Pause und nehmen einander einfach ganz fest in den Arm." Eng aneinander geschmiegt lagen wir auf dem breiten Bett.

Menschen, die so viel Grausiges erleben, zerbrechen innerlich, verlieren oft den Verstand oder werden zu wahren Bestien, denen Töten, Zerstören und Verwüsten essentielles Bedürfnis ist. Wenn sie sich nicht ihre Hoffnungen, ihre Träume, ihre Fähigkeit, zu lieben bewahren können. Ein anderer Mensch, der dich liebt und den du liebst, ein guter Freund, ein Kind oder eine Frau, vielleicht sogar nur die Erinnerung daran, macht den ganzen Unterschied aus. Gerade Mann und Frau sollten ihre Liebe zueinander hegen und pflegen wie eine kostbare und herrliche Blume. Denn diese Liebe zwischen

Mann und Frau ist das Kostbarste, das Menschen je vergönnt ist, zu besitzen.

Sélène regte sich und blickte mich lächelnd an, wie erlöst. Ich lächelte zurück, küsste sie und nickte. Und sie erzählte weiter.

„Motorgebrumm hinter mir in weiter Ferne. LKWs. Ich lief weiter. Nach einiger Zeit sah ich mich dabei nach einem geeigneten Versteck um. Noch eine ganze Weile konnte ich so weiterlaufen, da die Lastwagen in dem schwierigen Gelände nicht viel schneller vorwärts kamen als ich mit meinem Trab. Schließlich verschwand ich seitlich von der Piste, bedacht darauf, keine Spur zu hinterlassen. Hinter einer Felsgruppe unweit der Piste fand ich ein Plätzchen, von dem aus ich die Piste überblicken konnte, ohne selbst bemerkt zu werden. Zwei Lastwagen voll schwer bewaffneter Marodeure schwankten heran und holperten langsam an meinem Versteck vorbei. Mir war es sowieso schleierhaft, wie die mich wieder einfangen wollten. Dachten die vielleicht, ich würde am Rand der Piste sitzen bleiben und auf sie warten?

Ich tat ein paar Schritte zur Seite, um es etwas bequemer zu haben. Steine lösten sich unter meinem tastenden rechten Fuß und kullerten in die Tiefe. Schnell verlagerte ich mein Gewicht auf den linken Fuß. Das Kullern der paar Steine ging unter im Lärm der Motoren. Aber diese paar Steine lösten eine richtige Geröll-Lawine aus, die jetzt den Hang hinunter dröhnte. Bremsen quietschten. Ich sah, wie die Marodeure von den Ladeflächen sprangen, ausschwärmten und in breiter Front in Richtung des

Lärmes stürmten. Ich wartete nicht ab, sondern lief weg, so schnell ich nur konnte. Schnell wurde ich entdeckt. Kugeln pfiffen um mich. Manche so dicht, dass ich den Luftzug spürte. Das Krötengesicht wollte mich anscheinend nicht mehr unbedingt zurück. Wenn er mich nicht mehr haben konnte, so wollte er wenigstens seine Rache. Wie durch ein Wunder blieb ich unverletzt. Und in dem schwierigen Gelände war ich den Verbrechern ohnehin haushoch überlegen. So war ich bald aus der Reichweite ihrer Schusswaffen heraus.

Irgendwann suchte ich mir eine halbwegs bequeme Senke, rollte mich zusammen und schlief ein paar Stunden. Die nächtliche Kälte weckte mich. Zähneklappernd lief ich weiter, wollte zur Piste zurück, um meinen Weg nach Tamanrasset fortzusetzen. Der Himmel war dunstig verhangen, so dass ich mich nicht an den Sternen orientieren konnte. Aber ich konnte nicht warten, sondern musste in Bewegung bleiben, um nicht an Unterkühlung zu sterben. Es war eine hoffnungslose Situation. Und plötzlich stand ich mitten im Dorf von Omar's Stamm. Das rettete mir das Leben.

Tumult und aufgeregtes Geschrei empfingen mich. Halb tot, wie ich war, führten sie mich zu einer Hütte, betteten mich auf ein Lager aus Gras und deckten mich mit alten Lumpen zu. Allmählich hörte ich auf, vor Kälte zu zittern. Mir wurde etwas wärmer und ich versank in Schlaf.

Der Durst weckte mich. Es gab aber kein Wasser. Die Zisternen wurden schon viele Jahre nicht mehr von den Regen gefüllt, erklärte man mir. Die Menschen hier waren halb verhungert, vegetierten dahin und rangen der trockenen nächtlichen Wüstenluft ein bisschen Kondenswasser ab, so wie mich das Papa einst auch gelehrt hatte. Ich tat es ihnen gleich.

Ich lernte Laila und den kleinen Ecrin kennen. Mit ihnen teilte ich das wenige Wasser und die dürftigen Knollen und Wurzeln, die wir der Wüste abringen konnten. Und ich merkte sehr schnell, dass die beiden süßen Kinder gehasst und verfemt waren. Dass es gar nicht gerne gesehen wurde, dass ich mich mit ihnen abgab. Schließlich konnte ich sie nur noch nachts einige Minuten heimlich bei mir haben, weil ich regelrecht überwacht wurde. Dann konnte ich ihnen ein bisschen Essen und Wasser geben und sie ein wenig in die Arme nehmen. Dabei brauchte ich den Trost ihrer Nähe ebenso sehr wie sie meinen Trost brauchten. Wir starben nicht nur aus Mangel an Nahrung und Wasser dahin, sondern auch an Einsamkeit. Auch mir gegenüber verhielten sich die Menschen hier zunehmend misstrauischer und gingen mir aus dem Weg, wo sie nur konnten. Mir war es recht.

Nur ihr Scheich Omar war freundlich zu mir. Er erzählte mir, wie er und sein Stamm aus ihrer Oase hierher vertrieben wurden von den Franzosen, wie die Franzosen sie auch hier noch aus der Luft bombardierten, um sie ganz auszulöschen. Von der Bergfestung, die die Franzosen in ihrer Oase bauten. Von Minengürteln, Granatwerfer- und Maschinengewehrfeuer, die sie noch etliche Tote und Verwundete kosteten. Bis sie begriffen, dass sie dagegen nicht ankamen und hier in Hoffnungslosigkeit und Resignation versanken. Nur der

Hass erhielt sie wohl noch am Leben.

Vom Rest des Stammes wurde ich nur beargwöhnt. Bis zu jenem Tage, an dem eine neugierige Alte mich nach meiner Herkunft fragte. Es war eine Riesendummheit, eine unverzeihliche Naivität von mir, ihr in ein paar Sätzen zu erzählen, dass mich ein französisches Ehepaar nach der Ermordung meiner Eltern von der Straße geholt hatte, mir wieder Vater und Mutter wurden und mir eine neue Heimat gaben.

Wie von der Tarantel gestochen lief die Alte davon, schrie mit hoher Fistelstimme, dass ich eine Spionin der verhassten Franzosen sei. Worauf fast der ganze Stamm geschlossen mit Stöcken und Speeren bewaffnet auf mich einstürmte. Als die ersten Schläge auf mich niederprasselten, löste sich meine Erstarrung. Ich schlug und kickte zurück. Viele in der ersten Reihe holten sich Beulen und blutige Köpfe. Aber nur für einen kurzen Moment dauerte die Überraschung über meinen Widerstand und ließ den Ansturm erlahmen. Wohl kurz bevor es die ersten Toten gab oder bevor ich durch die schiere Masse erdrückt und erschlagen wurde, griff der Scheich ein.

Schützend stellte er sich vor mich hin, hob einfach die Hand. Das Getümmel ließ nach, das Geschrei verstummte allmählich. Mit einigen wenigen ruhig und scharf gesprochenen Sätzen verbot er jedem, mir auch nur ein Haar zu krümmen, drohte mit ganz ruhiger Stimme jedem seines Stammes die Todesstrafe an, sollte er es wagen, das Gastrecht zu verletzen. Dann schickte er die Menge weg, die sich auch prompt zerstreute. Der Scheich hatte immer noch die absolute Autorität.

Er führte mich in die Hütte und ließ sich alles von mir erzählen. Aber auch bei ihm verscherzte ich mir durch meine „französische Vergangenheit" sämtliche Sympathien. Wenn auch sein Gefühl für Verantwortung und Gerechtigkeit mich weiter schützte.

Dabei war Omar absolut aufrichtig und integer. „Omar," konnte ich ihn deshalb fragen, „aber was haben denn diese beiden unschuldigen Kinder verbrochen, dass ihr sie so völlig ausschließt und einfach sterben lassen würdet?" Verlegen schaute er mich an, antwortete mir dann aber ehrlich, obwohl es ihm mehr als peinlich war.

„Laila hat den bösen Blick. Sie hat blaue Augen. Als sie noch klein war, scherzten wir manchmal darüber. Sagten, dass sich eine ihrer Urgroßmütter wohl eine Eskapade mit einem Kreuzritter erlaubt hätte. Aber sie wurde uns zunehmend unheimlicher. Und Ecrin auch, weil beide so unzertrennlich sind. Und wir bekamen vor fünf Jahren auch den Beweis. Laila sammelte giftige Knollen, um ihre Eltern zu vergiften. Und hat damit ihren Vater vergiftet. Er starb ganz qualvoll an dem Gift."

Ich traute meinen Ohren nicht, vergaß ganz das eigene Elend. „Omar! Ein fünfjähriges Kind! Vergiftet bewusst seinen Vater? Seid ihr denn alle wahnsinnig?" In Omar's Gesicht mischten sich Verlegenheit und Trotz. „Doch! Der Beweis: Die eigene Mutter hat die beiden verstoßen!"
„Weil eine Rabenmutter ihre Kinder verstößt, deshalb sind

die Kinder Teufelsbrut?" „Sie sind eine Teufelsbrut, sonst wären sie in den letzten fünf Jahren von selbst umgekommen. Das beweist doch, dass der Teufel sie persönlich beschützt!" „Und du bist wahrscheinlich auch eine Tochter des Teufels geworden, weil die Franzosen dich verführt und befleckt haben."

„Und warum bringt ihr uns dann nicht alle drei um? Das wäre doch dann wirklich das Einfachste! Wieso beschützt du uns, Omar? Wieso beschützt du mich und die Kinder? Ich will dir sagen, warum: Dein Verstand weiß genau, was für ein grausiger Irrsinn das ist. Und du bist zu anständig und zu menschlich, als dass du fähig wärest, Unschuldige zu ermorden."

„Hör zu, Omar! Es gibt viele Araber, die in Frieden und Zusammenarbeit mit den Franzosen leben, so wie meine leiblichen Eltern! Und deswegen ermordet wurden! Von Arabern! Und es gibt viele Franzosen, die in Frieden und Zusammenarbeit mit den Arabern leben wollen und auch leben, sie schätzen und achten, so wie meine zweiten Eltern, meine französischen Eltern."

„Und es gibt auch Franzosen, die gerne alle Araber tot sehen möchten. Es sind aber wenige, glaube ich. Sollen denn ein paar Fanatiker über die Zukunft von Menschen entscheiden? Und es gibt Araber, die alle Franzosen für Geschöpfe des Teufels halten. Männer, Frauen und Kinder feige ermorden. Diese Art von Arabern und Franzosen, diese Minderheit ist verantwortlich für alle Kriege, für allen Tod, für alles Elend und alle Verwüstung! Zu welcher Sorte möchtest du denn gerne gehören, Omar? Du und dein

Stamm?"

Einen Augenblick lang glaubte ich, er würde mich schlagen. Doch er umarmte mich einfach. Ich fühlte das Band starker Sympathie zwischen ihm und mir. Ich fühlte auch seine Erschütterung und Zerrissenheit. „Ich werde euch beschützen. Aber ihr schafft mir Probleme, große Probleme." Ernst und traurig sah er mich an. Dann drehte er sich um und ging. Die beiden Kinder und ich waren allein."

Sélène und ich lagen still, kehrten allmählich aus ihrer damaligen, irrsinnig anmutenden Wirklichkeit in die friedlichere und schönere Wirklichkeit unserer Gegenwart zurück. „Liebste?" fragte ich schließlich. „Warum hast du nie den Versuch gemacht, nach der Stadt Tamanrasset zurückzukehren, anstatt dort einem langsamen Tod entgegen zu vegetieren? Du hättest es wahrscheinlich geschafft." Sie lächelte. „Die Kinder." sagte sie nur.

Ja natürlich! Die Kinder! Wie konnte ich sie nur so etwas Dummes fragen? Die Kinder hätten die Strecke damals nie geschafft. Ein mehrtägiger Gewaltmarsch ohne Wasser und Nahrung und mit ein paar schmutzigen Lumpen gegen die eisige Kälte der Nacht. Nie hätte sie die Kinder im Stich gelassen. Auf keinen Fall! Ich auch nicht, wäre ich damals an ihrer Stelle gewesen.

Sélène wurde gerettet durch ihr Verantwortungsgefühl, durch ihre Aufgabe, die Kinder zu beschützen und sie am Leben zu erhalten. Und die Kinder rettete das bisschen Geborgenheit, das sie ihnen in den wenigen heimlichen nächtlichen Augenblicken geben konnte; und das Gefühl, dass sie ihre liebevolle „Maman" nicht enttäuschen durften, einfach dadurch, dass sie sich aufgaben und starben. Mehr unbewusst als bewusst erhielten sich die drei gegenseitig am Leben.

„Glaubst du, dass du Omar und seinem Stamm verzeihen kannst?" Gequält schüttelte sie den Kopf. „Ich weiß es nicht, ob mir das überhaupt möglich ist. So gerne ich es vielleicht auch möchte. Aber nicht einmal das weiß ich, Liebster. Bist du enttäuscht von mir?" „Überhaupt nicht, mon Amour. Mir würde es wohl nicht anders ergehen. Es wäre aber gut und richtig, mit Omar und seinem Stamm über das alles überhaupt nicht mehr zu sprechen. Irgendwann gehen die Gespenster der Vergangenheit dann hoffentlich aus Mangel an Zuwendung ein." Sélène nickte energisch und lächelte. „Ja, Mutter Zeit heilt oft alle Wunden."

Eine schönere und friedlichere Gegenwart. Und der Weg in ein noch schöneres Morgen. Mochte dieser Weg auch noch so lang und beschwerlich sein, mochte er noch so viele Opfer von uns fordern. Wir waren auf dem Weg. In ein reineres, schöneres und mächtigeres Morgen.

V Wolken am Horizont

Se vis pacem para bellum.
Wenn du den Frieden willst, so bereite dich
vor auf den Krieg.
(Imperium Romanum)

Wieviele Tage wohl vergangen waren, in denen ich mit Sélène in „Klausur" war? Vorher hatte ich mit Omar das Problem des Sich-Waschens besprochen, welches, als Hunger und Durst erst einmal gestillt waren, das Dringlichste war.

„Wir können nicht alle durch meine Safari-Badewanne schleusen." meinte ich. „Auf keinen Fall!" entgegnete Omar. „Das würde zu heftigen Eifersüchteleien führen, wer zuerst darf. Und Monate dauern." „Aber wenigstens du könntest die Wanne benutzen." bot ich ihm an. Er schüttelte lächelnd den Kopf. „Nein, mein Freund. Ich nehme keinerlei Privilegien für mich in Anspruch und mache es wie meine Leute." Ich lachte. „Als Politiker irgend eines beliebigen Staates in der großen weiten Welt wärest du eine einmalige Sensation. Aber die lieben Amtskollegen würden dich blitzschnell kreuzigen, lange bevor es beim Volke publik werden könnte."

Er kicherte. „Deshalb bleibe ich lieber bei meinem Stamm. Und zwar als Alleinherrscher."

Jetzt, da für Nahrung und Trinkwasser reichlich gesorgt war, versammelte sich der ganze Stamm in einer weiten felsigen Senke am Rande der Oase. In Krügen, Kanistern und Eimern trugen sie Hektoliter an Wasser dorthin, wuschen sich stundenlang und immer wieder mit Waschlappen, die Laila sie aus Frottée-Handtüchern schneiden ließ. Zuerst in stummem andächtigem Entzücken und dann mit viel begeistertem Gelächter und Erzählen. Da ich und Sélène ja in „Klausur" waren und ich mich gar nicht mehr blicken ließ, hatte mein tüchtiges Töchterchen die Organisation der ganzen Aktion übernommen. Ich bekam nur noch mit, dass Omar Ecrin öfter liebevoll über die Haare strich. Laila himmelte er geradezu an. Er erwies sich endlich als der Kindernarr, der jeder halbwegs vernünftige Araber im Grunde seines Herzens auch war. „Obwohl," sagte ich zu ihm beim Abschied, „Araber und halbwegs vernünftig? Das haut doch den stärksten Greifvogel vom Ast!". Sprach's und verschwand. Ich bin sicher, Omar blickte mir belustigt lächelnd hinterher.

Als ich danach zum ersten Male wieder zum Dorf des Stammes hinüber kam, erlebte ich eine riesige Überraschung. „Omar!" schrie ich. „Du und deine ganze Bande hier! Ihr seht ja alle mindestens zwanzig Jahre jünger aus!"

In der Tat. Sie waren nicht wieder zu erkennen! Dieser fürchterliche, quälende Überzug aus Dreck und Jahre altem eigenem Schweiß hatte sie alle so alt und siech erscheinen lassen. Laila hatte auch einige Kanister Olivenöl ausgeteilt. Sie hatten sich etliche Male damit eingerieben. Die eitrigen Wunden und der Schorf waren verschwunden. Mit den Khaki-Hosen und Khaki-Hemden und den aus den Stoffballen geschneiderten Kleidern, Blusen, Röcken und Dschellabas aus der Kleiderkammer angezogen erinnerten sie überhaupt mehr an den elend dahinsiechenden Haufen, als den ich sie kennen gelernt hatte. Ich lachte glücklich. Omar und ich umarmten uns. „Omar, du alter Depp! Du fängst ja gleich an zu flennen wie ein kleines Mädchen!" „Jean-Pierre!" gab er zurück. „Selber Depp. Du fängst ja auch gleich zu heulen an!" Es war ein wunderbarer, ein ganz großer Augenblick.

Omar pilgerte mit mir zur Oase hinüber. Er wirkte bedrückt und still in sich gekehrt. Laila ging ganz eng neben mir, den einen Arm um meine Hüfte geschlungen, Ecrin auf der anderen Seite an der Hand haltend. Ich hatte ihr so sehr gefehlt in den paar Tagen, und sie mir auch. Fast nie brach die Berührung zwischen uns ab. Oft hielten wir an, ich nahm sie in die Arme und wir küssten uns und streichelten einander. Omar blickte diskret zur Seite. Ich hatte das Gefühl, dass er uns absolut verstand. Omar selbst war jetzt doch auf seinem Pilgergang nach Canossa. Freiwillig. Ich sah in sein Herz. Ich glaube, wir kannten einander so gut wie Brüder oder Freunde, die zusammen aufgewachsen waren.

Sélène fiel es sichtlich schwer, Omar überhaupt gegenüber zu sitzen. Sie entzog sich dem jedoch nicht. Und ich konnte beide sehr gut verstehen. Lange musterten sie sich schweigend, nicht voll Groll oder Hass, sondern voll Bedauern und Schmerz. Und ich war verdammt dazu, Sélène's Gefühle als die eigenen zu spüren. Die zwischen uns existierende Empathie war unglaublich intensiv. Ich wollte mich zurückziehen, wollte es Omar vielleicht weniger schmerzlich machen, als es so schon für ihn war. „Bitte bleibe hier, mein Liebster." baten mich ihre Gedanken. Und auch Omar's Blick bat mich, zu bleiben.

„Sélène." brachte Omar schließlich hervor. Er sprach langsam und stockend. „Ich verstehe es, wenn du mich und meinen Stamm abgrundtief hasst. Nicht nur hasst, sondern auch aus ganzem Herzen verabscheust und verachtest. Was wir dir und den Kindern angetan haben, ist unverzeihlich. Wohl nie wieder gut zu machen. Nicht nur ich, auch alle meine Stammesbrüder sind fassungslos über das, was wir getan haben. Mir ist, als wären wir alle aus einem irren, grausigen Traum erwacht."

„Nein, ich hasse euch nicht, Omar. Und dich schon gar nicht. Du hast dich damals vor die Kinder und mich gestellt. Hast uns damals das Leben gerettet. Wie könnte ich dich hassen? Immer, wenn mir diese Zeit in den Sinn kommt, fühle ich in mir einfach eine furchtbare Leere, die kaum zu ertragen ist. Aber euch verzeihen? Wie gerne würde ich es tun! Schon mir selbst zuliebe! Ich kann nichts versprechen. Ich kann nur immer wieder versuchen, mich mit alledem irgendwie auszusöhnen. Ich will tun, was ich kann." Omar nickte traurig und doch irgendwie erleichtert. „Das ist sehr viel. Viel mehr als ich erwartet habe. Ich danke dir von Herzen."

„Die Kinder haben mir verziehen, Sélène." sagte Omar, bevor er sich zum Gehen wandte. Sélène sah ihn an und lächelte ein wehmütiges Lächeln. „Vielleicht sind Kinder weitaus stärker als Erwachsene. Vielleicht liegt die Vollkommenheit in der Kindheit. Vielleicht ist ein Erwachsener nur ein großes Kind, das schon angefangen hat, schwach und haltlos zu werden, zu sterben und zu vergehen."

„Willst du uns ein Leben lang mit Nahrung und Wasser versorgen, mein Bruder? Das ist bestimmt nicht deine Absicht." Omar sah mich an. „Ganz bestimmt nicht." erwiderte ich. „Aber ich glaube, dir schwebt die gleiche Idee vor wie mir. Euer Tal ist weit und fruchtbar und der Pfad durch das Minenfeld führt geradewegs in sanftem Gefälle zu eurem Dorf. Wir lassen von all deinen einigermaßen dafür kompetenten Leuten genau in dem Pfad durch das Minenfeld so schnell wie möglich eine Rinne mauern, sozusagen einen Bach, der Wasser aus der Oase in euer Tal führt. Wir machen aus eurem Tal einen fruchtbaren Garten, ebenso schön wie die Oase. Ihr bekommt Küken von mir und werdet bald Eier in Hülle und Fülle haben. Dann besorgen wir uns auch noch ein paar Schafe und Ziegen. Aber ich glaube, dass wir das alles sehr bald verteidigen müssen, lange bevor es fertig ist. Die Marodeure haben ihre Späher überall. Und euer Tal, so werden sie bestimmt glauben, bildet jetzt einen leicht zu erobernden Zugang zu der Festung mit ihren angeblich sagenhaften Reichtümern, Waffen und Vorräten."

„Du hast Recht, Jean-Pierre. In den letzten Jahren waren die Marodeure zwei Mal in unserem Dorf. Uns schützte unsere Armseligkeit. Außer ein paar Lumpen, ein paar

Speeren und einigen alten Hinterladern gab es ja bei uns nichts zu holen. Aber es ging ihnen wohl eher darum, zu erkunden, ob deine Festung nicht von unserem Tal aus zu stürmen sei." Er grinste etwas trübselig. „Die letzten beiden Minenexplosionen und dein Maschinengewehr-Feuer haben keine von unseren Leuten getötet, sondern sechs oder sieben von denen. Das hat sie wohl dazu überredet, endgültig Abstand zu nehmen von ihrem Plan."

„Damals, als das letzte Mal ein Flugzeug über die Festung flog und ich begriffen hatte, dass ich auf mich selbst gestellt war, habe ich die Zufahrtsstraße zur Bergfestung gesprengt." „Ja!" sagte Omar, „Über zwei Wochen lang gewaltige Explosionen und das Donnern von Geröll-Lawinen. Ich befürchtete damals, du wärest vollkommen übergeschnappt und wolltest alles in die Luft jagen. Die Festung, die Oase, unser Tal und unser Dorf. Aber sehr schnell habe ich verstanden, worum es dir ging. Gegen einen massiven Angriff über die breite Zufahrtsstraße hättest du dich nicht lange halten können." Wir lächelten uns an.

„Wenn du jetzt von der Stadt Tamanrasset auf der Zufahrtsstraße in Richtung Festung gehst, Omar, so findest du diese Straße schon fast bis zu einem Kilometer vor der Festung unter Geröll-Halden begraben. Danach senkrechte, fast achtzig Meter hohe Felswände. Selbst ein erfahrener Bergsteiger, der das Hochgebirge kennt, würde hier eine Herausforderung finden, der er auch nur vielleicht gewachsen wäre. Ein Haufen Plünderer und Banditen hat hier überhaupt keine Chance."

„Jean-Pierre?" „Omar?" „Wir werden Waffen brauchen."
„Ich weiß. Die sollt ihr auch bekommen. Und auch die
Ausbildung dazu."

Die Ausbildung der Waffenfähigen - es waren
sechsunddreißig Mann - an den Maschinenpistolen und
Sturmgewehren erwies sich als überaus leicht. Den
Burschen schien der Umgang mit Waffen und die dazu
erforderliche Disziplin im Blut zu liegen. Sie feuerten nicht
wild darauf los und ballerten das Magazin leer. Sondern
sie nahmen sorgfältig Ziel, feuerten zwei oder drei Schuss
ab und nahmen dann erneut Ziel. Und waren dabei auch
auf Deckung bedacht. Ich war begeistert. Auch an den
Maschinengewehren und an den Granatwerfern waren sie
einfach großartig.

Weitaus schwieriger erwies sich für sie allerdings der
Umgang mit Handgranaten. Aber das ist für jedermann
anfangs eine Nervenprobe. Du hast so ein Ding in der
Hand, ziehst den Sicherungsstift und lässt den kleinen
löffelförmigen Hebel los, der von dem Sicherungsstift
vorher sicher an seinem Platz gehalten wurde. Du weißt,
dass die Handgranate in etwa fünf oder sechs Sekunden
explodieren wird und fähig ist, dich blitzschnell zu Allah
oder der Geier weiß, wohin zu schicken. Aber du wirfst sie
nicht sofort. Sonst hätte der böse Feind ja genügend Zeit,
sie in die Hand zu nehmen und sie wieder zu dir zurück zu
werfen. Sie soll ja möglichst im Augenblick der Ankunft
explodieren. Also behältst du sie weiter in der Hand, zählst
ruhig die Sekunden bis drei oder auch bis vier, je nach der
Entfernung, und wirfst. Und diese drei bis vier Sekunden

können da die halbe Ewigkeit lang sein! Ich ließ sie zuerst mit Attrappen üben, dann mit Übungsgranaten, die in einer harmlosen Explosion verpufften. Dann nahm ich wieder Attrappen, ließ meine Schäfchen aber glauben, es seien diesmal echte, scharfe Granaten. Wäre es so gewesen, dann würde der halbe Haufen jetzt wohl nicht mehr leben. Die sich abspielenden Szenen waren von urkomisch bis herzzerreißend einzuordnen. Einer zählte zum Beispiel bis vier, behielt die Granate in der Hand und lächelte sie an. Als nichts passierte, warf er sie vor sich auf den Boden und trampelte wütend darauf herum. Ein anderer ließ sich das Ding vor die eigenen Füße fallen und hielt sich die Ohren zu . . . Aber breiten wir den wohltuenden Schleier des Vergessens über alle diese Szenen. Wichtig allein war, dass schließlich jeder von ihnen auch unter Gefechtsbedingungen die Nerven behielt und nicht sich selbst, sondern den Feind zu den Huris, zu den Jungfrauen des Paradieses beförderte.

Während dieser Zeit hatte ich die einzelnen meiner Truppe natürlich auch im Hinblick auf Führungsqualitäten und auf besonders ausgeprägtes Verantwortungsgefühl im Auge gehabt. Acht davon machte ich zu Unterführern, welche jeweils drei Mann befehligten und auch die Verantwortung für deren Wohlergehen innehatten. Zwei andere, die sich dadurch ausgezeichnet hatten, dass sie den Überblick über das Ganze nicht aus den Augen verloren, wurden meine Leutnants, denen jeweils vier der Unterführer direkt unterstanden. Die beiden Leutnants berichteten direkt an Omar und mich. Omar wurde für Kriegszeiten mein Adjutant und Stellvertreter. Zwei als Scharfschützen hervorragend geeignete Männer bildete ich an Präzisionsgewehren mit Zielfernrohr aus.

Jetzt begann die Ausbildung im Gelände. Dabei übten je vier Gruppen mit ihren Unterführern und ihrem Leutnant im Manöver den Krieg gegeneinander. Vorgehen und Zurückziehen, Umgehen einer feindlichen Gruppe und unmerkliches Infiltrieren. Verständigung durch zuvor geübte und dem Feind unbekannte Signale, angefangen bei Zurufen, Pfiffen mit Trillerpfeife bis hin zu Signalpistolen. Die Übung als eingespieltes Team, als geschlossenes Ganzes. Das Reagieren als ein auch in den brenzligsten Situationen funktionierender geschlossener Organismus. Das Hinleiten der Scharfschützen an strategisch besonders brisant gewordene Stellen im Gelände durch den jeweiligen Leutnant.

Dann aber auch die Ausbildung aller als Einzelkämpfer. Sich als Versprengter allein durch feindliches Gelände schlagen und die eigenen Linien wieder erreichen. Hunger und Durst vergessen lernen. Jagd als Einzelkämpfer auf feindliche Kämpfer und Spitzel. Lautloses Anschleichen an Wachtposten und lautloses Töten, mit den Händen, mit dem Fallschirmjäger-Dolch, mit der Schlinge. Ja! Schwarz und hässlich ist der Krieg!

Total abgekämpft und zerschlagen, mit Beulen und Schrammen, einschließlich Omar und meiner Wenigkeit humpelten wir abends ins Dorf und stopften müde und hungrig das Abendessen in uns hinein; denn während der Manöver wurde so gut wie nichts gegessen, vielleicht gerade mal ein Schokoladenriegel und Wasser aus der Feldflasche: So blieb man bei den Kämpfen beweglicher und hatte auch weitaus bessere Überlebenschancen bei einem Bauchschuss.

„Plus de sueur, moins de sang!"- „Je mehr Schweiß, desto weniger Blut!". Das war unser Wahlspruch!

Übungen in Form von solchen Manövern würden wir immer wieder durchführen, um bereit zu sein für den hoffentlich nie eintretenden Ernstfall. Und da standen die Chancen gut: Die Marodeure hatten sehr wohl mitbekommen, mit was für einer schlagkräftigen Truppe sie es zu tun bekommen würden.

Der erste Ernstfall war von uns geplant: Das Eliminieren der Spitzel. Alle meldeten sich freiwillig dazu. Wir ließen das Los entscheiden und sandten dann ein Dutzend Einzelkämpfer in alle Richtungen los. Sie waren mehr als gut. Nach nur drei Tagen gab es sieben Plünderer und Marodeure weniger auf der Welt. Immer wieder durchgeführte Patrouillen konnten keine Spione mehr ausmachen. Die hatten ihre Lektion jetzt wohl gelernt. Trotzdem würden regelmäßig Patrouillen weiterhin großräumig das Gelände sichern. Die Chancen auf dauernden Frieden, rein durch Abschreckung standen wohl mehr als gut.

Den Abschluss der eigentlichen Ausbildung feierten wir mit einem großen Festmahl, das unsere Frauen liebevoll zubereiteten. Unser aller Stimmung war einfach gelöst und heiter. Omar und meine Moslems gönnten sich zum

Festessen ausnahmsweise ein oder auch zwei Gläschen von dem Rotwein, den ich spendiert hatte. Alles sehr maßvoll und genießerisch. Sélène und unsere Kinder saßen bei mir.

Aller Augen richteten sich auf mich. Es wurde eine Ansprache von mir erwartet. Aber die hatten sie auch verdient. Ich erhob mich. Sélène übersetzte, obwohl mein Arabisch inzwischen schon recht gut war. Es fehlten aber halt doch noch die Feinheiten, die Gewürze und vor allem der Pfeffer.

„Ihr Strolche und Nichtsnutze!" begann ich. Beifälliges Gelächter und Gejohle antworteten mir. Omar unterdrückte mühsam ein schallendes Gelächter. „Ihr Schande eurer Frauen! — Aber das wart ihr einmal. Das ist schon lange her. Ihr seid die besten Soldaten, die ich je erlebt habe. Und ihr seid Männer im besten Sinne. Ich glaube, ich muss gar nicht sagen, wie stolz ich auf euch alle bin. Und dass es mir eine Ehre ist, euer Kommandant zu sein. Wir werden dieses Fleckchen Erde zu einem irdischen Paradies machen. Und wir werden frei sein. Freiheit erkauft man nicht durch „Toleranz" und Gold. Freiheit schafft man sich nur durch Selbstdisziplin und Stahl. Auf allen Ebenen. Deshalb werden wir immer die Starken sein. Und nicht um Frieden betteln, sondern ihn gebieten!" Ergriffenes Schweigen. Ich selbst war mehr als erstaunt über meine eigene Rede. Auch Omar sah mich erstaunt, fast ehrfürchtig an.

„Eure Kinder sind gestorben." fuhr ich fort, „Eure Frauen konnten keine Kinder mehr gebären. Sie wären bei der

Geburt gestorben, in der elenden Verfassung, in der sie sich befanden. Das ist jetzt anders. Ihr seid noch jung. Ihr werdet wieder Kinder haben." Atemlos hing alles an meinen Lippen. Ich lächelte. „Und ich selbst bin ein ebensolcher Kindernarr wie ihr Araber." Alle lachten. Ausgelassen, übermütig und glücklich.

Ich hob die Hand. „Noch eine Sache, die sich scheinbar wie von selbst so ergeben hat: Ich bin nicht nur glücklich, euer Kommandeur zu sein. Uns alle verbindet noch etwas anderes, etwas Wunderschönes, etwas, das heutzutage die meisten Menschen wohl nicht mehr kennen: Das alles hier war nicht mehr eure Heimat. Ihr wart lebende Tote in eurem eigenen Dorf und Tal. Jetzt ist es wieder eure Heimat geworden. Und es ist auch meine Heimat geworden. Ich habe keine andere. Und das verbindet uns, macht uns alle zu Brüdern und Schwestern." Die Stimme versagte mir.

Niemand sagte mehr einen Ton. Weil jedes Wort jetzt gestört hätte. Alle Hoffnungen, alle Träume, alles Glück der Erde empfanden wir. Und ganz tief in unserem Inneren fühlten wir alle die Feierlichkeit, ja Heiligkeit dieses neuen Anfangs, dieses Aufbruchs in ein reineres und schöneres Morgen. Denn Heimat, wirkliche Heimat, wurde von Menschen gemacht, ausgemacht. Heimat war heil, war heilig.

VI Krieg

„Und Caesar's Geist befiehlet: Tod, Verwüstung! Lasst
los die Hunde des Krieges!"
(William Shakespeare: „Julius Caesar")

Fast hätte ich eine wichtige Kleinigkeit übersehen. Und
das wäre unser aller Untergang gewesen. In der
momentanen Situation mussten wir auch Augen und
Ohren in der Stadt Tamanrasset haben. Einer meiner
Leutnants, Ibrahim, kaufte, als Händler verkleidet, ein
bescheidenes, etwas abgelegenes Häuschen in
Tamanrasset.

Die beiden fähigsten Gruppenführer des Stammes, Ali und
Chassid, lebten dann in diesem Häuschen, streiften von
morgens bis abends durch die Straßen, redeten mit
jedem, dem sie begegneten, besuchten vor allem die
Kaffeehäuser und lauschten bei süßem, starkem Tee und
Wasserpfeife den Gesprächen der übrigen Gäste. Einer
von ihnen kam regelmäßig jede Woche zurück, um Bericht
zu erstatten.

Trotz der Annehmlichkeiten, welche die Stadt ihnen bot,
wären sie viel lieber bei uns im Dorf gewesen. Den
Gefallen, sie durch ein anderes Team regelmäßig ablösen
zu lassen, konnte ich ihnen leider nicht tun. Erstens hätten
neue Gesichter wohl Befremden erweckt. In den
Kaffeehäusern wären die Gespräche der Gäste

untereinander vielleicht zurückhaltender geworden. Zweitens bewiesen beide Gruppenführer eine scharfe Beobachtungsgabe und großes diplomatisches Geschick. Und mit zunehmender Erfahrung auch eine große Gewandtheit, an den Gesprächen der Gäste teilzunehmen und sie zu veranlassen, weitaus mehr preiszugeben, als sie beabsichtigt hatten. Ohne dass dies den Gästen überhaupt bewusst wurde.

Erst allmählich kam ich dahinter, welch ausgezeichnete militärische Kundschafter sie waren. Militärisch deshalb, weil sie die erhaltenen Informationen sehr gut nach ihrem für unsere Verteidigung relevanten Inhalt klassifizieren konnten.

Bei dem, was die beiden da leisteten, hatten sie es verdient, dass ich ihnen eine Freude machte. Eine große Freude, wenn möglich. Aber was? Ein Orden, von denen es hier etliche Kisten gab, wäre bei der Kleinheit unserer „Armée" einfach lächerlich gewesen. Also stöberte und grübelte ich, stöberte und grübelte. Und: Eureka!

Für die nächste Berichterstattung beorderte ich sie beide zurück. Als wir dann im Wohnzimmer meines Bunkers bei Tee und Gebäck zusammensaßen, überreichte ich jedem von ihnen mit feierlicher Miene eine herrliche silberne Taschenuhr. Sprachlos vor Freude starrten sie mich an. „Allah!" brachte Chassid gerade mal hervor. Vor lauter Glück bekamen sie feuchte Augen. Und ich freute mich wie ein Lausejunge, dem ein ganz besonderer Streich gelungen war.

Einige Wochen später erschien Chassid sehr bedrückt zur wöchentlichen Berichterstattung. Sein Bericht wirkte wie ein Keulenschlag. Marodeure plünderten das Land gewöhnlich in Gruppen in der Stärke von zwanzig bis höchstens vierzig Leuten aus. Dieses Mal aber rotteten sich anscheinend Hunderte von Marodeuren zusammen, um die Bergfestung zu stürmen. Meine beiden Kundschafter schätzten, dass es zwischen vierhundert und fünfhundert Marodeure sein würden.

Die Kunde von den angeblichen Schätzen der Bergfestung hatte den Verbrechern wohl nie Ruhe gelassen; und bei jeder Erzählung waren diese Schätze ins geradezu Unermessliche gewachsen. Tonnenweise Gold, Silber und Edelsteine. Sogar Hunderte von blonden Französinnen sollte es hier geben. Das Beste, was sich Mädchenhändler zum Verkauf an lüsterne Scheichs und Hurenhäuser in der ganzen Welt nur wünschen konnten.

Da der Weg von der Stadt in unser Dorf drei anstrengende Tagesmärsche bedeutete, hatten meine beiden Kundschafter das Häuschen geräumt und einen ihnen vertrauenswürdig erscheinenden Nachbarn damit beauftragt, es gegen ein nicht zu großes und nicht zu kleines Entgelt zu beaufsichtigen. „Haben wir richtig gehandelt?" fragte Ali. „Ihr hättet es nicht besser machen können." versicherte ich ihnen.
Jetzt war schnelles Handeln erforderlich. Ich ließ Omar, meine beiden Leutnants und Sélène von Laila eilends zu uns holen. Dann machte ich sie in knappen Sätzen mit den bösen Nachrichten vertraut. Sélène würde alles für uns übersetzen. Laila schickte ich hinaus. Sie ging

gehorsam, obwohl sie am liebsten bei mir geblieben wäre. „Wir werden alle sterben." meinte Omar bedrückt. „Aber wir werden dabei so viel von dem Gesindel wie möglich zur Hölle schicken!" Ich hob die Hand. „Nein! Wir werden nicht sterben. Wir werden mit unseren vierunddreißig Elitesoldaten möglichst die ganze Brut zur Hölle schicken. Und möglichst, ohne dabei selbst große Verluste zu erleiden."

„Wie sollten wir so etwas bewerkstelligen, Jean-Pierre?" „Indem wir das einfachste und immer wieder wirksamste Mittel jeder militärischen Strategie anwenden: Nämlich genau das zu tun, was der Feind in keinem Fall erwartet. Und im Grunde sind diese Verbrecher in einer sehr bösen Situation, nicht wir. Da gibt es keine Zusammenarbeit und keine wirkliche Führung. Außerdem sind sie keine Soldaten, sondern Schlächter, die es sehr wohl mit Wehrlosen aufnehmen können, aber bestimmt nicht mit Elite-Soldaten."

„Aber zurück zu der Strategie des Unerwarteten: Wir stellen uns jetzt, jeder für sich, großräumig das Gelände der Umgegend vor, versetzen uns gedanklich in die Lage dieses Abschaums und versuchen uns vorzustellen, was diese Verbrecher am wenigsten erwarten." Ich schloss die Augen. Schweigen breitete sich aus.

Zu fünft erörterten wir die Lage. Schließlich räusperte sich Omar. „Wenn der Abschaum das Dorf stürmen kann, müssen wir uns alle mit unseren Frauen zur Festung zurückziehen können." „Ja, Omar. Fangen wir damit an: Rückzug sichern, sollte der schlimmste Fall eintreten." Der einzige Zugang zur Festung war ja der Weg durch den Minengürtel, wo jetzt ein munter plätschernder kleiner Bach floss. So entstand ein Plan zur Sicherung des Rückzuges zu der Festung. Den wir zwei Tage später auch in der Praxis vorbereiteten.

Mitten in den Bach legten wir in Abständen von je fünfzehn Metern drei Minen, deren Lage wir mit den roten Wimpeln kennzeichneten. Für einen Angreifer würde es so aussehen, als wären wir in der Eile des Rückzugs nicht mehr dazu gekommen, den Zugang zu verminen. Wahrscheinlich würde der Mob alle drei Minen zur Explosion bringen und schon dadurch etliche Verluste erleiden. Die in der vorderen Linie würden die Minen wohl bemerken und sie wohl auch vermeiden. Aber einige der Nachfolgenden würden unfehlbar auf die Minen treten. Es würde etliche Tote geben, eine ungeheure Verwirrung würde herrschen. Ein Zögern, ein sich Umsehen. Und siehe da: Keine einzige Mine mehr! Der Weg zur Festung mit ihren Reichtümern war frei! Die Angreifer würden in wilder Hast vorwärts stürmen.

Die eigentliche Todesfalle begann unmittelbar bei der letzten Mine. Wir verteilten und vergruben gut versteckt etwa zwei Tonnen TNT, ein äußerst brisanter Sprengstoff, völlig unempfindlich gegen Erschütterungen, knetbar, völlig harmlos — bis ihn ein Funke zur Zündung brachte. Jede Ladung wurde mit Zündhütchen versehen, alle miteinander verkabelt und schließlich an den spannungserzeugenden Impulsgeber angeschlossen, der den fatalen elektrischen Impuls durch die Leitungen schicken würde. An der Einmündung zur Festung wurden zwei Maschinengewehre mit reichlich Munition und etliche Kisten mit Handgranaten postiert. Die Strecke, auf der die Minen lagen, wurde separat mit TNT vermint. Das würde alle töten, welche die erste Sprengung nicht erledigt hatte. Unser unmittelbar darauf folgender Gegenangriff würde für die andere Seite verheerend sein.

Uns war gar nicht wohl dabei. Minen und Sprengstoff-Fallen gegen Menschen waren im Grunde teuflisch, unmenschlich. Aber wir töteten ja keine Unschuldigen. Im Gegenteil. Es ging um unser aller Existenz. Und der Tod jedes dieser Verbrecher würde andere Menschen vor Schlimmem bewahren. Und trotzdem! Es ist aber leider so, dass der Radikalere letztlich die Mittel bestimmt und der fairere Kämpfer einfach nachziehen muss, will er nicht untergehen. Das ist in diesen Fällen das unerbittliche Gesetz der Steigerung und der Radikalisierung.

Wir gaben uns bewusst burschikos und gefühllos, um das Gefühl des Unwohlseins in der Magengrube zu überspielen. „Wenn es wirklich dazu kommt, dann werden in dieser Falle rund hundertfünfzig Marodeure zur Hölle geschickt. Das dürfte dem Rest den Schneid auch etwas abkaufen." sagte ich zu den anderen. „Allah, W'Allah, T'Allah!" gab Omar erschüttert von sich. „Hast du auch daran gedacht, dass wir dann wochenlang damit beschäftigt sind, diese Riesensauerei zu beseitigen?" Ich grinste ihn an. „Das ist doch ein triftiger Grund, es gar nicht so weit kommen zu lassen!"

Wir schickten ein Dutzend Späher aus, die sich als Einzelkämpfer als besonders geschickt erwiesen hatten.

Sie sollten sich möglichst gar nicht sehen lassen, sondern nur versuchen, festzustellen, wann etwa, von woher und in welcher Art und Weise der Angriff auf uns stattfinden sollte. Falls einer meiner Männer entdeckt wurde, sollte er den Späher der Gegenseite möglichst lautlos töten und möglichst unauffindbar in einer Felsspalte verschwinden lassen. Das würde überhaupt keinen Verdacht erregen. Bei dem Gesindel dürfte es bei der Aussicht auf einen wirklichen und harten Kampf einen Haufen Deserteure geben.

Mein Plan stand schon fest. Ich erörterte und überprüfte ihn noch einmal anhand einer topographischen Karte mit Omar, den beiden Leutnants und den beiden Spähern Ali und Chassid. „Diese drei Rinnen im Gelände sind der einzige mögliche Weg eines Angriffs; ansonsten ist das Gelände zu unwegsam. Die Bande wird also durch alle diese drei Rinnen angreifen. Das ist offensichtlich."

Alle nickten zustimmend. „In jeder der drei Rinnen postieren wir eine der Gruppen mit Gruppenführer." fuhr ich fort. „Und zwar ganz am Anfang der Rinnen. Wir gehen also den Angreifern entgegen. Schon das dürfte das Letzte sein, was sie erwarten. Bis sie sich den Zugang erkämpfen werden sie schon eine Menge Leute verloren haben. Mit je zwei Maschinengewehren, Handgranaten und Panzerfäusten erwarten wir sie. Jede Gruppe erhält außerdem vier Flammenwerfer. Die wiegen etwa zwei Kilo und haben eine Reichweite von etwa zwanzig Metern. Nach circa zweieinhalb Minuten sind sie leer und nicht mehr zu verwenden. Sie können also beim Rückzug liegen gelassen werden. Zwei Männer schießen auf die

Angreifer; die anderen ziehen sich unter diesem Feuerschutz an eine geeignete Stelle zurück und geben dann den beiden ersten Feuerschutz. Die beiden ersten ziehen sich dann wieder an eine geeignete Stelle weiter hinten zurück. Und so weiter."

„Und wenn wir Verwundete haben?" fragte Omar. „Gut, dass du das erwähnst. Hinter unseren Soldaten, aber außerhalb des Schussfeldes werden in jeder Rinne sechs unserer geschicktesten und kräftigsten Frauen als Sanitäter fungieren, um eventuelle Verwundete in Sicherheit zu bringen. Wir lassen niemanden zurück. Auch unsere Toten werden wir mit uns zurück nehmen." Ich wischte mir den Schweiß von der Stirn. „Mensch, Omar!" sagte ich erschüttert zu ihm. „Das hätte ich beinahe vergessen."

Wir versanken in nachdenklichem Schweigen. „Sie werden viele Leute verlieren. Aber schon am Ende des ersten Tages dürften wir sie bei uns im Dorf haben. Wenn wir alle Gruppen einsetzen würden, könnten wir uns länger halten. Die Nacht würde uns retten und wir könnten schon im Morgengrauen einen massiven Gegenangriff starten." meinte Omar düster.

Ich lächelte fröhlich. Meine Leutnants ahnten etwas und grinsten zurück.

„Etwa eine halbe Stunde, bevor sich die Bande auf unser Dorf stürzen könnte, schieße ich eine grüne Signalrakete hoch. Alle anderen Gruppen haben einen Tag vor dem Angriff unter Führung von Leutnant Khaled einen weiten

Bogen geschlagen und befinden sich im Rücken des Feindes. Als Bestätigung antwortet Leutnant Khaled mit einer roten Signalrakete. Bekomme ich die Bestätigung nicht, schicke ich wieder eine grüne Signalrakete hoch, und so weiter. Auf das Signal hin greifen sie an und rollen den Feind von der Flanke und von hinten her auf, während die Verteidiger in den Rinnen einen Gegenangriff starten. Sobald wir wissen, aus welcher Richtung der Ansturm kommt, instruieren wir sie anhand der Karte über die Wartestellungen, die sie beziehen sollen." „Jean-Pierre!" sagte Omar erschüttert, „Was für ein Glück, dass wir Freunde und keine Gegner sind!" Wir lachten alle. Das Lachen löste ein wenig die Spannung. Denn es würde grausig und blutig werden. Sélène, die alles übersetzt hatte, war leichenblass. Sie war total fertig. Ich legte tröstend meinen Arm um sie. Schließlich schenkte sie mir ein tapferes, schüchternes Lächeln. Krieg! Verfluchter Krieg!

„Unsere beiden Scharfschützen beziehen Position hier oben und hier oben, der eine links und der andere rechts von den Rinnen." Ich zeigte es auf der Karte. „Ihr Auftrag: Erstens der Schutz unserer Männer, falls sie in brenzlige Situationen geraten sollten. Zweitens die Eliminierung der Banditen, die anscheinend irgendwelche Befehlsbefugnisse haben. Sonst Feuer nach eigenem Ermessen." Omar grinste. „Jetzt glaube ich es selbst, dass die unser Dorf nie erreichen."

„Es geht aber weiter, meine Herren." sagte ich. „Wir setzen sofort nach. Zwei Gruppen bleiben zum Schutz des Dorfes vor versprengten Marodeuren zurück. Alle anderen bleiben dem Feind möglichst dicht auf den Fersen und töten alle, mit denen sie in Kontakt kommen. Denkt daran! Wir haben es hier mit den schlimmsten Verbrechern zu tun. Das sind keine Soldaten! Es wird kein Pardon gegeben! Es werden keine Gefangenen gemacht!" Alle nickten eifrig zustimmend. Auch Sélène. Ich spürte ihre Gedanken und Gefühle. Sie dachte an ihren Aufenthalt bei dem Krötengesicht. „Nein! Es werden keine Gefangenen gemacht!" bestätigten alle grimmig. Auch Sélène.

Dann begann das Warten. Krieg besteht zumeist aus endlosem Vorbereiten und Überprüfen, endlosem Warten; und dann gab es meist nur einige Minuten frenetische Aktion, die aber dann über alles entscheiden, über Leben oder Tod, über Sieg oder Untergang.

Endlich kam die Nachricht unserer Späher: Der ganze Haufen, an die fünfhundert Marodeure hatten sich um das Dorf von Krötengesicht gesammelt. Sie waren dabei, aufzubrechen, als geschlossener Haufen. In etwa zwei Tagen würden sie hier erscheinen. Wir konnten nur den Kopf schütteln über so viel Dummheit. Aber uns konnte das ja nur recht sein.

Ich versammelte alle Verteidiger, die Leutnants und die Gruppenführer um mich und gab meine Order: „Esst und trinkt heute reichlich. Ruht euch aus und schlaft so viel wie möglich. Ab morgen dürft ihr nur ganz wenig essen. Und nur ganz leichte Sachen. Ab morgen Mittag auch nur mäßig Wasser oder Tee. Ganz wichtig: Lasst sie ganz nahe herankommen. Kein einziger Schuss wird ohne

Befehl abgegeben. Das Feuer wird erst auf Kommando eröffnet. Das Kommando gebe ich über das Sprechfunkgerät. Das alles hämmere ich morgen und übermorgen Mittag noch einmal in eure harten Betonschädel. Habt ihr verstanden, ihr lahme Bande?" Alle lachten. Ich wurde wieder ernst. „Jungs! Ihr seid wirklich die besten Soldaten, die ich kenne. Wir werden dieser Saubande das Fürchten beibringen. Und das Sterben!" Alle nickten und murmelten zustimmend. Ich war erleichtert. Ihre Entschlossenheit ließ keinen Raum für Angst. Es würde keinerlei Panikreaktion geben. Auf unserer Seite bestimmt nicht!

Meine beiden Leutnants, Ibrahim und Khaled und die drei Gruppenführer hielt ich noch einen Augenblick zurück. „Alle vier Stunden treffen wir uns hier zur Besprechung und zu erneuter Überprüfung." Dann stellte ich ihnen noch einmal die rein rhetorische Frage. Rhetorisch deshalb, weil sie ja die Antwort aus den vielen Stunden ihrer Ausbildung wussten: „Welches sind die beiden vornehmsten Aufgaben jedes Offiziers und Unteroffiziers?" Sie sahen mich ernst an. Ibrahim sprach für sie: „Erstens das Operationsziel erreichen. Und zweitens, genau so wichtig: Möglichst alle Männer gesund an Körper und Seele zurückbringen."

Wir hatten die Kondition und die Marschleistung der Marodeure gewaltig überschätzt. Und auch ihre Intelligenz: Erst am Nachmittag des dritten Tages erschien der ganze gewaltige Haufen geschlossen auf dem Stück Ebene vor den Rinnen. In ihren Tarnanzügen sahen sie auf den ersten Blick wie Soldaten aus; ihr Verhalten zeigte aber sofort, dass sie alles andere als Soldaten waren. Anstatt sich außer Sicht zu sammeln und auszuruhen und erst am nächsten Morgen anzugreifen und so, frisch bei Kräften, den ganzen Tag vor sich zu haben, stürmten sie nach einer Stunde Geschrei und Tumult auf die Rinnen los. Natürlich! Sie rechneten ja auch nicht damit, dass wir sie in so weit vorgeschobenen Positionen erwarten würden. Glaubten die wohl, wir würden sie direkt bei uns im Dorf empfangen?

Trotzdem war es ein furchterregender Anblick, dieser riesige, brüllende, sich auf uns zu wälzende Haufen, von denen jeder wohl als erster in unserem Dorf und bei der Beute sein wollte. Zweihundert Meter. „Nicht schießen! Nicht schießen!" brüllte ich ununterbrochen in das Sprechfunkgerät. „Nicht schießen! Nicht schießen!" brüllten meine Leutnants und Gruppenführer ihre Soldaten an. Einhundert Meter. Fünfzig Meter. Dreißig Meter! „Nicht schießen! Nicht schießen!" Die hatten von unserer Anwesenheit immer noch keine Ahnung. Fünfzehn Meter! Acht Meter! „Feuer! Feuer! Feuer!"

Mitten in dem Haufen der Angreifer explodierte der Boden. Die Hölle brach los. Unsere Maschinengewehr-Garben und die Explosionen der Panzerfäuste hielten eine grausige Ernte. Trotzdem blieb die Rotte dicht beisammen: Die waren nur in der Masse stark. Und auch dumm genug, sich nicht aufzuteilen, um uns so weniger leichte Ziele zu bieten. Von denen wäre wohl auch nicht ein einziger fähig gewesen, sich allein durch das lebensfeindliche Gelände des Tamanrasset zu schlagen.

Aber sie erdrückten uns durch ihre schiere Masse. Sie kletterten über die Berge ihrer Gefallenen hinweg, erreichten fast gleichzeitig den Anfang der drei Rinnen und drängten uns langsam zurück. Jetzt wurde es schwierig für uns. Jetzt hatten sie die Deckung, die sie vorher nicht gesucht hatten. Und wir mussten Schritt für Schritt zurückweichen.

Jeden Fußbreit Boden mussten sie teuer bezahlen. Jeder Meter kostete sie eine Menge Blut. Aber sie begriffen wohl alle, dass sie verloren waren, wenn sie uns nicht überwältigen konnten. So wie Ratten erst richtig gefährlich werden, wenn man sie in die Enge treibt, so fing der Abschaum jetzt an, sich als verzweifelte Kämpfer zu versuchen. Und ausweglose Verzweiflung beim Feind ist manchmal die Lösung aller Probleme. Oder heizt den Kampf erst richtig bis zu äußerster Erbitterung an.

Ich weiß: Ich hätte in Sicherheit auf meinem Beobachtungsposten bleiben sollen. Fiel ich aus, so konnten zwar Omar und meine beiden Leutnants als die besonnenen und erfahrenen Führer, zu denen sie geworden waren, den Krieg erfolgreich weiterführen. Aber irgendwie war ich doch die Seele des Ganzen.

Trotzdem konnte ich mich nicht zurückhalten, als die Situation für einen meiner Soldaten in der Rinne direkt unter mir äußerst gefährlich wurde. Einer der Marodeure befand sich in äußerst günstiger Lage etwas schräg oberhalb von ihm hinter einem Felsvorsprung, der ihn völlig deckte. Auch mein Mann befand sich in Deckung. Seine Deckung war aber unvollständig, weil sie ihn nicht völlig schützte. Die Hälfte seiner Beine befand sich im Freien. Und es war wahrscheinlich eine Frage von Sekunden, bis er entweder in die Beine getroffen wurde oder er sein Glück in einem allerdings hoffnungslosen Sprung zurück versuchte. Verflucht nochmal! Warum benutzte der Narr nicht den Flammenwerfer, der direkt neben ihm lag?

Ohne zu überlegen, rein einem instinktiven Impuls gehorchend, schoss ich aus meinem Beobachtungsposten heraus, sprang und landete dicht neben meinem Soldaten. Sofort ergriff ich den Flammenwerfer. Ein langer Feuerstoß züngelte hinüber. Die Flamme umspielte die Deckung des Verbrechers. Sie konnte ihn natürlich nicht wirklich erreichen, sengte ihn aber wohl etwas an und erschreckte ihn gewaltig. Ich ließ den Flammenwerfer fallen, machte einen gewaltigen Satz nach vorn und zog den überraschten Marodeur aus seinem Versteck. Dann stieß ich ihm den Fallschirmjäger-Dolch in die Kehle und ließ den Leichnam fallen. Das alles geschah in wenigen Sekunden.

Gleich war ich bei meinem verstörten Soldaten und richtete ihn grob auf. „Vu?" fragte ich streng. „Gesehen?" heißt das eigentlich, meint aber „Kapiert?" „Nie wieder, mein Kommandant!" sagte er beschämt zu mir. Er meinte damit, dass er sich nie wieder so unbesonnen benehmen würde. Ich glaubte es ihm aufs Wort. Dann umarmte ich ihn kurz und wir lächelten uns an. Mit äußerster Vorsicht kroch ich auf Umwegen zu meinem Beobachtungsposten zurück.

Der Kampf artete zu einer Art Stellungskrieg aus. Der Feind hatte längst nicht so viel an Boden gewinnen können, wie wir anfangs befürchteten. Es wurde Nacht. In der Hitze des Kampfes hat man ganz selten Zeit dazu, Angst zu empfinden. Auch schützt einen das eigene frenetische und doch konzentrierte Handeln vor dem Grauen. Es fordert den ganzen Mann und betäubt die Sinne.

Jetzt aber, als die rasch hereinbrechende Nacht den Kampf zum Erliegen brachte, als nur noch gelegentlich ein Schuss ertönte oder die Explosion einer Handgranate zu hören war, überfiel die Grausamkeit des Geschehens alle unsere Sinne. Der süßlich-widerliche Geruch geronnenen Blutes, das Röcheln Sterbender, die tierischen Schreie derer, denen es die Gedärme zerfetzt hatte; das alles zerfetzte auch unsere Nerven. Geschah das alles in Wirklichkeit? Der Angriff von einem halben Tausend Verbrecher auf uns. Das war alles so unwirklich, so von jeglicher Realität abgelöst.

Völlig nervös wartete ich ab. Schließlich griff ich zum Sprechfunk, als ich es nicht mehr aushielt. „Wie sind unsere eigenen Verluste?" fragte ich bang. „Keine eigenen Verluste, auch keine Verwundeten." kam die prompte Rückmeldung meiner Leutnants. Das war doch nicht möglich! Die Verluste des Feindes bezifferte ich auf mindestens einhundertfünfzig Tote oder Verwundete. Und keiner unserer eigenen Soldaten hatte auch nur einen Kratzer abbekommen. Das Gefühl der Unwirklichkeit verstärkte sich in mir. Dann stieg ein Gefühl überwältigender Dankbarkeit in mir auf, überschwemmte

mich geradezu. „Danke! Oh ich danke dir, mein Gott!"
flüsterte ich mit Tränen in den Augen.

Es dauerte schon ein bisschen, bis ich wieder
handlungsfähig war. Dann nahm ich Verbindung mit
meinen Leutnants auf. „Esst jetzt gleich, so viel Obst wie
ihr nur wollt, das ist bis morgen früh längst verdaut. Und
trinkt jetzt gleich zu Beginn viel Wasser und Tee. Löst
euch gegenseitig als Wachen ab und versucht, so viel wie
nur möglich zu schlafen. Schickt auch mir jemanden,
damit wir uns gegenseitig ablösen können."

Leutnant Ibrahim's Stimme ertönte im Sprechfunk. „Ich
kann dir einen glühenden Verehrer schicken, wenn du
willst, mein Kommandant." Zwar ahnte ich, wen er meinte,
fragte aber trotzdem, um ihm den Spass nicht zu
verderben. „Wen denn?" „Achmed natürlich!" Das war der
Soldat, dem ich durch meine Aktion mit dem
Flammenwerfer wahrscheinlich das Leben gerettet hatte.
„Ach so! Der?" stellte ich mich bass erstaunt. „Ja, schick
mir den schrägen Vogel ruhig rüber!" „Mach ich!" kam die
Antwort. Und dann tadelnd: „Das war aber äußerst
unbedacht und leichtsinnig von dir, mein Kommandant!"
„Und was hättest du denn an meiner Stelle getan, mein
sehr geschätzter Leutnant Ibrahim?" „Genau das Gleiche
wie du, mein Kommandant!" war seine fröhliche Antwort.

Achmed kam zu mir hoch geklettert. Wir grinsten uns
verständnisinnig an. Jeder von uns allen bekam diese
Nacht wohl einige Stunden Schlaf, trotz all des Grausigen
um uns herum. Es war die pure Erschöpfung, die das
bewerkstelligte.

Gleich im Morgengrauen entbrannten die Kämpfe aufs neue. Mit voller Wucht griffen sie uns an, allerdings ohne Zuversicht, sondern aus Verzweiflung. Auch dem Dümmsten von ihnen war wohl klar geworden, dass sie uns entweder vernichten mussten oder alle selber über die Klinge springen würden. Würden sie sich in die Ebene vor den Rinnen zurückziehen, so hätten sie dort überhaupt keine Chance gegen uns. Und dass sie auf keinen Fall Gnade erwarten durften, war auch ganz bestimmt jedem von ihnen klar. Ja, es war ihre pure Verzweiflung, die sie so gefährlich machte.

Ich ließ meine Leute etwas schneller als es für uns notwendig war, zurückweichen. Weil ich darauf bedacht war, möglichst keinen unserer Männer zu verlieren. Im Laufe der Gefechte begann ich zu begreifen, dass die Zeit jetzt für uns arbeitete. Jeder von uns schlief nachts einige Stunden und aß und trank. Ich ahnte, dass die Marodeure kaum noch etwas an Verpflegung hatten: Sie hatten ja nicht einmal mit ernsthaftem Widerstand gerechnet. Ganz bestimmt hatten sie nicht mit einer Gruppe von disziplinierten Elite-Soldaten gerechnet, die ihnen schon weit von der Festung entfernt die Stirn boten. Die vollen Fleischtöpfe, die Wasser- und Weinkrüge der Festung befanden sich in noch unerreichbarer Ferne. Die meisten von ihnen mussten schon fürchterlich unter Hunger und Durst leiden. Also mussten sie die Festung möglichst schnell stürmen. Was sie umso unbesonnener machte.

Das grauenvolle Gemetzel des gestrigen Tages wiederholte sich, womöglich noch um einiges schlimmer. Und auch die Nacht. Es war so ziemlich das Gleiche wie gestern Nacht. Und wir waren noch sehr weit vom Dorf entfernt. Alles war weitaus besser verlaufen, als ich es je erhofft hatte. Ich betete inbrünstigen Dank und hörte auch viele meiner Männer Gebete an Allah murmeln.

Eine nächtliche Brise wehte den furchtbaren Gestank verwesender Leichen zu uns herüber. Viele Soldaten einschließlich mir kotzten sich die Seele aus dem Leib. Wie elektrisiert fuhr ich hoch bei dem Gedanken, der mir gerade gekommen war: Wichen wir langsam wie ursprünglich von mir geplant bis in die Nähe des Dorfes zurück, so würde uns der Gestank der verwesenden Leichen wohl für Tage oder sogar für Wochen aus dem Dorf treiben. Selbst in der Oase wären wir, je nach Richtung des Windes nicht unbedingt sicher gewesen. Als Achmed, mit dem ich mich wieder stundenweise zum Wachen beziehungsweise Schlafen ablöste, ja, als Achmed sich von seiner Kotzerei ein bisschen erholt hatte, schickte ich ihn gleich los, Leutnant Ibrahim zu holen.

Auch Leutnant Ibrahim sah sehr mitgenommen aus; auch er hatte sich übergeben müssen. Leise erörterten wir das Problem. Und kamen schnell zu dem Entschluss, schon morgen früh, wenn der Kampf so richtig im Gange war, Leutnant Khaled da draußen das Signal zum Angriff zu geben. Ich versuchte auch, ihn sogleich über Sprechfunk zu erreichen, bekam aber keine Verbindung. Natürlich! Blödsinn! Er erwartete keinen Anruf, hatte also das Gerät auch nicht eingeschaltet, um die Batterien zu schonen. In Gedanken machte ich mir eine Notiz für die Zukunft: Regelmäßig zu einer vereinbarten Uhrzeit den Funk-Kontakt herstellen, um unvorhergesehenen Situationen gerecht werden zu können. Wir würden eine kleine, perfekt durchorganisierte und geschulte Armée bleiben, auch wenn wir, hoffentlich, danach nie wieder Krieg führen mussten. „Se vis pacem para bellum!"

Schon beim ersten Morgengrauen, bevor uns die aufgehende Sonne blenden konnte, griffen wir an. Zwanzig Minuten später, bevor es noch richtig hell wurde, das Signal also noch nicht wegen der Helligkeit des Tages übersehen werden konnte, feuerte ich die mit Leutnant Khaled vereinbarte grüne Signalrakete gegen den noch blassen Himmel.

Die Reaktion erfolgte fast augenblicklich. Eine rote Signalrakete schoss von da drüben hoch und strahlte beim langsamen Herabsinken etwa eine Minute lang. Schon etwa eine Viertelstunde später drang aus der Ferne das Getöse einer richtiggehenden Schlacht an unsere Ohren. In den Rinnen herrschte bei unserem Feind nur noch kopfloses Durcheinander. Unser eigener Gegenangriff jedoch ging nicht so recht vorwärts, weil wir über Berge von verwesenden Leichen klettern mussten. Ein Marodeur nach dem anderen wurde erschossen, erschlagen, verbrannt oder wurde von einer Handgranate zerfetzt. Es war womöglich noch grauenvoller als alles, was wir zuvor erlebt hatten. Die Bilder erinnerten mich lebhaft an zahlreiche Dokumentationen über die Schlachtfelder des Ersten Weltkrieges: Granat-Trichter und Schützengräben voller verstümmelter, verwesender, aufgedunsener Körper; Franzosen, Amerikaner, Engländer, Deutsche."
Jean-Pierre schwieg plötzlich. Er sah sichtlich

mitgenommen aus. Ich selbst fühlte mich beklommen und hatte ein ganz flaues Gefühl in der Magengrube. Wir waren aus der Hölle des Krieges zurückgekehrt in Sophocle's heimeliges Bistro. „Gérard." sagte Jean-Pierre plötzlich. „Willst du dir das alles weiter anhören? Willst du dir das alles weiterhin antun?" Ich nickte. „Ja, Jean-Pierre." „Warum denn?"

Ich überlegte, denn ich brauchte wohl ein wenig Zeit, um meine Fassung wieder zu erlangen. Ich bemerkte auch, dass wir unsere Getränke gar nicht mehr angerührt hatten. „Einmal, weil ich den Wunsch habe, dass jeder von uns beiden weiß, wer der andere ist." „Und weiter?" „Ich spüre ganz deutlich, wie sehr es dich erleichtert, mir das alles zu erzählen." „Ja. Und ob! Ich weiß. Wenn ich dir das Grauen erzählen darf, wenn ich es mit dir noch einmal erleben darf, so wird es mich nicht mehr so schlimm in nächtlichen Albträumen heimsuchen." Wir umarmten uns. „Weißt du," fuhr er fort. „als Soldat im Kampf zu töten ist leicht. Besonders, wenn der Feind wirklich zum Abschaum der Menschheit gehört und beseitigt werden muss. Später damit leben zu müssen - das ist das Problem!"

Wir schwiegen eine Weile, nippten wieder an unserem Bier und unserem Gin und ließen die in uns tobenden Gefühle ein wenig zur Ruhe kommen. Schließlich sahen wir uns an und nickten beide. Jean-Pierre nahm seine Erzählung wieder auf.

„Als sich unsere beiden Kampfgruppen schließlich vereinigten, lebte in den Rinnen keiner der Marodeure mehr. Der restliche Haufen, ich schätzte, es waren gerade noch so ungefähr zweihundert, stob in wilder Flucht davon. Wir sammelten uns. Ich beriet mich kurz mit meinen Leutnants. Dann riefen wir alle Mannen zusammen und erteilten die neuen Instruktionen. Omar blieb auf alle Fälle zum Schutz unseres Dorfes zurück. Unterstützt von den Männern, die zu alt für die Strapazen und Entbehrungen des Feldzuges waren, die aber ebenfalls sehr gut mit ihren Waffen umgehen konnten.

Wir nahmen sofort die Verfolgung auf, hielten immer kurz an und feuerten in den panisch flüchtenden Haufen. Wir ekelten uns vor uns selbst. Aber wir machten weiter, weil es getan werden musste. Immer wieder hielten wir uns vor Augen, dass jeder der Verbrecher, der entkommen konnte, bald wieder den Tod oder den Ruin unschuldiger Menschen herbeiführen würde. Schließlich stoben die Marodeure in alle Richtungen auseinander. Das war vorauszusehen. Jetzt begann aber erst der längere und mühsamere Teil. Wie abgesprochen, teilten wir uns in Zweiergruppen auf, durchstreiften das Gelände und erledigten einen nach dem anderen. Drei volle Tage ging das so weiter. Das Trinkwasser, das uns die Frauen bis zum letzten Tag in Wassersäcken herbeigeschleppt hatten, und von dem wir reichlich mitgenommen hatten, wurde langsam knapp. Ab ungefähr dem dritten Tag brauchten wir niemanden mehr zu töten: Alle Marodeure, die wir danach fanden, waren verdurstet. Von den rund fünfhundert Marodeuren kehrte nicht ein einziger zurück.

Jetzt musste es schnell gehen. Wir brauchten sehr bald Wasser. Und das war hier nur in den Brunnen des Dorfes von Krötengesicht zu finden. Endlich! Am frühen Vormittag des fünften Tages nach unserem Aufbruch aus den drei Rinnen erreichten wir relativ frisch und ausgeruht das Dorf. Trotz des quälenden Durstes, trotz der Nachtkälte, gegen die unsere leichten Schlafsäcke nur wenig Schutz boten, hatten wir genügend Schlaf bekommen. Es war einfach immer wieder die Erschöpfung, die uns den Schlaf bescherte.

Da war noch etwas. Die Bande von Krötengesicht nahm nicht einfach in der unzugänglichen Wildnis ihren Wohnsitz. Es musste irgendeine bequeme Möglichkeit geben, auf die Nationale1 zu gelangen. Das ist die große Verbindungsstraße nach dem etwa siebenhundertfünzig Kilometer nördlich von Tamanrasset gelegenen El Menia. Von dort aus sind es noch achthundert Kilometer in den Norden nach Alger und Oran an der Küste. Von wo aus man dann die erbeuteten Frauen, Mädchen und Kinder an „Liebhaber" und Bordelle in der ganzen übrigen Welt verschiffen konnte. Und die Beute wurde erst einmal in dem abgelegenen Dorf von Krötengesicht „zwischengelagert". Bis sich die Aufregung über den Raub in den betroffenen Ortschaften gelegt hatte. Bis Polizei und Militär ihre ergebnislose Suche wieder eingestellt hatten. Und irgendwann fand dann der nächste Raubzug statt..

Ich rief Leutnant Khaled zu mir, den ich damit beauftragt hatte, unsere Position mittels Kompass und Karte während des ganzen Verlaufes unseres Feldzuges festzuhalten. Unsere genaue Position und damit die Position des Dorfes von Krötengesicht war während der

Gefechte und den Märschen in dem äußerst schwierigen Gelände nicht mehr zu bestimmen gewesen. Aber er konnte mir sagen, dass wir uns dicht an der Nationale1 und weniger als einhundert Kilometer nördlich von der Stadt Tamanrasset entfernt befinden mussten.

Blitzschnell fasste ich einen Entschluss. Den erschrockenen Leutnant Ibrahim beauftragte ich mit meiner Vertretung. Er sollte sich möglichst nicht bemerkbar machen, aber herumstreifende Marodeure, die unseren Kommandotrupp entdecken könnten, durch gezielte Schüsse entweder zurück in die Häuser des Dorfes treiben oder eliminieren lassen.

Ich rief Leutnant Khaled, Ali und Chassid, die beiden Späher, die eine besondere Fertigkeit für das unbemerkte Anschleichen und das lautlose Töten erworben hatten, zu mir. Dann Amid und Temr, meine beiden Scharfschützen und acht weitere meiner Männer, welche im Verlauf der Kämpfe eine ganz besondere Umsicht gezeigt hatten. Wir fassten genug Munition, Maschinenpistolen, Handgranaten und Kommando-Dolch. Nach einer kurzen Überprüfung unserer Ausrüstung marschierten wir los. Wir umgingen, jede Deckung nutzend, in weitem Bogen das Dorf. Den quälenden Durst besänftigten wir etwas mit Kieselsteinen im Mund, an denen wir saugten. Das befeuchtete wenigstens die Schleimhäute mit etwas Speichel.

Und dann, schon nach weniger als vier Stunden Marsch machten wir diese fast unglaubliche Entdeckung: Eine Art

Maschinenhaus, in dem eine große Winde stand. Von dem Maschinenhaus ging ein massives Stahlseil steil nach unten und verschwand über dem Rand des Fundaments. Zwei Typen dösten im Schatten, einige halb volle Konservendosen und etliche leere und volle Weinflaschen in Reichweite. Weshalb sollten sie hier auch wachsam sein? Sie hatten, wahrscheinlich auf Anforderung über Sprechfunk, nur die Winde zu bedienen. Ich nickte meinen beiden Spähern zu und machte eine Kopfbewegung zum Maschinenhaus hin. Worte waren nicht notwendig. Die beiden Banditen starben blitzschnell und lautlos; ich glaube fast, dass ihnen der eigene Tod gar nicht so recht bewusst wurde.

Vorsichtig kamen wir nach vorn. Vier meiner Leute sicherten nach Richtung zum Dorf hin, damit wir nicht von einer eventuellen Ablösung überrascht wurden. Dann staunten wir nicht schlecht. Eine enge Klamm, deren Boden ausbetoniert war, führte steil nach unten. Am Eingang der engen Schlucht stand, von dem Stahlseil gehalten, eine geräumige Transportkabine. Ihre Stahlräder ruhten auf Schienen, die auf dem glattbetonierten Boden liefen. Ich machte mich kurz mit der einfachen Bedienung der Winde vertraut. Das Maschinenhaus und die Klamm waren aus der Luft nicht auszumachen. An der Wand hing ein Sprechfunkgerät. Mir kam eine Idee. „Chassid; du kannst ja gut die verquollene Stimme eines Betrunkenen imitieren. Rufe die Wachen unten an und sage ihnen, wir würden nach unten kommen." Ich hob die Hand, um ihn noch etwas aufzuhalten. „Lasse dich auf keine Diskussionen ein. Brich den Funkverkehr sofort wieder ab. Leutnant Khaled bleibt mit diesen vier Mann hier oben.

Alle anderen kommen dann mit mir nach unten. Amid, Temr! Lasst drei oder vier der Banditen da unten am Leben. Nur in die Beine schießen und fesseln. Wir werden sie später streng verhören, um alle Spione in der Stadt ebenfalls zu eliminieren." Chassid machte seine Sache großartig. Meine übrigen sieben Männer und ich bestiegen die Kabine. Auf mein Zeichen hin startete Leutnant Khaled die Winde. Abwärts ging es.

Es waren nur vier Marodeure in der Talstation. Einen davon musste Amid erschießen. Die anderen drei ergriffen sofort die Flucht. Sie fielen zu Boden, jeder mit einem Schuss im Bein. Wir schleppten sie zur Talstation zurück, versorgten sie medizinisch und fesselten sie. Dann inspizierten wir unseren Fang. Zwei Camionettes und drei Pick-Ups. Auch die Talstation samt Fahrzeugen waren weder von der Straße, noch aus der Luft auszumachen. Und dann fanden wir etliche volle Wasserkanister. Vorsichtig trank ein jeder von uns etwa einen halben Liter, den unsere erhitzten Körper sofort wieder über die Haut verdampften. Dann tranken wir noch einen halben Liter. Es gibt nichts Köstlicheres für einen Verdurstenden. Es ist Erlösung! Wir fühlten uns wunderbar gestärkt.

Die Wasserkanister luden wir in die Kabine. Drei meiner Soldaten blieben als Wache in der Talstation zurück. Mit den unhandlichen Wasserkanistern würde es eine ganz schöne Schlepperei werden. Aber jeder unserer Kameraden würde auch etwa einen Liter Wasser trinken können. Zuerst durften Leutnant Khaled und seine Leute trinken. Sie würden als Bewachung auf der Bergstation hier bleiben. Und wir machten uns auf den Rückweg. Trotz der Schlepperei freuten wir uns diebisch auf die Gesichter unserer Kameraden.

Jetzt endlich zeigten wir uns offen. Wir machten sogar durch einige Schüsse auf unsere Anwesenheit aufmerksam. Etwa zwei Dutzend Typen in Kampfanzügen, wohl die Leibwache von Krötengesicht, schossen sofort auf uns, aus noch viel zu weiter Entfernung. Aus der sehr spärlichen Deckung heraus, die sich ihnen bot. Als unsere beiden Scharfschützen vier von ihnen erledigten, rannten die anderen wie die Hasen zurück in die Häuser. Auch die Schüsse, die aus den Häusern jetzt auf uns abgefeuert wurden, waren panisch und nicht koordiniert.

Wir ließen unsere Männer in Deckung gehen, so gut es eben ging. Zwei Mann bauten die beiden von uns mit hierher gebrachten leichten Granatwerfer auf, richteten sie aus und ließen die leichten Granaten in die Rohre plumpsen. Zwei trockene, helle Paukenschläge ertönten. Dann erklang ein durchdringendes Pfeifen. Gleich darauf schossen zwei Fontänen aus Sand und Stein in die Luft. Zwei dumpfe Explosionen und zwei Granat-Trichter dicht vor dem Haus von Krötengesicht. Die Männer waren dabei, die Granatwerfer neu auszurichten. Da erhob ich erschrocken die Hand und hieß die Männer innehalten.

Aus der Tür heraus wurde ein weißer Lappen geschwenkt. Daraufhin erschienen zwei Typen, von denen jeder eine junge, hochgewachsene Frau vor sich her schob, sie also als Deckung benutzte. Und ihr eine Pistole an die Schläfe drückte. Aus der Tür schob sich jetzt ein Megaphon. Die schrille, laute Stimme wurde durch zurückgeworfene

Echos etwas verzerrt. „Wir haben hier fast vierzig Weiber. Und ihr könnt nicht wissen, wo sie alle verteilt sind. Ihr werdet euch alle zurückziehen und nie wieder hierher kommen. Sonst werden die beiden Schlampen da draußen von meinen Leuten gleich erschossen." Ich musste Zeit gewinnen. Zeit zum Überlegen, was zu tun sei. „Lass uns einige Minuten miteinander beraten!" rief ich zurück. „Gut. Aber höchstens fünf Minuten!" kam die Antwort.

Nach Sekunden schon war mir klar, dass wir uns auf keinen Fall erpressen lassen durften. Alles wäre umsonst gewesen! Ich würde schießen lassen! Die Verantwortung für den eventuellen Tod der beiden Frauen musste ich ganz alleine tragen. Deshalb gab es keine Beratung unter uns. Nach kurzer Überlegung traf ich eine einsame Entscheidung. Ich instruierte meinen Leutnant Ibrahim und rief die beiden Scharfschützen, die alles mitbekommen hatten, zu mir. Sie waren nicht nur ausgezeichnete, disziplinierte Schützen, sondern auch ein eingespieltes Team. In mir bebte alles. Meine beiden Männer würden tödlich treffen, das wusste ich. Aber es war sehr gut möglich, dass die beiden Verbrecher in einer Reflexbewegung die Abzüge betätigten. Dann wären beide Frauen . . .

„Krötengesicht!" sagte eine hasserfüllte Stimme neben mir. Sélène's Stimme! Wie von der Tarantel gestochen fuhr ich herum. Da stand sie vor mir. „Schatz!" brachte ich nur mühsam hervor. „Wie kommst du denn hierher?" Dann, nach zwei tiefen Atemzügen: „Wenn dir etwas passiert, Liebling! Dich begleiten sofort zwei Männer zurück zur

Oase!" Ihre Augen brannten sich in meine Augen. Nur unvollkommen konnte sie das Zittern ihres Körpers unterdrücken. „Bitte, Liebster!" flehte sie. „Ich selbst muss dieses Ungeheuer vernichten, wenn ich je wieder Ruhe finden will! Er hat meine lieben Zieh-Eltern ermorden lassen. Er hat mich erniedrigt, wie man einen anderen Menschen nur erniedrigen kann. Ich muss es sein, die ihn vernichtet!"

Ich funkelte meine Leutnants an. Beide senkten schuldbewusst die Köpfe. „Mein Kommandant . . . " begann Ibrahim. Ich schnitt ihm mit einer Handbewegung das Wort ab. „Weiber!" stieß ich in hilflosem Zorn hervor. Sélène schmiegte ihren zitternden Körper an mich. „Bitte, Liebster, oh bitte!"

Und ich sah den abgrundtiefen Schmerz in ihren schönen, nachtdunklen Augen. „Ja, Liebste." sagte ich müde. „So muss es wohl sein. Und so wird es auch geschehen."

„Die fünf Minuten sind gleich um!" kam die Stimme aus dem Megaphon. „Wir geben auf und ziehen uns zurück!" rief ich hinüber. „Aber wir brauchen Wasser." „Daran habe ich schon gedacht. Ihr bekommt von mir zweihundert Liter in Wassersäcken." Schon kamen ein Dutzend Banditen und schleppten kichernd die Wassersäcke heran. Es war eindeutig ein Kichern aus übergroßer nervlicher Anspannung. Einige konnten ein nervöses Zittern kaum unterdrücken. Bedrückung und Mürrischkeit hätten ihrer Situation voll entsprochen. Das nervöse Kichern passte irgendwie einfach nicht in den Rahmen. Hier war irgend etwas mehr als oberfaul! „Haltet sie alle fest, wenn sie da sind." befahl ich meinen Soldaten. Inzwischen waren die Wasserträger herangekommen und luden ihre Fracht ab. Ich ließ sie alle festhalten.

Dann nickte ich meinen beiden Scharfschützen zu. Die Hand eines Schützen ist dann am ruhigsten und sichersten, wenn er voll ausgeatmet hat; und in dem Sekundenbruchteil vor dem erneuten Einatmen den Abzug betätigt. Sie nickten, schauten einander an, atmeten ein und dann, leise hörbar wieder aus. Die beiden Schüsse fielen absolut gleichzeitig. Man hörte nur einen einzigen Knall. Die beiden Typen da drüben waren schon tot, bevor sie auf den Boden sanken. Die beiden Frauen lebten, sanken aber ebenfalls, am Ende ihrer Nervenkraft, zu Boden. Vier meiner Männer sprinteten, wie vorher abgesprochen, hinüber, um die beiden Frauen zu uns zu bringen. Der Rest meiner Soldaten gab Feuerschutz. Mit Feuer aus allen Rohren auf sämtliche Fenster. Schnell waren die vier zurück und legten ihre Fracht behutsam ab. Unser Sperrfeuer verstummte. Kein Laut kam mehr von drüben.

Wir zogen uns etwas zurück, damit nicht auf uns geschossen werden konnte. Aus einem der Wassersäcke goss ich einen Becher voll. Das Wasser roch irgendwie seltsam; aber nur ganz schwach. Wäre ich nicht misstrauisch, sondern nur durstig gewesen, so wäre es mir gar nicht aufgefallen. Ich näherte mich einem der Banditen und bedeutete ihm, er solle trinken. In panischer Angst wehrte er sich und schlug wild um sich. Zwei Mann hatten alle Mühe der Welt, ihn festzuhalten, als ich den Becher an seinen Mund presste und ihm dann die Nase zuhielt, bis er nach Luft schnappen musste. Auf diese Weise zwang ich ihn, drei Becher dieses geschenkten Wassers zu trinken. Ebenso verfuhren meine Männer mit den anderen Ganoven.

Wir ließen die Banditen los. Zuerst standen sie schwankend da. Das Entsetzen stand ihnen in den Augen. Mit einer Handbewegung bedeutete ich ihnen, dass sie frei wären und gehen könnten. Unsicher taumelnd liefen sie auf das Dorf zu. Schweigen von dort drüben. Die Minuten zogen sich dahin. Das Dutzend Marodeure wollte zum Haus von Krötengesicht, wurde aber dort abgewiesen. Daraufhin verschwanden sie im Eingang des benachbarten Hauses. Zehn Minuten. Zwölf Minuten. Plötzlich ertönte tierisches Schmerzgebrüll. Alle taumelten ins Freie und wanden sich in wilden Krämpfen auf dem Boden. Das Kreischen hatte nichts Menschliches mehr an sich. Leutnant Ibrahim wandte sich an mich. „Sollen wir sie nicht von ihren Qualen erlösen, mein Kommandant?" „Nein, Leutnant." sagte ich müde und selbst erschüttert. „Je mehr sie dem Krötengesicht und dem Rest da drüben die Nerven zerfetzen, desto größer sind wahrscheinlich die Überlebenschancen der übrigen Gefangenen."

Das Gebrüll da drüben erlosch allmählich, ging in ein Wimmern über und verstummte schließlich ganz. Jetzt war es an der Zeit, wieder zu handeln. Und ich hatte eine Idee. Ich überprüfte die Windrichtung. Keine Fensterscheibe war da drüben mehr ganz. Die vorherigen Explosionen der beiden Werfer-Granaten hatten auch einige schwere Eingangstüren zertrümmert. Gleich ließ ich meine vier Soldaten, die die beiden leichten Granatwerfer bedienten, zu mir her kommen. „Bereitet vier Tränengas-Granaten und zwei Blendgranaten vor. Zielpunkt für die ersten beiden Tränengas-Granaten: Die leichte Bodenerhebung auf zwei Uhr, etwa drei Meter vor dem Haus. Und gleich neu anvisieren und noch einmal zwei Tränengas-Granaten. Danach unmittelbar beide Blendgranaten auf das gleiche Ziel. Alle übrigen Männer auf Feuerbereitschaft. Und gebt acht, dass ihr nicht aus Versehen Gefangene erschießt!" Alle vier nickten und richteten die Rohre auf das Ziel aus. Wieder die zwei hellen, trockenen Paukenschläge, das bekannte, durchdringende Pfeifen und zweifacher dumpfer Widerhall.

Durch den Feldstecher beobachtete ich die beiden Einschläge. Sie konnten gar nicht besser liegen. Die Gaswolken wurden von dem leichten Wind direkt in das Haus von Krötengesicht und in die umliegenden Häuser getrieben. „Stopfen! Stopfen!" schrie ich. Die Werfer-Besatzungen hielten inne und sahen mich fragend an. „Beides Fangschüsse!" teilte ich ihnen voll grimmiger Befriedigung mit und übergab ihnen mein Fernglas. Sie beobachteten die leicht bräunlichen Gasschwaden, welche von den Fenstern und Türen wie eingesogen wirkten. „Haben wir ein Glück gehabt, mein Kommandant!" meinte einer der Männer zufrieden.

Drüben brach das Chaos aus. Da dachte wohl kaum einer mehr an die Benutzung von Geiseln. Die Häuser waren direkt an die dahinterliegende Felswand gebaut; diese bildete also gleichzeitig die jeweilige rückwärtige Hausmauer. Die restlichen Marodeure stürzten, vom

165

Tränengas in Panik getrieben, kopflos ins Freie und liefen direkt in unser tödliches Feuer. Krötengesicht war nicht dabei, wie wir schnell feststellten. Er konnte ja seit seiner damaligen Begegnung mit Sélène nur noch mühsam watscheln. Das Tränengas dürfte ihn vorübergehend richtig blind gemacht haben. Vielleicht war er auch zu schlau gewesen, um voll Panik in unser Feuer zu watscheln.

Blitzschnell überlegte ich. Die Verliese der Gefangenen waren relativ geschützt, auch vor Tränengas. Ich durfte dem Verbrecher keine Zeit zum Überlegen lassen. So näherte ich mich seitlich dem Haus, die Mitraillette im Anschlag. „Zeit für Verhandlungen auf einer neuen Basis, Krötengesicht." Ein Schluchzen, Stöhnen und Husten antworteten mir. „Vielleicht hast du mitgekriegt, dass ich alle meine Versprechen halte, im Guten wie im Bösen. Ich werde dich leben lassen, wenn wir uns einig werden. Bist du allein in deinem Salon?" „Ja." kam es hustend und keuchend zurück. Ich winkte noch vier meiner Männer herbei. „Gut!" rief ich. „Wir kommen jetzt hinein. Und keine Tricks. Sonst würdest du dir wünschen, du wärest nie geboren worden!"

Das Tränengas hatte sich inzwischen verflüchtigt. Nach allen Seiten sichernd betraten wir den geschmacklos-protzigen Raum. Krötengesicht saß schluchzend auf seinem überdimensionalen Sofa und blickte uns mit geröteten angsterfüllten Augen entgegen. Sélène war dicht hinter mir her gekommen. Ich hatte sie nicht davon abhalten können. Als Krötengesicht sie erblickte, wurde er leichenblass und fing haltlos zu zittern an.

Ich nahm das Bild von der Wand, das den Safe verdeckte. „Schauen wir doch einmal in deine Schatzkammer. Der Inhalt mag wohl manches deiner Opfer ein bisschen entschädigen." meinte ich. Sofort siegte die Gier über seine Angst. „Davon werdet ihr nie etwas bekommen!" Wortlos zog ich die Pistole und schoss ihn in den linken Fuß. So eine Schusswunde in den Fuß schmerzt fürchterlich. Und er schrie wie am Spieß. „Du hast auch noch einen rechten Fuß und zwei Knie und zwei Hände und auch noch ein Auge. Also bitte sehr die Kombination." Wimmernd sagte er mir die Kombination. Der Safe gab eine Unmenge an Schmuck und nicht gefassten Edelsteinen preis. Goldbarren waren dabei. Die weißen Metallbarren mussten wohl Platin sein. „Leutnant Ibrahim, sei so gut und packe den ganzen Klunkerkram in einen oder zwei Tornister." Ich wandte mich an Sélène und winkte noch zweien meiner Männer. „Komm Liebling. Führe uns zu den Verliesen." Ein Gang hinter all den anderen Räumen zog sich direkt an der dahinter liegenden Felswand entlang. Hinunter zu den unterirdischen Verliesen, die sich am äußersten rechten Ende der Siedlung befanden.

Das Tränengas war nicht bis hierher vorgedrungen. Es gab auch keine Wachen mehr. Krötengesicht hatte sie in seiner Angst wohl alle zu seinem persönlichen Schutz berufen. Sélène griff in eine Nische und holte die Schlüssel zu den vier belegten Verliesen hervor. Da waren über zwanzig junge Frauen, Mädchen und Kinder, die sich angstvoll im rückwärtigen Teil der Räume zusammendrängten! „Ich bin Jean-Pierre Lavalle. Wir sind gekommen, um euch zu befreien und in eure Heimat zurück zu bringen." sprach ich langsam mit beruhigendem Ton und beschwichtigenden Gesten. Sélène schloss die Kerkertüren auf. Die Frauen beruhigten sich relativ schnell und kamen zögernd nach vorn. Nur das kleinste der Kinder klammerte sich an seine Matratze, weinte und schrie sich die Seele aus dem Leib.

Einem spontanen Impuls folgend ging ich langsam auf die Kleine zu und streckte meine Arme aus, als wollte ich sie auffangen. „Hallo, meine Süße. Du brauchst gar keine Angst zu haben. Ich bringe dich ganz schnell zu deinem Papa und deiner Maman zurück." Dann nahm ich sie hoch. Da legte sie ihre Ärmchen ganz fest um meinen Hals. Ihr Weinen wurde stiller, ging in Schluchzen über. Zitternd und schutzsuchend schmiegte sie sich an mich. Mir tat das Herz weh und ich hatte Mühe, das Beben in meiner Stimme zu unterdrücken. „Sage mir mal, meine Süße. Wie heißt du denn?" „Lisette." kam es leise und schüchtern. „Das ist aber ein schöner Name. Der passt so richtig zu einem so großen hübschen Mädchen wie dir." Das Kind wurde still und sah mich mit seinen azurblauen Augen vertrauensvoll an. „Und wie alt bist du denn, Lisette?" Zögernd nahm sie den rechten Arm von meinem Hals und hielt mir vier Finger hin. „Du bist ja wirklich schon ein großes Mädchen, meine süße, kleine Prinzessin." sagte ich zärtlich. „Monsieur? Willst du mein Tonton sein?" „Tonton" heißt in der französischen Kindersprache „Onkel". „Ja, ich bin sehr gerne dein Tonton, mein Liebling." Da seufzte sie einmal ganz tief und schlief ein. Blieb aber mit Armen und Beinen fest an mich geklammert. Behutsam trug ich sie hinaus. Und jetzt konnte ich meine Tränen nicht mehr zurückhalten.

„Liebster!" hörte ich da Sélène's Stimme. „Auf dich muss ich ein Auge haben. Ich glaube, du bist ein ganz schlimmer Schürzenjäger. Und alle jungen Mädchen fliegen auf dich!" Ich musste jetzt trotz allem lächeln. Auch aus den Reihen der Frauen und Mädchen ertönte ein zögerndes Gekicher. Ein guter Anfang.

VII Die Vergeltung

Wer den Wind sät. . . . Wird Sturm ernten.

Wir gingen alle zurück zu Krötengesichts Salon, ich vorneweg mit dem schlafenden Kind in meinen Armen. Die befreiten Frauen und Mädchen drängten sich angstvoll zusammen. Zu tief saß der Schrecken. Ich übergab sie in die Obhut meiner Männer, die sich inzwischen auch satt getrunken hatten an dem Wasser dieser Oase. Nur das Kind behielt ich bei mir. Sélène nahm zögernd eine Maschinenpistole, legte an, um Krötengesicht zu erschießen. Dann ließ die Waffe wieder sinken und weinte verzweifelt. „Ich kann es nicht, Liebster! Wie lange habe ich auf diesen Augenblick gewartet, habe ihn herbei gesehnt! Und jetzt kann ich es nicht tun!" Meinen linken Arm machte ich vorsichtig frei und legte ihn um meine Frau. „Liebste! Es ist besser so, glaube mir. Ich bin sehr froh, dass du es nicht getan hast."

„Du hast mir alles weggenommen." schniefte das Krötengesicht. „Und du hast mir in den Fuß geschossen. Wie soll ich jetzt. . ." Er unterbrach sich erschrocken. „Du meinst, wie du zu der Seilbahn kommst?" fragte ich. „Das ist gar nicht notwendig. Die ist für dich tabu geworden. Solltest du dich ihr nähern, so wirst du von meinen Leuten erschossen. Das wäre vielleicht sogar das Beste für dich. Aber dazu bist du zu feige. Du bist hier ganz allein und hast alles für dich. Wasser, Alkoholika, Konserven und so weiter." Er wurde leichenblass. „Das kannst du nicht machen!" stammelte er. Ich deutete auf das kleine Mädchen in meinem Arm. „Ich kann!" entgegnete ich. „Seit ich die kleine Lisette gefunden habe, kann ich es ganz bestimmt. Du bist kein Mensch für mich, du Salaud. Du bist ein Monstrum!"

Begleitet von seinem Wimmern traten wir vor die Tür. Schon am ersten Tag des Krieges waren Hunderte von Geiern am Himmel zu sehen gewesen. Die saßen jetzt überall, zu voll gefressen zum Auffliegen. Ich war den hässlichen Vögeln dankbar. Sie würden auch die Rinnen säubern und uns bald von dem grässlichen Gestank erlösen. Die Hyänen würden sich um die letzten Fleischreste und um die Knochen kümmern. Zähne und Magen einer Hyäne werden auch mit dem stabilsten Knochen fertig. Zwei zerbeulte Pick-Ups in einem Unterstand links von der Häuserreihe waren total von Schüssen durchsiebt; sie hatten nur noch Schrottwert. Hinter dem Unterstand befand sich der Beginn einer fahrbaren Piste. So machten wir uns allesamt zu Fuß auf den Weg. Die befreiten Gefangenen hatten sich inzwischen so weit erholt, dass sie, wenn auch langsam, marschieren konnten. Nach nicht einmal zwanzig Minuten erreichten wir die Seilbahn. Wir brachten alle nach unten und machten es ihnen in den Fahrzeugen so bequem wie nur möglich. Die meisten schliefen sofort ein. Meine süße Lisette bettete ich vorsichtig auf eine Matratze und deckte sie behutsam zu.

Unvermittelt und wie ein Keulenschlag in meinem Kopf war da plötzlich Laila's verzweifeltes Weinen! „Papa!

Papa! Endlich! Oh Papa! Geht es dir gut?" „Ja, mein Liebling. Es geht mir gut. Und deiner Maman geht es auch gut." Seit Sélène und ich ein Ehepaar waren, war Sélène für Laila und Ecrin erst recht „Maman". „Oh Papa! Ich dachte, ihr seid beide tot! Ich halte das nicht aus. Ich vermisse dich so! Und ich hab' dich so lieb!" „Oh Laila, mein Liebes, kannst du mir denn verzeihen? Die Kämpfe waren so schrecklich und anstrengend. Wir waren alle so in Anspruch genommen, dass kein anderer Gedanke blieb als Kampf und Überleben. Ich merke erst jetzt wieder, wie sehr du mir fehlst." „Papa, wann kommt ihr? Ich brauche dich. Ich kann dir gar nicht sagen, wie sehr du mir fehlst!" „Laila, meine süße Tochter. Auch ich vermisse dich so sehr. Ich habe dich auch so lieb, mein Kleines. Aber wir brauchen vielleicht noch zwei Wochen, bis wir dich wiedersehen können."

Ich erzählte ihr kurz von den Kämpfen, von der Befreiung der Gefangenen, von der Seilbahn und unserem Plan, die Spione der Marodeure in der Stadt Tamanrasset mit Hilfe der drei angeschossenen Verbrecher auszuschalten. Ihr Weinen war ruhiger geworden. Ich spürte unsere Sehnsucht nach einander. Wir fehlten einander unsagbar. Auch Ecrin vermisste mich sehr, teilte sie mir mit. So ein wenig empfand ich ein schlechtes Gewissen, weil Laila den weitaus größeren Platz in meinem Herzen einnahm. Sie und Sélène waren mir die beiden wichtigsten Menschen auf der Welt. Wichtiger als alles andere.

„Papa. Omar hat auch immer wieder versucht, dich über Funk zu erreichen. Was soll ich ihm sagen?" „Sage ihm alles, was du weißt. Wir schalten ab jetzt zu jeder vollen

Stunde unsere beiden Sprechfunkgeräte ein und werden so mit ihm in Verbindung bleiben." „Du flirtest mir zu sehr mit der kleinen Lisette; das gefällt mir gar nicht, Papa! Jetzt schmunzelst du." „Ja, meine Prinzessin. Ich freue mich, dass du deinen Humor wieder gefunden hast, mein tapferes Mädchen. Freuen wir uns einfach darauf, wenn wir uns wieder ganz lieb in die Arme nehmen können." „Dann will ich dich aber ganz, ganz lange nur für mich haben." „Ja, Liebes. Das will ich auch. Ich lasse dich dann gar nicht mehr los." „Pass aber auf dich auf, Papa. Und auf Maman. Euch darf nichts passieren. Gib Maman einen Kuss von mir. Darf ich weiter mit meinen Gedanken bei dir bleiben?" „Bitte nicht, meine süße Laila. Jede Ablenkung ist für uns ein Risiko." „Natürlich, Papa. Ich liebe dich." „Ich liebe dich, mein Schatz. Dass wir uns wieder sehen und uns in die Arme nehmen können, ist Grund genug, um heil zurück zu kommen."

Gerade einmal eine gute Stunde dauerte die Fahrt in die Stadt Tamanrasset. In einem stillen Winkel hielten wir an. Die drei überlebenden Marodeure hatte ich auf drei verschiedene Fahrzeuge verteilen lassen, damit sie sich nicht untereinander absprechen konnten. Außerdem sind Leute dieser Art nur zu mehreren stark. Ich ließ sie ausladen und versprach ihnen, sie am Leben zu lassen, wenn wir mit ihrer Hilfe alle Spitzel ausfindig machen und eliminieren konnten. Einen sofortigen Tod vor Augen und nervlich total am Ende waren alle drei gleich damit einverstanden. Sie bekamen gleich wieder die Knebel in ihre Mäuler; jede Absprache musste verhindert werden. Die befreiten Gefangenen sehnten sich natürlich danach, so schnell wie möglich wieder zu ihren Angehörigen zu gelangen. Wir erklärten ihnen die Lage und konnten sie auf diese Weise leicht davon überzeugen, dass sie sich noch ein paar Stunden gedulden müssten. Das sahen sie auch sofort ein. Vier meiner Männer, ich und die drei Marodeure bestiegen eine der beiden Camionettes und fuhren los. Nacheinander suchten wir die von den dreien angegebenen Adressen auf. Sieben Spitzel sollten es sein.

Unser Verfahren war wirkungsvoll und einfach: Wir klopften an und erklärten den Bewohnern den Zweck unseres Kommens. Dann betraten wir mit einem der geknebelten Marodeure die Wohnung oder das Haus. Der deutete dann stumm auf eine Person. Das wiederholten wir auch mit dem zweiten und dritten Marodeur. In jedem Fall bezeichneten sie die gleiche Person. In einem Fall war der Gesuchte nicht anwesend; alle drei Marodeure nannten den gleichen Namen. Wir fanden den Betreffenden später schnell in der nächsten Kneipe.

Es war eine traurige und düstere Geschichte. Die Angehörigen oder Vermieter fielen oft aus allen Wolken. Schießen wollten wir nicht, sonst wären wir Gefahr gelaufen, die Gendarmerie zu alarmieren. So brachen wir allen Spitzeln mit einem schnellen, heftigen Ruck das Genick. Nur in einem einzigen Fall fielen Schüsse. Als einem der Bewohner, einem Araber klar wurde, dass sein eigener Sohn seine eigene Schwester an die Mädchenhändler verkauft hatte, griff er zur Schrotflinte und erschoss ihn; er durchsiebte ihn buchstäblich mit allen fünf Schuss der Flinte. Dann brach er zusammen. Wir versuchten, ihm beizustehen. Ich nahm ihn in den Arm. „Deine Tochter lebt, mein Bruder: Wir haben sie befreit. Schon in ein paar Stunden kannst du sie wieder in die Arme nehmen." „Meine geliebte Rudina? Das Licht meines Lebens? Oh Allah! Oh mein Bruder!" Ein Weinkrampf schüttelte ihn. Ein paar Stunden später durften wir auch das Wiedersehen von Vater und Tochter mit erleben. Uns allen standen die Tränen in den Augen.

Wir fuhren zurück zu den anderen und brachten jetzt die einzelnen Frauen und Mädchen zu ihren Angehörigen. Überall gab es erschütternde Szenen. Und viele Freudentränen. Die kleine Lisette war wach geworden, als wir unterwegs waren. Immer wieder hatte sie nach ihrem Tonton gefragt. „Tonton!" empfing sie mich bittend und streckte mir ihre Ärmchen entgegen. Ich nahm sie liebevoll auf. Eigenartig. Nach all dem Grauen der letzten Stunden bedeutete das Kind in meinen Armen für mich einen ungeheuren Trost. Ja, es war für mich so tröstlich, sie in den Armen zu halten. Während der ganzen Fahrt hatte ich die kleine Prinzessin auf meinem Schoß, ihre Ärmchen um meinen Hals geschlungen. Am Haus ihrer Eltern angekommen, schickte ich erst einmal einen meiner Männer hinein, um die Eltern etwas vorzubereiten. Wir waren am Anfang zu unvorsichtig gewesen und waren sozusagen gleich mit der Tür oder genauer gesagt, mit der Frau oder dem Mädchen ins Haus gefallen. Nachdem die übergroße Freude über das Wiedersehen einen schweren Schock ausgelöst hatte, waren wir vorsichtiger geworden.

Dann betrat ich mit dem Kind auf dem Arm das Haus. „Papa! Maman!" Ich gab Lisette in die Arme ihrer Eltern.

Das, was ich in den nächsten Minuten erleben durfte, rechtfertigte all das Grauenvolle, das wir zu tun gezwungen waren. Ich war gerade dabei, ganz diskret zu verschwinden und hatte auch schon die Tür erreicht. Doch hatte ich nicht mit der Wachsamkeit der Kleinen gerechnet. „Tonton! Mein Tonton!" Sie rannte auf mich zu; ich musste sie wieder auf den Arm nehmen. „Tonton! Du darfst nicht weg gehen! Du musst für immer bei uns bleiben!" „Das kann ich nicht, meine Prinzessin. Aber wenn es dein Papa und deine Maman erlauben, dann komme ich dich immer wieder besuchen." „Oh Monsieur!" riefen beide. „Kommen sie so oft wie nur möglich! Sie sind uns immer willkommen! Und alles, was wir haben, gehört auch Ihnen!" Das Kind schmiegte sich ganz eng an mich und schaute fragend von einem zum anderen. Jetzt war wohl Diplomatie meinerseits angesagt.

Ich setzte mich auf einen Stuhl, mit der Kleinen auf meinem Schoß und streichelte sie zärtlich. „Weißt du, meine Prinzessin. Immer wenn ich in die Stadt komme, dann werde ich dich besuchen. Dann gehen wir beide ganz allein weg und essen erst einmal ein schönes, großes Eis. Magst du Schokoladen-Eis?" Sie nickte, schon halb getröstet und schaute mich fragend und erwartungsvoll an. „Ich weiß da einen kleinen Park mit ganz alten großen Bäumen und einem Bach. Dort füttern wir die Enten mit Baguette. Und dann gibt es ganz in der Nähe dort einen Markt. Da gibt es auch ein Karussell und eine Schiff-Schaukel. Erst fahren wir Karussell. Und dann fliegen wir in einem Schiff der Schiff-Schaukel immer höher und immer höher, fast bis zum Himmel hinauf. Danach trinken wir schöne, heiße Schokolade und essen

Kuchen." „Und haben uns ganz arg lieb, Tonton." Dabei sah sie mich an und lächelte jetzt. Ihre Augen wurden müde. Ich streichelte sie. Da war sie auch schon eingeschlafen. Behutsam legte ich sie auf die Couch und deckte sie zu.

Ihre Eltern lächelten und nickten mit feuchten Augen. Die Frau umarmte mich. „Ich heiße Françoise; mein Mann heißt Jacques." Sie schaute mich fragend an. „Ich bin Jean-Pierre." „Bitte, komm so oft wie nur möglich, Jean-Pierre. Unsere Lisette braucht auch ihren Tonton." „Und wir haben einen wahren Freund in dir gefunden." fügte Jacques hinzu. Der Abschied fiel nicht leicht. Die süße kleine Lisette besuchte ich später, so oft ich nur konnte. Wir verbrachten dann immer stille, wunderbare, glückliche Nachmittage miteinander. Noch ein letzter Blick auf das schlafende Kind. Draußen fragte mich Faris, der Soldat, den ich vorausgeschickt hatte, um die Eltern vorzubereiten. „Bist du sie endlich losgeworden, mein Kommandant?" „Von wegen losgeworden, du Hirsch! Ich würde sie am liebsten ganz für mich behalten." Er nickte sinnend. „Das kann ich gut verstehen!"

Monique, eine der Frauen, hatte erfahren müssen, dass der eigene Ehemann sie an die Mädchenhändler verkauft hatte. Sie brach nicht zusammen, sondern sah mich nur müde an. „Er hat mich oft geschlagen, hat nicht gearbeitet, hat mein ganzes Vermögen mit Huren durchgebracht und hat Schulden gemacht. Ich trauere dem Salaud ganz bestimmt nicht nach! Ich hätte mich schon längst von ihm scheiden lassen. Aber meine herzkranke Mutter hätte das wohl nicht überlebt. Sie hat immer zu sehr danach gefragt, was andere Leute von ihr denken könnten." „Und du hast die ganze Zeit die Rechnung dafür bezahlt. Nicht wahr, Monique?" Bittend sah sie mich an. „Ich bitte dich, Jean-Pierre, nehmt mich mit in euer Dorf. Ich bin harte Arbeit und Strapazen gewöhnt. Und ich arbeite gern. Bitte!" „Gerne, Monique. Du wirst uns allen von Herzen willkommen sein."

Auch die beiden anderen Frauen, die zum Schluss noch bei uns waren, Annette und Yvonne, baten uns, sie mit in unser Dorf zu nehmen. Sie hatten weder Verwandte noch Freunde und versicherten, dass auch sie alles andere als verwöhnt seien und gerne arbeiteten. Auch ihnen versicherte ich, dass sie uns willkommen seien. Mir war völlig klar, warum sie bereit waren, ein einfaches Leben in einer ihnen unbekannten Welt auf sich zu nehmen. Hier unten hatten alle drei nur Einsamkeit, Betrug und Gemeinheit kennen gelernt. Und hatten auf der anderen Seite den absoluten Zusammenhalt, die Ehrlichkeit und die Kameradschaft zwischen uns erlebt. Das Einstehen des einen für jeden anderen. Ich verstand sie gut. Wir haben es nie bereut, diese drei Frauen in unser Dorf aufgenommen zu haben. Sie integrierten sich vollkommen und waren ein großer Gewinn für unsere Gemeinschaft. Aber das ist wieder eine andere Geschichte.

So müde! Wir waren alle so müde! Und es gab noch so viel zu tun, so viel zu entscheiden! Aber wir durften jetzt nichts überstürzen. Aus Mangel an Schlaf durften wir keinen Fehler begehen, durften nichts übersehen. Wir fuhren mit den Camionettes in einen stillen Winkel. Zwei meiner Männer, die inzwischen die Zeit genutzt hatten, um zu schlafen, meldeten sich freiwillig zum Wachdienst. Sie sollten uns nach sechs Stunden wieder wecken. Die drei Marodeure fesselten wir so, dass auch sie sich einigermaßen bequem ausstrecken konnten. Wir legten uns auf die Matratzen in den Wagen. Sélène und ich nahmen einander ganz fest in die Arme und waren auch sofort eingeschlafen. Sechs Stunden. Als uns unsere Wachen weckten, erschien es mir, als hätte ich erst vor einem kurzen Moment die Augen geschlossen. Vorsorglich hatten die beiden Männer auf dem Gaskocher Kaffee für uns alle gekocht. Baguette, Schinken und Camembert hatte ich während unserer Aktion in der Stadt besorgen lassen. Das war dann fast ein Stückchen Paradies! Der dampfend heiße Kaffee und die fast frischen Baguette mit Schinken und Käse. Auch die drei Marodeure durften an dem Festmahl teilnehmen.

Vor der Entscheidung, die nun zu treffen war, hätte ich mich am liebsten gedrückt. Mit Bestürzung, aber mit noch größerer Erleichterung wurde mir klar, dass ich noch ein Gewissen hatte, dass ich in der ganzen Zeit nicht zum Killer entartet war. Den drei Marodeuren hatte ich ja spontan versprochen, sie am Leben zu lassen. Ließ ich sie aber am Leben, so machte ich mich mitschuldig an allen ihren weiteren Untaten. Und wir konnten sie nicht ewig als Gefangene behalten. Was war richtig? Was war falsch? Um Zeit zu gewinnen, um mir auch mehr Klarheit zu verschaffen, führte ich sie etwas abseits, um mich mit ihnen zu unterhalten, in der Hoffnung, die richtigere Entscheidung zu finden.

Ich fragte nach ihren Namen. Sie hießen Sabri, Tahir und Yusuf. Zu meinem Erstaunen und meiner Erleichterung ergriff Sabri die Initiative und machte sich zum Sprecher für sich und seine Kumpane. „Sidi!" sprach er mich an. „Herr! Ich würde Ihnen gern einiges über uns erzählen, wenn Sie es mir erlauben." „Sprich nur!" ermunterte ich ihn. „Ich werde dir sehr aufmerksam zuhören. Ich habe auch den Eindruck, dass du sehr wohl weißt, mit welcher Gewissensfrage ich mich jetzt herumplage." „Ja, Sidi! Ich weiß es. Und ich könnte Sie auch verstehen, wenn Sie uns trotz Ihres Versprechens alle drei töten. Wir drei sind schon seit unserer Kindheit Freunde; und in Tamanrasset sind wir aufgewachsen. Ich würde Ihnen jetzt so gerne erzählen, wie das alles gekommen ist." „Erzähle mir das alles. Ich möchte das wirklich verstehen. Ganz so üble Verbrecher wie die anderen scheint ihr ja nicht zu sein." Ich reichte eine Schachtel Zigaretten herum und wir rauchten schweigend. Dann begann Sabri zu erzählen.

„Sidi! Glaube mir bitte, dass ich jetzt nicht dein Mitleid erschleichen will, sondern dass ich wirklich die Wahrheit sage. Meine erste Erinnerung ist, dass wir als Kleinkinder zu einer Familie in Tamanrasset kamen. Unsere Zieheltern hatten keine Zuneigung zu uns. Sie ließen uns oft hungern und schlugen uns auch oft grundlos. Später schickten sie uns zum Betteln auf die Straße. Als wir etwa neun oder zehn Jahre alt waren, mussten wir als Maurergehilfen bei einer Baufirma arbeiten. Steine und Mörtel zutragen, helfen beim Aufbau und Abbau der Gerüste. Der Anfang war sehr schwer. Das bisschen Geld mussten wir natürlich bei den Zieheltern abliefern. Die meisten Arbeiter dort waren auch brutal. Sie ließen ihre schlechte Laune oft genug an uns aus und verprügelten uns oft. Ein Lichtblick war einer der Meister: Mit der Zeit erreichte er, dass wir nur seine Gehilfen wurden. Er nahm uns in Schutz und wir hatten unsere Ruhe vor den anderen Arbeitern und Gesellen. Er lehrte uns auch, richtig und gut zu mauern, so dass wir mit der Zeit alle drei geschickte Maurer geworden sind. Wir lernten auch, Steine zu behauen und Ziegel zu brennen. Er teilte sein Essen mit uns. Ich erinnere mich noch heute daran, wie wir zum allerersten Male in unserem Leben uns wirklich richtig satt essen durften." Sabri lächelte versonnen. „Aber ihr habt auf uns geschossen." sagte ich zu ihm. „Nein, Sidi." erwiderte er. „Das war Abdul. Den hatte uns der Chef als Aufpasser zugeteilt. Er vertraute uns nämlich nicht vollkommen. Er vertraute niemandem. Die Chefs vertrauten niemandem. Deshalb haben sie auch alle unsere Dokumente, Pässe und Ausweise einbehalten. Wir hätten buchstäblich nirgendwo hin gehen können." Ich wusste in diesem Augenblick, dass er mir die pure Wahrheit erzählte.

Ich wusste mit einer immensen Erleichterung im Herzen, dass ich diese drei nicht töten musste. Den Göttern sei Dank!

„So ganz genau kennen wir ja unser Alter nicht, Sidi. Aber wir waren so etwa siebzehn Jahre alt, als unser Meister, der sehr beweglich und gewandt war und sicher auf seinen Beinen stand, von einem Gerüst hoch oben herab zu Tode stürzte. Wir waren gerade auf dem Weg zu ihm, als es geschah. Und sahen noch jemanden da oben um die Ecke des Baus verschwinden. Dann wurde entdeckt, dass das ganze Geld aus dem Büro der Firma gestohlen worden war. Was ich jetzt sage, kann ich nicht beweisen. Aber wahrscheinlich war es so, wie wir glauben, dass es gewesen ist. Unser Meister muss von oben den Diebstahl beobachtet haben und der Dieb hatte das mitgekriegt. Wahrscheinlich stieg er dann hoch, schlich sich von hinten an unseren Meister heran und stieß ihn in die Tiefe. Dann beschuldigte uns einer der Arbeiter, wahrscheinlich der wirkliche Mörder, dass er uns gesehen hätte, wie wir das Geld aus der Kasse nahmen. Uns glaubte man nicht. Wir wurden auch nur zu vier Jahren Zwangsarbeit verurteilt, weil man uns nichts beweisen konnte. Das Geld ist nie wieder aufgetaucht. Diese schreiende Ungerechtigkeit! Aber vor allem der einzige Mensch, der gut zu uns war, der uns gern hatte und den wir gern hatten und achteten, der wie ein gütiger Vater zu uns war, wurde ermordet. Feige ermordet! Sidi! Kannst du dir vorstellen, wie es in unserem Innern aussah?" In seiner Erregung war Sabri zum „Du" übergegangen. Ich beschloss, es dabei bewenden zu lassen. Die drei schauten mich traurig und wütend an. Die Erinnerung stand ihnen in die Gesichter geschrieben.

Steif erhob ich mich und rief Monique zu, sie möchte uns Kaffee bringen. Sie kam auch gleich mit der großen Thermoskanne und vier Bechern und goss uns Kaffee ein. Heiß, schwarz und süß. Ich reichte wieder die Zigaretten herum. Wieder rauchten wir schweigend und schlürften dazu den heißen Kaffee. Das alles, was Sabri in relativ wenigen Sätzen erzählt hatte, musste ich erst einmal so richtig verarbeiten. Aber ich konnte mich sehr schnell in ihre Lage versetzen und konnte die Trauer, die Wut und den ohnmächtigen Hass voll nachempfinden. Schließlich nickte ich. „Sabri, du hast mich vorhin geduzt; ihr könnt mich alle drei ab jetzt duzen. Ihr wisst auch, wie meine Leute mich anreden. Das könnt ihr auch, wenn ihr wollt." Es war wie ein Schock für sie, verständlich auch, nach allem, was geschehen war. Dann die riesige Freude und Dankbarkeit in ihren Augen, als ihnen klar wurde, dass sie jetzt nicht nur am Leben bleiben und frei sein durften, sondern ebenfalls zu uns gehören konnten, wenn sie das wollten. „Ja, mein Kommandant!" sagten alle drei aus vollem Herzen. „Ich bin auch froh, dass ich euch nicht töten muss. Aber es gibt auch noch einiges zu erzählen; nicht wahr, Sabri?" Sabri nickte bedächtig und erzählte weiter.

„Ich muss dir auch etwas gestehen, mein Kommandant. Der Arbeiter, den wir im Verdacht hatten, hat angefangen, mit Geld um sich zu werfen. Er war völlig betrunken, als ich ihn abpasste und ihn darauf ansprach. Er verhöhnte mich und gab vor mir zu, dass er unseren Meister umgebracht hatte. Aber dass wir ihm nie etwas beweisen könnten. Ich habe ihn in der nächsten Nacht in einem stillen Winkel erschlagen und liegen lassen. Auf uns fiel kein Verdacht. Er hatte Feinde genug." Sabri schaute mich etwas bedrückt an. Ich lächelte ihm zu. „Ich hätte das Gleiche getan, Sabri." Er atmete erleichtert auf, lächelte auch ein wenig, wohl zum ersten Male seit langer Zeit.

„Da gibt es noch etwas, das ich nicht verstehe, Sabri. Meine Frau sagte mir, dass die Entführer mit ihr und den anderen Gefangenen volle zwei Tage durch die Bergwildnis gefahren wären. Es gibt doch die Seilbahn."

„Die funktionierte damals eine ganze Zeitlang nicht. Eine Wicklung des Elektromotors für die Winde war durchgebrannt. Sie musste im Ausland bestellt werden. Und das hat sehr lange gedauert. Der Chef war furchtbar sauer. Weil er sonst immer so alle zwei, drei Tage in die Stadt ins Bordell fuhr und sich dort vergnügte. Sonst hätte er niemals versucht, sich an deiner Frau zu vergreifen. Dazu ist er viel zu geldgierig. Denn für eine Jungfrau bekommt er sehr viel mehr bezahlt. Deshalb der Vergewaltigungsversuch." Ich grinste vergnügt. „Mit den bekannten Folgen für das Krötengesicht." Auch Sabri grinste vergnügt und spitzbübisch. Langsam gewann ich diesen Burschen richtig gern.

„Sabri. Ihr drei seid frei. Wenn ihr gehen wollt, dann bekommt ihr von mir eure Dokumente und, sagen wir, ein jeder von euch zehntausend amerikanische Dollar. Ihr seid aber auch bei uns sehr willkommen. Da sind eine ganze Reihe Hütten abzureißen und an ihrer Stelle richtige Häuser zu bauen. Wir haben auch noch sehr viele andere ehrenvolle Aufgaben für drei geschickte Maurer." Schnell wandte sich Sabri seinen beiden Freunden zu. Ich glaube, es war nur pro forma. „Wir kommen gerne mit dir, mein Kommandant. Du wirst es bestimmt nicht bereuen!" Alle drei nickten eifrig und mit leuchtenden Augen. Und ich habe es nie bereut. Alle drei heirateten später Frauen aus dem Dorf und fühlen sich auch heute noch pudelwohl in unserer Gemeinschaft.

„Da gibt es noch etwas, das du unbedingt wissen solltest, mein Kommandant. Die Marodeure haben den Terroristen die Waffen und den Sprengstoff geliefert. Wir wissen, wo sich das Versteck der Terroristen befindet." „Was wisst ihr!?! Wartet einen Moment!" Ich holte Sélène. „So. Jetzt sage das bitte noch einmal, Sabri." Sélène wandte sich an die drei. „Sie haben meine lieben Eltern ermordet und haben unser Haus in die Luft gesprengt. Mein Papa war Buchhändler. Er hatte auch französische Literatur verkauft, nicht nur den Koran." sagte Sélène mit tonloser Stimme. Sie schlug die Hände vor das Gesicht. Ich legte meinen Arm um meine Frau und brachte sie wieder zum Wagen. „Wir erledigen das jetzt restlos und gründlich, meine Liebste. Keiner wird davonkommen. Ich verspreche es dir." Sie nickte. Ich spürte, wie sie zitterte, half ihr, sich hinzulegen und deckte sie behutsam zu. Gleich war sie eingeschlafen. Wie schön, dass ihr die Flucht vor dem Schmerz gelang - in den Schlaf.

Ich ging zurück zu den dreien. „Wo ist das Versteck der Terroristen, Sabri?" „Das Versteck ist in der Klamm, da drüben. Rechts auf dem letzten Stück der ehemaligen Zufahrtsstraße zu der Bergfestung gibt es eine weite Öffnung im Fels. Sie haben sich dort sehr komfortabel eingerichtet und lassen es sich recht gut gehen. Es sind fast richtige Häuser. Dort haben sie auch alle ihre Vorräte, ihre Waffen und ihren Sprengstoff." „In der Klamm! Das hätte ich nie erraten! Wie viele sind es denn?" „Siebzehn einschließlich ihrer beiden Chefs. Aber es sind im Grunde auch nur Schlächter, keine Kämpfer. Drei von den siebzehn sind immer in einem Haus am Stadtrand, das die Terroristen gekauft haben. Die können uns mit Sicherheit sagen, ob die anderen alle im Versteck in der Klamm sind."

185

„Dann fangen wir dort an, und zwar sofort." entschied ich. Ich nahm nur Temr, Ali und Chassid mit und natürlich Sabri, der uns zu der angegebenen Adresse führte. Wir parkten den Pick-Up in der Straße um die Ecke. Die ersten Strahlen der Morgensonne erhellten den Horizont; die Straßen waren noch menschenleer. Vorsichtig näherten wir uns. Temr und Ali gingen als erste und postierten sich am Hintereingang. Chassid, Sabri und ich gingen zum vorderen Hauseingang. Auf meinen Pfiff hin stürmten wir gleichzeitig die Tür. Die Vorsicht wäre nicht nötig gewesen: Wir rissen die Halunken aus dem Schlaf. Sie spuckten und fauchten vor Wut und Hass. Das änderte sich aber sehr schnell. Ein paar saftige Ohrfeigen ließen sie schnell zur Ruhe kommen. Dann fesselten und knebelten wir sie. Ich wandte mich an die drei. „Ich verspreche euch einen schnellen und schmerzlosen Tod, wenn ihr mir wahrheitsgemäß sagt, wo sich der Rest eurer Kumpane befindet. Andernfalls werdet ihr von uns zu Märtyrern gemacht, damit ihr euch die Huris des Paradieses auch redlich verdient." Sabri übersetzte. Die drei warfen mir nur hasserfüllte Blicke zu.

Auf meinen Wink hin brachten meine Männer zwei der Terroristen in die benachbarten Zimmer. Wir würden die peinliche Befragung bei jedem separat durchführen. Erst wenn sich ihre Aussagen hundertprozentig deckten, konnten wir auch hundertprozentig sicher wissen, wo sich der Rest der Bande befand. Wir hatten eine Rolle isolierten Kupferdraht mitgebracht. Zwei genügend lange Stücke schnitt ich von der Rolle ab und entfernte die Isolation an beiden Enden. Danach schlitzten wir die Hosenbeine des Terroristen auf und befestigten je ein

Drahtende etwa in Kniehöhe. Der Strom würde über die Oberschenkel, die Hoden und den Unterleib fließen. „Eine ganze Minute." sagte ich zu Sabri, der wieder prompt übersetzte. Dann steckte ich die beiden anderen Drahtenden in die nächstgelegene Steckdose. Den Verbrecher schüttelte es. Durch den Knebel drangen unartikulierte Laute. Eine ganze Minute kann eine ganze Ewigkeit sein!

Uns machte das alles bestimmt keine Freude. Aber wir empfanden auch nicht das geringste Mitleid. Endlich konnte ich die Drahtenden aus der Steckdose herausziehen. „Wenn du schreist, du Abschaum, schiebe ich dir gleich wieder den Knebel in dein stinkendes Maul und verpasse dir dann zwei Minuten. Das dritte Mal werden es dann drei Minuten sein und so weiter. Willst du reden?" Sabri übersetzte wieder. Winselnd nickte er. Winselnd sagte er uns, dass sich alle anderen vierzehn Terroristen in ihrem Versteck in der Klamm befanden. Das gleiche Verfahren wandten wir dann auch bei den anderen beiden Terroristen an. Auch sie plauderten gleich nach nur einer Minute Strom. Alle drei Aussagen deckten sich. Keiner von ihnen hatte die geringste Lust gezeigt, als Märtyrer in den Besitz von etwa zweiundsiebzig Jungfrauen zu gelangen. Wir brachen den dreien lautlos das Genick. Dann durchsuchten wir das Haus. Auf einem Schrank oben fanden wir zwei Koffer voller Banknoten. Alles amerikanische Hundertdollar-Scheine. Phantastisch! Das mussten etliche Hunderttausend sein! Die nahmen wir mit.

Dieses Geld würde jetzt weitaus menschenfreundlicheren Zwecken dienen.

Siebzehn Fanatiker! Verbreiten in einer so ausgedehnten Region Angst und Schrecken! Erpressen Unsummen an Geld von Hunderten oder gar Tausenden von Leuten. Und ermorden Hunderte von Unschuldigen, weil diese einfach ihr eigenes Leben leben wollten und nicht ihren Fanatismus teilten!

Ich rief meine Leute zusammen. Ausführlich und in Ruhe besprachen wir die Aktion. Die beiden Späher Ali und Chassid verschwanden dann in der Klamm. Sie verschmolzen buchstäblich mit dem Gelände. Langsam und vorsichtig, mit großem Abstand rückten wir nach. Nach nicht einmal zwei Stunden erschienen unsere Späher wieder und erstatteten kurzen Bericht. Es waren nur zwei Wachen gewesen. Sie hatten sie überrascht und lautlos mit dem Kommando-Dolch getötet. Wieder berieten wir uns. Leutnant Khaled übernahm mit der Hälfte unserer Männer die linke Seite der Schlucht, ich mit der anderen Hälfte die rechte Seite. Ein Problem waren die riesigen Mengen an Plastik-Sprengstoff der Terroristen. Auch dafür fanden wir eine großartige taktische Lösung. Wir würden aus einiger Entfernung angreifen, ein paar Schüsse abgeben und dann vortäuschen, in wilder Flucht davonzulaufen.

In einer für uns günstigen Stellung nahe am Eingang der Klamm würden wir dann in Deckung gehen und möglichst alle mit den Flammenwerfern grillen. Den Rest würden wir mit den drei Maschinengewehren, die wir jetzt schon postierten, mit den Mitraillettes und Handgranaten erledigen. Jeder unserer Soldaten bekam jetzt schon seinen Platz zugewiesen. Die drei verwundeten ehemaligen Marodeure humpelten herbei. „Dürfen wir mit euch kämpfen, mein Kommandant?" Sabri sah mich fast bittend an. „Wir haben doch so vieles gutzumachen." Wortlos ließ ich ihnen drei Maschinenpistolen, Handgranaten und drei Einweg-Flammenwerfer übergeben, ließ auch ihnen ihre Stellungen zuweisen. Leutnant Khaled grinste. „Eine echte Aktion à la Jean-Pierre, mon Commandant."

Es geschah genau so, wie es geplant war. Nach einigen Schüssen erschienen die Terroristen und schossen aus allen Rohren auf uns. Wir stoben in wilder Flucht davon. Dann sprachen unsere Waffen. Nur zwei der Terroristen entkamen dem Gemetzel und rannten blindlings zurück. Wir holten sie schnell ein und erschossen sie. Dann zählten wir ihre Toten. Vierzehn! Keiner hatte überlebt. Vorsichtig betraten wir die Kaverne. Jede Menge Waffen, Munition, Vorräte, eine Unmenge Schmucksachen und Geld - auch hier amerikanische Dollars. Ich ließ alles abtransportieren. Den ganzen Tag waren wir damit beschäftigt. Nur den Sprengstoff beließen wir vollständig in der Kaverne. Leise beriet ich mich mit Leutnant Khaled. Wir legten Zündschnüre. In etwa zwei Stunden würde hier alles in die Luft fliegen.

Vorsichtig zogen wir uns zurück, ein ganzes Stück weit in die Ebene hinaus. Das Warten wurde lange. Dann endlich! Eine Kette ungeheurer Explosionen ließ die Erde unter uns erbeben. Flammen und Felsbrocken schienen bis zum Himmel empor zu schießen, fielen donnernd zur Erde zurück. Als der Feuerzauber vorbei war, war auch das letzte Stück der ehemaligen Zufahrtsstraße zur Bergfestung unter wohl Tausenden von Tonnen an Schutt und Geröll begraben. Selbst die Klamm gab es nicht mehr. Als wir uns von dem Erdbeben etwas erholt hatten, durchforschte ich die Gegend vor mir mit dem Feldstecher. Besser hätte es nicht kommen können! Die Bergfestung und die drei Oasen in der Bergwildnis des Tamanrasset würden bald schon Legende sein. Eine schnell-lebige Zeit vergisst auch schnell.

Begeistert schlug ich Leutnant Khaled auf die Schulter. „Chouette!" brüllte ich. Verständnislos blickte er mich an. „Chouette heißt doch „Eule"! Ich sehe hier aber keine Eulen, mein Kommandant." „Ich sehe ja auch keine Eulen, mein lieber Leutnant. Aber jeder Araber, der auch nur ein bisschen französisch versteht, sollte doch wissen, dass „Chouette!" auch „Dufte!", „Spitze!", Klasse!" heißt." Mit gespieltem Missmut blickte er mich an. „Gestatte mir eine Bemerkung, mon Commandant: Ihr Franzosen seid ganz komische Vögel!"

Unsere drei neuen Soldaten kamen plötzlich eilig zu mir herüber gerannt. „Mein Kommandant!" keuchte Sabri außer Atem. „Ich muss noch eilig etwas melden." „Leg los!" sagte ich. „Abdul sagte uns, dass unser Chef für heute Abend den Abtransport der Gefangenen mit den Ober-Bossen aus dem Ausland vereinbart hatte. Es kommen immer drei der ganz großen Chefs mit dem Flugzeug an. Und vier Wachen und die beiden Piloten!

Vielleicht ist es schon zu spät! Ihre Maschine müsste schon seit einigen Stunden gelandet sein. Sie bekommen ja keinen Funkkontakt. Vielleicht haben sie deshalb schon gemerkt, dass etwas nicht in Ordnung ist und sind schon wieder abgeflogen."

Eiligst rief ich die Männer zusammen. „Auf zum Flugplatz!" „Wo ist er?" fragte Leutnant Khaled schnell. „Nicht weit von hier. Wir sind daran vorbei gefahren. Es sind nur zwei Rollbahnen und ein kleines Gebäude. Los! In die Wagen!" Wir preschten los, den Weg zurück, den wir gekommen waren. In halsbrecherischer Fahrt erreichten wir den Flugplatz. Eine Dakota mit liberianischen Hoheits-Zeichen rollte soeben in Startposition. Sabri deutete aufgeregt auf die Maschine. „Das ist sie, mein Kommandant! Ich erkenne die Maschine! Es ist keine Verwechslung möglich!" Wir rasten auf die Maschine zu, die gerade anfing, Fahrt aufzunehmen.

Voll stiegen wir in die Bremsen und brachten die drei schweren Maschinengewehre in Stellung. Der eine Pilot und zwei der Wachen bemerkten uns und gestikulierten aufgeregt. So kam es, dass alle an Bord mit erlebten, wie wir das Feuer auf die Maschine eröffneten. Der Rumpf wurde übersät von Einschüssen. Die Maschine kam ins Schleudern. Der eine Pilot lag zusammengebrochen in seinem Sitz. Bevor ich es verhindern konnte, feuerten Ali und Chassid fast gleichzeitig eine Panzerfaust ab. Beide Raketen waren Volltreffer! Ich reagierte blitzschnell. „Schnell in die Wagen und mit Vollgas da hinüber hinter die Bodenerhebung!" Wir schafften es ganz knapp. Die Maschine explodierte in einem gewaltigen Feuerball. Eine

Wand aus flammender Lohe raste heran. Wir drückten uns eng an den Boden, wären am liebsten in die Erde hineingeschlüpft. Der Gluthauch versengte uns Haare und Kleider. Die Klamotten rauchten. Dann flogen Bruchstücke der Maschine bis zu uns herüber und weiter, über uns hinweg. Es war reiner Dusel, dass keiner von meinen Männern verletzt wurde.

Mir war völlig klar, dass wir nur die ganz kleinen Fische in dem ungeheuren Geschäft des Mädchenhandels erwischt hatten. An drei der wirklich großen Haie waren wir nur in diesem einen Fall herangekommen. Es war ein gewisser Trost, sie „über den Jordan geschickt zu haben". Für den Rest war das bestimmt ein Schock. Vielleicht hatten sie ihre Lektion gelernt. Eins stand fest: Unsere ganze Region hier würden wir künftighin von diesem Abschaum der Menschheit freihalten. Stark genug dazu waren wir ja. Alle, die hier wieder versuchen würden, ein Netz aufzubauen, würden von uns eliminiert werden. Die beiden Seilbahnstationen würden von uns besetzt bleiben. Späher in der Stadt brauchten wir keine mehr: Die Bevölkerung der ganzen Region selbst würde ein wachsames Auge auf alle Vorgänge haben. Einige Vertrauensleute unter ihnen, darunter die Eltern der kleinen Lisette, würden uns per Sprechfunk über alles Ungewöhnliche informieren. Das in der Stadt erworbene Häuschen behielten wir aber in unserem Besitz. Ließen es von einer gefälligen Familie aus der Nachbarschaft beaufsichtigen und lüften.

Die Dokumente der Marodeure, die wir damals ebenfalls im Safe von Krötengesicht fanden, behielten wir. Eventuell waren sie uns später einmal von irgendwelchem Nutzen. Viel später, als wir etwas mehr Zeit und Muse hatten, durchforsteten wir die Pässe. Die ehemaligen Besitzer waren hauptsächlich Araber, etwa ebenso viele Schwarzafrikaner. Lateinamerikaner wie auch Asiaten waren vertreten. Etliche Europäer, hauptsächlich Engländer. Omar schaute mich kopfschüttelnd an. „Ja, Omar." sagte ich düster. „Das Verbrechen, die Gewissenlosigkeit, die Perversität und die Gier nach Profit und Macht sind eben international."

VIII Heimkehr

Ein kommendes Reich des Friedens und der Toleranz
wird sich aus tiefer Freundlichkeit aufbauen — oder
gar nicht aufbauen. Von dem Guten, das in ihnen ist,
soll man den Menschen künden und als erste Regel
ihre Kinder lehren: „Jeder ist ein Gentleman" — nicht
aber: „Wir sind allzumal Sünder"!
(Prentice Mulford: „Unfug des Lebens und Sterbens."
)

„Papa!" Jubelnd und schluchzend zugleich war da ihre
Stimme in meinem Kopf. Ein gewaltiger, süßer,
himmlischer Schock, der mich auf meinen müden Beinen
taumeln ließ. „Laila! Meine allerliebste, süße Tochter. Bald
sehen wir uns wieder. Ich kann es gar nicht erwarten!"
„Papa! Wir sehen uns gleich! Ich bin dir entgegen
gegangen, seit fast zwei Tagen. Ich bin am Ende der
mittleren Rinne. Nicht böse sein, Papa! Ich konnte einfach
nicht anders!" Ich wandte mich an Sélène, die ganz
erschrocken in meine weit aufgerissenen Augen blickte.
„Sélène! Liebste! Es ist Laila, meine süße, verrückte
Tochter. Sie ist fast bei uns. Kommt ihr mir in der mittleren
Rinne nach!" Und schon fing ich an zu laufen, was die
überanstrengten Beine nur hergaben. Die Geier, die
Schakale und die Hyänen hatten ganze Arbeit geleistet.
Selbst fast alle Knochen hatten die Hyänen-Mägen
inzwischen verdaut.

Es dauerte nicht einmal zehn Minuten! Und da war sie! In nur etwa zwanzig Meter Entfernung. Für mich war das wie eine wunderschöne Fata Morgana! Dieses durchdringende Gefühl von Unwirklichkeit! Wir flogen aufeinander zu. Ich fing sie mit beiden Armen auf und wir fielen zu Boden. Schließlich saß ich auf einem Felsvorsprung mit ihr auf dem Schoß. Wir hielten uns eng umschlungen und heulten beide wie die Schlosshunde. „Prinzessin! Was hast du da nur gemacht! Dir hätte alles Mögliche passieren können! Omar sollte sich doch um dich kümmern! Dem werde ich aber eine Standpauke halten!" „Omar kann nichts dafür, Papa. Ich bin ihm ausgerissen. Tu mir das nie wieder an, Papa! Dass ich solche Angst um dich haben muss." Wir küssten und herzten uns. Und beruhigten uns ein klein wenig. „Wie mager du geworden bist!" hielt ich ihr vor. „Du bist ja nur noch ein Strich in der Landschaft!" „Gefalle ich dir nicht mehr?" „Du bist wunderschön, mein Mädchen!" sagte ich ihr. „Und Maman wirst du auch gleich sehen. Sie müssten schon eine Weile hier sein." wollte ich gerade sagen, begriff dann aber. Meine so feinfühlige Frau Sélène hatte die Gruppe eine Stunde Pause machen lassen; um uns Zeit für das Wiedersehen zu geben. Laila und ich waren emotional ausgehöhlt.

Jetzt genossen wir schweigend jede Sekunde der gegenseitigen Berührung und das Gefühl, dass unsere Welt nun wieder in Ordnung war.

Und dann! „Maman!" Sie rannte auf Sélène zu, ließ aber meine Hand nicht los. Wir hielten uns alle drei umschlungen. Jetzt weinte Sélène. Meine Männer wandten sich diskret ab. Bald würden sich im Dorf viele ähnliche Szenen abspielen. Das freudige und erleichterte Wiedersehen zwischen den Männern und ihren Frauen, Söhnen und Töchtern. Und dann, im Dorf unser kleiner süßer Ecrin: Jetzt hielten wir einander zu viert in den Armen, wollten einander nicht mehr loslassen. Auch jetzt gab es noch einmal Tränen.

Omar hatte durchaus umsichtig gehandelt. Als er merkte, dass sein Schützling das Weite gesucht hatte, stellte er sofort einen Suchtrupp zusammen. Er konnte ja ahnen, wohin Laila unterwegs war. Aber sie war nicht mehr einzuholen. Er verzichtete bewusst darauf, mich per Sprechfunk zu verständigen: Ich hätte mir nur zusätzliche Sorgen gemacht und doch nichts ändern können. Sie hatte die ganze Zeit kaum geschlafen und fast nichts gegessen. Sie war fast wahnsinnig vor Angst und Sorge um mich gewesen. Er nahm nicht nur sie, sondern auch den fassungslosen Ecrin auf seinen Schoß und fütterte beide wie Kleinkinder. So konnte er sie wenigstens dazu bringen, einige Löffelchen Gemüsesuppe oder süßen Hirsebrei zu essen. Und in den Nächten durften beide bei ihm in seinem Bett schlafen. Auch Omar und ich umarmten einander mit feuchten Augen.

Ich hatte vor einiger Zeit eine große Badewanne mit fließendem kaltem und heißem Wasser in einem der Bäder in Betrieb genommen. „Liebste!" sagte ich zu meiner Frau. „Wir beide gehen jetzt gemeinsam in diese wunderbare Wanne und werden erst einmal den ganzen Dreck und den Gestank los." „Darauf habe ich mich schon lange gefreut, Liebster." lächelte sie. Dann wandte ich mich zu den Kindern. „Und wenn wir fertig sind, dann kommt ihr dran mit der großen Wäsche, ihr beiden Racker." Meine Frau und ich wuschen uns gegenseitig, lange und zärtlich. Zwei Mal ließen wir wieder frisches, heißes Wasser einlaufen. Es war ein unbeschreibliches Wohlgefühl!

Unsere beiden Rangen standen schon wartend vor der Tür zum Bad. Sie strahlten mich an. „Papa. Wenn wir fertig sind, dürfen wir wieder zu euch kommen, ja?" „Natürlich ihr beiden Lieben." Ich wuschelte ihnen zärtlich durch die Haare. Und dann ging ich mit meiner Frau in unser Schlafzimmer. Eng umschlungen lagen wir auf dem breiten Bett. „Liebste. Weißt du, was jetzt im Badezimmer geschieht?" meinte ich. „Du wirst es mir gleich verraten." neckte sie mich. „Laila wird wieder die kleine Maman spielen. Sie wird Ecrin waschen, weil sie Angst hat, dass er es nicht ordentlich macht. Genau wie damals, als ich den beiden zum ersten Male begegnet bin. Wie lange das schon her ist!"

Irgendwann war da ein dezentes Klopfen an der Tür unseres Schlafzimmers. „Kommt nur herein!" Da standen sie und strahlten uns an. Ich wusste: Wir dachten jetzt alle vier an den Tag, als ich zum ersten Male ins Dorf gekommen war. Als mir Laila und Ecrin nicht nur das Leben retteten, sondern wohl auch das große Blutbad zwischen den unvernünftigen Erwachsenen verhinderten. Wie wir nicht lange danach glücklich unter dem strahlenden nächtlichen Sternenhimmel zu viert hinüber wanderten zu dem Bunker. Wie wir dann vollkommen glücklich zu viert einander in den Armen hielten und irgendwann selig einschliefen. Ich breitete weit die Arme aus. Mit einem großen Satz waren sie bei uns im Bett. Wir hielten einander wieder zu viert in den Armen; lagen einfach stumm da und waren so glücklich, wieder alle zusammen zu sein. So wie damals. Genau so wie damals. Es schien eine Ewigkeit her!

Schließlich machten wir Bestandsaufnahme. Drei unserer Männer waren tot. Dann gab es etliche glatte Durchschüsse, die nur Narbengewebe hinterlassen würden. Zarif musste das Bein unterhalb des Knies amputiert werden. Eile war geboten gewesen: Es hatte schon der Wundbrand eingesetzt. Unsere beiden Ärzte ließen ihn erst einmal den größeren Teil eines Liters von hochprozentigem Rum schlucken. Andere Betäubungsmittel waren in der Eile nicht aufzutreiben. Dann amputierten sie ihm das Bein und tauchten sofort den Stumpf in siedendes Öl, um die Schlagadern zu schließen. Zarif fiel sofort in Ohnmacht. Als er zu sich kam, rief man mich. Ich saß an seinem Bett und hielt seine Hand. Seine Frau Baya saß neben mir und weinte. „Jean-Pierre. Dieser Idiot glaubt, er sei jetzt nicht mehr gut genug für mich. Sag' du ihm, wie sehr ich ihn liebe und stolz bin, einen so tapferen Mann zu haben." „Hast du das gehört, du altes Kamel?" sagte ich zu ihm. „Warte mal ab. Es wird ein bisschen dauern. Aber wir besorgen dir eine ganz schicke Prothese aus Frankreich, um die dich jeder hier beneiden wird. Dann brauchst du nur noch eine Klappe über einem Auge und wir haben das Urbild des

Piraten." „So eine Augenklappe wie die von Krötengesicht?" grinste er. „Genau so!" grinste ich zurück. Gleich darauf stöhnte er erbärmlich. „Jean-Pierre, ich weiß gar nicht, was mir mehr weh tut. Mein Bein oder mein Kopf. Der Prophet hat Recht, wenn er sagt, der Mensch soll alles meiden, was trunken macht." Ich ließ mir die Flasche bringen und schüttelte den Kopf, als ich den kläglichen Rest in der Flasche begutachtete. „Mein lieber Herr Gesangverein! Fast einen ganzen Liter hochprozentigen Negrita-Rum. Das hätte ihn umbringen können!" Einer der Ärzte zuckte die Achseln. „Wir mussten es riskieren. Andernfalls wäre er todsicher an dem Schock gestorben durch den übergroßen Schmerz." Ich ließ mir ein Glas bringen, goss den Rest an Rum hinein und prostete Zarif zu, der schmerzlich aufstöhnte. Dann trank ich genüsslich das Glas leer. „Das hab' ich jetzt gebraucht!" erklärte ich ihm. „Manchmal bin ich direkt froh darüber, kein Anhänger des Propheten zu sein."

Keine zehn Minuten später klopfte es wieder an meine Tür. Omar stand draußen. „Jean-Pierre. Amir geht es ziemlich schlecht. Lungen-Steckschuss." „Wo ist er?" „Hier in einem der Zimmer des Bunkers. Wir hatten hier die besseren Möglichkeiten, für ihn zu sorgen." Wortlos erhob ich mich und ging mit ihm hinüber. Seine Frau Ayasha hatte den Kopf ihres sterbenden Mannes in ihrem Schoß. Sie war völlig in Tränen aufgelöst. Ich setzte mich auf den Bettrand und nahm Amir's Hände in meine. „Ich muss sterben, nicht wahr, Jean-Pierre?" „Ja, Amir, mein Freund. Wie gerne würde ich dir etwas anderes sagen!" „Kannst du mir sagen, wie es da drüben sein wird? Zweiundsiebzig Jungfrauen und so?" versuchte er einen matten Scherz.

„Das würdest du deiner Ayasha niemals antun." lächelte ich. „Aber wie wird es drüben wirklich sein, Jean-Pierre?" „Das kann dir niemand genau sagen, weil dazu in unserer Sprache einfach die Worte fehlen. Eins aber weiß ich ganz bestimmt: Du wirst dich drüben in der Gesellschaft verwandter Seelen befinden. Ein Mensch, der hier in einer feindseligen Welt gelebt hat, wird sich drüben in einer feindseligen Welt wiederfinden. Ein Mensch, der hier in einer Welt voller Liebe und Freundlichkeit gelebt hat, wird sich drüben in einer ganz ähnlichen Welt wiederfinden.

Hast du Angst, Amir?" Ein Hustenanfall schüttelte ihn. „Nein, Jean-Pierre, ich habe keine Angst." „Das ist gut, mein tapferer Freund Amir!"

Amir sah mich bittend an und drückte matt meine Hände. „Jean-Pierre, ich habe eine riesengroße Bitte an dich." „Alles was du willst, mein Freund." „Du hast immer gesagt, Ayasha sei deine kleine Schwester, und dass du für sie empfindest wie ein großer Bruder. Wenn ich jetzt sterbe; wirst du dich um sie kümmern? Damit ihr kein Leid geschieht?" „Ja, Amir. Ich werde mich immer um sie kümmern. Sie wird immer meine kleine Schwester bleiben. Du brauchst dir nicht die geringsten Sorgen zu machen." Er lächelte mich dankbar an, drückte noch einmal matt meine Hände und starb mit einem Lächeln. Und ich hielt die weinende Ayasha in meinen Armen, die vor Kummer und Schmerz nicht ein noch aus wusste. Es klopfte an die Tür. Laila kam herein. „Nicht jetzt, Liebes." Aber sie ließ sich nicht abweisen, schaute mich nur stumm und bittend an und ging direkt zu der verzweifelten Ayasha. Sie nahm

200

ihre beiden Hände und legte ihre Stirn an Ayasha's Stirn.
Sagte beruhigende und beschwichtigende Worte. Das
Weinen ging in ein Seufzen über und verstummte dann
ganz. Ayasha sank zurück auf das Bett und fiel in tiefen,
heilsamen Schlaf. Laila umarmte mich. „Papa. Bleib jetzt
bei ihr. Schlaf neben ihr. Sie braucht dich jetzt." Todmüde
legte ich mich auf das Bett und nahm die schlafende
Ayasha in meine Arme. Ich schlief selbst fast
augenblicklich ein. Mein letzter Gedanke galt Laila. „Ich
glaub's einfach nicht!" dachte ich nicht zum ersten Male
und wohl auch noch nicht zum letzten Mal.

Wir richteten einen Friedhof ein, oben am Hang, an einem
Platz, von dem aus man den schönsten Teil der Oase
überblickte und von wo aus der Blick dann weiter
schweifte über die wild zerklüftete Felslandschaft des
Tamanrasset. Dort bestatteten wir unsere Toten. Omar las
leise nur einige Sätze einer Sure aus dem Koran vor.
Dann hob er den Blick vom Buch. „Unser Bruder Amir war
einer der Besten. Sein Leben und Sterben war nicht
umsonst. Wir werden ihn nie vergessen." Alle murmelten
zustimmend. Ich hielt meine kleine Schwester Ayasha an
der Hand. Laila und Sélène hielten sie von der anderen
Seite umfasst. Wir gingen zurück. Laila hatte ein
schlichtes Mahl zubereitet. Buchweizen-Grütze mit
geschmortem Gemüse. Dazu tranken wir Tee und Kaffee.
Am Ende erhob ich mich, holte eine der besten Flaschen
Rotwein und sah Ayasha fragend an. Sie nickte
schüchtern. Ich holte drei Gläser und goss feierlich ein.
Laila schlüpfte auf meinen Schoß; sie durfte an meinem
Glase nippen. Irgendwie war Frieden eingekehrt. Die
Wogen des Schmerzes hatten sich etwas geglättet.

Ayasha fielen die Augen zu. Ich führte sie in ihr Zimmer und deckte sie behutsam zu. Schon war sie eingeschlafen.

Eine Woche lang begleitete ich Ayasha jeden Morgen zum Grab ihres Mannes. Sie nahm jedes Mal eine einzige lila Schwertlilie mit und stellte sie in eine Vase. „Diese lila Schwertlilien hat Amir immer besonders geliebt." Seite an Seite saßen wir dann stumm da, mit den Gedanken bei unseren lieben Toten. Die Stunden verrannen.

Nach der ersten Woche trafen wir uns zur Lagebesprechung in meinem Wohnzimmer im Bunker. Sélène, Ibrahim, Khaled, Ali, Chassid, Amid, Temr und Sabri. Sélène hatte eine große Schale mit Gebäck und eine Platte mit belegten Broten auf den Tisch gestellt. Dazu Thermoskannen mit Tee und Kaffee, Gläser und drei Flaschen Rotwein. „Also ich genehmige mir ein schönes Glas Rotwein oder auch zwei." verkündete ich. „Wie sieht das mit euch aus?" Alle nickten zustimmend. Sélène schenkte uns allen ein. „Das wird aber dem Propheten gar nicht gefallen!" frotzelte ich. „Der Prophet in seiner unermesslichen Güte und Weisheit drückt gelegentlich schon einmal ein Auge zu." konterte Ibrahim. „Ich glaube, dass er heute sogar besonders tolerant ist. Jean-Pierre, könntest du uns deshalb dazu auch einen Cognac spendieren?" „Darauf habe ich bloß gewartet, ihr Bande." Sélène holte lächelnd die Cognac-Flasche und die Cognac-Schwenker. Wir prosteten uns zu. „Übrigens." meinte Ibrahim nachdenklich. „Der Prophet hat weder den Wein noch den Cognac noch das Bier verboten. Er sagtenur, der Gläubige solle alles meiden, was trunken macht. Er rät also einfach zur Mäßigung." „Wie wahr, Ibrahim!"

„Es ist nichts Ernstes." eröffnete ich die eigentliche Besprechung. „Aber wir müssen uns darüber im Klaren sein, was geschehen ist und wie wir uns in Zukunft verhalten." Das Gespräch fand hauptsächlich zwischen mir und Ibrahim statt mit gelegentlichen Fragen oder Bemerkungen der anderen Beteiligten. „Wir haben mehr Glück als Verstand gehabt. Auch wenn diese Marodeure nur Schlächter waren, so kamen wir nur so glimpflich davon wegen ihrer übergroßen Gier und Dummheit. Jeder von denen wollte der Erste sein, um sich an den angeblichen sagenhaften Schätzen der Bergfestung zu bereichern und missgönnte alles seinem Hintermann. Ihre Führer hatten keinerlei Autorität mehr über sie. Das trieb sie uns wie die Karnickel vor die Rohre." „Aber wir hatten doch noch den Minengürtel. Das hätte doch wohl gereicht." „Vielleicht, aber auch nur vielleicht. Und dann gerade so." „Aber die TNT-Ladungen hätten dann sowieso mit allen Schluss gemacht." „Sicher."

Leutnant Ibrahim schaute mich kopfschüttelnd an ob meines Pessimismus."Die hätten ihre Leute viel früher zurückgepfiffen, weil die Verluste für sie einfach untragbar geworden waren." Ich schüttelte den Kopf. „Bestimmt nicht, Ibrahim. Selbst dann nicht, wenn ihre Führer nicht die Autorität über sie verloren hätten; die hätten dieses Kanonenfutter bis auf den letzten Mann draufgehen lassen. So spart man den Rest der letzten Löhnung, die nicht mehr ausgezahlt wird. Solange die Bosse ihre Leibwache haben, fühlen sie sich sicher. Und neues

Gesindel, das Geld machen will aus dem Tod und dem Elend anderer Menschen, findet sich heutzutage schnell wieder." „Aber wir wären auf jeden Fall mit ihnen fertig geworden. Denke an die Sprengfallen mit dem TNT." „Und wir hätten die Sauerei vor der Haustüre gehabt." meinte ich launig. Meine Leute lachten. Diesmal war es Leutnant Khaled, der eine lockere Lippe riskierte: „Wozu haben wir denn schließlich die Geier und die Hyänen?" Wieder kam Gelächter auf. „So, Männer!" sagte ich, wieder ernst geworden. „Der Rest ist einfach: Wie ihr wisst, haben wir in der Stadt Tamanrasset drei Sprechfunkgeräte an vertrauenswürdige Leute verteilt. Für den Rest der Bevölkerung sind wir schon Legende. Wir sind für sie höchstens eine der im Hogar herum nomadisierenden Sippen. So soll es auch bleiben. Wir bekommen Meldung, sobald sich irgendwelcher Abschaum wieder zu etablieren versucht. Dann sind wir binnen zwei Tagen unten in der Stadt und eliminieren diese Seuche, gründlich, vollkommen und diskret. Das war schon alles."

Es waren gerade mal zwei Tage vergangen und wir waren drüben in Omar's Dorf. Mir fielen sofort die Blicke auf, die Monique und Omar tauschten. Und ich wusste sofort, was die Stunde geschlagen hatte. Omar grinste mich verlegen an. Da legte ich los: „Der Franzosenfresser Omar! Erst füttert er meine Kinder und nimmt sie zu sich ins Bett. Und jetzt verliebt er sich ausgerechnet in eine Französin! Du Heuchler! Das wird ein schlimmes Ende nehmen mit dir! Was glaubst du, wie teuflisch sich der Sheitan schon jetzt auf deine lüsterne Seele freut? Der leckt sich ganz bestimmt schon schmatzend die Lippen!" Brüllend stürzte Omar auf mich zu und packte mich bei den Schultern. Ich packte ihn ebenfalls bei den Schultern und wir legten so eine Art Schuhplattler à la Tamanrasset aufs Parkett, zu dem die johlende Meute den Takt klatschte. Schließlich blieb uns die Luft weg und wir standen einander keuchend gegenüber. Nach Luft japsend grinsten wir uns an. Geschwind trugen die Dorfbewohner schon vorbereitete Tische, Bänke und Platten voller kleiner Köstlichkeiten auf den Vorplatz und wir feierten eine heitere, stille und besinnliche Hochzeit. Ich schickte Chassid, Ali, Temr und Amid zurück zum Bunker. Es dauerte keine Stunde und sie kamen mit vier Kisten Champagner aus den kühlen Tiefen der Speicher zurück. Erübrigt sich zu sagen, dass es eine sehr glückliche Ehe wurde. Monique und Omar sind heute noch so glücklich wie am ersten Tag.

Nach genau neun Monaten schenkte Monique ihrem Mann wunderschöne Zwillinge. Den kleinen Lionel mit seinem sensiblen Gesichtchen, seinen dunklen Augen und den langen, geschwungenen Wimpern. Und ein wunderschönes Mädchen mit nachtschwarzem Haar und kohlschwarzen Augen. Natürlich tauften wir sie „Amar" - „Mond". Schon als winzig kleine Wesen machten beide sich gerne auf dem Schoß von Tonton Jean-Pierre breit und lauschten mit weit offenen Mündchen dem Klang seiner Stimme, wenn er ihnen Geschichten erzählte, von denen sie natürlich noch kein Wort verstanden.

Die beiden anderen Französinnen, Annette und Yvonne, heirateten zwei brave Männer aus dem Dorf. Yvonne heiratete Tahir und Annette den Araber Taufiq. Auch diese beiden Ehen sind bis heute glücklich.

Nach etwa einem Jahr suchte mich Ayasha verlegen, ja richtig verstört auf. „Hast du ein bisschen Zeit für mich, großer Bruder?" „Jederzeit, meine kleine Schwester." Wir gingen in ihr Zimmer und ich hielt die völlig in Tränen aufgelöste Ayasha im Arm. „Ach Jean-Pierre. Ich bin so durcheinander." Ich streichelte sie. „Sag' mir einfach, was du auf dem Herzen hast, mein Liebes. Du wirst sehen: Es wird alles gut." Ich drückte sie an mich.

Da öffnete sich die Tür und Sélène schaute herein. Sie blickte total verblüfft auf die Szene, die sich da ihren Augen bot. „Was hat das zu bedeuten?" fragte sie mit einem Unterton in der Stimme, der gar nichts Gutes verhieß. „Ich habe gerade beschlossen, zum Islam überzutreten." erklärte ich ihr. „Dann kann ich nämlich mehrere Frauen heiraten. Mit Ayasha mache ich den Anfang." „So?!!!?" meinte sie drohend. „Du bleibst natürlich die Hauptfrau, Sélène." fügte ich beschwichtigend hinzu. „Das ist natürlich etwas anderes." meinte Sélène, lächelte uns spitzbübisch zu und verschwand wieder. Und ich hatte meine kleine Schwester wenigstens ein wenig zum Lachen gebracht.

„So. Jetzt ganz offen und ehrlich, mein Schatz." „Ich bin dabei, meinen Mann Amir zu verraten. Sabri und ich lieben uns. Ich wollte ihn die ganze Zeit abweisen; aber er ließ nicht locker. Wir konnten unsere Gefühle für einander nicht verleugnen." Wie um Verzeihung bittend schaute sie mich an. „Sag' du mir, was ich tun soll, Jean-Pierre. Sag' mir, was richtig ist." Ich drückte sie ganz fest an mich. „Hör' zu, mein Liebling. Amir hat dich über alles geliebt.

Und gerade deshalb wäre es ihm bestimmt nicht recht, wenn du dein weiteres Leben einsam und traurig verbringst. Wenn er dich sehen kann, dann freut er sich bestimmt, dich glücklich zu sehen."

„Und Sabri ist ein sehr guter Mann. Wenn zwei Männer auf Leben und Tod Seite an Seite gekämpft haben, so kennen sie sich sehr schnell in- und auswendig. Sabri ist treu wie Gold und zärtlich. Wenn er sagt, dass er dich liebt, dann liebt er dich wirklich und wird dich immer lieben. Und dir sehe ich doch an, wie sehr du ihn liebst. Ich sage euch eine lebenslange glückliche Ehe voraus."

Es wurde eine sehr glückliche Ehe. Ich glaube, wir waren der einzige Stamm, der in voller Zufriedenheit, Harmonie und Glück lebte.

IX Bagir

Wahnsinn ist bei Individuen äußerst selten. Bei Gruppen, Nationen und Epochen ist er die Regel.

(Friedrich Nietzsche)

„Tja, Gérard. Hier endet meine Geschichte. Mein Vater ist tot. Und ich konnte nicht einmal bei seiner Beerdigung sein." meinte er bitter. „Fallen dir auch die Augen zu?" „Ja, aber ich muss mich noch schnell um die Jugendherberge kümmern." Ich ging hinüber zu den Wohnwagen und klopfte an die Tür des Wagens, in dem Nine ihr Zimmer hatte. Sie öffnete mir strahlend und küsste mich auf den Mund. „Kaffee?" fragte sie. „Nein danke, Nine. Wir haben die ganze Nacht erzählt und uns fallen die Augen zu. Wärst du so lieb, bis um elf Uhr die kommenden und gehenden Gäste abzufertigen? Du hast das ja schon öfter für mich gemacht." „Klar, Liebster. Das mache ich doch gerne für dich." „Du bist ein wahrer Schatz." Dankbar drückte ich sie fest an mich und küsste sie auf den Mund. Sie lächelte glücklich. Ich gab ihr die Schlüssel zu meinem Minibüro, den Büchern und der Kasse. „Schlaft gut, ihr beiden Verschwörer." meinte sie lächelnd.

Jean-Pierre wartete im Schankraum auf mich mit einer großen Kanne heißem Kakao und einer Platte frisch aufgebackener Croissant. „Recht so?" fragte er lächelnd. „Haarscharf richtig." bestätigte ich. Wir setzten uns an einen der Tische und fingen langsam an, zu essen. „Gérard, ich nehme übermorgen Abend den Zug nach Marseille. Mein Schiff nach Alger läuft in drei Tagen aus." „Bon Dieu." entfuhr es mir. „Ich werde dich sehr vermissen." „Ich dich auch, Gérard. Aber ich hoffe doch stark, dass wir uns bald einmal wiedersehen. Frankreich wird seine Algerienpolitik allmählich ändern und sich schämen für die ganzen Kriegsverbrechen, die es dort drüben begangen hat. Dann kann ich offen und frei hierher zurückkehren, ohne vor einem Erschießungs-Peloton zu enden." „Jean-Pierre, ich würde gerne den Rest deiner Zeit mit dir hier verbringen, wenn es dir nichts ausmacht." „Nur allzu gerne. Lass' dir nur noch folgendes sagen: Wir können über Sophocle oder später über seinen Sohn in Verbindung bleiben. Mein Cousin Alain, mit dem ich mich sehr gut verstehe, wollte mir mein Vaterhaus in der Avenue Saint Exupéry für einen fairen Preis abkaufen. Ich möchte es aber zunächst behalten. Er wird es für mich beaufsichtigen, vielleicht auch zeitweise bewohnen. Ich habe ihm deinen Namen gegeben, so dass du mich auch über ihn kontaktieren kannst." „Wir werden uns wiedersehen, Jean-Pierre." versprach ich feierlich.

Schweigend aßen wir zu Ende, gingen dann hoch ins Gästezimmer, legten uns nebeneinander auf das breite Bett und fielen sofort in tiefen Schlaf.

„Es war später Nachmittag, als wir erwachten. „Milchkaffee?" fragte Sophocle. Wir nickten dankbar. „Wie wäre es mit Schinken-Käse-Omeletts mit Tomaten und Zwiebeln und Knoblauch drin?" „Oh gerne, Sophocle."

Langsam und genüsslich aßen wir. Plötzlich schaute ich auf die Uhr. „Schon fast siebzehn Uhr. Ich muss unbedingt Nine treffen." Ich fand sie in dem Minibüro der Auberge. Sie strahlte mich an. „Habe mir doch gedacht, dass du mich noch einmal brauchst." „Du bist ein wahrer Engel, Nine." Ich umarmte sie herzlich. Ihre Zunge schob sich schüchtern in meinen Mund. Ich saugte zärtlich an ihr. So standen wir ein Weilchen eng umschlungen. Wir setzten uns nebeneinander auf das Klappbett. „Nine, ich habe noch einmal eine große Bitte. Jean-Pierre nimmt übermorgen den Zug nach Marseille und wir würden so gerne den Rest der Zeit zusammen verbringen. Könntest du noch einmal bis übermorgen Abend für mich die Auberge übernehmen?" Herzlich ergriff sie meine beiden Hände. „Das mache ich doch gerne für dich, Gérard."

„Gérard." „Ja, Nine?" „Wir fahren in vier Tagen auch weiter." Betroffen starrte ich sie an. „Macht dich das traurig?" fragte sie hoffnungsvoll. „Mich bestürzt es völlig." gab ich zu. „Dein Monatsvertrag mit der FUAJ läuft gerade aus. Du brauchst ihn nicht zu erneuern. Ruf' doch die FUAJ in Paris an und teile ihnen mit, dass Verdun einen neuen Jugendherbergsvater braucht. Komm mit uns, Liebster." Ich nickte. „Ich rufe heute Abend an." sagte ich tonlos. „Oh, Liebster, endlich! Wenn es dir recht ist, dann können wir so schnell wie möglich heiraten." Lange hielten wir einander in den Armen, küssten einander innig und zärtlich.

Jean-Pierre lächelte erfreut, als er von meinem Entschluss erfuhr. „Na endlich nimmst du Vernunft an. Sie liebt dich und du liebst sie." Ich ging zum Postamt, ließ mich mit dem Büro der FUAJ in Paris verbinden und teilte ihnen meinen Entschluss mit. „Wir verdoppeln dein Gehalt, Gérard." kam der Gegenvorschlag. „Das ist es nicht. Es sind familiäre Angelegenheiten. Die Directrice des Département hat bestimmt passenden Ersatz." „Kommst du zu uns zurück?" „Wahrscheinlich." wich ich aus. „Wir können dir auch hier in Paris eine Auberge übertragen. Zum Beispiel die von Châtenay-Malabry. Das ist eine Vorstadt in Richtung Versailles. Du hast ausgedehnte Wälder direkt vor der Tür. Und in zwanzig Minuten bist du mit dem Bus an der nächsten Metro-Station. Fast das vierfache Gehalt und eine sehr liebenswürdige Gruppe um die Auberge." „Das lässt sich hören. Ich melde mich, sobald ich zurück bin." „ Dann gute Reise und viel Glück." Als ich den Hörer auf die Gabel legte, war ich frei.

Jean-Pierre und ich saßen stumm nebeneinander am Quay der Maas und löffelten eine Riesenportion Schokoladen- und Vanilleeis. Alles war erledigt. Die nähere Zukunft schien klar vorgezeichnet. Wir schlenderten an der Maas entlang und liefen durch die alten Gassen. Oft saßen wir lange und schweigend am Quay und schauten auf die Wasser des Flusses, die gemächlich dem noch so fernen Meer entgegenstrebten. „Ich habe einen Mordshunger bekommen, Gérard. Du auch?" „Und ob!" „Wollen wir hier irgend etwas essen und trinken?" „Was hältst du davon, wenn wir zurückgehen und bei Sophocle essen? Sein Essen und die Atmosphäre sind unerreichbar." Er grinste spitzbübisch. „Eine hervorragende Idee! Und deinen letzten Satz werde ich ihm ausrichten. Da wächst Sophocle glatt noch einmal um zehn Zentimeter."

Wir saßen wieder unter der Weinlaube und hatten einen Cointreau als Apéritif . Dann ein großes eiskaltes Bier vom Fass und Gin mit Eis und einem guten Schuss Pfirsichsaft darin. Danach brachte uns Sophocle strahlend zwei dicke Rindersteaks Medium mit Spiegeleiern und Bratkartoffeln. Es schmeckte herrlich. Wir machten gerade so weiter mit Bier und Gin und erlebten ein herrliches Abendrot. Irgendwann zog hoch oben am Himmel ein Zug Kraniche nach Süden. Geradezu andächtig genossen wir die wunderbare Stille und unser Zusammensein. Schnell hatten wir die nötige Bettschwere erreicht. „Was meinst du, Gérard? Uns genügt doch das eine Gästezimmer?" „Natürlich, Jean-Pierre. Außerdem möchte ich keine Minute deine Gegenwart missen." Wieder lagen wir nebeneinander auf dem breiten Bett. „Gérard?" „Ja, Jean-Pierre?" „Ich kann mir nicht helfen! Aber ich habe das Gefühl, dass uns noch weit mehr verbindet als eine tiefe Freundschaft. Irgendwie sind wir durch das Schicksal aneinander gekettet. Ich glaube, es ist ungeheuer wichtig, dass du und Nine uns bald besuchen kommt und dass du alle meine Lieben kennenlernst. Wir machen das irgendwie möglich." „Wir kommen, sobald wir können." versprach ich ihm. Leider kam es wieder einmal ganz anders. Bis zu unserem Wiedersehen im Tamanrasset sollte noch eine kleine Ewigkeit vergehen.

Noch einmal verbrachten wir einen besinnlich-stillen Tag, genossen Sophocle's Fürsorge, schlenderten durch die Straßen und Avenuen von Verdun, saßen immer wieder auf der Quay-Mauer und schauten auf die Wasser der Maas. Abends begleitete ich ihn zum Bahnhof. Als Gepäck hatte er nur einen großen Tornister. Im letzten Moment stieg er ein, lehnte sich weit zum Fenster hinaus. Ich winkte ihm nach, bis der letzte Wagon hinter einer Biegung verschwand. Und kam mir seltsam einsam und verloren vor.

Nine nahm mich fest in ihre Arme. „Liebster. Ich sehe, wie nahe dir dieser Abschied geht." Sie küsste mich. „Wir werden ihn so bald wie möglich besuchen." versprach sie munter. Diese Nacht schliefen wir in einem der leeren Zimmer der Auberge, eng aneinander gekuschelt in einem der schmalen Betten. Noch einmal gab es Kaffee und Ratatouille in der Auberge. Dann die letzte Abrechnung und die Übergabe aller Schlüssel an die Directrice. „Komm, Liebster. Nimm deine beiden Koffer. Es geht gleich los." Ich zögerte und ließ hilflos die Arme hängen. „Ich kann nicht, Nine." sagte ich tonlos und kläglich. „Ich bin einfach nicht so weit." Das strahlende Lächeln auf ihren Lippen erstarb. Die schönen, nachtschwarzen Augen verloren ihren Glanz. „Gérard, weißt du, wie sehr du mich quälst?" „Vielleicht nächstes Jahr." schlug ich lahm vor.

„Ich weiß es nicht." sagte sie verzweifelt. „Ich glaube, dass ich einfach am Ende bin. Jedes Mal die Aussicht auf ein lebenslanges Glück mit dir. Und dann werde ich wieder abgewiesen." Sie drehte sich um, ging langsam zur Tür, offensichtlich darauf wartend, dass ich endlich mit ihr ging. Ich wollte es auch, wollte ihr zurufen, dass ich mit ihr komme. Aber ich stand nur wie gelähmt da und brachte keinen Ton hervor. Da beschleunigte sie ihre Schritte. An

213

ihren zuckenden Schultern sah ich, dass sie weinte. So mies und kläglich und feige hatte ich mich noch nie gefühlt.

Ich lief ihr nach, als es zu spät war, sah gerade noch die vier großen Wohnwagen den Parc de Londres verlassen. Die mère Deroulain beobachtete die Szene kopfschüttelnd vom Eingang ihres Chalet aus. Sie winkte mich heran. Völlig ausgelaugt wankte ich hinüber zu ihr. „Was fällt dir nur ein, Gérard? Wie kannst du nur? Ihr liebt euch doch!" „Ich weiß es nicht. Ich weiß gar nichts mehr! Und ich möchte nicht darüber sprechen." Sie nahm mich mit in ihre Küche, holte eine Flasche guten Rouge und eine Flasche Cognac und goss uns ein. Robert, der sich zu uns setzen wollte, schickte sie energisch in den Parc hinaus. Schweigend tranken wir. Die liebe, alte Hexe war viel zu feinfühlig, um das Thema noch einmal aufzugreifen. Ihre mitfühlende Gegenwart bedeutete einen großen Trost für mich.

„Der kleinere hintere Schlafraum ist völlig frei." meinte sie. „Und den kann ich dir frei halten, so lange du ihn brauchst. Bis du weißt, was du jetzt weiter machst." Ich nickte dankbar. Sie brachte einen noch fast ofenfrischen, selbst gebackenen Schokoladenkuchen auf den Tisch und schnitt ihn auf. „Den magst du am allerliebsten, das weiß ich." Ich nickte, nahm mir davon und aß zögernd ein winziges Stückchen. Aber im Laufe des Nachmittags verschwand der Kuchen: Robert aß auch liebend gern Schokoladenkuchen! Schließlich nahm ich meine Koffer und schleppte mich mühsam mit ihnen die Treppe hoch. Madame Deroulain kam mir nach, um zu sehen, ob mir auch nichts fehlte. Tiefe Dankbarkeit überkam mich ihr gegenüber. Spontan legte ich meinen Arm um ihre knochigen Schultern und drückte sie an mich. „Sie sind eine wunderbare Maman, Madame Deroulain." sagte ich. Sie stieß einen erschrockenen Schrei aus und klopfte mir mit ihrer knochigen Hand heftig auf die Pfoten. „Qu'est-ce qui te prend? Va! Vieille Vache!" stieß sie entrüstet hervor. Aber ich merkte deutlich, wie gut es der alten, feinen Dame getan hatte, nach Jahrzehnten einmal selbst in den Arm genommen zu werden. Das verriet mir auch ihr Lächeln, als sie sich bei der Tür noch einmal umdrehte. Ich lächelte zurück. Die Tür war noch nicht zu, da war ich schon eingeschlafen.

„Aber wieso denn? Ihr liebt euch doch von ganzem Herzen!" Völlig fassungslos starrte mich Bagir an. „Ich weiß es nicht, Bagir. Ich kann es dir nicht sagen. Ich weiß nur, dass ich wohl das Schlimmste, Dümmste und Verhängnisvollste getan habe, das ich mir nur vorstellen kann." Sophocle kam an unseren Tisch und goss uns dampfend-heißen schwarzen Kaffee in die Bols. Er ergriff meine Hand und schaute mich kummervoll an. „Du hast mich zwar nicht gefragt, Gérard. Aber ich sage es dir trotzdem: Solltest du jemals wieder die Gelegenheit haben, dein Mädchen zu heiraten, dann tue es auf der Stelle!" Ich erwiderte seinen Händedruck. „Das werde ich dann sofort tun." sagte ich matt.

Er unterbrach sich. „Das lässt sich auch jetzt noch sofort korrigieren." meinte er bedächtig. „Notgedrungen müssten sie inzwischen in einer der umliegenden Städte angekommen sein. Ist es dir recht, wenn ich mich jetzt ans

Telefon hänge und bei den Rathäusern frage, ob sie bei ihnen angekommen sind und sich angemeldet haben für einen Standplatz?" „Natürlich!" Ich nickte eifrig. „Und sobald wir sie gefunden haben, packe ich dich mit deinen Koffern in den Wagen und liefere dich bei der Sippe Pollin ab." „Das würdest du für mich tun, Sophocle?" „Klar! Du bist doch für mich fast schon wie ein eigener Sohn." Er grinste. „Wenn auch ein etwas eigenartiger. In der Küche sind Baguettes, Croissants, Leberpastete, Schinken und Camembert. Bedient euch. Auch Kaffee und Kakao könnt ihr euch kochen." Dann verschwand er in seinem Büro. „Du wirst sehen, Gérard. Jetzt wird alles gut." „Ja, Bagir. Jetzt wird endlich alles gut!" Wir dösten etwas, hingen unseren Gedanken nach. „Auch ich muss dir unbedingt noch etwas sagen, Gérard: Auch wir werden uns längere Zeit nicht mehr sehen. In einigen Monaten werde ich sechs Wochen Urlaub bekommen. Ich fahre nach Alger zu meiner Familie. Danach werde ich zu einer Para-Einheit in Algerien abkommandiert, die der französischen Regierung gegenüber noch loyal ist." Betroffen blickte ich ihn an.

Der ganze Nachmittag verging. Bagir, der die Ausgangssperre nicht überschreiten durfte, verabschiedete sich von mir auf morgen. Ich wartete und wartete, wurde zusehends unruhiger. Endlich kam Sophocle zu mir in den Schankraum. Kopfschüttelnd und mit völlig ratlosem Gesicht. „Ich habe Himmel und Hölle in Bewegung gesetzt, habe etliche Bekannte von mir Streife fahren lassen; sie suchten alle möglichen und unmöglichen Plätze außerhalb der Städte ab. Es ist, als hätte der Erdboden die ganze Sippe Pollin verschluckt. So, als hätten sie nie existiert." „Keine winzige Chance mehr?" fragte ich verzagt. Er schüttelte betrübt den Kopf. „Gäbe es noch die winzigste Chance, so würden wir weitersuchen." „Ich weiß, Sophocles." Wie betäubt saßen wir da. Sophocle schlurfte müde hinter die Theke und kam mit zwei großen Bier vom Fass, zwei Bierkrügen und zwei Gin mit Eis wieder zum Vorschein. Wir setzten uns auf die Terrasse und tranken schweigend.

Diesmal belohnte uns der Himmel mit einer phantastischen Wolkenlandschaft, die jetzt schnell dunkler wurde. Wir tranken ziemlich viel, hatten es aber auch nötig. „Bevor ich es vergesse und so lange ich noch halbwegs nüchtern bin: Jean-Pierre hat mir zwei Päckchen für dich da gelassen." Ich hörte ihn den Safe in seinem Büro öffnen. Dann kam er mit zwei kleinen ledernen Taschen zurück. „Das sind einmal fünfzehntausend Neue Francs. Und hier sind zehntausend Dollar." „Aber Sophocle! Das ist ja ein Riesenvermögen!" „Und hier ist ein Brief." Ich entfaltete das Blatt: „Mein bester Freund und Bruder Gérard. Vielleicht kommt dir dieses Geld gelegen auf deinem weiteren Weg, bis zu unserem Wiedersehen. Solltest du zu stolz sein, selbst von mir ein solches Geschenk anzunehmen, so verwende es trotzdem bei Bedarf. Du kannst es mir ja zurückzahlen.

Denn ich weiß: Du wirst Deinen Weg machen. Ich freue mich schon jetzt auf dich. In Liebe und Freundschaft. Jean-Pierre."

„Weißt du was, Gérard? Ich packe das Geld wieder in meinen Safe zurück. Je nach dem, was weiter geschieht, nimmst du dir einen Teil der Nouveaux Francs mit. Auf

alles andere hast du jederzeit Zugriff. Ist das in Ordnung?"
„Das ist großartig, Sophocle." sagte ich ihm halb betäubt
und dankbar. Er schloss das Geld wieder in den Safe.
Kam mit Bier und Gin zurück. „Morgen mache ich den
Laden dicht. Dann können wir drei alles in Ruhe
miteinander bereden." Ich nickte. „So. Nunc est bibendum!
- Jetzt muss getrunken werden! Das gibt uns vielleicht ein
wenig Abstand. Das nimmt der ganzen Sache ein
bisschen die Ecken und Kanten weg." Als ich viel später
auf unsicheren Beinen zum Parc de Londres hinüberging,
blieb ich einen Moment grübelnd über den Spuren stehen,
die die vier Wohnwagen und die Zugmaschinen deutlich
im Boden hinterlassen hatten. Unbegreiflich! Das ging
irgendwie nicht mit natürlichen Dingen zu! Bei der mère
Deroulain brannte noch das Licht. Ich ging zu ihr in die
Küche, um ihr Gute Nacht zu sagen. „Mon pauvre Vieux!"
rief sie erschrocken, als sie mein Gesicht sah. „Ich erzähle
dir alles morgen, Madame Deroulain." sagte ich todmüde.
Dann erklomm ich mühsam die Stufen zu meinem kleinen
Schlafraum. Erst am nächsten Morgen, bei hellem
Tageslicht, öffnete ich wieder die Augen.

Lagebesprechung bei Sophocle. Schwarzer, heißer Kaffee
und Omelett mit Schinken, Käse, Tomaten und Zwiebeln.
„Im Moment sieht es wirklich schlimm aus. Keiner der
Wege, die in Betracht kämen, ist für mich gangbar." sagte
ich ruhig. „Die Herberge in Châtenay-Malabry wäre das
verlockendste. Dazu habe ich aber jetzt einfach nicht die
Energie. Sollte ich hier bleiben bei Sophocle und der mère
Deroulain und einfach ausruhen und Abstand gewinnen zu
allem: Die Wände würden nach kurzer Zeit über mir
zusammen stürzen. Dann die dritte Möglichkeit: Nach

Deutschland zurück und als Elektriker arbeiten. Möbliertes Zimmer in einer Stadt, Tagesessen in einem Lokal und Wurstbrot abends auf der Bude. Ich glaube, es würde nicht lange dauern, und ich wäre ein Fall für die geschlossene Abteilung für Depressive. Ich bräuchte eine vierte Möglichkeit. Es fällt mir nur nichts mehr ein."

Unmerklich war die Zeit vergangen mit Suchen und Hoffen und Warten. Ein kurzer harter Winter war vorüber. Ein neuer Frühling kündete sich schüchtern an.

Bagir lächelte mir zu. „Ich weiß eine geradezu ideale vierte Möglichkeit: Komm mit mir die sechs Wochen lang nach Alger. Meine Eltern würden dich sehr gerne kennen lernen. Ich habe ihnen öfter von meinem Freund Gérard geschrieben. Wir wären alle glücklich, dich als Gast zu haben. Es sind zwei wunderbare Menschen, jederzeit bereit zu einem guten Gespräch. Das wird dir alles sehr gut tun und dir auch den nötigen Abstand verschaffen. Danach kannst du deinen Kompass bestimmt auf einen neuen Kurs setzen." Das ließ ich erst einmal in mich einsickern. Schließlich blickte ich auf. „Ja, Bagir. Ich komme gern mit dir nach Alger."

Am nächsten Tag saßen wir in dem Zug nach Marseille. Auf Anraten von Sophocles hatte ich dreitausend Nouveaux Francs mitgenommen und alles andere in seinem Safe belassen. Vor dem Fenster glitt die Landschaft des Rhonetals vorüber. Das ganze Abteil hatten wir für uns und konnten es uns so gemütlich machen. Konnten auch ungestört miteinander sprechen. „Weißt du, Gérard, dein ganzes Verhalten Nine

gegenüber, diese halben und ganzen Zusagen, dann die Rückzieher und Verweigerungen. Das bist überhaupt nicht du. Wir kennen uns doch recht gut. Bei einer Entscheidung fragst du Gefühl und Verstand; und wenn beide „Ja" sagen, dann stehst du felsenfest zu deiner Entscheidung. Irgendetwas ist hier in der Sache präsent, etwas, das wir absolut nicht verstehen. Du hast also Unrecht, dich so zu quälen und dir Vorwürfe zu machen."
„Ja, mein Freund, du hast Recht. Jetzt, wo du es sagst: Ich hatte auch immer das Gefühl: Das bin gar nicht ich. So, als würde ich nur noch neben mir stehen."

Bagir kramte eine große Thermoskanne mit Milchkaffee, belegte Baguettes und hartgekochte Eier aus einer Reisetasche. Wir aßen schweigend und schauten dabei auf die langsam vorüber gleitende Rhone-Landschaft. „Jean-Pierre ist voll integriert in eine wunderbare Gemeinschaft, hat dort seinen festen Platz und wird geachtet, geliebt und angenommen." sagte ich nachdenklich zu Bagir. „Und ich hatte die gleiche wunderbare Chance bei meiner neuen Sippe Pollin. Sie hätten mich mit offenen Armen aufgenommen. Auch ich hätte meinen festen Platz gehabt. Auch ich wäre dort geachtet, geliebt und angenommen worden." Bagir lächelte und ergriff meine Hand. „Du wirst sehen: Nach der Zeit in Alger sieht alles wieder ganz anders aus. Dein Aufenthalt bei uns ist natürlich nicht auf sechs Wochen begrenzt." Am frühen Nachmittag erreichten wir Marseille und gingen sofort an Bord des Truppentransporters. Schon drei Stunden später verließ das Schiff den Hafen.

Bagir und ich suchten uns eine ruhige Ecke an Deck aus. Wir ließen uns auf unseren ausgebreiteten Schlafsäcke nieder, tranken den letzten Milchkaffee aus der Thermoskanne und knabberten Schokoladenriegel. Auf Steuerbord beschenkte uns der Himmel mit dem dramatischen Flammenspiel eines wunderschönen Sonnenunterganges. Die Sterne traten heraus, fast zum Greifen nah. Nur das Flüstern des Windes und das entfernte Rauschen des von den Schiffsschrauben bewegten Wassers waren zu vernehmen. Alles atmete Frieden. Frieden legte sich wie Balsam auf unsere Herzen. Später gingen wir in die Messe, Essen fassen. Es gab eine dicke, heiße Linsensuppe mit Wursteinlage, dazu Baguette, Camembert und Boudin. Und Bier und Rotwein. Zwei Flaschen Rotwein und zwei Gläser nahmen wir mit uns in unsere stille Ecke an Deck, saßen schweigend unter den leuchtenden Sternen. Auch die zwei folgenden Tage und die folgende Nacht verbrachten wir meist an Deck, hatten lebhafte Gespräche und dann wieder Stunden harmonischen Schweigens. Am späten Nachmittag des dritten Tages lief das Schiff in den Hafen von Alger ein.

Ein Taxi brachte uns bis zu einem der Eingänge des Labyrinthes enger Gassen, das man die Soukhs nennt. Wir schulterten unser Gepäck und marschierten durch die engen Gassen der Gewürzhändler, Schuhmacher, Teppichhändler und Schneider, begleitet von einer Schar neugieriger Kinder. Überall wurde Bagir begrüßt. Ich merkte, wie bekannt und beliebt er hier war. Dann die herzliche Begrüßung durch Bagir's Eltern! Ich wurde gleich mit einbezogen und fühlte mich bei ihnen sofort wie zu Hause. Bagir's Vater Safi war so um die fünfundfünfzig Jahre, sehr gut aussehend, Ruhe ausstrahlend. Uns verband auf Anhieb eine aufrichtige Freundschaft. Bagir's Mutter Sahar war eine schöne Frau, etwa zehn Jahre jünger als ihr Mann. Sie lächelte ein freundliches und zufriedenes Lächeln. Auch sie umarmte mich, als wäre ich ihr eigener Sohn. Wir setzten uns in das teuer und geschmackvoll eingerichtete Wohnzimmer. „So, meine Söhne! Jetzt wollen wir erst einmal essen und erzählen." Bagir's Mutter tischte eigenhändig auf. Eine fast endlose Reihe an Platten der verschiedensten kleinen Köstlichkeiten, wahre Amuse-Gueules, wie der Franzose das nennt, Tee und Kaffee.

Bagir's Bruder Hasim, ein lebhafter, mitteilsamer, lustiger Bartträger, gesellte sich zu uns. Safi stellte mir seinen zweiten Sohn vor. Ein fester Händedruck, ein freundliches, offenes Lächeln. „Hasim wird mein Nachfolger als Juwelier und Goldschmied. Ich glaube fast, er wird noch besser als ich." meinte Safi stolz. „Während mein Bruder Bagir uns alle hier beschützt." fügte Hasim lächelnd hinzu. Ich merkte ihm aber an, dass er es tödlich ernst meinte. Er sah meinen fragenden Blick. „Bagir's Freund ist auch unser Freund." erklärte er mir. „Und nicht nur Allah weiß, wie bitter nötig wir Freunde haben in diesen Zeiten."

Bagir's Vater war einer der besten und anerkanntesten Juweliere, nicht nur in Algerien; außerdem war er ein begnadeter Gold- und Silberschmied. Stolz zeigte er mir seine Werkstatt, ebenso heimelig eingerichtet wie das Wohnzimmer. Sie war zugleich Lager und Verkaufsraum. Ich staunte und erfuhr eine kleine Bekehrung. Für den

Klunkerkram, wie ich das Zeug nannte, hatte ich nie viel übrig gehabt. Aber wenn ich wahre Schönheit sehe, erkenne ich sie. Stundenlang hätte ich diese Wunder menschlicher Kreativität und Handwerkskunst, diese menschlichen Träume in Rubinen, Saphiren, Aquamarinen, Diamanten und auch Halbedelsteinen bewundern können. Safi ließ Kaffee kommen und mit Honig gesüßte Sesam-Kugeln, die herrlich nach Koriander, Kakao und Vanille dufteten. Wir sprachen zunächst über die allgemeine politische Lage, aber nur ganz kurz. Denn ändern konnten wir daran sowieso nichts.

Und dann begann eines der schönsten und besten Gespräche, die ich je hatte, eines von vielen, die noch folgen würden. Wie hätte das anders sein können: Unser erstes Gespräch drehte sich um Religion. Wir waren in fast allem ähnlicher Meinung. Religion war für uns beide „Religio", so wie sie die alten Römer verstanden: Die Rückbindung an das Göttliche. Dass wir unsere Herzen und Sinne offenhalten sollten, um nicht die Führung zu verlieren. Dass wir hier auf Erden lebten, um vollkommener zu werden. Dass jeder von uns ein Erwachender war, auf Erden lebend zur Steigerung seines Bewusstseins. Um die höheren Bewusstseins-Ebenen zu erreichen. Ganz von selbst nannte ich ihn „Papa" und er mich seinen Sohn. Und so ist es auch heute noch. Richtig ketzerisch war das: Wir wussten beide, dass wir schon Tausende von Leben gelebt hatten und noch Tausende von Leben leben würden. Der Vollkommenheit immer ein Stückchen näher. Mir fiel ein Zitat aus einem längst vergessen geglaubten Buche ein. Safi lauschte andächtig und hingerissen.

„Jeder Mensch geht seinen eigenen Weg.
Zu seinen eigenen Göttern.
Auch wenn die Sterne verborgen sind,
so sind sie doch vorhanden.
Die Götter warten.
Selbst auf die, die nicht glauben.
Sie nehmen uns weder auf,
noch weisen sie uns zurück.
Wir sind immer in ihrer Hut.
Wie die Vögel in der Luft
Und die Fische im Meer."

Und wir waren uns vollkommen darin einig, dass Religion und Politik, so wie sie gehandhabt wurden, die beiden schlimmsten Erfindungen der Menschheit waren.

Mein Vater Safi brachte mich zu meinem Zimmer. Mir stockte der Atem. Kostbare Teppiche, in denen die Füße bis zu den Knöcheln einsanken. Wandteppiche, eine umfangreiche Bibliothek voll anspruchsvoller Literatur in fast allen Weltsprachen. Geschmackvolle Bilder, hauptsächlich im Jugendstil. Eine reich ausgestattete Küchenecke. Großer Schreibtisch, Esstisch mit bequemen Stühlen, Couchtisch und Sessel. Ein breites Doppelbett aus Eibe. Und über dem Bett das Allerschönste und Unglaublichste: Eine rechteckige Öffnung von etwa vier mal fünf Metern; und mit etwas Abstand aufgesetzt ein Dach aus klarem Glas. Durch die Abstandsrille wurde der Raum sanft belüftet. Und durch das Fenster blickte man direkt vom Bett aus zu einem Himmel voller Sterne empor. Er zeigte mir, wie das Fenster zum Himmel per

Knopfdruck durch Lamellen geschlossen werden konnte, damit sich der Raum tagsüber nicht aufheizte. „Gefällt es dir?" fragte er glücklich. „Papa!" stammelte ich nur. „Ich weiß gar nicht, was ich sagen soll!"

„Komm. Setz dich. Zu einem winzig kleinen Schlaftrunk". Lächelnd zog er ein fein ziseliertes Kristallfläschchen aus seinem Kaftan hervor, holte zwei Gläschen aus der kleinen Bar und goss andachtsvoll ein. „Ich glaube fast, dass das Rezept vom Propheten selbst stammt." meinte er spitzbübisch lächelnd. Ein unglaublicher Duft nach herrlichen Kräutern erfüllte den Raum. Wir tranken diesen göttlichen Äther tropfenweise. Er war nur schwach alkoholisch; aber sein Duft, seine Essenz schien jede Zelle zu durchdringen und zu beleben. Schließlich erhoben wir uns. Safi verabschiedete sich, küsste mich auf die Stirn. „Gute Nacht, mein Sohn." „Gute Nacht, Papa. Wie kann ich dir nur danken?" Stunden lag ich auf dem breiten Bett, die Sterne direkt über mir. Womit hatte ich nur ein solches Glück verdient?

Die nächsten Tage war ich größtenteils mir selbst überlassen. Ich hatte also viel Zeit, meine neue Umgebung zu erkunden. Und tatsächlich war alles so neu und aufregend. Zunächst durchstreifte ich die Soukhs und bestaunte die unendliche Vielfalt und Schönheit der ausgelegten Waren. Immer wieder erschütterte eine ferne Explosion das sonst so ruhig dahinfließende Leben: Ein feiger Attentäter hatte wieder inmitten einer unschuldigen Menge eine Bombe hochgehen lassen. Von Bagir mit einem Passierschein ausgerüstet, konnte ich mich, die Ausgangssperre beachtend, von Sonnenaufgang bis

Sonnenuntergang auch außerhalb der Soukhs aufhalten. Und am Morgen des dritten Tages begegnete ich in der belebten Fußgängerzone der Liebe meines Lebens.

Sie war im Begriff gewesen, an mir vorüber zu gehen. Unsere Blicke begegneten sich. Da stolperte sie auf ihren hochhackigen Stöckelschuhen, klammerte sich haltesuchend an mich und wir fielen beide zu Boden. Der Inhalt ihrer Handtasche entleerte sich auf den Gehweg. Ich half ihr, wieder aufzustehen. Gemeinsam schaufelten wir ihre Handtasche wieder voll. Furchtbar verlegen schaute sie mich an. „Ich bin untröstlich, Monsieur! Wie kann ich das nur wieder gutmachen?" Spontan ergriff sie meine Hand und zog mich auf die andere Straßenseite hinüber, wo wir uns an einem der Tische eines kleinen Restaurants niederließen. „Das Mindeste ist doch, dass ich Sie zu einem schönen, verspäteten Frühstück einlade. Sie dürfen jetzt nicht Nein sagen. Ich wäre untröstlich." So lernte ich Djamila - ihr Name bedeutet „Die Schöne" - kennen. Alles geschah wie von selbst.

Nach Minuten schon duzten wir uns, saßen an dem Tischchen Hand in Hand, erschüttert vor Liebe und Zärtlichkeit.

Schon diesen Abend durfte ich sie bis zur Tür ihres Hauses in der Altstadt begleiten. Sie war eine vielbeschäftigte junge Frau. Aber die Nachmittage und Abende gehörten ganz uns. Und wir würden so schnell wie möglich heiraten und ein Leben lang glücklich sein. Die Erlaubnis ihrer Eltern würde nicht lange auf sich warten lassen, versicherte sie mir. Natürlich erzählte ich ihr von meinem Freund Bagir und seinem Vater Safi, hatte aber irgendwie den Eindruck, dass sie das alles schon zu wissen schien. Ich dachte nicht weiter darüber nach. Zu viel war seit der Begegnung mit ihr auf mich eingestürmt. Überraschenderweise schienen Bagir und sein Vater alles andere als begeistert über mein Glück zu sein. Mehr noch. Sie waren betroffen, ja bestürzt. „Aber Bagir!" stammelte ich gekränkt. Er wandte sich an seinen Vater. „Rede du mit ihm, Papa." Safi nahm mich beiseite. Wir setzten uns; er legte seinen Arm um meine Schultern. „Hab' ein bisschen Geduld mit uns, mein Sohn. Du weißt bestimmt, dass wir die Letzten sind, die dir dein Glück nicht gönnen würden. Wir wären alle glücklich mit dir. Das weißt du doch?" Ich nickte, eifrig und verwirrt. „Ja, Papa, natürlich. Das weiß ich." „Vieles ist hier nicht so, wie es scheint. Vielleicht hast du wirklich das Glück deines Lebens gefunden, oder aber . . ." „Oder aber, Papa?" „Eine Attentäterin, die über dich an Bagir und seine Familie herankommen will." Ungläubig und entsetzt starrte ich ihn an. Er legte mir wieder den Arm um die Schultern und drückte mich an sich. „Du kannst dir bestimmt vorstellen, dass die Algerier unter den Paras, die für den Erhalt Algeriens als französisches Département kämpfen, von diesen Fanatikern am allermeisten gehasst werden. Diese feigen Mörder werden nichts unversucht lassen, alle algerischen Paras und ihre Familien zu ermorden. Die morden schon jetzt nicht mehr nur für die FLN, sondern für ein Schreckensregiment, das auf dem Lande jetzt schon die Bevölkerung ganzer Dörfer meuchelt."

227

Als ich am Nachmittag des nächsten Tages Djamila traf, sah sie mir sofort an, dass etwas gar nicht in Ordnung war. Ursprünglich hatte ich ihr alles erzählen wollen. Aber das hätte sie bestimmt zutiefst gekränkt. So schützte ich Kopfschmerzen und Übelkeit vor. Mitfühlend ergriff sie meine Hand und streichelte sie zärtlich. „Ach Liebster!" flüsterte sie. „Das geht wieder vorüber, Liebling." sagte ich verlegen. „Was trinkst du?" Ich bestellte Kaffee für sie und für mich ein großes eiskaltes Bier und einen Gin mit viel Eis. Irgendwann ging ich auf die Toilette und kotzte den Inhalt meines Magens in die Kloschüssel. „Bitte noch ein großes Bier und einen Gin mit Eis." Sie streichelte mich. Ruhig saßen wir da und erzählten. Allmählich ging es mir besser.

„Morgen habe ich leider keine Zeit, Liebster. Wir sehen uns übermorgen Nachmittag wieder. Wann etwa schläfst du morgen Abend ein?" „So um elf Uhr abends." sagte ich überrascht. „Weißt du, Schatz. Wir werden um elf Uhr morgen Abend vor dem Einschlafen ganz innig aneinander denken, ja?" „Ja, Liebste." sagte ich glücklich. Als ich sie nach Hause brachte, bat sie mich, einen Augenblick zu warten, kam kurze Zeit darauf wieder und schob mir ein Päckchen von der Größe einer mittleren Schachtel Pralinen ins Jacket. „Ein Geschenk für dich." sagte sie, geheimnisvoll lächelnd. „Es soll dir Glück bringen. Aber es muss ganz unser Geheimnis bleiben. Niemand darf davon erfahren. Das ist in meiner Familie ein alter Brauch. Und du darfst es auch erst übermorgen Vormittag öffnen, kurz, bevor wir uns wiedersehen. Versprochen?" Glücklich und gerührt umarmte ich sie. „Versprochen." flüsterte ich.

Ziellos schlenderte ich am Nachmittag des folgenden Tages durch die Fußgängerzone. Djamila fehlte mir unsagbar. Aber da war sie ja! Auf der anderen Straßenseite betrat sie gerade ein exklusives kleines Kaufhaus, einen größeren Einkaufskorb mit sich tragend. Froh überquerte ich die Straße, blieb dann aber vor dem Eingang des Kaufhauses stehen. Ich hatte ja kein Recht, mich ihr aufzudrängen. Vielleicht brauchte sie einfach eine Pause von mir. Alles zwischen uns war ja so unglaublich schnell gegangen! Sie plauderte angeregt mit einer jungen hübschen Verkäuferin und ließ sich von ihr die verschiedensten Schmuckstücke zeigen. Den Einkaufskorb hatte sie neben sich auf den Boden gestellt, eng an das Pult heran, wo er sie nicht störte. Schließlich sah sie flüchtig auf ihre Uhr, machte eine entschuldigende Geste und verließ das Kaufhaus, ohne etwas gekauft zu haben. Ich war ein Stückchen die Straße hinuntergegangen, damit ich ihr nicht in die Quere kam, drehte mich aber dann doch um und blickte ihr sehnsuchtsvoll nach. Da merkte ich, dass sie ihren Einkaufskorb vergessen hatte. Sogleich machte ich kehrt und lief ihr nach. Aber sie lief eigenartig schnell, rannte fast, stieß mit etlichen Passanten zusammen. Und verschwand wie ein Geist in einer Seitenstraße. Befremdet schlenderte ich zurück. Ich wollte in das Kaufhaus gehen und die Verkäuferin bitten, mir Djamila's Einkaufskorb zu geben. Zögernd hielt ich an. Noch etwa fünfzehn Schritte. Würde Djamila das nicht als unziemliche Einmischung auffassen?

Da erbebte der Boden unter mir. Eine ohrenbetäubende Explosion erschütterte die Straße. Ein riesiger Feuerball breitete sich blitzschnell aus. Das Glas der Auslagen und der großen Eingangstür flogen wie Tausende winziger Granatsplitter bis zur gegenüberliegenden Straßenseite. Wie in Zeitlupe erlebte ich diesen Alptraum. Eine schöne Frau, etwa fünfundzwanzig Jahre alt, eine elegant gekleidete Algerierin war im Begriff gewesen, an der Eingangstür vorüberzugehen. Die Druckwelle der Explosion hatte ihr sämtliche Kleider vom Leib gerissen, auch die spitzenbesetzte Unterwäsche. Ich eilte zu ihr hin. Nackt lag sie vor mir auf dem Gehweg. Ihr rechtes Bein lag etwa zwei Meter von ihr entfernt auf dem Straße, dicht unter der Hüfte abgerissen. Aus der aufgerissenen Bauchhöhle quollen die Därme hervor. In hilfloser Ohnmacht versuchte ich, ihr die Eingeweide wieder in die Bauchhöhle zurück zu stopfen. Während ihr Herz in schnellen Schlägen ihr Blut und ihr Leben durch die Schenkelarterie auf die Steine des Gehwegs pumpte. Entsetzt sah ich, wie das Leben in ihren schönen, nachtdunklen Augen erlosch. Ich setzte mich auf den Gehsteig und bettete ihren Kopf in meinen Schoß. War da nicht noch ein winziges Lächeln auf ihren Lippen gewesen? Nein! Gewiss nicht! Sie starb. Ihr wunderschönes Gesicht verzerrt zu einer Grimasse unsagbaren Leidens.

Ich blieb einfach auf dem Gehweg sitzen, ihren Kopf in meinem Schoß. Erstarrt. Ohne zu weinen. Vor mich hinblickend. Ohne zu sehen. „Meine Schwester. Meine liebe Schwester." flüsterte ich immer wieder. Ich streichelte ihr Gesicht. Streichelte ihre wunderschönen, schwarzen Haare. Und verfluchte in meinem erstarrten Inneren Gott und diese beschissene Welt und das Schicksal.

Irgendwann das Geheul von Sirenen, das rasch näher kam. Wie durch einen Schleier sah ich Polizei, Krankenwagen, Feuerwehr. Dicke schwarze Qualmwolken aus dem Kaufhaus. Und kein Laut. Schließlich hörte ich wie aus weiter Entfernung eine Männerstimme. „Es sind leider alle tot, mon Capitaine." Und ich saß da, streichelte zärtlich und innig dieses wunderschöne Mädchen, das vor ganz kurzer Zeit noch so voller Leben, so voller Hoffnung und Freude und Zukunftsplänen gewesen sein mochte. Und das meine liebe Schwester geworden war. Die Zeit verrann, tropfte Minute für Minute in einen tiefen, dunklen Brunnen des Schweigens und des Vergessens.

Behutsame Hände lösten mich langsam und vorsichtig von ihr. Ich sah, wie sie ihren Körper liebevoll auf eine Bahre legten, das abgerissene Bein an seine Stelle. Sie deckten sie zu. Ganz zart und behutsam. Ich sah, wie einer der Pfleger bitterlich weinte. Er weinte die Tränen, die ich selbst nicht weinen konnte. Zwei Polizisten führten mich behutsam hinweg. Sie gingen mit mir in ein stilles Lokal und bestellten für mich einen großen starken Kakao mit einem kräftigen Schuss Rum. Es war genau das Richtige. Der Schmerz in mir wurde auf ein halbwegs erträgliches Maß zurückgeschraubt. Ein zweiter Kakao mit Rum. „Lass dir nur Zeit, mein Freund." sagte der Ältere der beiden leise. „Wir wissen sehr gut, was du jetzt durchmachst. Und wir haben alle Zeit der Welt." Es war schon Abend, als ich endlich fähig war, zu sprechen, den beiden freundlichen Polizisten sagen konnte, wer ich eigentlich war, dass ich Bagir's Freund und Gast seiner Familie war. „Bagir." sagte der Ältere mit einem Lächeln. „Einer der feinsten Menschen, die ich kenne." Sie brachten mich zu Safi's Haus. Es war niemand da. So verabschiedeten sie sich von mir. „Wie kann ich euch nur danken, meine Freunde?" stammelte ich. „Ach Gérard." seufzte der eine. „Wir würden gerne so viel mehr tun. Leider Gottes können wir allzu oft nur noch versuchen, die Tränen zu trocknen."

Ich ging auf mein Zimmer und legte Djamila's Geschenk auf den Nachttisch. Ging zurück ins Wohnzimmer, um auf Bagir und meinen Vater Safi zu warten. Nach kurzem Zögern holte ich mir ein eiskaltes Bier aus dem Kühlschrank und dazu einen großen Gin mit Eis. Das brauchte ich jetzt. Ständig blickten mich die schönen, nachtdunklen Augen der jungen Algerierin an. Meine kleine Schwester. Meine liebe, kleine Schwester. Endlich konnte ich weinen. So fanden mich Bagir und Safi. Erschrocken kamen sie heran und setzten sich neben mich auf das Sofa. Mein Vater Safi nahm meine beiden Hände. „Mein Sohn, mein Sohn. Was ist nur geschehen? Du siehst ja aus wie ein Geist!" Stockend erzählte ich. Sie lauschten bedrückt. Es elektrisierte sie richtig, als ich ihnen von Djamila und ihrem Einkaufskorb erzählte. Ich sah, wie sie bedeutungsvolle Blicke wechselten.

„Gérard?" fragte Bagir plötzlich ganz alarmiert. „Hat sie dir nicht ein kleines Geschenk gegeben? Vielleicht eine große Schachtel Pralinen?" Ich nickte perplex. „Wo hast du sie?" „In meinem Zimmer. Auf dem Nachttisch." „Schnell! Kommt!" Stürmisch rannten die beiden mit mir nach oben. Bagir ergriff das Päckchen und war dabei, die Verpackung zu aufzureißen. „Bagir! Das kannst du nicht machen!" „Wenn ich mich irre, dann werde ich dich tausendmal um

Verzeihung bitten, Gérard." Ohne eine Sekunde zu zögern, zerriss er die schwere, teure Verpackung. Und darunter lag, in Ölpapier, Djamilas Geschenk. Mit einer bösartig blinkenden Glimmlampe. Die wie ein höhnisches Auge darauf hinwies, dass die Höllenmaschine in Gang gesetzt war. „Ich sagte ihr, dass ich meist so um elf Uhr einschlafe." Dabei blickte ich auf die Uhr. „Uns bleibt schlimmstenfalls nur eine halbe Stunde!"

Was tun? Was sollten wir nur tun? Schnell hinauslaufen, durch die Soukhs, der Wache Erklärungen abgeben, ihr die Höllenmaschine übergeben? Nein. Sie würde explodieren. Sehr bald. Lange bevor man sie unschädlich machen konnte. Oder in einer menschenleeren Ecke deponieren konnte. Menschenleere Ecken! Gab es das in Alger eigentlich? Vater und Sohn standen wie erstarrt da. Ich dachte plötzlich an Jean-Pierre. An alles, was er mir erzählt hatte. Besonders an den Krieg. Und die Vergeltung. Da ich damals seine Geschichte so richtig mit erlebt hatte, empfand ich das jetzt so wie eine regelrechte Ausbildung zum Soldaten. Und zum Führer in Situationen höchster Gefahr. Wo schnelles, entschlossenes und trotzdem umsichtiges Handeln erforderlich war. Ja!

Es hieß vor allem, umsichtig sein und kreativ in den Krisensituationen. Mir war, als würde Jean-Pierre's Geist mich erfüllen, beleben und vorwärts treiben.

„Der leere Abstellraum, ganz hinten. Am anderen Ende." Ich nahm die Höllenmaschine an mich. „Tut genau, was ich sage. Und schnell." Die ruhige Autorität in meiner

233

Stimme riss sie aus ihrer Erstarrung und ließ sie mir gehorchen, ohne dass sie eine einzige Frage stellten. „Schnell! Als erstes Matratzen. Dann Decken. Ein Seil. Steppdecken. Federbetten. Schwere Möbel!" Alle führten in fieberhafter Eile meine Befehle aus. Auch meine Mutter Sahar, die inzwischen nach Hause gekommen war. Auch die beiden Dienstmädchen. In Windeseile trieben sie vier Matratzen auf. Ich schaute auf die Uhr. Zwanzig Minuten vor elf. „Zeit genug!" sagte ich beschwichtigend. Zwei der Matratzen legten wir auf den Boden, in die Mitte der fast leeren Rumpelkammer. Die Höllenmaschine plazierte ich in die Mitte dieser Matratzen. Darauf kamen die anderen beiden Matratzen. Das Ganze umwickelten wir mit zwei dicken Decken und verschnürten es fest wie ein Paket mit dem Seil. Alle verfügbaren Steppdecken und Federbetten packten wir auf dieses Paket. Dann schleppten wir noch zwei schwere Tische herbei, die wir so halb über diesen kleinen Berg schieben konnten. Die Tür zum Abstellraum schloss ich dann ab. Wir gingen hinüber ins Wohnzimmer am anderen Ende des Hauses. Dort saßen wir nebeneinander auf dem Sofa wie die Spatzen auf der Dachkante. Tranken eiskaltes Bier und Gin mit Eis. Auch meine Mutter Sahar, auch die beiden strenggläubigen Dienstmädchen. In diesem Falle würde der Prophet wohl verständnisvoll lächelnd beide Augen zudrücken. Da war ich mir ganz sicher!

Unendlich langsam verrannen die Minuten. Immer wieder schauten wir auf die Uhr und nippten dabei an unseren Getränken. Da! Kurz vor halb zwölf! Wir hörten nur ein gedämpftes „Wuff". Zögernd gingen wir hinüber zum Abstellraum. Die Explosion hatte die massive Tür aus den

Angeln gerissen und noch zwei Meter weit in den Flur hinein geschleudert. Die Luft war voll von schwarzem Qualm, Gestank nach Cordit und winzig kleinen Fetzen von Steppdecken und Federbetten. Die beiden schweren Tische hätten höchstens noch als Kleinholz zum Feuer-Anmachen dienen können. Wir alle tranken weiter. Die ganze Nacht. Es war heller Tag, als ich betäubt in mein Bett sank. Alles war wie tot in meinem Innern. Wie das Wasser eines zu Eis erstarrten Sees. Der Schmerz würde früh genug kommen.

Ich taumelte ins Wohnzimmer. Sah grenzenloses Mitgefühl in den Augen von Bagir und Safi. Meine Mutter Sahar setzte sich neben mich und legte mir stumm ihren Arm um die Schultern. Bagir goss mir mit zitternden Händen Kaffee ein. Mein Vater Safi stellte das ziselierte Kristallfläschchen mit dem göttlichen Lebenselixier auf den Tisch und goss mir immer wieder davon ein. Das half ein wenig. „Wir müssen alle etwas essen, Gérard." meinte Sahar. „Ich kann nicht, Maman. Ich kann wirklich nicht." Beim bloßen Gedanken an Essen drehte sich mir der Magen um. Sie verschwand in der Küche und kam mit einer riesigen Platte kleiner nach Vanille, Zimt und Schokolade duftenden Kuchen wieder. „Die habe ich heute früh gebacken für uns alle. Sie sind noch heiß. So schmecken sie auch am besten." Die beiden Dienstmädchen taumelten herein und durften mit uns zusammen frühstücken. Schwer stöhnend hielten sie sich die brummenden Schädel und schworen beim Barte des Propheten, nie wieder und unter keinen Umständen das Teufelszeug der Ungläubigen anzurühren. Auch wenn es noch so gut schmeckte. Mich aber trieb es hinaus. Bagir wollte mit mir kommen. Aber ich musste jetzt allein sein mit meinem ungeheuren Schmerz. So verließ ich die Soukhs und marschierte ziellos durch die Avenuen der Altstadt.

Ruhelos! Doch recht bald trieb es mich wieder zurück zu meiner algerischen Familie. Wieder lief ich durch die Soukhs. Und plötzlich stand ich Djamila gegenüber! Mit ungläubigem Entsetzen starrte sie mich an. Sie fasste sich aber schnell. Versuchte sich in einem freudigen und betörenden Lächeln. Eine großartige Schauspielerin. „Gérard, Liebster!" „Danke auch für dein Geschenk, du Ausgeburt der Hölle!" Ihre Augen sprühten plötzlich, voll von einem ungeheuren Hass. Ich packte sie an den Haaren und schlug mit der Faust erbarmungslos auf sie ein. Ein Dutzend Hände rissen mich brutal zurück. Es war ganz klar. Die Leute würden mich lynchen. Man prügelt als Weißer keine Algerierin in den Soukhs, ohne es mit dem Leben zu bezahlen. Schon gar nicht in diesen Zeiten absoluten Wahnsinns. Wilder Triumph in den Augen von Djamila. Einer plötzlichen Eingebung folgend rief ich laut Bagir's und Safi's Namen.

Sofort hörte die Menge auf, auf mich einzuschlagen. Erstauntes Gemurmel. Ein älterer Mann legte mir die Hand auf die Schulter. „Was ist mit Bagir und Safi?" Ich holte tief Luft und wischte mir das Blut aus den Augen. Dann erzählte ich ihm, dass ich ein Freund der Familie sei. Fing an, von dem Attentat zu erzählen. Er hob die Hand und unterbrach mich. „Sprich lauter, mein Freund." bat er mich ruhig. „Das geht uns nämlich alle an." So erzählte ich in Kürze, wie Djamila mir den Kopf verdreht hatte, um über mich an Bagir heranzukommen. Djamila wollte sich unauffällig aus dem Staub machen. Dutzende von Händen hielten sie fest. Ich erzählte ihnen von Djamilas „Geschenk". Und auch wie es uns gelang, die Explosion relativ harmlos verpuffen zu lassen. Das zunächst erstaunte Gemurmel war lauter geworden und ging schließlich in ein hasserfülltes Summen über. Hass, der Djamila galt. Der alte Araber sah mich an. „Du musst das verstehen, mein Freund. Viele der Menschen hier haben Angehörige und Freunde durch solche feigen Attentate verloren." Ich begriff. Der Triumph und der Hass in Djamila's Augen verschwanden und machten einem namenlosen Entsetzen Platz. Die Menge schlug sie einfach tot. Als sie zu Boden sank, war wohl kein Knochen mehr in ihr heil. So fand sie ihr verdientes und unseliges Ende, Djamila - die Schlange.

Mir aber waren Geist und Seele vergiftet. Krank war ich an Geist und Seele, tief verwundet, wie von dem Gifthauch eines Drachens. Nie wieder würde ich eine Frau berühren können. Nie wieder würde ich einer Frau vertrauen können. Sexuell weckten sie nur noch Ekel in mir. Der alte Mann begleitete mich zum Haus meiner algerischen Eltern. Er berichtete ihnen kurz, was geschehen war und entschuldigte sich auch für die Prügel, die man mir verabreicht hatte. Bagir nickte in düsterer Befriedigung. Er legte mir den Arm um die Schultern und zog mich ins Haus.

„Ich zeige dir jetzt, wie schön Algerien ist. Das wird dir ein wenig helfen, Gérard." Ich nickte. Alles war jetzt recht. Nur etwas Anderes sehen! Wir nahmen einen Jeep der Armée und bewaffneten uns für alle Fälle. Mitraillettes, Handgranaten, Parabellum, Kommando-Dolch und zwei kostbar aussehende Präzisionsgewehre mit Zielfernrohr, wie sie von Scharfschützen benutzt werden. „Ist das wirklich notwendig, Bagir?" „Ich hoffe es nicht. Aber heutzutage weißt du das nie in Algerien." Irgendwann waren wir in einem stillen Waldtal angelangt. „Komm Gérard. Mach' dich mit den Waffen vertraut. Alle diese Waffen „kannte" ich schon gründlich, allerdings nur aus den Erzählungen von Jean-Pierre. Zunächst die Mitraillette, die MAT 49, aus gepresstem Stahlblech. Ich lud durch, zielte und gab eine kurze Salve auf einen als Ziel markierten Felsbrocken ab. Fast alle Schüsse saßen im Ziel. Dann zog ich den Bügel heraus und schaltete auf Einzelfeuer. So ließ sich die Waffe wie ein Gewehr verwenden, obwohl die Treffsicherheit natürlich weit hinter der eines Gewehres zurückblieb. Aber auf relativ kurze Entfernungen war das immerhin gar nicht so übel. Drei von vier Schüssen trafen das Ziel. Beifälliges und erstauntes Gemurmel von Bagir. Dann schossen wir kurz mit den Präzisionsgewehren um die Wette. Ich kann nur sagen: Wir waren beide sehr gut.

Algerien ist wunderschön. Die Wüste beginnt erst so zweihundert bis dreihundert Kilometer südlich der Küste. Und der breite Küstenstreifen ist eines der schönsten und paradiesischsten Stückchen Erde, die sich der Mensch nur vorstellen kann. Uralte Bäume bilden rauschende Wälder. Sonnige Wiesentäler voller Blumen, mit klaren, schnell sprudelnden Bächen, in denen die Forellen nur darauf warten, gefangen zu werden. Dazwischen immer wieder ein Stück schroffes Felsengebirge. Herden von

Ziegen und Schafen an den grasigen Hängen. Die Weingüter der Großgrundbesitzer. Weinberge voller schwarzblauer Trauben, die auf die Ernte warteten. So weit das Auge reichte. Dann die Gemüse- und Obstplantagen der anderen Siedler. Jede denkbare Sorte von Gemüse. Orangen- und Zitronenbäume. Mandarinen und Clementinen. Apfelbäume. Die herrlichen Granatäpfel. Endlose Reihen von Feigensträuchern. Kiwis, die sich an Häuserwänden hochranken. Freundliche und sehr besorgte Menschen. Wir lebten fast nur von Trauben und Obst. Abends waren wir oft zu Gast bei einer der freundlichen Siedlerfamilien und aßen mit ihnen Couscous oder Ratatouille. Oder wir kampierten in einem der Wiesentäler, grillten uns Forellen, aßen sie zusammen mit Camembert, Baguette oder Schiffszwieback und tranken Rotwein und Cognac dazu. Und Bagir ließ mich nie allein, sagte mir immer wieder, wie sehr er mich liebte, wie sehr er mich brauchte. All das tat mir sehr gut. Aber ich hatte keinen Lebenswillen mehr in mir. In meinem Herzen fraß das Gift.

Auch die frühen Morgen brachten Trost. Millionen in der Sonne funkelnder Tautropfen an den Gräsern. Der erste heiße, schwarze, süße Kaffee mit Schiffszwieback oder Baguette und Forelle vom Vorabend. Plötzlich und unerwartet holte uns die harte Wirklichkeit ein. Ich war kurz etwas abseits in die Büsche gegangen. Fuhr blitzschnell herum, weil ich die Geräusche eines gedämpften Kampfes hörte. Ein Algerier lag auf Bagir und nagelte ihn mit seinem Gewicht auf der Erde fest, so dass er praktisch wehrlos war. Mit der einen Hand würgte er ihn, drückte ihm die Luftröhre ab. Seine andere Hand hielt ein langes Messer. Und er war gerade im Begriff, zuzustoßen. Mit einem gewaltigen Satz warf ich mich gegen ihn. Bagir war frei. Der Typ von der FLN und ich fielen zu Boden. Ein Faustschlag von mir brach ihm wahrscheinlich den Unterkiefer. Sein Messer fuhr mir in den rechten Unterarm. Aber ich bekam ihn von hinten zu fassen, packte seine Kehle, setzte ihm das Knie ins Kreuz und brach ihm die Wirbelsäule. Die Stichwunde in meinem Unterarm blutete reichlich. Zum Glück war die Schlagader nicht getroffen. Bagir lag wie leblos da, hielt sich die malträtierte Kehle und konnte zunächst nur röcheln. Er blickte mich an. „Gérard." konnte er schließlich sagen. „Bagir, mein Freund. Endlich kann ich einmal etwas für dich tun, nach all dem Guten, das du und deine Familie mir erwiesen haben." Er stöhnte. „Drück' dich nicht so geschwollen aus, Gérard." Und verzog schmerzhaft das Gesicht. „Weißt du?" sagte ich ihm, „Es macht so richtig Spass, dir das Leben zu retten. Ich könnte mich daran gewöhnen. So etwa dreimal täglich." „Bloß nicht!" wehrte er entsetzt krächzend ab. „Denk' einmal an den Verschleiß, dem ich dabei ausgesetzt bin." Als er wieder einigermaßen handlungsfähig war, reinigte und verband er mir die Stichwunde. So wurde ich Soldat.

Nicht einmal einen Tag später meldete sich die Armée per Sprechfunk. Bagir ging hinüber zum Jeep und nahm den Hörer ab. Er lauschte kurz, gab Antwort. Ernst blickend kam er zurück. „Es ist entschieden. Wir evakuieren alle Siedler. Algerien ist verloren." Düster und traurig schaute er mich an. „Ich werde einen der Siedler bitten, dich im Wagen nach Alger mitzunehmen." „Nein Bagir. Ich will hierbleiben. Ohne dich würde ich verrückt werden. Ich habe solche Mühe, überhaupt am Leben zu bleiben." Er umarmte mich. „Zwei so alte Krieger wie wir, Gérard. Für die ist „Aufgeben" doch nur ein Fremdwort!" Wir trafen uns mit Einheiten der Paras und der Legion. Ich wurde wortlos akzeptiert, trug einen der Kampfanzüge der Paras. Immer wieder aufflackernde Kämpfe. Wir säuberten die Ränder der Täler. Damals ließen eine Menge FLN-Angehörige ihr Leben. Gegen die erfahrenen Kämpfer mit jahrelanger Kriegserfahrung auf dem Buckel, teilweise viele Jahre davon in Indochina, und einer rasenden und verzweifelten Wut im Bauch hatten die Typen von der FLN keine Chance. Dass Paras und Legionäre immer wieder Kameraden fanden, mit durchschnittener Kehle und ihren abgeschnittenen Geschlechtsteilen tief in den Mund hinein gestopft, stimmte uns auch nicht gerade milder. Wir räumten fürchterlich auf.

Das Allerschlimmste aber waren die Szenen, die sich auf den Weingütern und den Plantagen abspielten. Die Menschen hier waren mit ihrer Erde verwachsen. Die seit Generationen ihre Heimat war. Männer und Frauen, deren Urgroßväter als Pioniere gekommen waren und die seit über hundert Jahren in diesem Land lebten. Das sie geboren hatte. Oft mussten wir sanfte Gewalt anwenden. Obwohl die Menschen mit dem Verstand vielleicht einsahen, dass alles verloren war. Sahen sie es ein? In den Radionachrichten hörten wir Abend für Abend die Demonstrationen von Siedlern und Städtern in Alger und Oran. Ihre Sprechchöre. „Algérie française! Algérie française!" Und hier mussten die Siedler ihre Weingüter, ihre Obst- und Gemüseplantagen so kurz vor der Ernte verlassen. Alles im Stich lassen und in dem ihnen fremden

Land Frankreich ein neues Leben mit ungewisser Zukunft beginnen. Vielen zerriss es das Herz. Manche Familien hatten sich versteckt, um hierbleiben zu können. Erst die an Heftigkeit zunehmenden Scharmützel mit der FLN überzeugten sie schließlich. Dann kam die Nachricht von dem missglückten Attentat auf De Gaulle in Paris. Der Putsch in Paris war missglückt. Dann die Nachricht von der Verurteilung der OAS-Angehörigen in Abwesenheit. Endlich war alles vorüber. Der letze Siedler hatte seine Heimat verlassen. Und wir führten Rückzugsgefechte, zogen uns langsam zurück in Richtung Alger und Oran.

Das Sprechfunkgerät meldete sich: „Hier ist Colonel Rolf Steiner mit einer Nachricht an alle Angehörigen der OAS. Diese Nachricht wird zu jeder vollen Stunde gesendet. Alle Kameraden, auch wenn sie nicht der OAS angehören, bitte ich, diese Nachricht zu notieren und sie an alle weiterzugeben: Es folgte eine Reihe von Sätzen, Zahlen- und Buchstabengruppen. Wer Schreibzeug zur Hand hatte, war eifrig dabei, die Nachricht zu notieren. Die OAS, die „Organisation de l'Armée Sécrète", die „Organisation der Geheimen Armée" hatte aufgehört, als militärischer und politischer Machtfaktor zu existieren. Zutiefst betroffen schauten sich alle an. Ich schaute ratlos von einem zum anderen. „Was heißt das alles, Bagir?" „Das heißt, dass alles jetzt endgültig zu Ende ist, Gérard." Bagir erklärte mir dann, dass die OAS für diesen Fall allen ihren Angehörigen eine neue Identität beschaffen würde. Die Codeworte riefen sie an verschiedene geheime Sammelplätze in Algerien und Frankreich. Dort würden sie neue Pässe, Führerscheine und alle anderen Dokumente erhalten. Und würden sich eine neue Existenz aufbauen.

In Deutschland, in Spanien, Argentinien, Chile, Mexico, in Kanada und in den Vereinigten Staaten. Unsere Einheit war außer sich vor Wut und Verzweiflung. Manche weinten, schrieen sich die Seele aus dem Leib und schlugen mit den Fäusten auf den Boden ein. „Wozu haben wir gekämpft? Wofür sind alle unsere Kameraden gestorben oder zu Krüppeln geschossen worden? Der Verräter De Gaulle! Schade, dass das Attentat missglückt ist!" Es war der absolute moralische Zusammenbruch. Die Disziplin blieb zwar erhalten. Die Truppe schützte sich weiter mit Wachen. Es folgte aber ein Saufgelage nach dem anderen. Aus den Kellern der verlassenen Weingüter holten wir die besten Weine, den allerbesten Sekt und den feinsten Cognac. Und jede Menge Bier und Gin aus den kühlen Kellern. Dazu alle möglichen Leckerbissen aus den Speisekammern. Und wir grölten unsere Verzweiflung und Wut in den Tag und in die Nacht hinaus. In Liedern, hauptsächlich deutschen Liedern, die jeder Legionär kannte, auch wenn er kein Deutscher war. „Tausend Meilen von zu Haus." „Du schwarze Rose von Oran. Küss' noch einmal deinen Legionär." „Oh, du schöner Westerwald." „Die blauen Dragoner, sie reiten." Und viele andere. Dann folgten lange Gespräche über das, was werden sollte. Unser Capitaine Paul und sein besonnener Lieutenant Simon versuchten, die Ordnung langsam wieder herzustellen und unsere Gedanken auf die Zukunft zu richten. Es war mehr als schwierig. Den meisten fehlte einfach der Lebenswille.

In diese Stimmung hinein platzten eines Morgens die zwei Paras eines Doppelpostens, die acht gefangene Algerier vor den Läufen ihrer Mitraillettes ins Lager führten. Die Saufgelage hatten nachgelassen, teilweise auch schon die Katerstimmung. „Sie haben uns angerufen; sagten, sie wollten sich ergeben. Sie hatten keine Waffen." erklärte der Caporal. Wir scharten uns um die acht Gefangenen und unseren Capitaine, der sie verhörte. „Ihr gehört zur FLN?" „Gezwungenermaßen, Sidi." „Gezwungenermaßen? Was heißt das? Aber komm, erzähle mir alles von Anfang an." Und er ermunterte einen der Gefangenen, der anscheinend der Sprecher der Gruppe war, zu erzählen. „Wir waren Pflanzer, mon Capitaine, hatten unsere Obst- und Gemüseplantagen. Und mit unseren französischen Nachbarn kamen wir sehr gut aus. Es war ein gutes Leben, mon Capitaine. Dann kamen die Typen von der FLN und forderten uns auf, alle Franzosen zu bekämpfen. Wir wollten nicht. Da sagten sie, sie würden unsere Frauen und Kinder töten und unsere Häuser niederbrennen. Was blieb uns anderes übrig? Meinen Sohn haben sie gleich erschossen, als ich versuchte, mit ihnen vernünftig zu reden. Sagten mir, als nächstes kämen meine Tochter und meine Frau an die Reihe, wenn ich nicht meine Pflicht erfüllen würde."

„Ihr habt auf Paras und auf Legionäre aus dem Hinterhalt geschossen, vielleicht viele von uns getötet." sagte unser Capitaine streng. „Nein Sidi!" beteuerte der Algerier eifrig. „Sehen Sie, mon Capitaine. Wir können sehr gut mit Gewehren umgehen. Wir gingen alle auf die Jagd. Hasen, Fasane, Rotwild, Wildschweine. Wir haben geschossen, mussten schießen. Aber alle von uns haben absichtlich weit daneben geschossen. Keiner von uns hat je einen französischen Soldaten verwundet." Bedrückt blickte er unseren Capitaine an. „Viele unserer Nachbarn, die die FLN so wie uns erpresst hat, haben ebenfalls absichtlich weit danebengeschossen. Fast alle sind jetzt tot. Erschossen von französischen Soldaten oder von den Commissaires der FLN, weil die den Betrug ahnten." Unser Capitaine beriet sich kurz mit Lieutenant Simon. Der für seinen Scharfsinn und seine Besonnenheit bekannte Simon dachte nur kurz nach. „Sie sagen die absolute Wahrheit, mon Capitaine." „Und was möchtet ihr jetzt tun?" fragte sie unser Hauptmann.

„Bitte, nehmt uns mit nach Frankreich, wenn das möglich ist!" bat der Sprecher inständig. „In Algerien können wir nicht mehr leben. Sie würden uns alle umbringen." Unser Capitaine dachte kurz nach und lächelte. „Da Algerien als französisches Département galt oder noch gilt, seid ihr auch französische Staatsbürger und habt somit das Recht, in Frankreich zu wohnen und zu leben. Ihr seid freie Bürger. Geht jetzt alle und holt eure Frauen und Kinder. Wir nehmen euch mit nach Alger. Ich selbst werde mich um alle Formalitäten für die Einreise nach Frankreich kümmern." Die Dankbarkeit und Freude der armen Teufel kannte keine Grenzen. Am nächsten Morgen waren sie alle samt ihren Angehörigen im Lager. Langsam zogen wir uns in Richtung auf Alger zurück. Keine Spur mehr von der FLN. Das Land war leer. Und wir wussten alle, dass das Grauen und der Wahnsinn für das geschundene Land Algerien jetzt erst richtig begonnen hatten.

X Ariadne

Die Frau, die dich wirklich von Herzen liebt, heilt alle deine körperlichen und seelischen Wunden. Sie ist deine Retterin. Sie bringt dir Heilung. Sie nimmt all' das Böse und Dunkle, den Unrat und Dreck von dir. Auch wenn du aus vergifteten Brunnen getrunken hast.

(Ägyptische Mysterien: „Die Schwester dir zur Seite")

Bagir! Er hatte, wie ich, allen Lebenswillen verloren. Schlimmer! Mein Freund und Bruder entglitt mir in die schwärzeste Depression. Jetzt war ich Tag und Nacht bei ihm. Er redete nicht, starrte nur stumm vor sich auf den Boden. Stundenlang saß er regungslos. Hatte allen Kontakt mit dem eigenen Körper verloren. Die Sorge um ihn ließ bei mir den eigenen Schmerz etwas in den Hintergrund treten. Mit Mühe und Not brachte ich ihn dazu, mit mir zum Haus unserer Eltern zurückzukehren. Unser Vater Safi und unsere Mutter Sahar waren mehr als betroffen, als sie uns in diesem Zustand erblickten. Wir ließen uns im Wohnzimmer nieder. Safi brachte das feinziselierte Fläschchen zum Vorschein und ermunterte uns, immer wieder zu trinken. Es half ein wenig. „Jetzt geht ihr beide erst einmal ins Bad und werdet all den Dreck und Schweiß los. Maman bringt euch saubere Kleider." Seltsam. Gründlich gewaschen und mit sauberen Klamotten am Leib fühlten wir uns gleich etwas besser.

Safi lächelte sein feines Lächeln. „Es sind immer die ganz kleinen Schritte, mit denen eine große Reise beginnt, auch die Reise in eine neue Zukunft."

Jetzt erst bemerkten wir, dass alle hier bereit zum Aufbruch waren. Auch die beiden Dienstmädchen würden mit nach Frankreich gehen. Hasim überwachte das Einräumen der Werkzeuge und der Präzisionsmaschinen in passende Container und trug Sorge dafür, dass die kostbaren Geräte gegen Stöße und Schocks wohl gepolstert waren. Die Spedition würde sie heute Abend abholen. Dann sah ich, dass alle Schmuckstücke mit den herrlichen Steinen verschwunden waren. Safi lächelte. „Das alles ist schon per Kurier, versichert natürlich, nach Frankreich geschickt worden. Liegt schon in einem Banktresor in Paris. Das Haus habe ich an einen Nachbarn verkauft, der hierbleiben will, weil er Beziehungen zur Regierung hat. Er ist aber ein ehrenwerter Mann. Gab mir auch einen sehr fairen Preis."

Ich sah ihn etwas ratlos an, sah sein Lächeln. „Gérard, wenn eine Zeit vorüber ist, dann ist sie vorüber. Das Schlimmste, das ein Mensch dann tun kann, ist es, zu verharren, mit dem Rücken der Zukunft zugewandt, den Blick in die Vergangenheit gerichtet. Auch deine Zeit mit Djamila ist Vergangenheit. Im Grunde war diese Zeit so kurz; sie hatte überhaupt nicht begonnen. Und war nur Illusion und Betrug. Auch der Krieg um ein freies französisches Algerien ist vorbei. Ihr beide habt euer Herzblut da hinein gegeben. Auch wenn es noch so schmerzt: Es wird ein schöneres Morgen geben. Ihr müsst nur nach vorne blicken." Zu meinem nicht geringen

Erstaunen zitierte er eine Passage aus einem Gedicht von Herrmann Hesse, auf deutsch: „Denn jedem Anfang wohnt ein Zauber inne, der uns beschützt und der uns hilft, zu leben."

Bagir aber saß wieder nur teilnahmslos abseits. „Gérard. Ich habe solche Angst, dass Bagir sich das Leben nimmt. Bitte. Lasse ihn heute Nacht nicht allein." „Das hatte ich auch nicht vor, Papa. Mein Bett ist breit genug für uns beide. Wahrscheinlich reden wir die ganze Nacht miteinander und helfen uns gegenseitig mit unseren Gesprächen." „Hat dir Bagir von Ariadne erzählt?" Ich schüttelte den Kopf und sah ihn fragend an. „Wahrscheinlich ist von Anfang an so viel passiert hier, dass keine Zeit dazu war. Ariadne ist die Frau, die Bagir über alles liebt. Und die ihn ebenfalls wirklich über alles liebt. Keine andere Frau wäre damit zufrieden, so alle sechs Monate einmal mit einer oder zwei Wochen Gegenwart beehrt zu werden. Und die immer Angst haben muss, dass ihr Liebster in den Kämpfen ums Leben kommt. Sie lebt im unteren Rhonetal. Ich habe ihn heute schon wiederholt dazu gedrängt, zu ihr zu fahren. Denn ich glaube, nur sie kann diese Wunde in ihm heilen. Er will einfach nicht. Er sagt, er wäre es nicht wert, von dieser wunderbaren Frau geliebt zu werden. Bagir hat zur Zeit keinen Funken Selbstachtung mehr. Er sagte mir auch noch, dass er vor Scham in den Boden sinken müsste, würde er ihr gegenübertreten. So ein Wahnsinn! Sie wartet doch sehnsüchtig auf ihn!" „Kennst du sie, Papa? War sie schon einmal hier bei euch in Alger?" „Nein, Gérard. Sie muss extrem schüchtern sein. Wir hatten

Bagir oft genug aufgefordert, sie mitzubringen. Es kam nie dazu."

Bagir und ich lagen nebeneinander auf meinem Bett. Das Nachtlicht verbreitete einen heimeligen Schimmer. „Bagir." fing ich an. Er wandte sich stumm ab. Ich setzte mich auf und holte uns zwei kühle Bier und zwei Gin mit Eis. „Dass ich mit einem Freund und Bruder gesegnet sein muss, der noch viel sturer ist als eine ganze Herde Mulis!" Zögernd nahm er einen Schluck Gin. „Bagir. Ich weiß nur zu gut, wie sehr du dein Land liebst. Und ich kann es auch sehr wohl verstehen, nachdem ich mit dir da draußen war und dieses herrliche Stück Erde kennenlernen durfte. Aber du hast auch Verpflichtungen gegenüber den Menschen, die dich lieben. Was würdest du Papa und Maman antun und deinem Bruder Hasim, wenn du dich jetzt aufgibst und dir das Leben nimmst? Und mir auch! Ich hätte noch einmal eine zusätzliche Wunde. Die immer schmerzen würde. Die niemals heilen würde. Die Verpflichtungen gegenüber den Menschen, denen wir in Liebe und Freundschaft verbunden sind, wiegen weitaus schwerer als die Verpflichtungen und die Liebe zu einem Land." Ich merkte: Ich hatte den richtigen Ton getroffen. Ich hatte den Zugang zu ihm wieder gefunden. „Und Ariadne würdest du vernichten!" sagte ich ihm. „Sage mir eines: Welches Land, welches beschissene, politische System kann das alles wert sein?"

„Bagir! Ich würde gerne mit dir kommen zu Ariadne. Ist das in Ordnung?" „Natürlich Gérard. Du wirst sehen, was für ein wunderbarer Mensch sie ist." So langsam kam wieder Leben in ihn. „Fahren wir gleich morgen?" drängte

ich. „Nehmen wir morgen gleich den ersten Flug nach
Marseille?" „Ja!" sagte er, plötzlich lebhaft geworden.
„Gérard. Mein Bruder. Diese deine Worte haben alles
geändert. Jetzt kann ich es kaum erwarten." Ich holte uns
noch einmal zwei Bier und zwei Gin aus dem Kühlschrank.
„Soldatengesöff!" meinte ich leichthin. Er lächelte. „In
Krisenzeiten." „Wann hast du Ariadne das letzte Mal
gesehen?" fragte ich. „Vor etwas mehr als einem halben
Jahr war ich eine Woche bei ihr. Zwei Wochen, bevor ich
mit dir nach Alger fuhr, Gérard." Mir nahm es den Atem. Es
war erst ein halbes Jahr her, dass Bagir und ich nach
Alger gekommen waren. Mir schien, als wäre seit damals
eine Ewigkeit vergangen. „Nur ein einziges halbes Jahr!"
flüsterte ich betroffen. „Dieses eine halbe Jahr! Es war
doch eine Ewigkeit." Ja. Eine Ewigkeit, die das Schicksal
eines Landes und das Schicksal von Millionen von
Menschen durcheinander geworfen hatte. In diesem
halben Jahr war für uns wohl ein Jahrtausend vergangen!
Bagir griff zum Telefon und reservierte für uns zwei Plätze
in der ersten Maschine nach Marseille.

Elegant setzte die Caravelle der Air France auf der
Landebahn auf. Wir nahmen unsere Tornister und
schlenderten zur Abfertigung. Bagir trug die schicke
Ausgehuniform der Paras, ich bequeme Shorts und ein
Hemd ohne Ärmel aus Baumwolle. Taxi zu einer Vorstadt
von Marseille, zu einer Auto-Werkstätte. Der lächelnde
Besitzer führte uns zu einer Garage. Da stand der graue
Deux Chevaux, den Bagir hier hielt, seit er Ariadne kannte.
Wir fuhren los, in einen herrlichen sonnigen Morgen
hinein. Bagir fuhr riskant, war nervös und zerfahren, so
dass ich ihn dazu drängte, mir das Steuer zu überlassen.

„An vielen Stellen bildet das untere Rhonetal zahllose seichte Nebenarme mit Inseln und Halbinseln dazwischen." fing er zu erzählen an. „Eine traumhaft schöne, einzigartige Landschaft. Dort hat Ariadne ein Häuschen, das ihre Großeltern einst gebaut haben. Dahin kommst du nur mit einem Jeep oder mit unserem „Tracteur de Luxe". Sie hat auch einen herrlichen Gemüsegarten. Und viele Obstbäume. Vor allem Äpfel, Birnen, Pflaumen, Aprikosen und Mirabellen. Und Feigensträucher. Und herrliche, dunkle Weintrauben. Die müssten jetzt reif sein. So wie auf den Weingütern in Algerien." Einen Augenblick übermannte ihn wieder der Schmerz und seine Stimme wurde brüchig. Ich legte ihm beschwichtigend die Hand aufs Knie. „Schon gut, Gérard. Du hast ja Recht."

Und dann waren wir angekommen. Vorsichtig steuerte ich den 2CV durch etliche seichte Wasserläufe. Da war das Häuschen. Umgeben von herrlichen Gemüse- und Obstgärten. Weiter vorn scharrten eifrig etliche Hühner, beaufsichtigt von einem seriös blickenden Hahn. Ich dachte unwillkürlich an Güldenkamm aus Jean-Pierre's Erzählung und musste lächeln. Wir stiegen aus. Bagir blickte sich nervös um. „Wo ist sie nur? Wo ist nur Ariadne?" Sie hatte wohl den Motor des 2CV gehört und erschien zögernd im Eingang des Häuschens. Bagir und Ariadne standen eine winzige Sekunde wie versteinert da und schauten sich an. Dann liefen sie einander entgegen, fielen sich in die Arme, liebkosten einander, lachten und weinten zugleich. Mein stiller und zurückhaltender Freund Bagir! Nie zuvor hatte ich ihn so erlebt. So gelöst. So selig. Diskret wandte ich mich ab. Ich ging ein ganzes

Stück die Sandbank entlang und ließ mich auf einem Felsbrocken nieder. Völlig erschüttert. Denn Ariadne hatte sich mir einen Augenblick zugewandt. Und das Bild dieser Frau hatte sich überdeutlich in mein Gedächtnis eingebrannt.

Dieser mädchenhaft schlanke Körper. Langgliedrig und so überaus anmutig. Jede ihrer Bewegungen war Harmonie und Anmut. Und das Gesicht, dieses wunderschöne Antlitz. Und glatte, seidige, lange honigblonde Haare; von der Farbe wilden Waldhonigs. Ein breiter Mund mit den kleinen und perlweißen Zähnen, der mich an Nine erinnerte und meine Sehnsucht nach Nine aufs Neue entfachte. Dann waren da vor allem ihre Augen! Strahlend vor Liebe und Glück. Und Zärtlichkeit. Diese Augen! Nie zuvor hatte ich solche Augen gesehen. Das so intensive Blau des Sommerhimmels über der Provence. Ja! Diese wunderbare Frau, dieses wunderbare und so wunderschöne Mädchen würde Bagir für immer retten. Würde all das Böse und Dunkle von seiner Seele nehmen. Die beiden würden ein Leben lang glücklich miteinander sein. Das wusste ich. Auch mir hatte Ariadne schon geholfen. Der winzige Augenblick, in dem sie mich angeschaut hatte, ließ schon ein Zentnergewicht von meinem Herzen fallen.

Wie viel Zeit war vergangen? Irgendwann kamen beide Hand in Hand zu meinem Felsbrocken und blickten mich lächelnd an. Ariadne umarmte mich ohne Umstände. „Bagir hat mir so viel von dir erzählt, Gérard. Jetzt lerne ich dich endlich einmal persönlich kennen." Diese liebe, leise, sanfte Stimme. Und trotzdem so voller Leben. Sie erinnerte mich fast an den Klang einer fernen Glocke. Ich war wie verzaubert von ihr. Endlich konnte ich sprechen. „Ariadne. Es ist alles vorüber in Algerien. Bagir wird jetzt für immer bei dir sein." Ihr glückliches Lachen! Der Klang einer hellen Glocke. Und dann auch wieder Tränen!

Ariadne hatte aus trockenem Treibholz ein Feuer entfacht und grillte die Flusskrebse, die sie heute Morgen gefangen hatte. Dazu gab es reichlich Rührei mit Zwiebeln und Würstchen, Baguette und Camembert. Und einen herben Rotwein. Wir aßen mit gutem Appetit. Immer wieder musste ich Ariadne anschauen. „Gefalle ich dir, Gérard?" fragte sie plötzlich kokett. „Und ob, Ariadne." ging ich auf ihren Ton ein. „Sollte dich Bagir irgendwann einmal verstoßen, dann werde ich dich auf der Stelle heiraten." Wir lachten herzlich. Ja. Wir drei waren sehr glücklich. Endlich wieder!

Es war Abend geworden. Mit der kommenden Dämmerung wurde es kühl. Wir gingen ins Haus. Da war ein recht geräumiges Wohnzimmer mit Küche. Ein altmodischer Herd mit Backofen, drei Kochplatten und Wasserschiff. Tisch, Stühle, ein bequemes Sofa. Auf der einen Seite Regale voller Marmeladen-Gläser. Elektrizität gab es hier natürlich nicht. Ariadne entzündete zwei Petroleumlampen. „Ich mache dir dein Bett auf der Couch, Gérard" „Nicht nötig, Ariadne. Ich habe einen kuscheligen Schlafsack bei mir." Wir wünschten einander Gute Nacht. Die eine Petroleumlampe behielt ich auf dem Tisch. Ihre sich sanft bewegende, heimelige Flamme ließ weiche, ruhige Schatten über die Wände wandern. Ich setzte mich auf meinen Schlafsack. Und erlebte diesen ganzen wunderschönen Tag noch einmal. So randvoll von Neuem für mich. Lange saß ich so da, konnte nicht schlafen.

In jener so seltenen, gelösten Stimmung, in der der Mensch wunschlos glücklich ist, in der er fühlt, dass dieser Augenblick vollkommen ist. Ich war glücklich! Für Bagir. Für Ariadne. Und ich war glücklich für mich selbst.

Zärtliches Gemurmel aus dem Schlafzimmer nebenan. Ich lächelte, legte Holz im Herd nach und setzte Kaffee auf. Dann ging ich hinaus in den noch tau-frischen, sonnigen Morgen. Ich setzte mich auf die Bank vor dem Häuschen und schlürfte genussvoll den ersten süssen, heißen Kaffee des Tages. Nach guten zwei Stunden kamen die beiden Liebenden aus dem Schlafzimmer. Derweilen war ich schon beim dritten Kaffee, und einem Stück Baguette mit Camembert. Ariadne setzte neuen Kaffee auf. Dazu gab es knusprige Buchweizen-Pfannkuchen mit der überaus köstlichen von ihr eingeweckten Feigen-Marmelade. Und erst ihre Mirabellen-Marmelade! Wir aßen schweigend und genussvoll. Immer wieder musste ich die beiden anschauen, vor allem Ariadne. Auch sie blickte mich immer wieder an und schenkte mir jedes Mal ein Lächeln, einem wärmenden Sonnenstrahl gleich.

Schließlich blickte Bagir erschrocken auf die Uhr. „Höchste Zeit für mich. Ich muss mich um ein Uhr in der Kommandantur in Marseille melden." Ich blickte ihn fragend an. Und er verzog das Gesicht. „Ja. Wahrscheinlich eine Beförderung samt Orden. Befragung über die letzten Kämpfe.

Und wahrscheinlich muss ich eidesstattlich versichern, dass ich nie etwas mit der „bösen" OAS zu tun hatte."

Er wandte sich an Ariadne. „Liebste, sage mir, was du alles brauchst. Ich fahre auf dem Rückweg im Supermarkt vorbei." Er grinste. „Die absoluten Lebensnotwendigkeiten wie Cognac, Wein, Bier, Gin und Rum brauchst du nicht extra zu erwähnen." Ariadne verzog missbilligend das Gesicht. Sie nannte dann zögernd etliche Nahrungsmittel, Streichhölzer, Petroleum für die Lampen, Gaskartuschen für den Kocher, Tuch für ein neues Kleid, Nadeln und Faden, eine Schere. „Hm!" sagte Bagir unzufrieden. „Da fehlt noch Pâté de Campagne, Pâté de Foie, Dosen mit Champignons, alle Käsesorten, Madeleines, Eclairs und andere Leckereien . . ." Die von ihm ergänzte Liste wurde sehr lang. Gleich verschwand er im Schlafzimmer. Dann erschien er im Bademantel und mit Rasierzeug. Ein Stückchen weiter flussabwärts rasierte er sich und nahm noch ein erfrischendes Bad in der Rhone. In Rekordzeit kam er wieder frisch gewaschen und rasiert, in Ausgehuniform, aus dem Schlafzimmer. Dann verabschiedete er sich von uns. „Spätestens vor Sonnenuntergang bin ich wieder zurück. Kann ich euch beide denn überhaupt allein lassen?" „Ganz bestimmt nicht!" lachten Ariadne und ich gleichzeitig.

Ich machte es Bagir nach, ging ein Stückchen flussabwärts, rasierte mich und nahm ein langes und erfrischendes Bad im Wasser der Rhone, das damals noch so sauber war, dass wir es auch trinken konnten. Ariadne hatte auf mich gewartet. Wir setzten uns nebeneinander auf die Bank vor dem Häuschen. Ich musste ihr von den Geschehnissen des letzten halben Jahres erzählen.

Als ich ihr dann mit bebender Stimme von der Schlange Djamila erzählte und von der schönen jungen Algerierin, die auf dem Gehweg starb mit ihrem Kopf in meinem Schoß, fing Ariadne zu weinen an und zog meinen Kopf in ihren Schoß. Sie streichelte mich ganz zart. „Auch das geht vorüber, Gérard. Auch von diesem Gift wirst du eines Tages vollständig befreit sein." Erschöpft blieb ich so liegen, spürte die Erleichterung. „Du tust nicht nur Bagir unsäglich Gutes, sondern auch mir, Ariadne." Fast verlegen stand sie auf. „Ich mache uns einen schönen, heißen Kakao. Und für dich habe ich noch einen Schuss Rum." Bald kam sie wieder. Der Kakao mit Rum und Honig - wir nannten das Getränk eigentlich recht pietätlos „Lumumba", nach dem unglücklichen kongolesischen Ministerpräsidenten, der gefoltert und dann im Januar 1961 von Tschombé in Katanga ermordet wurde - tat uns beiden wirklich gut.

Wir gingen hinüber zu dem Felsblock, um die noch frische Morgensonne zu genießen. Ariadne kauerte mit angezogenen Beinen vor mir in dem weißen Rhone-Sand. Wie sie so leicht dahin gestreckt lag, ihr wunderschönes, liebes Gesicht mit diesen phantastischen Augen mir zugewandt, erinnerte sie mich unwillkürlich an die kleine Seejungfrau, an eine Abbildung aus einem Märchenbuch meiner Kindheit. Mein Lieblingsmärchen von Hans Christian Anderson. Auch der Prinz in dem Märchen wurde gerettet durch die aufopfernde Liebe der kleinen

Seejungfrau. Ich erzählte ihr meine Gedanken. Etwas verlegen lachte sie.

„Ariadne." fragte ich dann. „Warum bist du nie nach Alger gekommen? Bagir's Eltern sind die liebsten und ehrenwertesten Menschen, die ich je kennengelernt habe. Sie sind auch mir Papa und Maman. Sie haben nur darauf gewartet, dich mit offenen Armen aufzunehmen. Du und Bagir, ihr hättet viel öfter und länger zusammen sein können." Sie wandte mir ihr plötzlich verlegen und schüchtern gewordenes Antlitz zu. „Gérard" sagte sie mit leiser, banger Stimme. „Ich bin doch nur ein dummes Rhonetal-Mädchen. Ich kann nicht einmal lesen und schreiben. Und auch nicht rechnen. Ich kann nur zählen." Ich nahm ihre Hand. „Du bist alles andere als dumm! Du bist ein wunderschönes und kluges Rhonetal-Mädchen. Und du weißt so viel. Du verkaufst Obst und Gemüse und Eier und Flusskrebse und heilende Salben im Städtchen, hat mir Bagir erzählt. Und die Menschen dort kaufen gerne von dir. Ich möchte dir Lesen und Schreiben und Rechnen beibringen. Du wirst sehen: Es ist überhaupt nicht schwer und es macht Spaß." Sie sah mich zweifelnd an. „Wir fangen gleich heute Nachmittag an. Und in zwei oder drei Tagen schon wirst du Bagir ein Briefchen geben können, in dem steht, wie sehr du ihn liebst." Das begeisterte sie natürlich. Jetzt war sie Feuer und Flamme. „Gutes Mädchen!" schmunzelte ich. „Aber zuerst möchte ich dir eine Geschichte erzählen. Sie hat mit deinem Namen zu tun."

Und ich erzählte ihr eine der schönsten Sagen der

griechischen Mythologie. Die Sage von Theseus. Wie Theseus nach unzähligen Abenteuern in das mächtige Athen kam und von dem König Aigäos als eigener Sohn erkannt wurde. Aber die Stadtstaaten Attica's, so mächtig sie auch waren, hatten der übermächtigen minoischen Flotte nichts entgegenzusetzen und waren seit undenklichen Zeiten dem Reich Minoa auf Kreta tributpflichtig. Einmal im Jahr traf ein Schiff aus Kreta ein und die hochmütigen Abgesandten mussten in allen Ehren bewirtet werden. Athenische Arbeiter brachten inzwischen zähneknirschend den Tribut an Bord der riesigen Trireme. Gold und Geschmeide und edle Steine und zahllose Amphoren mit Olivenöl, dessen Gewicht in der Antike mit Gold aufgewogen wurde.

Der weitaus schmerzlichste Teil des Tributes aber waren zwölf adelige Jünglinge und Jungfrauen. Diese wurden dann auf Kreta als Tänzer auf den Stieren ausgebildet. Nach der Ausbildung mussten sie fast jeden Abend in der Arena auf wilden Stieren tanzen. Zum Ergötzen der Minoer. Sie sprangen dem Stier auf den Rücken und tanzten dort auf den vor Wut fast wahnsinnigen Tieren. Wenn dieser rituelle Tanz zu Ende war, mussten sie den Stier an den Hörnern ergreifen und mit Überschlag in der Luft auf dem Boden landen, während ihre Schicksalsgenossen versuchten, den wütenden Stier abzulenken. Am größten war das Gejohle der Menge, wenn der Tänzer oder die Tänzerin von dem Stier aufgespießt oder zu Tode getrampelt wurde.

Dieses Jahr traf das Los auch Theseus. Schon während der Überfahrt wurde er der von allen anerkannte Führer der Gruppe. Er gab der Gruppe auch einen Namen, mit dem sie sich identifizieren konnten: Die Kraniche. Denn die Kraniche würden im nächsten Jahr wieder in ihre Heimat zurückkehren. Und er führte die Zusammenarbeit der Gruppe ein. Sie übten diese Zusammenarbeit schon auf dem Schiff an einem dort auf dem Deck stehenden hölzernen Stier. Landete ein Tänzer vor den Hufen, so verdrehte ein anderer dem wütenden Tier den Schwanz. Wandte es sich dann gegen den neuen Angreifer, schleuderte ihm ein dritter eine Handvoll Sand aus der Arena in die Augen. „Einer für alle. Alle für einen." hieß die Parole. Und sie erfanden ihr eigenes Lied: Das Lied der Kraniche. Der herablassende Gesandte konnte für eine derart prächtige und motivierte Truppe eine saftige Belohnung von seinen Herren erwarten. Deshalb versorgte er sie mit gesunden und bekömmlichen Speisen, allerlei Leckerbissen und reichlich Olivenöl zur Pflege der Haut.

Bei ihrem ersten Kampf marschierten die Kraniche mit ihrem Lied in die Arena ein. Sie lieferten der gaffenden Menge einen sagenhaften Tanz mit einer so perfekten Zusammenarbeit, dass sie am gleichen Abend zu den ausgesprochenen Lieblingen der Massen wurden. Wohl zum ersten Male in der Geschichte Minoas bangten die Zuschauer um das Leben der attischen Tänzer. So vergingen die Monate, ohne dass einer der „Kraniche" zu Tode gekommen wäre. Und Ariadne, die keusche Oberste Priesterin Minoas und Tochter des Königs, verliebte sich unsterblich in Theseus. Ihr Herz zitterte um ihn. Denn das Jahr ging langsam zu Ende. Neuer Tribut würde eintreffen und mit ihm neue Tänzer für die Stiere. Tief unter den

Palasthallen von Knossos gab es ein von dem Erfinder Daedalos erbautes Labyrinth. Ging ein Sterblicher auch nur zwanzig Schritte weit in dieses Labyrinth hinein, so fand er nie wieder den Weg zurück an das Licht des Tages.

In diesem Labyrinth lebte der Minotauros. Ein riesiger, muskelbepackter menschlicher Körper mit Stierhufen anstatt menschlichen Füßen und einem riesigen Stierkopf anstatt eines menschlichen Hauptes. Dieses Ungeheuer ernährte sich ausschließlich von Menschenfleisch. Es zerriss und verschlang seine Opfer bei lebendigem Leibe. Eine Weissagung hatte verkündet, dass Minoa vom Antlitz der Erde getilgt werden würde, sollte der Minotauros einmal sterben. Das ganze Jahr über wurde das Ungetüm mit alten Sklaven und Dienern gefüttert, die nutzlos geworden waren, mit Kranken und Verletzten, die zu nichts mehr taugten. Durchtrainierte Tänzer der Arena aber, die das Jahr überlebt hatten, waren für den Minotauros ein ganz besonderer und seltener Leckerbissen. Theseus hatte dem Versprechen der Minoer geglaubt, dass alle überlebenden Tänzer in ihre Heimat zurückkehren durften. Stattdessen wurden er und seine Gefährten gefesselt und vor den Eingang des Labyrinthes tief unter dem Palast von Knossos geführt. Dort wartete Ariadne auf sie, Minoas Oberste Priesterin.

Theseus stand ihr zum ersten Male von Angesicht zu Angesicht gegenüber. Und verliebte sich ebenfalls unsterblich in sie. Mit einer herrischen Geste befahl Ariadne den Wachen, die Gefangenen von ihren Fesseln zu befreien und sich in das nächstgelegene Wachlokal zu begeben. Dort sollten sie einfach warten. Auch wenn es Stunden oder Tage dauern sollte. Der Obersten Priesterin war ohne Widerspruch zu gehorchen. Die Wachen befreiten die Kraniche von den Fesseln und verschwanden unverzüglich. Ariadne und Theseus fielen einander in die Arme, küssten und streichelten sich leidenschaftlich und zärtlich. Kein Wort war zwischen ihnen vonnöten. Sie wussten, dass sie für einander bestimmt waren. Umstanden von den fassungslosen „Kranichen", die die Welt nicht mehr verstanden. Ariadne erzählte Theseus alles über den Minotauros.

„Er kann nur mit der Labrys, der heiligen bronzenen Doppelaxt getötet werden. Alle anderen Waffen versagen." Ariadne ging zwei Schritte in das Labyrinth hinein und holte die gewaltige Labrys aus einer Nische. Theseus wog die schwere Waffe in der Hand. Er war schnell mit ihr vertraut. „Ich werde mit dir gehen, Liebster." sagte Ariadne. „Nein, meine Königin." sagte Theseus zärtlich zu ihr. „Die Sorge um dich würde mich nur ablenken. Diesen Weg muss und werde ich ganz alleine gehen." Sie reichte ihm ein großes Fadenknäuel. Der abgewickelte Faden musste wohl kilometerlang sein. „Befestige das Knäuel jetzt an deinem Gürtel. Das Fadenende behalte ich hier in meiner Hand. So bin ich mit dir verbunden und so rollt sich die Schnur von selbst ab. Es ist die einzige Möglichkeit, den Weg zurück ans Tageslicht zu finden aus dem Labyrinth des Todes." Theseus tat, wie sie ihn hieß, küsste sie zärtlich zum Abschied und verschwand dann allein im

Labyrinth, ohne sich noch einmal umzudrehen. Ein Ritter ohne Furcht und Tadel.

Ein gespenstisch-fahles Dämmerlicht, das aus dem Nichts zu kommen schien, erhellte die Gänge und die Hunderte von Abzweigungen. Plötzlich ertönte ein donnerndes Gebrüll in der Ferne. Das Stampfen von Hufen, die schnell näher kamen. Der Boden schien zu erbeben. Der Minotauros hatte Menschenfleisch gewittert. Da war er! Riesig, furchterregend, hässlich! Er stürzte sich auf Theseus. Theseus wich den schwerfällig zupackenden Pranken des Ungetüms mit Leichtigkeit aus. Schwang die heilige Labrys, die aber, mit zu geringer Kraft geführt, an den Muskeln des Minotauros abprallte. Wütendes Gebrüll des Unholdes. Theseus war nur noch damit beschäftigt, dem Ungeheuer auszuweichen. Das war zwar leicht für ihn. Doch nach einigen Stunden schien der Ausgang dieser unseligen Konfrontation offensichtlich: Irgendwann würden Theseus die Kräfte verlassen und der Minotauros würde ihn bei lebendigem Leibe verschlingen. Er musste jetzt handeln. So lange noch Kraft in ihm war. So blieb er stehen und ließ das Scheusal an sich herankommen.

Er spürte die Tatzen um seine Hüften. Im gleichen Augenblick holte er weit aus mit der heiligen Labrys. Führte einen gewaltigen Schlag von unten gegen den Hals, auf dem der riesige Stierkopf saß. Die bronzene Doppelaxt trennte den Stierkopf halb vom Rumpf. Die jetzt kraftlosen Pranken gaben Theseus frei. Donnernd und röchelnd stürzte der Minotauros zu Boden. Es war überstanden! Aus der gewaltigen Halswunde ergoss sich ein Strom übel riechender, schwärzlicher Brühe. Vollkommen erschöpft saß Theseus auf dem Boden neben dem toten Ungeheuer. Wie lange? Irgendwann erhob er sich mühsam. Jede Faser seines Körpers schien nur aus Schmerzen zu bestehen. Dann reinigte er die heilige Labrys an dem Fell des Minotauros, schulterte sie dankbar und ehrfürchtig und folgte dem Faden der Ariadne. Und der Ariadne-Faden führte Theseus aus dem Labyrinth des Todes zurück ins Leben. Wo Ariadne und die „Kraniche" auf ihn warteten. Nur durch Ariadnes Liebe konnte Theseus den Minotauros besiegen und aus dem tödlichen Irrgarten ins Leben zurückfinden.

Die kluge und umsichtige Ariadne hatte aber noch weitaus mehr vorbereitet. Sie führte Theseus und die „Kraniche" durch endlose Gänge unter dem Palast von Knossos hindurch. In Nischen gab es vorbereitete Fackeln, die sie entzündete, damit sie ihren Weg fanden. Schließlich rochen sie frische Seeluft, verließen den letzten der unterirdischen Gänge und kamen direkt in den Hafen. Dort, ganz in der Nähe, wartete eine schnelle Trireme auf sie, zum sofortigen Auslaufen bereit. Kapitän, Offiziere und Mannschaft waren Ariadne treu ergeben. Sie hatte aller Herz schon lange gewonnen durch ihr mitfühlendes und fürsorgliches Wesen. Das grausame und menschenverachtende Regime der herrschenden Klasse widerte sie alle an. Außerdem schienen alle an Bord zu den wenigen Minoern zu gehören, die begriffen hatten, dass sie mit Sicherheit einmal dazu verdammt waren, das Labyrinth des Todes zu betreten. Als Futter für den Minotauros.

Es war frühe Nacht. Mit halber Kraft und gedämpften Ruderschlägen lief die Trireme aus. Sobald sie das offene Meer erreichte, zeigte sie, was in ihr steckte. Wie ein Pfeil schoss sie durch die Wogen. Die Schiffe, die am frühen Morgen ihre Verfolgung aufnehmen würden, hatten nicht die geringste Chance, sie einzuholen. Ohne den menschenverschlingenden Minotauros unter dem Palast von Knossos würden die Minoer es nicht mehr wagen, Tribut von den mächtigen attischen Königtümern zu fordern. Kretas Macht war in einer einzigen Nacht gebrochen worden. Ariadne, Theseus und die „Kraniche" hatten sich gewaschen, saßen an Deck, durch ein Segel vom Fahrtwind geschützt, aßen und tranken dazu mit Wasser vermischten Retsina, den geharzten Wein. Schließlich sanken die „Kraniche", emotional ausgehöhlt, in die Kojen unter Deck.

Die beiden Liebenden aber standen eng umschlungen am Bug des dahineilenden Schiffes. Mit im Wind flatterndem Haar. Umsprüht von der Gischt der Bugwelle. Unter einem Himmel mit Tausenden strahlender Sterne. Und einem vollen silbernen Mond, der gerade über dem Horizont erschienen war. Die heilige Labrys, die gewaltige bronzene Doppelaxt stand an den Mast gelehnt. Sie würde einen Ehrenplatz im Thronsaal Athens finden. Ariadne und Theseus standen stumm da, genossen die gegenseitige körperliche und innere Nähe und tauschten tausend kleine Zärtlichkeiten aus. Irgendwann ergriff sie seine Hand und führte ihn zum Heck des Schiffes. In einer abgeschiedenen Nische war ein weiches Lager aus wollenen Decken bereitet. Darauf ließen sie sich nieder, eng umschlungen, selig. Und dort, behütet von einem wunderschönen Himmel voller Sterne, bestrahlt von dem Silberglanz des Mondes, wurde die jungfräuliche Ariadne Theseus' Frau.

Gebannt hatte Ariadne meiner Erzählung gelauscht. Langsam fanden wir beide wieder in die Gegenwart zurück. Schweigend ergriff sie meine Hand. „So konnte also durch meine Liebe Bagir seinen Minotauros töten und aus dem Labyrinth des Todes ins Leben zurückfinden?" „Ja, Ariadne." bestätigte ich. „Und so konnte er auch endlich für immer zu dir finden, du süßes Rhonetal-Mädchen." „Gérard?" „Ja?" Sie umarmte mich zärtlich, küsste mich auf den Mund und schaute mich liebevoll an mit diesen ihren so wunderbaren, intensiv blauen Augen. „Auch du wirst eines Tages deinen Minotauros besiegen und mit einem Ariadne-Faden den Weg zurück ins Leben finden. Ich werde dir helfen, wo ich nur kann. Auch du wirst wieder glücklich sein. Auch wenn du aus diesem vergifteten Brunnen getrunken hast. Und eines Tages wirst du deine Ariadne finden. Und für immer mit ihr glücklich sein." „Du hast mir schon so viel geholfen, Ariadne. Ich fange wieder an, an das Leben zu glauben, an eine glückliche Zukunft." „Ich liebe dich, Gérard." „Ich liebe dich, Ariadne." Wir sagten es mit ruhiger Stimme, ohne Scheu und Scham und Arg. Denn wir wussten beide, wie es gemeint war.

„Der Minotauros hat mich durstig gemacht, Ariadne." „Möchtest du ein Bier und einen Gin?" „Das wäre wunderbar. Aber warmes Bier und warmer Gin? Dann lieber einen Rotwein." „Ich habe eiskalten Gin und eiskaltes Bier im Kühlschrank." „Kühlschrank?" „Komm, wir holen dir deine Getränke." Übermütig ergriff sie meine Hand und eilte mit mir etwa fünfzig Meter weiter zur Rhone hinab. In einer weiten Felsnische, die immer im

Schatten lag und durch die immer eine kühle Brise vom Wasser her die Felsen entlang nach oben strich, stand ein knapp zwei Meter hoher Kegelstumpf aus Bimsstein, der mit Sackleinen überzogen war. Obenauf stand ein Tonkrug, der mindestens fünfundzwanzig Liter fasste mit vielen kleinen Löchern rings um den unteren Rand. Aus diesen Öffnungen rieselte ein ständiger dünner Film aus Wasser auf das grobe Sackleinen und befeuchtete es fast bis zum Boden. Das in der kühlen Brise verdunstende Wasser nahm sehr viel Wärme auf, „erzeugte" also sehr viel Kälte. Dort, wo die Strömung besonders stark war, sah ich einen durchsichtigen Plastikschlauch mit Steinen befestigt, das offene Ende gegen die starke Strömung gerichtet. Durch den Druck der Strömung stieg das Wasser der Rhone in dem Schlauch hoch und ergoss sich oben direkt in den Tonkrug hinein. Ich war sprachlos, so beeindruckt war ich. „Das nenne ich konsequente Anwendung der Naturgesetze." meinte ich schließlich. Ariadne zog die Sackleinwand etwas zur Seite. Im Inneren befanden sich Regale mit Kühlgut: Flusskrebse, Camembert, Pasteten, Gemüse. Und dort eine noch halb volle Flasche Gin und Bier. Etliche Literflaschen. Das Bier war wirklich herrlich kalt. Wir gingen zurück zu der Bank vor dem Häuschen. Es blieb nicht nur bei einem Glas Gin.

„Soll ich uns eine Portion Ratatouille machen, Gérard?" „Sehr gerne." Ariadne verschwand in der Küche, kam dann bald mit der gusseisernen Pfanne und zwei Löffeln zurück. Wir stellten die Pfanne zwischen uns auf die Bank und fingen an, zu essen. Das war jetzt genau das Richtige nach den Alkoholika viel zu früh am Tag. Und irgendwie ging das Gerangel zwischen uns los. Übermütig lachend wie die Kinder kämpften wir mit den Löffeln gegeneinander und versuchten, einander die besten Bissen wegzuschnappen. Den größten Wurstzipfel, das größte Stück Käse, das beste Stück Blumenkohl. „Ariadne." dachte ich. „Du so wunderbare Frau!" Denn ich konnte zum ersten Male wieder völlig unbeschwert lachen und übermütig sein. Nicht dieser übliche Galgenhumor, mit dem man versucht, seinen Schmerz etwas erträglicher zu machen. Sondern der erste Moment puren, reinen Glücklich-Seins.

Und dann, es war noch früher Nachmittag, vernahmen wir gleichzeitig den unverkennbaren Motorklang des Deux Chevaux. Bagir! Da kam er schon. Wir liefen ihm entgegen. Er strahlte. Die Taschen mit den Lebensmitteln aus dem Supermarkt stellten wir erst einmal in der Küche ab. „Gérard. Entschuldigst du uns ein Stündchen?" Ich lächelte. „Natürlich, Bagir." Die beiden Liebenden gingen Hand in Hand flussabwärts. Vor lauter Rührung genehmigte ich mir erst noch einmal einen kühlen Gin und ein großes Glas Bier. Die Gin- und Bierflaschen, die Bagir besorgt hatte, brachte ich gewissenhaft hinunter zum Kühlschrank. Man konnte ja nie wissen, was der Abend noch bringen würde. Nach etwa anderthalb Stunden kamen beide zurück. Glücklich lächelnd. „Ich gehe unsere Rhonetal-Nachbarn weiter flussabwärts besuchen." sagte mir Ariadne. „Werde so knapp zwei Stunden weg sein. Ist das in Ordnung?" Leichtfüßig lief sie flussabwärts und verschwand bald zwischen den Felsen.
Bagir und ich setzten uns auf einen Felsblock, in die wohltuende Wärme der Nachmittagssonne. Dann sah ich den Orden auf seiner Uniform und die neuen Epauletten.

Ich stieß einen erstaunten Pfiff aus, erhob mich, nahm Haltung an, salutierte bewusst flapsig und linkisch. „Mon Lieutenant!" Wir lachten übermütig. Danach schaute ich ihn auffordernd an. Und Bagir begann zu erzählen.

„Der Général Bigeard der Paras bat mich zu einem vertraulichen Gespräch in ein ruhiges Zimmer und ließ Kaffee für uns beide kommen. Wieso gleich ein General? Ich hatte ein verdammt mulmiges Gefühl! Der General hatte Röntgenaugen. Ich wusste sofort: Hier musste ich einfach die Wahrheit, die ganze, volle Wahrheit sagen. „Erzählen sie einfach, Caporal." Und ich erzählte ihm. Von unserer Wut und unserer Verzweiflung. Auch wie sehr wir De Gaulle hassten, der uns alle verraten hatte. Dem unsere vielen gefallenen Kameraden anscheinend nichts bedeuteten. Von der Wut und Verzweiflung der Siedler, die alles zurücklassen mussten für eine ungewisse Zukunft in einem für sie fremden Land. Dass wir am Ende natürlich alle mit der OAS und Colonel Rolf Steiner sympathisierten.

Der General legte mir die Hand auf die Schulter. „De Gaulle konnte nicht anders handeln, Caporal. Nicht gegen den Willen der ganzen französischen Nation, die den Algerienkrieg gründlich satt hatte. Die finanziellen Opfer einer total bankrotten Regierung wären wahrscheinlich das Wenigste gewesen. Aber die Opfer an Menschenleben! Die reguläre französische Armée musste weitaus mehr Blutopfer bringen als die Elitesoldaten der Paras und der Legionäre. Diese Rekruten ohne Kriegserfahrung und ohne spezielle Ausbildung wurden von der FLN reihenweise abgeknallt, wie sitzende Enten. So viele Söhne, Väter und Ehemänner, die keine

Erfahrung im Felde hatten, die da drüben ihr Leben lassen mussten! Der einzige Grund, warum De Gaulle nicht seinen Rücktritt angeboten hat: Er wusste genau, dass das das Chaos dann vollkommen gewesen wäre." „Aber Colonel Steiner hätte mit De Gaulles Unterstützung Algerien halten können, mon Général." Er blickte mich düster an. „Vielleicht, Caporal Amber. Persönlich habe ich die größte Hochachtung vor Colonel Steiner. Aber vielleicht war alles verloren, von dem Augenblick an, als Colonel Steiner die Totenkopf- Armbinde der OAS anlegte." Versonnen blickte er vor sich hin. „Wir werden es nie genau wissen."

„Wollen Sie weiterhin bei den Paras Dienst tun?" „Oui, mon Général!" Er erhob sich und kam um seinen Schreibtisch herum zu mir herüber. „Erheben Sie sich Caporal und nehmen Sie Haltung an!" Dann entfernte er die Epauletten von meinen Schultern. Ich erstarrte. Alles verloren. Unehrenhafte Entlassung und wahrscheinlich jahrelange Haft. Der General öffnete lächelnd ein Kästchen und heftete mir neue Epauletten auf die Schultern. Dann nahm er Haltung an und salutierte. „Willkommen in Frankreich, Lieutenant Amber!" Sprachlos salutierte ich. „Mon Général!" Hatte es das schon einmal gegeben? Beförderung vom Caporal direkt zum Lieutenant? Ich blieb in Hab-Acht-Stellung stehen. Noch einmal griff der General in das Kästchen, heftete mir dann den Orden für besondere Tapferkeit vor dem Feind auf die Brust. „So, mein Lieber. Und jetzt lade ich Sie ein zu einem richtigen Festessen und einer Flasche besten Weines. Kein Widerspruch! Das ist ein Befehl, Lieutenant Amber." Wir saßen vielleicht eine gute Stunde beim Essen und erzählten. Dieser General! Leutselig, verantwortungsbewusst, besonnen. Obwohl er in Algerien teilweise mit unglaublicher Härte vorgegangen war. Sein Herz gehörte seinen Paras. Ich musste ganz langsam zurückfahren. Denn mir drehte sich der Kopf. War das alles wirklich geschehen?"

Schweigend saßen wir auf dem sonnendurchwärmten Felsblock. Versonnen und froh.

„Bagir, was ist denn eigentlich mit Ariadnes Eltern? Leben sie noch?" Sein Blick wurde düster. „Sie sind tot. Ermordet worden. Sie liegen auf dem Friedhof des Städtchens." Er schwieg einen Moment, dann begann er zu erzählen. „Die Rhonetal-Familien sind bei fast allen Bewohnern geachtet und beliebt. Man kauft gern ihre Produkte. Ein stinkreicher Städter, aus Tourcoing, glaube ich, hat sich am Stadtrand eine riesige Luxusvilla hinklotzen lassen. Er ließ ein Dutzend Bedienstete aus Tourcoing nachkommen. Und lebte seit Jahren dort mit Frau und kleinem Sohn. Er war der widerlichste Mensch, den du dir nur vorstellen kannst. Und er stellte Ariadnes Mutter nach, die ihn natürlich immer wieder zurückwies. Eines Abends tauchte er wieder hier auf, halb betrunken und mit einer Fünf-Schuss-Schrotflinte bewaffnet. Erschoss Ariadnes Vater und Mutter. Ließ beide vor dem Häuschen liegen. Die damals elfjährige Ariadne hatte sich in panischer Angst unter dem Bett ihrer Eltern verkrochen. Glücklicherweise fand er das Kind nicht. In seiner unglaublichen Dummheit marschierte er dann mit seiner Schrotflinte in das Bistro des Städtchens. Dort betrank er sich vollends. Rühmte sich mit lauter Stimme, dass er zwei von diesem Rhonetal-

Gesindel endlich erledigt hätte. Die paar Männer, die noch im Bistro waren, konnten das zuerst nicht glauben. Zwei von ihnen gingen hinunter, fanden Ariadnes Eltern in ihrem Blut und nahmen das völlig verängstigte Kind mit sich. Die Frau des Bistro-Besitzers kümmerte sich um Ariadne. Die anderen Männer hatten den Widerling mit Gewalt festgehalten. Jetzt schlugen sie ihn halbtot. Dann schleppten sie ihn zum Fluss hinunter und ersäuften ihn wie einen tollwütigen Hund. Die Leiche „entsorgten" sie in die Rhone. Sie wurde nie gefunden. Fischfutter." Bagir lächelte grimmig.

„Niemand schien ihn zu vermissen. So dauerte es etliche Wochen. Doch eines schönen Morgens wimmelte der Ort von Polizisten, Inspektoren, Detektiven und was sonst noch. Alle Bewohner wurden verhört. Niemand wusste etwas. Nur zwei ältere Männer erinnerten sich dunkel daran, den Mörder hoch oben auf den Klippen über dem Fluss gesehen zu haben. Total betrunken und stark schwankend. Aber beschwören hätten sie es auch nicht können, dass es sich bei ihm um den Typen aus Tourcoing gehandelt habe. Seine Frau und sein kleiner Sohn verkauften die Luxusvilla, entließen die Dienerschaft und kauften sich ein nettes Häuschen mit Blick auf die Rhone. Als nette ruhige Menschen waren sie im Ort bald voll akzeptiert. Die Frau übernahm die Bibliothek des Städtchens. Und beide blickten einer Zukunft ohne ständig prügelnden Ehemann, beziehungsweise ohne ständig prügelnden Vater weitaus gelassener entgegen." „Und Ariadne?" fragte ich.

Bagir lächelte. „Der ganze Ort verwöhnte sie nach Strich und Faden. Frauen kochten ihre Lieblingsmahlzeiten. Sie ließen sie die ersten Tage und Nächte keinen Augenblick allein. Die jungen Männer spielten Federball und „Räuber und Gendarm" mit ihr. Die älteren Männer steckten ihr einen Riegel Schokolade oder ein Paket Kleinkuchen zu. Die noch älteren Männer luden sie ein in die Milchbar und spendierten ihr eine Erdbeermilch oder ein Eis. Alles, was sie nur wollte. Diese älteren Männer sahen in ihr wohl das Kind, das sie sich immer gewünscht hatten, das sie vielleicht nie gehabt hatten oder das sein Elternhaus schon längst verlassen hatte, um in die Welt hinauszugehen. Ein Wunder, dass Ariadne nicht heute noch an einem verkorksten Magen leidet." Wir lächelten beide. „Ja. Sie bekam so viel Liebe, bekam so viel Kraft eingeflößt, dass sie die Tragödie seelisch überleben konnte. Und die elfjährige Ariadne führte den Obstgarten und den Gemüsegarten ihrer Eltern weiter. Sie verkaufte ihre Erzeugnisse im Städtchen. Oft fühlte sie sich einsam und sprach in stillen Stunden ganze Nachmittage mit ihren Eltern. Sie schloss aber auch Freundschaft mit dem Fluss, den Bäumen und den Blumen. Und mit ihren Hühnern und dem Gockel." Unwillkürlich musste ich wieder einmal an Laila's Hahn Güldenkamm denken. Ich erzählte Bagir davon. Wir lächelten schelmisch.

„Und wie hast du Ariadne kennengelernt?" „Immer, wenn ich mit dem Wagen unterwegs nach Marseille war, machte ich in der Gegend eine längere Pause, um einen Spaziergang zu machen. Weil ich diese wildromantische Rhonetal-Landschaft schon immer sehr liebte. Und vor fast genau vier Jahren begegnete ich hier Ariadne. Es war Liebe auf den ersten Blick. Wir wussten sofort, dass wir für einander bestimmt waren. Ich kam volle zwei Tage zu spät in Marseille an. Aber diese Begegnung war mir natürlich den Rüffel, den strengen Verweis und die drei Tage „Bau" wert."

Kurz darauf hörten wir Ariadne's leichte Schritte. Sie strahlte uns an und gab uns beiden einen dicken Kuss. Dann verschwand sie für einen Augenblick in dem Häuschen. „Wunderbar, Schatz." sagte sie zu Bagir. „Du hast ja Hirse bekommen. Da mache ich uns ein wunderbares Couscous. Jetzt habe ich auch alle Zutaten für meine ganz spezielle Harissa. Die beste Harissa der Welt!" Sie verdrehte verzückt die Augen. Nach einem Originalrezept, das direkt von der Tochter des Propheten stammt - Friede sei mit ihr und mit ihm. Ich habe das Rezept natürlich noch verbessert!" Bagir leckte sich die Lippen. Er kannte ja Ariadnes wunderbare Harissa. Und ich war total gespannt. Denn die Harissa, die sie uns vorher zum Ratatouille zubereitet hatte und die ich auf einem Stück Baguette probierte, schien mir schon mehr als vortrefflich zu sein. Trällernd und leichtfüßig verschwand sie wieder im Haus, wo sie mit Schüsseln und Töpfen zu rumoren begann. Ich schaute Bagir nachdenklich an. „Ich wusste gar nicht, dass der Prophet eine Tochter hatte. Hatte er?" Der ach so weise und ach so abgeklärte und welterfahrene Bagir blickte mich ein bisschen mitleidig und von oben herab an. Sein Ton war etwas belehrend und tadelnd, als er mir erklärte: „Aber mein lieber Gérard, weißt du das denn nicht? Bei einem Propheten muss man immer auf alles gefasst sein!"

Frühstück in der Morgensonne. Danach nahm ich Ariadne beiseite. „So, meine Süße." erklärte ich ihr kategorisch. „Jetzt verziehen wir uns jeden Tag so gute zwei Stunden und ich bringe dir Lesen, Schreiben und Rechnen bei, ohne dass Bagir auch nur eine Ahnung davon bekommt." Bittend und verlegen sah sie mich an. „Bitte nicht, Gérard! Ich habe Angst.!" „Rekrut Ariadne!" schnauzte ich sie an. „Dies ist ein Befehl!" Sie nahm Haltung an und salutierte. „Oui, mon Commandant!" „Das ist ein gutes Mädchen!" lobte ich sie. In eine Einkaufstasche steckte ich einen Schreibblock und Stifte. Bagir trank gerade noch einen Kaffee, als wir ihm erklärten, dass wir ab heute jeden Tag so etwa zwei Stunden verschwinden würden, die nur uns gehören sollten. „Du bist doch nicht hinter meiner Liebsten her?" fragte er finster. „Das weiß ich noch nicht." meinte ich unentschlossen. „Und wahrscheinlich bringst du ihr alle unanständigen Soldatenausdrücke und Flüche bei." Ich stieß einen begeisterten Pfiff aus. „Daran habe ich noch gar nicht gedacht." gestand ich ihm. „Aber das ist wirklich eine hervorragende Idee!"

Ariadne und ich gingen ein ganzes Stück flussabwärts und setzten uns nebeneinander auf einen Felsblock mit freiem Ausblick. So dass Bagir sich nicht an uns heranschleichen und uns belauschen konnte. Denn ich hatte die Neugier in seinen Augen gesehen. Ich brachte Ariadne einige Buchstaben des Alphabetes bei. Nicht etwa der Reihenfolge nach. Sondern solche, aus denen sich dann gleich kurze Worte bilden ließen. Wie zum Beispiel „la mer - das Meer" „le cou - der Hals" Und so weiter. Ariadne, stellte ich sehr schnell fest, war nicht nur überaus intelligent, sondern verfügte auch über eine überraschend schnelle Auffassungsgabe und ein geradezu phänomenales Gedächtnis. Mit vollem Recht konnte ich sie immer wieder loben. Und sie verlor sehr schnell alle Scheu, hatte sehr viel Freude an ihren Fortschritten. Wir lachten viel. Nach den zwei Stunden beherrschte sie das ganze Alphabet und schon etwa drei Dutzend Worte. Mehr noch: Sie fing jetzt selbst an, Worte aus den gelernten Buchstaben zu bilden.

Am nächsten Tag konnte ich ihr schon das Schreiben beibringen. Zunächst führte ich ihre Hand. Danach ließ ich sie die Buchstaben selbst schreiben. Natürlich waren die Buchstaben, die sie schrieb, am Anfang so krakelig, dass man kaum ihre Bedeutung erkennen konnte. Wir lachten beide darüber. Aber schon sehr bald schrieb sie untadelig alle Buchstaben des Alphabetes. Ich goss uns Kaffee aus der Thermoskanne ein. „Du bist großartig, Ariadne." „Und du bist ein großartiger Lehrer, Gérard." Die nächste Stunde verging mit dem Schreiben von ganzen Worten. Vergnügt traten wir den Heimweg an. Von Bagir misstrauisch empfangen. Das Omelett mit Pilzen, Boudin und Kräutern versöhnte ihn dann schnell. Wieso auch nicht? Es schmeckte herrlich.

Die erste Stunde des dritten Tages gehörte den Großbuchstaben und den Feinheiten, wie Punkt, Komma, Fragezeichen, Apostrophe, Accent Aigu und so weiter. Danach schrieb sie fast fehlerfrei einige kleine Diktate. Und einen kurzen, von ihr selbst entworfenen Text. Und danach, vor Freude strahlend, ihren ersten Liebesbrief. An Bagir natürlich. Er war ganz ohne Fehler. Ich faltete ihn sorgfältig zusammen und steckte ihn ein. Dann schrieb sie ein zweites Briefchen. „Für dich, Gérard." sagte sie. „Aber du darfst ihn erst heute Abend lesen." Hand in Hand wanderten wir zurück. Ich baute mich vor Bagir auf, der gemütlich einen Rosé in der Sonne trank. Überreichte ihm mit sehr ernstem Gesicht den Brief. Er faltete das Blatt auseinander und las, las noch einmal, und noch einmal. Sein Kinnlade klappte nach unten und er starrte mich fassungslos an. Starrte dann wieder auf den Text. Der da lautete: „Bagir, mon Chéri. Je t'aime. Tu es le Grand Amour de ma vie. Ariadne. - Bagir, mein Liebster. Ich liebe dich. Du bist die Große Liebe meines Lebens. Ariadne" Strahlend vor Überraschung und Freude und völlig fassungslos schaute Bagir uns an. „Und das nach drei Tagen!" stammelte er. „Ich kann es selbst nicht glauben, Bagir. Ariadne kommt mir vor wie ein wahres Wunderkind."

Heute Abend gab es Buchweizen-Pfannkuchen mit Schinkenstückchen im Teig und Rührei und Würstchen. Zum Nachtisch Apfelstrudel mit Vanillesoße. Dazu eine Flasche Côtes du Rhône. Der Abend hatte eine stille Feierlichkeit in sich. Wir strahlten alle drei. Lange saßen wir da. Morgen würden wir noch einmal Lesen und Schreiben üben. Dann würde Ariadne rechnen lernen. Dass sie sich diese Kenntnisse mit der gleichen Leichtigkeit und Schnelligkeit aneignen würde, daran gab es nicht den geringsten Zweifel für mich. Ariadnes Brief an mich brannte in meiner Tasche. Und ich brannte darauf, ihn zu lesen, zögerte diesen Augenblick aber immer wieder hinaus. Erst zwei Lumumbas später sagten wir einander Gute Nacht. Ich saß auf dem Sofa. Den Docht der Petroleumlampe schraubte ich etwas höher, so dass die Flamme heller brannte. Schließlich holte ich tief Luft. Mit klopfendem Herzen las ich Ariadnes Brief an mich. Ich war sprachlos. „Lieber Gérard. Auch dich liebe ich unsagbar. Bin ich nicht die glücklichste Frau auf der ganzen Welt? Ich habe eine wahre Liebe und einen wahren Freund. Deine Ariadne." Lange saß ich da. Schaute den ruhig tanzenden Schemen zu, die die leicht schwankende Flamme über die Wände und die Decke wandern ließ. Fühlte wieder einmal vollkommene Stille in mir, vollkommenen Frieden. Auch ich war glücklich. Ich hatte einige wenige wahre Freunde. Wunderbare Freunde.

Alles war zur Abreise bereit. Ariadne und Bagir würden nach Paris fahren. Sie würden bald heiraten und zunächst bei unseren Eltern Safi und Sahar wohnen. Die Rhonetal-Familie weiter flussabwärts würde sich um Ariadnes Besitz kümmern. Die Erträge aus dem Verkauf von Obst, Gemüse und Eiern würden sie nach Ariadnes Willen voll behalten. Bagir war Leutnant der Reserve geworden. Er verfügte also vollkommen über seine Zeit, wenn er nicht gerade zu Manövern oder zu einem hoffentlich nie wieder eintretenden Ernstfall einberufen wurde. Wir drei würden hier im Sommer oder Herbst Wochen und Monate verbringen können. Und freuten uns darauf. Ich selbst hatte noch keine festen Pläne. Aber zunächst zog es mich nach Verdun. Natürlich würden wir drei sehr oft und lange beisammen sein.

Schließlich saßen wir im Zug und genossen den Ausblick auf das schöne Rhonetal. Wir hatten das Abteil ganz für uns. „Ich verstehe eines nicht, Bagir. Warum wollt ihr in Paris wohnen? Euch beiden gefällt es doch viel besser im

Rhonetal, im Häuschen von Ariadne. Oder ich könnte mir gut vorstellen, dass ihr in der Camargue, oder bei Perpignan, oder an den Hängen der Pyrenäen bei Le Boulou oder Port Bou wohnen könntet." „Irgendwie brauche ich jetzt unsere Eltern, Gérard. Auch Ariadne soll ja meine Eltern kennen lernen und nicht nur einige Tage flüchtig sehen. Und ich habe in Paris Zugang zu Literatur, vor allem über Geschichte wie sonst nirgendwo in Frankreich. Ich möchte unbedingt herausfinden, ob es da bestimmte Muster gibt, Gesetzmäßigkeiten, gemäß denen sich solche Tragödien entwickeln, die ganze Völker so vernichtend treffen. Angefangen in der Antike. Ich möchte nach Analogien Ausschau halten zum Krieg in Algerien. Zu sinnlosem Sterben, zu Vertreibung, Rebellion und Verrat." Ich schwieg. Denn ich verstand ihn sehr gut.

Irgendwann machte uns Bagir lächelnd ein Kompliment. „Es ist schon fantastisch, dass du es fertig gebracht hast, Ariadne in so kurzer Zeit Lesen und Schreiben beizubringen. Und dass meine Liebste es in so kurzer Zeit lernen konnte. Wirklich! Eine ganz erstaunliche Leistung!" Angewidert rümpfte ich die Nase. „Sie ist ein ganz und gar dummes Rhonetal-Mädchen. Du lieber Himmel! Bis sie endlich mal etwas kapiert hatte. Und ein Gedächtnis wie ein Sieb!" Mit einem empörten Schrei kam Ariadne zu mir herüber, drängte sich auf meinen Schoß, packte mich bei beiden Ohren und biss mich kräftig in die Nase.

Der Schaffner, der gerade die Tür unseres Abteils öffnete, um die Fahrkarten zu kontrollieren, vernahm meinen Schmerzensschrei. Er grinste amüsiert. „Ich komme später noch einmal vorbei." Und schloss die Tür wieder. Als er nach etwa einer halben Stunde zurück kam, sah er zu seinem Erstaunen Bagir und Ariadne miteinander schmusen. Er sah von einem zum anderen. In einer hilflosen anmutenden Geste breitete ich die Hände aus. „Weiber!" erklärte ich ihm. „Weiber!" bestätigte er mir total verdattert und verschwand wieder. Unsere drei Fahrkarten wurden nie gelocht.

XI Châtenay Malabry

„Wozu sind unsere Kameraden gestorben?
Wofür haben wir gelebt, gearbeitet und gekämpft, mon
Capitaine?"
„Ich weiß es nicht, mon Lieutenant.
So! Und jetzt lasst allen überflüssigen Ballast zurück.
Auch die Erinnerungen!
Wir marschieren wieder mit leichtem Gepäck."

Es war früher Vormittag. Vom Bahnhof aus eilte ich direkt
zu Sophocle's Bistro. Wir umarmten uns mit feuchten
Augen. „Es ist noch früh am Tag. Aber zur Feier sollten wir
erst einmal einen Pastis trinken. Und dann musst du
erzählen." So fing ich an, zu erzählen. Und Sophocle hing
wie gebannt an meinen Lippen, schüttelte immer wieder
entsetzt den Kopf. Oft stieß er ein zorniges oder empörtes
„Bon Sang de Bon Dieu!" hervor.
„Ich gehe mal schnell hinüber in die Auberge". „Geh' lieber
nicht, Gérard. Das wird dir gar nicht gefallen." Gleich
rannte ich über die Straße und blieb entsetzt am Eingang
des Parc de Londres stehen. Die Küche samt dem großen
Aufenthaltsraum diente als Lager für Hunderte von
Zementsäcken. Auch wenn heute, da ich in einigen Tagen
75 Jahre alt werde, mir Vieles aus der Vergangenheit wie
ein Traum erscheint, werde ich diesen Anblick und mein
Entsetzen darüber nie vergessen. Ich ging zurück zu
Sophocle.

Wir rauchten schweigend. Sophocle goss noch einmal
Pastis nach. Schließlich machte ich meiner riesigen

Enttäuschung Luft. „Komm. Sprich dich nur aus, Gérard. Werde es los!"

„Wozu habe ich mich so ins Zeug gelegt? Weißt du noch? In allen drei Chalets habe ich die marode Elektroinstallation durch moderne Leitungen ersetzt. Eine wochenlange Arbeit so ganz nebenbei! Ich habe eine Bibliothek mit französischen, deutschen und englischsprachigen Romanen der Weltliteratur aufgebaut, eine Tischtennis-Platte angeschafft. Habe die blinden und gesprungenen Fensterscheiben durch neue ersetzt, den bröckeligen Kitt erneuert und wochenlang das ausgetrocknete Holz gestrichen. Und ich habe trotz all dieser Anschaffungen die Herberge aus den roten Zahlen geholt. Und noch dazu jeden Monat eine Menge Geld an die FUAJ in Paris schicken können. Jetzt ist gerade mal ein Jahr vergangen. Und alles ist zum Teufel! Wie konnte so etwas nur geschehen?"

Sophocle erhob sich. „Jetzt gibt es erst einmal einen Lumumba. Ich habe Bohnensuppe in der Kühltruhe. Dazu Würstchen, einen schönen Rotwein und Cognac. Wäre das in Ordnung?" „Klasse, Sophocle. Ich glaube, das brauche ich jetzt auch." Wir aßen dann in aller Ruhe. So bekam ich doch etwas Abstand zu der ganzen Geschichte.

Sophocle spülte Geschirr; ich trocknete ab. Schließlich saßen wir wieder beisammen bei Rotwein und Cognac. Und Sophocle erzählte.

„Nachdem du gegangen warst, setzte die Directrice du Département ihre sozialistischen Günstlinge als

„Herbergsväter-Gremium" ein. Mit Guy als „Präsident".
Und die haben dann entsprechend gewirtschaftet. Du
weißt, wie sehr auch ich meine Freude daran hatte, wie du
damals die verlotterte Jugendherberge so herrlich
aufgebaut hast. Und wie immer mehr Jungen und
Mädchen aus aller Herren Länder einkehrten, viele davon
als richtige „Stammgäste". Aber die jungen Sozialisten
saßen zusammen, kümmerten sich um nichts, schwangen
große Reden und setzten das Geld aus der Kasse
hauptsächlich in Alkoholika um. Die Herberge verdreckte.
Die Gäste blieben bald ganz aus. Jemand von der FUAJ
kam, um sich an Ort und Stelle zu vergewissern, was hier
eigentlich vor sich ging und fuhr dann schnell nach Paris
zurück. Wahrscheinlich fanden sie niemanden, der
geeignet gewesen wäre, die Auberge wieder auf
Vordermann zu bringen. Ein schlechter Ruf hält sich ja
auch hartnäckiger als ein guter. Jedenfalls gab die FUAJ
die Herberge ganz auf."

Traurig sah er mich an. „Mit hohlen, hochtrabenden,
politischen oder ideologischen Phrasen, egal welcher
Schattierung, hat noch niemand irgendwelche Probleme
gelöst, sondern immer nur welche geschaffen. Solch ein
Gesindel kann nicht einmal eine tadellos funktionierende
Jugendherberge einigermaßen aufrecht erhalten."

„Dank deiner Fürsorge, Sophocle, geht es mir jetzt schon
besser. Ich gehe wieder hinüber, die mère Deroulain
begrüßen." Wieder schüttelte er den Kopf. „Auch hier
etwas Trauriges, Gérard. Ich weiß, wie sehr du sie
gemocht hast. Aber etwa ein Vierteljahr, nachdem du weg
warst, ist sie gestorben. Sie lag morgens einfach tot im

Bett. Wenn du willst, besuchen wir sie heute Mittag auf dem Friedhof." Ich nickte erschüttert.

„Und Robert?" fragte ich schließlich. „Er ist auch nur noch ein Schatten seiner selbst. Eine entfernte Verwandte kocht für ihn, wäscht seine Wäsche und hält ihm die Wohnung sauber. Ich glaube, ihn können wir auch bald nur noch auf dem Friedhof besuchen. Das ist wohl auch besser so. Er stirbt an der Einsamkeit." Bedrückt und grimmig schwieg Sophocle.

Am frühen Nachmittag besuchten wir die mère Deroulain auf dem Friedhof. Lange hielt ich stille Zwiesprache mit dieser feinen alten Dame. Mit dieser Hexe mit ihrem Herzen aus Gold. Und ich hatte die Gewissheit, dass es ihr gut ging, dort, wo sie jetzt war. Dass sie dort endlich den Frieden gefunden hatte, der ihr hier auf Erden nie vergönnt gewesen war in ihrem langen Leben. Und ich weiß auch, dass sie auch dort die Liebe spürte, die ich für sie empfand. Und glücklich darüber war.

„Bleib' doch hier Gérard. Ich habe doch noch das ganze Geld, das Jean-Pierre dir gegeben hat. Dann kannst du in aller Ruhe überlegen, was du tun willst." „Nein, Sophocle. Ich brauche jetzt eine Aufgabe. Ich werde die Auberge in Châtenay Malabry übernehmen, wenn sie frei ist. Und ich brauche vor allem die Nähe von Bagir und Ariadne. Das Gift dieser Schlange Djamila zerfrisst mir immer noch das Herz." „Ich verstehe dich, Gérard. Aber du bleibst noch einmal über Nacht hier. Wir werden einfach noch einmal gut essen und trinken. Wie wäre es mit Couscous?" Es wurde ein sehr schöner und auch feucht-fröhlicher Abend.

Am nächsten Morgen rief ich bei der FUAJ an, ob die Auberge in Châtenay Malabry gerade keinen Père'Aub hatte. Sie war zu haben. Man war nur allzu froh, sie mir anvertrauen zu können. Ich hatte bei der FUAJ einen sehr guten Ruf.

Sophocle brachte mich am frühen Nachmittag zum Bahnhof. „Sophocle. Darf ich dich anrufen, ob Nine in Verdun aufgetaucht ist? Sie ist bestimmt längst verheiratet. Ich habe trotzdem solche Sehnsucht, sie wiederzusehen. Ich kann sie nur um Verzeihung bitten für das, was ich Trottel ihr damals angetan habe." Sophocle lächelte. „Ruf' nur an. Jeden Tag, wenn du willst."

Es gab um die Herberge in Châtenay Malabry eine sehr sympathische Gruppe. Diese Gruppe hatte damals die Herberge aus einem alten Pferdestall aufgebaut. Im Erdgeschoß hatten sie sich einen Club-Raum eingerichtet mit Tresen, Barhockern, Sesseln und Sofas. Mit einem Fischernetz, das die Decke und den oberen Teil der Wände überzog und angefüllt war mit Muscheln, Seesternen und diesen gläsernen Schwimmern, die den oberen Teil der Fischernetze an der Meeresoberfläche halten. Es war sehr gemütlich.

Aber die Herberge war total verwahrlost. Es kamen kaum Gäste. Weil Flöhe und Wanzen die Nächte dort unerträglich machten.

Eine hübsche, etwa dreißigjährige Frau von der Gruppe empfing mich. „Ich bin Mélanie. Du musst Gérard sein." „Ja, Mélanie. Aber was ist denn mit der Auberge geschehen?" Sie sah mich äußerst verlegen an. „Weißt du, Gérard. Als wir die Herberge aufbauten, waren wir jung und hatten keine großen Verpflichtungen. Jetzt sind wir alle verheiratet. Die meisten von uns haben Kinder und müssen hart arbeiten. So konnten wir die Auberge nur noch so là-là am Leben erhalten. Und du weißt auch, wie das ist mit den meisten Jugendherbergsvätern. Sie sind nur Père'Aub, weil sie nie etwas anderes gelernt haben und sonst zu keiner vernünftigen Arbeit taugen."

Ich holte tief Luft. „Ich rufe bei der FUAJ an. Wenn wir das in Ordnung bringen sollen, dann brauchen wir viel Geld." „Ich gehe mit dir. Ich habe mir extra frei genommen." Wir fuhren mit der Metro zur FUAJ. Und erhielten sang- und klanglos zehntausend Nouveaux Francs bar auf die Hand. „Mensch Gérard. Musst du einen guten Ruf bei denen haben." kicherte Mélanie auf der Rückfahrt. Ich erzählte ihr von Verdun. Sie sah mich nur kopfschüttelnd und traurig an.

Am Sonntag erschien am frühen Vormittag die ganze Gruppe. Wir durchtränkten alle Matratzen vorsichtig mit Rohöl, damit sich die Flöhe nicht auf uns stürzten. Danach schleppten wir sie auf eine große, kahle Lichtung tief im Wald, gossen noch mehr Rohöl darüber und steckten sie in Brand. In der Herberge versprühten wir eine Riesenmenge des schlimmsten Insektizides, das ich nur finden konnte, in allen Räumen und versiegelten die Türen möglichst luftdicht mit Planen aus Plastik. Erst nach drei Tagen machten wir den Test. Wir lüfteten gründlich und schliefen dann die Nacht über, jeder in einem Raum. Die

Wanzen und Flöhe hatten diesen rabiaten Eingriff nicht überlebt.

Nächsten Sonntag tapezierten wir die Wände neu und strichen dann die Tapete. Auch die Bettgestelle bekamen einen neuen Anstrich. Danach bestellte ich funkelnagelneue Matratzen bester Qualität. Ich muss gestehen: Von den zehntausend Francs blieb nicht sehr viel übrig. Sonntag Abend gab es dann ein ausgelassenes Fest im Club-Raum.

Es gefiel mir sehr gut hier. Direkt vor der Tür begann ein wunderschöner naturbelassener Wald, der sich kilometerweit nach Süden in Richtung Versailles erstreckte. Die Mitglieder der Gruppe und ich waren uns in herzlicher Freundschaft zugetan. Jeden Sonntag Abend feierten wir im Club-Raum. Die Gäste kamen bald wieder und belebten die Herberge. Viele von ihnen waren alte „Stammgäste" aus Verdun.

Doch vor allem kamen Ariadne und Bagir mich fast jeden Tag besuchen. Wir verbrachten Stunden miteinander in Gesprächen. Durchstreiften auch auf langen Spaziergängen diesen schönen Wald, den ich bald so gut wie meine Westentasche kannte. Durch die reine Anwesenheit von Ariadne ging es mir bald wieder besser. Ihre unverbrüchliche Freundschaft zu mir tilgte allmählich das Gift aus meiner Seele. Ich konnte wieder lachen und fröhlich sein. Ich konnte wieder mit Frohsinn arbeiten, weil mir die Arbeit wieder Freude machte. Nicht nur, um mich zu betäuben.

Mit großer Skepsis reagierten die Gruppenmitglieder, die alle erklärte Pazifisten waren, auf den Besuch eines Algeriers in der Uniform der Paras. Es war Mélanie, die mich darauf ansprach. Zu ihr und ihren beiden Kindern hatte ich sowieso ein besonders herzliches Verhältnis. „Weißt du was, Melanie? Wir laden Bagir und seine Frau Ariadne am Sonntag Nachmittag in den Club-Raum ein. Wir könnten zum Beispiel Ratatouille machen. Und dann erzählen wir euch einiges über Algerien." Mélanie sah mich fast entsetzt an. „Gérard. Ich weiß nicht . . ." „Leg' du ein gutes Wort für uns ein, Melanie. Ich bin sicher, dass ihr alle eine Menge lernen werdet. Bitte, tue mir und euch den Gefallen." Sie nickte tapfer und verabschiedete sich mit einer Umarmung und einem dicken Kuss auf meine Wangen.

Der Sonntag Nachmittag begann etwas steif. Nach dem Apéritif aßen wir erst einmal unser Ratatouille, gefolgt von Käse-Baguette, mit Ariadnes Harissa bestrichen, die natürlich alle schon bedeutend milder stimmte. Und dann begannen Bagir und ich abwechselnd zu erzählen. Warum Bagir für den Verbleib Algeriens bei Frankreich gekämpft hatte. Wir erzählten von der Schönheit Algeriens, von den Weingütern, den Obst- und Gemüseplantagen, die Generationen mit harter Arbeit und oft unter großen Entbehrungen aufgebaut hatten. Von dem Terror, von der Ermordung von Siedlern, den Bomben-Attentaten. Als ich von Djamila erzählte, weinte Mélanie herzzerreißend und war kaum mehr zu beruhigen. Wir erzählten vom Verrat De Gaulles an den Siedlern. Von der OAS, von dem harten Vorgehen der Fremdenlegion und der Paras, die das Blatt mit allen Mitteln noch zu wenden versuchten.

Schließlich auch von den Gründen, die De Gaulle veranlassten, Algerien aufzugeben, wobei Zehntausende von Siedlern ihre Heimat verlassen mussten und einer ungewissen Zukunft in einem für sie völlig fremden Land entgegensahen. Dass praktisch die ganze Intelligenz und fast der gesamte wirtschaftliche Mittelstand Algerien verließen. So dass Algerien wohl für immer „Tote Hose" bleiben würde. Dass die FLN nach dem Abzug der französischen Armée die Harkis - das waren Algerier, die mit den Franzosen zusammengearbeitet hatten - zu Zehntausenden abschlachtete. Und wie im Süden Algeriens religiöse Fanatiker die Bevölkerung ganzer Dörfer ermordete. Und auch heute noch ermordet. „Und das ist gerade mal ein wenig länger als ein Jahr her." sagte ich. „Und ihr habt überhaupt keinen Bezug dazu gehabt; ihr habt von alle dem überhaupt nichts gewusst!"

Einen Augenblick lang herrschte betroffenes Schweigen. Dann wurden wir drei stürmisch umarmt.

Es vergingen etwa zwei Wochen, als zwei Typen der CRS in der Auberge auftauchten. Der Größere der beiden zog einen Wisch aus der Tasche. „Sie sind der deutsche Staatsangehörige Gerd Landenfels." sagte er zu mir. „Damit erzählen Sie mir aber gar nichts Neues." erwiderte ich trocken. „Was ist denn jetzt schon wieder los?" „Sie werden beschuldigt, einem algerischen Terroristen namens Bagir Ambar hier Unterschlupf zu bieten." „Schauen Sie sich doch um und nehmen sie alle Terroristen mit, die Sie finden können." bot ich ihm an. Sie durchschnüffelten alle Räume. „Wir nehmen Sie gleich mit in Untersuchungshaft." „Das könnt ihr nicht machen! Ich habe hier meine Arbeit! Außerdem: Wer hat mich denn beschuldigt?" „Das ist völlig unerheblich." „Ihr nehmt mich also fest auf eine anonyme Anzeige hin, wenn ich das richtig sehe?" Sie packten mich und legten mir Handschellen an. Ich hütete mich wohl davor, mich dagegen zu wehren. Denn ich wollte denen auf keinen Fall einen Vorwand liefern, mich zusammenzuschlagen.

Mélanie kam gerade mit den Kindern, als mich die beiden Typen in den Wagen schieben wollten. „Mélanie!" rief ich ihr zu. „Rufe sofort General Bigeard an und erzähle ihm, dass mich zwei Typen von der CRS verhaften, weil ich dem Terroristen Bagir Ambar Unterschlupf gewähre." Dafür erntete ich einen heftigen Schlag auf den Kopf. Mélanie nickte, zum Zeichen, dass sie verstanden hatte und verschwand mit den beiden Kindern um die Ecke. Der eine Typ lachte laut. Le Général Bigeard! Schöner Bluff! Als ob ein sale Boche Général Bigeard kennen würde!

Ich wurde in eine Zelle gesteckt. Die Handschellen musste ich anbehalten. Die auf dem Rücken gefesselten Hände schmerzten bald fast unerträglich. Ein halber Tag verging, ohne dass ich etwas zu essen oder zu trinken bekam. Dann kamen die beiden gleichen Typen wieder an. Sie schleppten mich in einen anderen Raum und setzten mich auf einen Stuhl. Ein starker Scheinwerfer blendete mich. „Wo hast du den Terroristen versteckt?" „Er ist doch überhaupt kein Terrorist. Er ist Lieutenant der Paras und hat in Algerien für Frankreich gekämpft." versuchte ich den beiden etwas Vernunft beizubringen. Dafür erntete ich einen heftigen Schlag mit dem Gummiknüppel. „Wo ist er?" Wieder ein Schlag in den Nacken. Bald war mein

Körper übersät mit Blutergüssen. Irgendwann ließen die beiden Schläger von mir ab. Schoben mich wieder in die Zelle. Ich konnte mich kaum bewegen vor Schmerzen. Und ich kam fast um vor Durst.

Es verging wohl eine Stunde. Da hörte ich draußen eine dröhnende Stimme. Die beiden Schläger schlossen wieder die Zellentür auf, gefolgt von General Bigeard, den ich nach Bagirs Beschreibung erkannte. „Sind Sie Gérard, der Freund von Lieutenant Bagir Ambar?" fragte mich der General. „Oui, mon Général!" sagte ich. „Wurdest du gut behandelt?" „Das kann man kaum so nennen, mon Général." Er gab den zwei Schlägern ein Zeichen, mir die Handschellen abzunehmen. Auf sein Geheiß zog ich unter Stöhnen mein Hemd aus. Der General pfiff leise durch die Zähne. Dann schloss er die Zellentür hinter sich ab. „Ihr beiden könnt eure Pension vergessen! Ihr fliegt raus aus eurem Verbrecher-Verein! Unehrenhaft! So! Und jetzt: Wer hat diese anonyme Anzeige aufgegeben?" Stotternd gab der eine Typ einen Namen und eine Adresse von sich. Ich konnte es nicht glauben. Es war eine immer übellaunige Frau, die einen Lebensmittelladen auf der Butte Rouge betrieb. Bagir und ich waren immer höflich zu ihr gewesen, wenn wir dort etwas einkauften. Eine solche Anzeige. Aus purer Bosheit!

Der General nahm einem der Typen den Gummiknüppel ab. Dann fing er an, die beiden CRS-Schläger mit wahrer Hingabe zu bearbeiten. Als er schließlich fertig war, sahen die beiden noch weitaus schlimmer aus als ich. Und das will etwas heißen. Denn ich konnte mich über einen Monat lang nicht bewegen. Die geringste Bewegung lief nicht ohne Schmerzensschreie und Gejaule ab. Dabei bin ich alles andere als zimperlich. Bagir und Ariadne waren meist Tag und Nacht bei mir. Sie führten auch für mich die Auberge.

Die bösartige Inhaberin des Kramladens wurde zu einer zweijährigen Gefängnisstrafe verurteilt. Mir musste sie fünfundzwanzigtausend Nouveaux Francs als Schmerzensgeld zahlen. Das ruinierte sie. Und sie tat mir kein bisschen leid! Den Laden übernahm ein freundliches älteres Ehepaar, bei dem Bagir und ich sehr gerne einkauften; und auch oft für einen kleinen Plausch blieben.

General Bigeard war aber noch nicht fertig. Es folgten genaue Untersuchungen und strenge Befragungen, nicht nur bei der CRS, sondern auch bei anderen Polizeieinheiten. Jede nachgewiesene Misshandlung wurde streng bestraft. Danach herrschte lange Zeit Stille im französischen Formular- und Blätterwald.

Und ich rief jeden Tag Sophocle an. Jeden Tag fieberte ich einer positiven Nachricht entgegen.

Aber Nine blieb einfach verschwunden.

XII Das Wiedersehen

Du kannst dich nicht von Kraft zu Kraft empor bauen. Dein Leben kann nicht vollkommen sein, ehe du deinem Zweiten Ich, deiner Ergänzung im anderen Geschlecht begegnet bist und es spirituell erkannt hast. Danach gibt es kein Scheiden mehr.
(Prentice Mulford)

Etwa sechs Wochen später - ich konnte mich seit ein paar Tagen wieder frei bewegen und meine Arbeit wieder verrichten - kam Mélanie aufgeregt in die Herberge. „Gérard, komm mit mir rüber an unser Telefon. Sophocle hat angerufen. Es ruft dich in einer Viertelstunde jemand an. Ein Ferngespräch." „Ist es Nine?" fragte ich aufgeregt. „Ich weiß es nicht." Mit klopfendem Herzen folgte ich ihr in ihre Wohnung auf der Butte Rouge. Ich setzte mich hin und starrte nervös das Telefon an. Zuckte zusammen, als es dann endlich läutete. Fast zitternd nahm ich den Hörer ab. „Landenfels. J'écoute." meldete ich mich. Störungen in der Leitung verzerrten die Stimme, so dass ich den Anrufer nicht sofort erkannte. Aber dann durchfuhr es mich wie ein Schock.

„Jean-Pierre!" Er lachte leise. Die Verbindung wurde plötzlich auch besser. „Gérard! Endlich! Sophocle hat mich angerufen und mir die meisten deiner Erlebnisse erzählt. Hier unten im Süden ist es auch etwas sicherer geworden. Und du hast dich wohl so weit gefangen, dass du die Reise hierher unternehmen kannst. Kommst du?" „Ja,

Jean-Pierre." sagte ich atemlos. „Sobald ich einen Nachfolger für die Auberge gefunden habe, werde ich euch besuchen kommen." „Ich rufe dich in etwa einer Woche wieder an." sagte Jean-Pierre. „Dazu muss ich ja in die Stadt hinunter, an ein öffentliches Telefon. Geht es dir gut?" „Mir geht es recht gut." sagte ich. „Wie geht es denn euch?" „Wir leben hier wirklich vollkommen ruhig und sind alle glücklich. Bestimmt können wir dir eine große Portion unseres Glückes abgeben. Und du wirst hier alle die Menschen persönlich kennen lernen, die du bis jetzt nur aus meinen Erzählungen kennst. Das wird dir bestimmt sehr gut tun. Bis bald, Gérard." „Bis bald, Jean-Pierre." sagte ich leise. Ein Klicken. Die Leitung war tot.

Philippe, Mélanies Gatte kam gerade mit den beiden Kindern herein. „Ich wollte nur unsere Rangen nach Hause bringen. Muss sofort wieder los. Sehen wir uns heute Abend, Gérard?" „Klar, Philippe. Kommt ihr rüber in die Auberge auf einen Coup de Rouge?" „Klar. Bis dann." Mélanie sah mich erschrocken an. „Du verlässt uns, Gérard?" „Ja, Mélanie. Ich werde wohl einige Zeit weg sein, im Tamanrasset bei Jean-Pierre und den anderen. Aber ich komme auch wieder zurück. Ich habe ja gute Freunde hier." Ihre beiden Kinder, die ich sehr mochte, der sechsjährige Gustave und die fünfjährige Nadine kletterten auf meine Knie. „Du kommst doch zurück, Gérard.?" „Natürlich, ihr beiden Süßen." Ich drückte sie an mich und gab beiden einen herzhaften Kuss.

Ein geeigneter Nachfolger für mich war zum Glück schnell gefunden.

Acht Tage später kam Jean-Pierre's erwarteter Anruf.
„Jean-Pierre, ich kann in sechs Wochen hier weg."
„Wunderbar! Kannst du den Flug für den fünften April
buchen? Die Maschinen, die nach Algerien fliegen, sind
nie voll besetzt. Du kriegst also mit Sicherheit einen Platz."
„Mach' ich, Jean-Pierre." „Also. Du kannst alles von Paris
aus buchen. Abflug in Orly mit Air France am Vormittag.
Kurze Zwischenlandung in Marseilles und Weiterflug nach
Alger. Am Nachmittag Weiterflug mit einer
Propellermaschine von Air Algérie. Du kommst am späten
Abend in Tamanrasset an. Die Hotelzimmer in
Tamanrasset sind überteuert, winzig, stickig und sehr
dreckig. Die Flöhe und Wanzen dort sind allerdings
kostenlos. Ich erwarte dich am Flugplatz mit einem Jeep.
Wir fahren zur Seilbahn und übernachten dann oben im
Dorf, das ja jetzt von einigen Leuten unseres Stammes
bewohnt wird. Dann etwa anderthalb Tage Marsch durch
die Wildnis. Bringe bitte deine Wanderschuhe mit.

Das Gelände ist etwas schwierig. Die Übernachtung im
Freien ist kostenlos, aber ohne Wanzen." Er lachte.
„Mensch, Gérard! Ich freu' mich so!" „Und ich erst, Jean-
Pierre! Ich kann es kaum erwarten. Morgen buche ich
schon den Flug."

Die Noratlas von Air Algérie landete mit nur geringer
Verspätung auf dem Flugplatz von Tamanrasset. Da ich
nur leichtes Gepäck hatte, kam ich sehr schnell durch den
Zoll. Auch die Passkontrolle war reine Formalität. Aber in
meiner augenblicklichen Ungeduld, Jean-Pierre
wiederzusehen, erschienen mir die zehn Minuten wie eine
kleine Ewigkeit. Jean-Pierre! Dort stand er. Direkt nach der

Passkontrolle. Ich ließ den Rucksack zu Boden gleiten und wir fielen einander in die Arme, schauten einander glücklich lachend in die Augen. Draußen auf dem Terrain wartete ein neuer, mit Tarnfarbe gespritzter Jeep auf uns. Wir setzten uns in den Wagen. Noch ein Moment des Schweigens. Dann endlich waren wir wieder der Sprache mächtig, fanden die Worte, uns einander unsere Freude auszudrücken.

„Mensch Jean-Pierre! Was bin ich glücklich und aufgeregt!" „Du hättest schon längst kommen sollen, Gérard!" „Ich weiß nicht, Jean-Pierre. Ich glaube, ich brauchte einfach die Zeit, um die Greuel der Vergangenheit zu vergessen. Aber jetzt bin ich so glücklich, dass wir wieder zusammen sind. Und ganz gespannt darauf, alle die Menschen zu sehen, die ich ja nur aus deinen Erzählungen kenne." „Na dann los!" sagte er leise und startete den Wagen.

Nach etwas mehr als einer Stunde Fahrt bog Jean-Pierre scharf nach links ab. Er schien über steinigen Grund direkt gegen eine Felswand zu fahren. Nach einigen hundert Metern erreichten wir eine höhlenartige Öffnung. Und dann die Talstation der Seilbahn. Von oben fiel wieder Licht in die enge Klamm. Zwei von Jean-Pierre's Soldaten, die uns erwarteten, begrüßten uns herzlich. Wir stiegen in die geräumige Kabine. Nach einer leise in das Telefon gesprochenen Parole setzte sich die Seilbahn in Bewegung, glitt langsam und fast geräuschlos nach oben. Wieder begrüßten uns zwei von Jean-Pierre's Soldaten. Seine Soldaten waren Elite. Das konnte ich jetzt nach meinen eigenen Erfahrungen in Algerien selbst beurteilen.

Mit einem zweiten Jeep fuhren wir ins Dorf. Ein Dutzend Soldaten und etwa dreißig andere Araber - Bauern und Handwerker mit ihren Familien - hießen uns dort willkommen. Ich wurde freundlich begrüßt, fühlte mich sofort wohl zwischen diesen einfachen, netten Menschen. Alles sah adrett und sauber aus. Es war inzwischen dunkel geworden. Jean-Pierre und ich gingen zu einem für ihn reservierten Häuschen. Ausgiebige Dusche und neue Unterwäsche. Eine hübsche junge Frau servierte uns Linsensuppe, Baguette, Boudin und Camembert. Dazu einen sehr guten, trockenen Rouge. Wir aßen langsam und schweigend, blickten einander immer wieder an und lächelten zufrieden. Nach dem Essen kramte Jean-Pierre die Cognac-Flasche hervor. Beide waren wir sehr müde. In einem der Zimmer wartete ein sauberes Feldbett auf mich. Ich zog mich aus und wickelte mich in die beiden Militärdecken. Erst als es draußen hell wurde, kam ich wieder zu mir.

Nach einem ausgiebigen Frühstück packten wir etwas Proviant in die Rucksäcke und brachen auf. Die kühle, herrlich klare Luft prickelte wie Sekt. Die Schönheit der oft so bizarren Felsformationen ließ mich oft atemlos staunen. Auch wenn das Terrain etwas Aufmerksamkeit erforderte, so war der Marsch durch diese Bergwildnis doch eine wahre Freude für mich. Nach jeder Stunde machten wir einige Streckübungen und zehn Minuten Rast mit einigen Schluck Wasser und einer Zigarette. Eine Handvoll Datteln und Feigen gab es als Mittagessen. Die Sonne neigte sich schon zum westlichen Horizont. Fast zwölf Stunden waren seit unserem Aufbruch vergangen, als wir eine weite, durch Felswände windgeschützte, sandige Senke, bewachsen mit einem richtigen kleinen Wald und trockenem Unterholz erreichten. Wir sammelten Brennholz. Es war noch Dämmerung, als wir schließlich auf unseren Schlafsäcken an einem kleinen Lagerfeuer saßen. Knoblauchwurst, Hartkäse und Schiffszwieback, dazu Rotwein aus einem kleinen Wassersack und unseren Feldbechern. Müde, ausgefüllt und zufrieden saßen wir noch lange an unserem Lagerfeuer, tranken den Rotwein in winzigen Schlucken, hatten nicht das Bedürfnis, zu sprechen. Die freundlichen Flammen des Lagerfeuers schufen eine heimelige Atmosphäre. Und der Himmel voll funkelnder Sterne, die zum Greifen nah erschienen, gab Trost und Geborgenheit und ließ uns die Nähe des Göttlichen fühlen. Allmählich erloschen die Flammen; es blieb nur noch etwas rasch verglimmende Glut. Eigentlich hätte immer einer von uns Wache halten sollen. Aber alles hier oben war rein und gut. Wir verließen uns dieses Mal auf den Schutz der Götter. Und schliefen tief und traumlos.

Kurz vor Mittag erreichten wir Omars Dorf. Eine Gruppe schmucker Häuser inmitten herrlicher Obst- und Gemüsegärten. Drei Männer in Arbeitskleidung erwarteten uns. Wir begrüßten uns mit Handschlag. „A salam aleikum!" „Marhaba!" Die Drei lachten mich ausgelassen an. Ich wandte mich dem größten des Trios zu. „Du bist Omar!" sagte ich spontan. Er nickte geschmeichelt, „Und du bist Lieutenant Ibrahim!" Der große, bärtige Araber nickte erfreut. „Und du bist Lieutenant Khaled." „Ja!" bestätigte dieser fröhlich.

Wir gingen in Omars Haus. Die stille, schöne Frau, die uns lächelnd empfing, musste Monique sein. Ich begrüßte sie mit einem Kuss auf die Hand, was den anderen Männern ein amüsiertes Kichern entlockte. Auf dem Tisch stand ein großer Krug mit klarem, kühlem Wasser, ein Korb mit duftendem dunklem Brot und eine Schale mit Salz. Jean-Pierre und ich bedienten uns, wobei wir jetzt erst merkten, wie durstig wir eigentlich waren. Danach servierte uns Monique ein vorzügliches Couscous mit einer herrlichen Harissa und einem trockenen Rotwein. Wir aßen langsam und schweigend. Und wir fühlten, dass alles in Ordnung war, so wie es war.

In entspannter Atmosphäre begann ganz von selbst ein ruhiges Gespräch. Instinktiv taten wir mit dieser behutsamen gegenseitigen Annäherung genau das Richtige. Nämlich nichts zu überstürzen und den Ereignissen ihren natürlichen Lauf zu lassen.

Moniques freundliche, dunkle Augen lächelten mich an. „Ich hätte dich auch sofort erkannt, Gérard." sagte sie. „So plastisch hat dich Jean-Pierre uns geschildert." „Mir geht es auch so, Monique." erwiderte ich ihr. „Durch die Gespräche mit Jean-Pierre damals in Verdun habe ich alles hier so richtig mit erlebt: Die verzweifelte Patt-Situation und seine Einsamkeit. Wie er und die beiden Kinder sich begegneten und wie sie sich gegenseitig erlösten. Die ganze Tragödie, die Sélène durchmachen musste. Dann das Zusammenfinden, die Lösung vieler Probleme, die Vorbereitung auf den Krieg, den Krieg selbst, die Vergeltung . . ." Bestürzt hielt ich inne, weil mir plötzlich bewusst wurde, wie sehr ich das alles noch einmal in Zeitraffer-Tempo durchlebte.

„Ja, Gérard. Damals in Verdun hat Jean-Pierre, ohne es zu ahnen, unser aller Schicksal verbunden." sagte Omar ernst und nachdenklich. „Damals in Verdun, vor so langer Zeit und mehr als dreitausend Kilometer von hier entfernt, bist du einer der Unsrigen geworden, auch ohne es zu wissen." Ich schwieg. Ich brauchte nichts dazu zu sagen. Denn wir alle wussten, dass es genau so war. Und ich war sehr froh darüber. Das hier war Heimat. Auch für mich.

Und dann war ich mit Jean-Pierre unterwegs, den Weg hinauf zur Bergfestung. Kurz vor dem Ziel legte ich ihm die Hand auf die Schulter. Er nickte. Wir setzten uns auf einen Felsblock. Ich zündete uns zwei Zigaretten an. Die wir nachdenklich und in aller Stille rauchten. „Jean-Pierre?" „Ich weiß." sagte er. „Du denkst schon die ganze Zeit an etwas ganz Bestimmtes. Eigentlich schon seit wir uns in der Stadt unten wiedergesehen haben." meinte ich. „Schon viel länger, Gérard. Schon damals in Verdun hatte ich diesen Gedanken." erwiderte er. „Willst du es mir nicht sagen?" „Nein, Gérard. Das würde dich nur beeinflussen. Was sind denn deine Gedanken und Gefühle.?" „ Ich denke, auf mich wartet eine Begegnung mit dem Schicksal." meinte ich etwas beklommen.

Dann lag die Oase der Bergfestung vor uns. War es schon eine wahre Freude, die Obst- und Gemüsegärten in Omars Dorf zu betrachten, so war diese Oase hier von geradezu atemberaubender Schönheit. Auch diesen Ort hätte ich sofort erkannt, unter allen Orten auf der Erde. Langsam gingen wir durch dieses Paradies auf den Bunker zu. Oft blieb ich wie verzaubert stehen. Jean-

Pierre ließ mir alle Zeit, die ich brauchte, ließ mich lächelnd gewähren.

Auch in Jean-Pierre's Wohnzimmer in der Bergfestung kannte ich mich sofort gut aus. Eine schlanke Frau von anscheinend zeitloser Schönheit, mit rabenblauem Haar und nachtschwarzen Augen kam aus der Küche ins Wohnzimmer. „Ich werde euch allein lassen." sagte Jean-Pierre mit belegter Stimme und verschwand fast lautlos. Einen Augenblick stand ich wie erstarrt da und blickte ihr fassungslos in die Augen. Ihr erging es nicht anders. „Sélène!" „Gérard!" Wir gingen aufeinander zu und nahmen einander in die Arme. Da war ein leichtes Zittern in unseren Körpern. Die Beine trugen uns kaum. So sanken wir auf die Couch, hielten uns weiter in enger Umarmung aneinander fest. Ich konnte den Blick nicht von ihrem Gesicht wenden, von diesen freundlichen, wunderschönen, nachtschwarzen Augen.

„Sélène. Du bist so schön wie der Mond." entfuhr es mir. Ihr strahlendes Lächeln. „Ich bin so froh, Gérard, dass du endlich gekommen bist." „Und ich bin auch so glücklich, dass ich endlich hier sein kann." Leise sprachen wir miteinander. Über die Dinge, die uns in den vergangenen Jahren so bewegt hatten, über Schönes und Schreckliches, hielten uns dabei die ganze Zeit weiter umarmt. Ihre Berührung, ihr Anblick, ihre Stimme bewirkten Heilung bei mir. Es war so wie mit Ariadne und doch wieder ganz anders. „Was hat dir diese Giftschlange von Djamila nur angetan! Ich bin froh, dass auch Ariadne dir helfen konnte." Es vergingen wohl Stunden. Schließlich lösten wir uns lächelnd voneinander. Ich fühlte mich wie geheilt.

Wir holten Jean-Pierre, der draußen auf einer Bank in der Sonne saß und an einer hölzernen Figur schnitzte. Die anmutige kleine Meerjungfrau war fast fertig. Aber ich hatte keine Zeit, sie zu bewundern. Sélène umarmte Jean-Pierre stürmisch. „Liebster!" sagte sie zu ihm. „Es ist genau so, wie du es gesagt hast." Die beiden küssten sich. Jean-Pierre lächelte ruhig, so wie jemand, der es schon immer gewusst hatte. Selène vollführte vor lauter Freude eine Pirouette. Ich selbst verstand vieles nicht, war aber trotzdem sehr glücklich.

Wir gingen hinein. „Ich habe einen großen Tiegel meiner mit Käse überbackenen französischen Zwiebelsuppe im Backofen. Sie muss in etwa einer halben Stunde fertig sein." Jean-Pierre holte eine Flasche aus dem Kühlfach. „Jetzt gibt es erst einmal einen Apéritif." In drei Gläser goss er je einen tüchtigen Schuss schwarzen Johannisbeerlikör und füllte dann die Gläser mit dem kühlen Champagner auf. Wir tranken fast andächtig den Kyr Royal. Dann kam die wundervoll duftende französische Zwiebelsuppe auf den Tisch. Leise sprachen wir miteinander. Es gab noch so viel zu erzählen. Die Stunden vergingen. Es wurde Abend. Wir waren müde geworden. Sélène sah Jean-Pierre fragend an. „Ja, Chérie?" meinte er. „Das war mehr als genug für heute." Sie hatte vollkommen Recht. Es war mehr als genug gewesen, so wunderbar auch alles war. Ich ahnte jetzt, wie es weitergehen würde. „Morgen sehe ich Laila." sagte ich. Voller Ungeduld, aber auch wie jemand, der eine große Beklommenheit fühlt, weil er morgen mit einer absoluten Wahrheit konfrontiert wird.

„Laila." bestätigte Jean-Pierre lächelnd. Ich schlief lange und gut. Und träumte von Jean-Pierre und von Sèlène. Und von Laila.

Buchweizen-Pfannkuchen mit Konfitüre, Croissants und Milchkaffee zum Frühstück. Danach ein Spaziergang zu dritt durch diesen paradiesischen Garten. „Du solltest sie nicht länger warten lassen." sagte Jean-Pierre schließlich. Sélène umarmte mich. „Es kann dir nur Gutes und Schönes mit Laila geschehen, Gérard." Dankbar erwiderte ich ihre Umarmung.

Auch Laila's Zimmer erkannte ich sofort wieder. Ergriffen bis ins Innerste standen wir einander gegenüber. Ariadne. Sélène. War denn eine Steigerung überhaupt noch möglich? Mir war, als müsste und wollte ich in diesen aquamarinblauen, wunderbar klaren und wissenden Augen versinken. Ich fühlte mich eingehüllt in Wärme und Geborgenheit. Eingehüllt in bedingungslose, alles heilende Liebe. Sie war meine wahre Frau! Tausende von Leben in Tausenden von Existenzformen waren wir schon zusammen gewesen. Auf Hunderten von Welten.

Es war ein gewaltiger und süßer Schock. Und ich wusste sofort, dass auch sie mich als ihren wahren Gatten erkannt hatte. Seltsam! Es war eine zwar intuitive, aber durchaus rationale Erkenntnis. Verwirrt schüttelte ich den Kopf. Wie jemand, der gewahr wird, dass er sein Ziel nicht ganz erreicht hat.

„Gérard, mein Liebster!" Laila's Stimme brach den Bann.
Wir fielen einander in die Arme und sanken auf das breite
Bett. Ganz still lagen wir nebeneinander. Hielten uns in
enger Umarmung umschlungen. Langsam tropften die
Minuten dahin, tropften in das Meer der Ewigkeit. Und
doch geschah so vieles. Als würden gewaltige Ströme an
Liebe, an Erkenntnis, an Heilung, an Kraft und Energie, an
Wachstum der Persönlichkeiten, an Dingen, die in
menschlicher Sprache keinen Namen haben, zwischen
uns ihren Ausgleich suchen. Jetzt verstand ich voll Jean-
Pierre's und Sélène's Beklommenheit, verstand voll meine
eigene Beklommenheit. Ich war einen Tod gestorben.
Denn jetzt, nach der Begegnung mit Laila würde ich für
immer ein anderer Mensch sein. Und Laila ebenso.
Erschöpft und ausgehöhlt und vollkommen glücklich fielen
wir, uns weiterhin eng umschlungen haltend, in einen
abgrundtiefen Schlaf.

Es war schon heller Morgen, als uns das Sonnenlicht
weckte, das durch das große kuppelförmige
Deckenfenster direkt in unsere Gesichter schien. Wir
lächelten einander an. „Ich werde uns Frühstück machen."
meinte Laila. „Bleibe noch ein bisschen." bat ich sie.
„Naam, ya azizi - Ja, Liebster." Schließlich ging sie
hinüber zu der Kochnische. „Wie wäre es mit Rührei,
Champignons und Würstchen, und dazu Hirse mit
Harissa?" „Wunderbar, meine Liebste. Ich helfe dir." „Geh'
du lieber ins Bad. Vor allem rasiere dich bitte. Sonst sehen
Papa und Maman, dass wir miteinander schmusen." Ich
stimmte in ihr silbernes Lachen mit ein. Nach dem
Frühstück verschwand Laila im Bad. In einen Henkelkorb

packte sie dann Baguette, eine hausgemachte Pastete, Käse und eine Flasche Rotwein. „Das Wasser können wir direkt aus einem der Bächlein trinken, die in den See fließen. Außerdem holen wir uns Mangos und Apfelsinen direkt von den Bäumen." Dann gingen wir Hand in Hand hinüber zum See der Oase. Wir hatten eine dicke Wolldecke mitgenommen. Die breiteten wir an einer sonnenbeschienenen, grasigen Stelle dicht am Ufer aus und legten uns nebeneinander darauf nieder, Hand in Hand und so, dass unsere Körper sich berührten, unsere Gesichter einander zugewandt waren. Die fließenden Ströme zwischen uns waren verhaltener und sanfter geworden. Vogelgezwitscher und das Summen von Insekten. Das leise Rauschen der Bäume im Wind. Die Stunden flossen dahin. Niemand störte uns.

Nicht nur die Stunden.Tag für Tag kamen wir hierher. Nacht für Nacht schliefen wir hier nebeneinander in unseren Schlafsäcken unter einem Himmel voller Sterne, die zum Greifen nah erschienen, im silbernen Glanz des vollen Mondes. Wir gingen nur zur Festung hinüber, wenn wir Verpflegung brauchten. Nie sahen wir jemanden. Alle ließen uns vollkommen in Ruhe. Die damals Zehnjährige aus Jean-Pierre's Erzählung war zu einem wunderschönen, zierlichen, jetzt fast siebzehn Jahre zählenden Mädchen herangewachsen - und doch irgendwie vollkommen das zehnjährige Kind geblieben.

Leise und bedachtsam erzählten wir einander die Geschichten unseres Lebens. Obwohl uns ja alles bekannt war. Aber es war so, als würden wir unser Leben jetzt gemeinsam erleben. Als wären wir auch in diesem

Leben zusammen gewesen, wären zusammen miteinander aufgewachsen. Und all das Schreckliche, das sich in uns angesammelt hatte, alle Traumata aus all den grausigen Erlebnissen unserer Vergangenheit starben jetzt. Auch die Giftschlange Djamila in mir starb jetzt endgültig. Hatten Jean-Pierre und Sélène heilend bei der damals zehnjährigen Laila eingegriffen und hatten mir Ariadne und Sélène Heilung bedeutet - die endgültige Heilung aller Übel konnten einander nur die wahren Gatten geben, die von Ewigkeit her für einander bestimmt waren.

„Laila, Liebste, dann werden wir jetzt in diesem Leben auch wieder Mann und Frau?" Etwas traurig lächelnd schüttelte sie den Kopf. „Nein, mein Liebling. In diesem Leben darf es noch nicht sein. In diesem Leben bist du einer anderen Frau bestimmt." „Aber wieso denn? Wir wissen doch, dass wir einander gehören. Jetzt, da wir es wissen, kann ich mich doch an keine andere Frau mehr binden!" „Ja, wir wissen, dass wir einmal für immer zueinander gehören. Aber damit es keine Trennung mehr gibt, in keinem Leben, müssen wir uns auf einer spirituellen Ebene erkennen." „Laila!" „Doch, mein Geliebter. Natürlich haben wir jede Freiheit. Wir könnten jetzt sofort miteinander schlafen und einfach die Ehe vollziehen. Dann wären wir in diesem Leben zusammen. Und würden einander wieder für viele Leben verlieren." „Ja, meine Prinzessin." sagte ich dann verwundert und bestürzt. „So sehr ich dich auch liebe, so sehr ich mich danach sehne, mein Leben mit dir zu teilen, ich könnte jetzt überhaupt nicht mit dir schlafen!" bekannte ich in einem Gefühl von Fassungslosigkeit, ja fast Trostlosigkeit.

„Liebster. Du weißt auch, wer diese andere Frau ist."
„Nine." sagte ich leise.

„Ja. Nine." sagte sie und küsste mich. „Schau, Gérard.
Erst jetzt, da wir uns endlich gegenüber standen, wusste
ich mit Sicherheit, dass ich deine wahre Frau bin. Es hätte
auch Nine sein können. Auch mit ihr warst du in
Tausenden von Leben und in Tausenden von
Existenzformen zusammen." Mir dämmerte es. „Auch mit
Ariadne und Sélène?" fragte ich, einer spontanen
Eingebung folgend. Laila nickte lächelnd. „Zumindest in
Hunderten von Leben warst du auch mit ihnen zusammen.
Schließlich konnten es nur noch Nine oder ich sein. Jetzt
wissen wir es." „Laila, ma Chérie. Ich habe dir ja erzählt,
wie hartnäckig ich mit Sophocle's Hilfe nach Nine gesucht
habe. Einfach, um sie um Verzeihung zu bitten für das,
was ich ihr damals angetan habe. Da habe ich mir wohl
selbst etwas vorgemacht?" „Ja, Schatz. Du hast deine
Sehnsucht nach ihr weiterhin in dir verleugnet. Du wolltest
sie jedoch endlich als deine Frau!" „Wir haben sie nicht
gefunden. Trotz aller Bemühungen." Angst schnürte mir
die Kehle zu. „Wenn sie tot ist, dann trage ich die Schuld
an ihrem Tod."

„Sie ist nicht tot, Gérard." „Woher willst du das wissen?"
„Wir gehören alle zusammen. Du, ich, Nine, Ariadne,
meine Maman, mein Papa. Und vielleicht noch einige
Menschen, von denen wir in diesem Leben nichts wissen.
Wenn Nine gestorben wäre, dann wäre auch ein Teil von
mir gestorben. Und ein Teil von dir. Ich weiß nur, dass sie
sich einsam und verloren fühlt. Sie muss auch viel
Schlimmes durchgemacht haben. Gerade im Schlaf, wenn

306

wir unsere spirituellen Sinne leben, dann teile ich ihre Gedanken und Gefühle. Da sind Angst, Panik, Depressionen, Einsamkeit und Verlorenheit. Der Wunsch, sich das Leben zu nehmen. Oft bin ich nachts angstvoll schreiend aus dem Schlaf gerissen worden. Aber genau so konnte ich ihr Trost spenden, ihr Mut und Zuversicht einflößen, wenn sie und ich zur gleichen Zeit unser spirituelles Leben lebten, das heißt, wenn wir beide schliefen. Ich kann im Schlaf das Tages-Bewusstsein behalten, sonst wäre das nicht möglich."

„Ein Mexikaner namens José Silva hat ebenfalls entdeckt, wie jemand im Schlaf das Tages-Bewusstsein beibehalten kann und hat ein wundervolles Buch darüber geschrieben: „Silva Mind Control". Das Buch gibt es erst seit einigen Monaten in den Vereinigten Staaten." Sie lächelte. „Auch solche Dinge können sich dir erschließen. Ich kann die Gedanken aller Menschen erfahren und an all die Dinge herankommen, die meine persönliche Entwicklung begünstigen. Liebling, du glaubst gar nicht, welche noch ungeahnten Möglichkeiten in uns Menschen vorhanden sind. Ich möchte dir so vieles zeigen. Erlaubst du mir, mich für einen Augenblick in deine Gedanken einzuschalten?" „Natürlich, meine Prinzessin." erwiderte ich voller Vertrauen.

Und erlebte einen Schock. Ein Stück Erfassen der Wirklichkeit. Ein Stück Erkenntnis dessen, was wir wirklich sind. Dieser ganze Komplex, bestehend aus den Erinnerungen und den Erfahrungen so vieler Leiber in zahllosen Existenzformen und dem sich daraus ergebenden Wünschen, Hoffen, Wollen und Streben nach

Vollendung. Das war unser wahres Ich.
Und Laila und Gérard waren davon die jetzigen irdischen
Verkörperungen.

Dieses zierliche, so natürliche und liebevolle
sechzehnjährige Mädchen verfügte über eine
unvorstellbare Machtfülle und gleichzeitig über die
Weisheit, voll verantwortlich damit umzugehen!

Sanft zog sich ihr Geist wieder aus meinen Gedanken
zurück. Sie küsste mich zärtlich auf den Mund, lächelte
und nahm mich ganz fest in die Arme. Sie ließ mir viel
Zeit. Bis ich wieder vollständig in diese Illusion von Zeit
und Raum zurückgekehrt war, in diesen zur Zeit so
kostbaren Traum: Wir beide zusammen am See dieser
paradiesischen Oase.

Dann erwachte meine Wissbegierde. „Kann ich denn auch
lernen, Gedanken zu lesen?" „Natürlich. Alle Menschen
haben diese Gabe. Sie haben es nur vergessen und
müssten diese Fähigkeit wieder ausgraben aus ihrem
Gefühls- und Gedanken-Müll. Aber es ist wahrscheinlich
besser, dazu keinen Zugang zu haben." „Warum, Laila?"
„Ich hatte als Kind schon diese Gabe und wäre daran fast
einen grässlichen Tod gestorben." Sie schüttelte sich
schaudernd. Dann lachte sie wieder. „Nur dadurch, dass
ich instinktiv und sehr schnell lernte, alle diese auf mich
einstürmenden Gedankenströme zu blockieren, habe ich
überlebt." „So schlimm ist das?" Sie schaute mich ernst
an. „All die Traurigkeit und Hoffnungslosigkeit, vor allem
aber die Dummheit, die Gier, der Hass und der Neid, die
da auf dich einstürmen. Ein Mensch, so stark er auch sein

mag, würde sehr schnell daran zugrunde gehen. Er würde den vollkommenen Zusammenbruch seines Nervensystems erleiden. Oder er würde sich den Schädel an der nächsten Wand einrennen."

Ich drückte sie an mich und streichelte ihr Haar. „Aber du warst doch in meinen Gedanken, Liebste." „Ja, Gérard. Ich musste lernen, meinen Geist, oder besser, meine Gabe auf einen einzigen Menschen zu konzentrieren. So, wie du einen Radio-Empfänger oder ein Funkgerät auf einen einzigen Sender einstellst und alle anderen Sender ausblendest. Ich tue das nur mit Papa und Maman. Und jetzt auch mit dir, mon Chéri." Sie errötete und blickte mir tief in die Augen. „Auf eine Art ist das noch weitaus intimer als jede Art von körperlicher Liebe." „Als sechzehnjährige, ach so reife und erfahrene Frau weißt du bestimmt eine ganze Menge darüber." frotzelte ich. Sie lachte schallend. „Erinnerungen, Schatz. Erinnerungen an zahllose frühere Leben." Und träumerisch und sehnsuchtsvoll: „Mit dir!"

„Wahrscheinlich bin ich das glücklichste Mädchen auf der ganzen Welt. In diesem Leben habe ich meinen wahren Papa gefunden und ihn spirituell erkannt. Und ich weiß jetzt auch, dass du mein wahrer Gatte bist. Vielleicht erkennen wir uns einander schon in unserem nächsten Leben auch spirituell. Danach wird es nie wieder eine Trennung geben. Nie wieder! In jedem Leben werde ich dann mit meinem wahren Papa und meinem wahren Gatten zusammen sein!"

„Und Sélène ist auch deine wahre Maman?" Laila schüttelte lächelnd den Kopf. Maman und ich lieben uns, wie Maman und Tochter sich nur lieben können. Aber Sélène kann nur irgendwann einmal einen wahren Sohn haben. Vielleicht schenkt Nine dir einen Sohn, den du sehr liebst und auf den du stolz bist. Vielleicht schenkt sie dir auch deine wahre Tochter. Vielleicht ist sie sogar deine wahre Tochter. Irgendwie wäre das auch eine Erklärung für dein Verhalten ihr gegenüber. Aber ich weiß eines: Es ist vollkommen in Ordnung, dass sie in diesem Leben deine Frau wird. Und ich glaube, ihr beide werdet sehr glücklich miteinander sein. Ich kann und werde dir helfen, sie endlich zu finden."

Wieder war ich voll damit beschäftigt, das eben in so wenigen Worten Vernommene zu verdauen und einzuordnen. „Es ist also die Gegengeschlechtlichkeit?" fragte ich schließlich nachdenklich. „Die gegenseitige Ergänzung im anderen Geschlecht?" „Ja, mein Gérard. Und du kannst dir gar nicht vorstellen, wie es sein wird, wenn ich deine wahre Frau sein werde und ich werde irgendwann meinen wahren Sohn und du deine wahre Tochter haben. Dabei müssen es nicht einmal die leiblichen Kinder sein. Wie ich wohl weiß.
Mein Papa und ich, wir haben uns gefunden. Und es ist pure Seligkeit."

„Liebste." meinte ich nach einer Weile. „Du bist mir in allem so haushoch überlegen. Wie kann ich da dein wahrer Gatte sein?" „Nein, Gérard. Ich bin dir in keiner Weise überlegen. Es ist nur so, dass ich als kleines Kind gerade durch die mörderischen Bedingungen sozusagen den Zugang zu den höheren Welten gefunden habe. Sonst wäre ich damals zugrunde gegangen. Deshalb mein

jetziger Vorsprung. Ich bin dir alles andere als überlegen."
Sie schwieg erschrocken. Sie hatte mich auf etwas
hingewiesen, auf das sie mich gar nicht hatte bringen
wollen. Zumindest jetzt noch nicht.

„Höhere Welten?" fragte ich wie elektrisiert. „Bitte, Liebste,
lass mich doch bitte alles wissen." Sie zögerte
unentschlossen. „Ich denke, es wird zuviel auf einmal,
mein Gérard. Es ist schon ein Wunder, wie gut du all das
jetzt schon mit mir Erlebte in dieser kurzen Zeit verkraftet
hast." „Laila. Du hast es aber angesprochen. Glaubst du,
ich würde jetzt noch Ruhe finden? Bitte, Schatz!" „Oh
Gérard! Es ist doch wohl besser, dass ich mit dir
zusammen hinübergehe in einige dieser höheren Welten.
Denn es ist nicht ungefährlich. Und wie ich dich kenne,
würdest du früher oder später auch allein den Zugang
finden und vielleicht großen Schaden davontragen."
Nachdenklich blickte sie mich an. „Außerdem können dir
diese Erfahrungen vielleicht helfen, Nine wieder
Lebensmut und Freude am Leben einzuflößen." „Wenn ich
Nine überhaupt finde." „Du wirst sie finden, bald. Das
verspreche ich dir. Auch da kann ich dir helfen."

Einige Minuten saßen wir einfach still da und schauten
uns sinnend an. „Was machen wir zuerst, Laila?" „Wir
verlagern unser Bewusstsein zuerst in unseren
Astralkörper und wechseln hinüber auf die Astralebene."
„Astralkörper? Astralebene? Ist das nicht so eine fixe Idee
von Spinnern? Von solchen, die hemmungslos von
Schwingungen faseln und nicht einmal wissen, wie eine
Sinus-Kurve aussieht?" Lächelnd schüttelte Laila den
Kopf. „Es handelt sich tatsächlich um eine höhere

Frequenz, um eine Erhöhung unserer Körperschwingungen." Ich wusste, ich hatte sie ernst zu nehmen und wurde wieder sachlich. „Diese Ebene ist relativ ungefährlich." sagte sie „Die einzige Gefahr ist die, dass du eine fast unstillbare Sehnsucht nach ihr haben wirst, wie nach einem Rauschmittel. Alles ist dort vollkommener, weil die Behinderung durch die Gravitation wegfällt. Du wirst es ja sehen. Unter anderem ist unser Astralkörper der Sitz unserer Instinkte und Gefühle."

Sie lächelte mich an, so als würde sie sich auf etwas ganz Bestimmtes unendlich freuen. Und errötete zutiefst. „Liebster!" flüsterte sie fast schüchtern. „Wenn wir beide jetzt zusammen hinübergehen, werden wir noch intimer miteinander sein als wir es waren in der Zeit, als ich in deinen Gedanken war. Unsere Körper werden sich gegenseitig vollkommen durchdringen, den gleichen Raum einnehmen. Wir werden ein einziger Körper und ein einziger Geist sein. Ein Zusammensein, wie das hier in der materiellen Welt nicht annähernd vorstellbar ist."

Sie drückte sich eng an mich. Ich schloss die Augen, spürte plötzlich ein leichtes Schwindelgefühl, das Zusammenfließen unserer beider Körper, Vollkommenheit. Als ich mich wieder umblickte, lagen wir immer noch auf der Wolldecke am See der Oase. Aber die Felsen und Steine um uns herum strahlten in unerhörter Pracht. Einige wie blutrote Rubine, andere wie blaue Saphire, andere wieder wie Smaragde und Diamanten.

Die Bäume um uns schienen aus glitzerndem Kristall, und doch so unendlich lebendig. Auch das Gras bestand aus leuchtenden Kristallen. Ich streckte die Hand aus und erwartete eigentlich, glasharte Materie zu fühlen. Aber das Gras war schmiegsam und weich - und schmiegte sich fast zärtlich in meine Hand. Eine leuchtende Schwebefliege setzte sich neugierig auf meinen Unterarm und begann, winzige Absonderungen meiner Haut aufzusaugen. Sie vermittelte behutsame Fürsorge. Und erst die Düfte! Der Gesang der Vögel. Das anheimelnde Summen der Insekten. Ich roch an einer blauen Blume aus blauem Saphir. Berauschend und mehr als köstlich. Nie wieder würde ich einer Blume den Kopf abreißen, um sie in eine Vase zu pferchen.

Alles aber war verschwindend wenig, verglichen mit dem Gefühl des Zusammenseins mit Laila. Laila! Wir waren ein Körper und ein Geist. Und unser eigentliches Ich, unsere Seelen sprachen direkt miteinander. Es war der vollkommene Austausch. Sie war Ich und Ich war Sie. Das hier musste das Paradies sein. Ich gab es auf, eine Vollkommenheit ausdrücken zu wollen, die sich in den unbeholfenen Worten unserer Sprachen gar nicht beschreiben lässt.

Die Erde hatte uns wieder. Und wir hielten uns eng umschlungen. Mit feuchten Augen. „Laila!" Sie atmete tief, schmiegte plötzlich ihren Kopf in meine Halsgrube. Wie ein ganz kleines Mädchen. „Gérard!" Ich spürte, dass sie leicht zitterte. Spürte dann mein eigenes Zittern. Den Rest des Tages blieben wir einfach nebeneinander auf der Wolldecke liegen. Und auch die ganze Nacht unter dem Sternenhimmel, eingehüllt in unsere Schlafsäcke. Unsere Seelen sprachen miteinander.

In Laila's Zimmer tranken wir dampfend heißen Kaffee. Schweigend. Lächelten uns über die Ränder unserer Bols, jener großen, runden Tassen ohne Henkel zu. Sélène war hier gewesen. Ein paar liebe Zeilen an uns und eine große Glasschüssel mit herrlichem Geflügelsalat im Kühlschrank. Und frische, duftende, noch ofenwarme Baguette. Laila packte alles in ihren Henkelkorb und gab noch Rotwein und Ziegenkäse hinzu. Wir gingen wieder hinunter zum See.

Langsam und andächtig aßen wir. Ich zündete mir eine Zigarette an. Laila nahm sie mir aus der Hand und tat zwei tiefe Züge. Prompt bekam sie einen heftigen Hustenanfall. „Pfui Teufel!" schimpfte sie dann. „Wie kann sich der Mensch nur so etwas antun?" Ließ mich aber dann meine Zigarette lächelnd zu Ende rauchen. „Gehen wir wieder zur Astralebene?" fragte ich sie. Sie schüttelte ernst den Kopf. „Bitte, Laila!" bettelte ich, fast wie ein kleiner Junge. „Liebster. Ich habe heute Nacht Zugang zu Nine's Gedanken und Gefühlen gehabt. Ich habe große Angst um sie. Du musst so schnell wie möglich zu ihr. Sie braucht dich, um weiter zu leben. Ich will mit dir nur noch zu einer höheren Ebene gehen. Das kann dir helfen, Nine wirklich Heilung zu bringen." Auch ich wurde ernst. Und hellwach. „Ja, Laila. Beeilen wir uns. Was für eine Ebene ist das?" „Man könnte sie die Obere Mentalebene nennen. Die Ebene, auf der wir uns befinden, wenn wir schlafen. Die Astralebene, obwohl sie die unterste Ebene gleich über der physischen Ebene ist, ist seltsamerweise mit Worten am schwierigsten zu charakterisieren." Sie schwieg einen Augenblick.
„Ich muss dir kurz sagen, worum es sich bei diesen

Ebenen handelt. So kannst du dich am schnellsten orientieren. Die Astral-Ebene ist dem Mond zugehörig. Als Symbol für Instinkt und Gefühl. Die Obere Mentalebene ist gewissermaßen ausgespannt zwischen Jupiter als Symbol für Ordnung, Harmonie und Frieden, und Mars als Symbol für Kraft und Energie. Wenn wir schlafen, befinden wir uns auf dieser Ebene. Dort werden unsere Tageserlebnisse harmonisch eingeordnet. All das, was als wertvolle Erfahrung dienen kann, wird an die nächsthöhere Ebene, die Kausal-Ebene weitergegeben und dort für immer gespeichert. Gleichzeitig fließen uns über das Symbol Mars Kraft und Energie zu, in alle Zellen. Es kann eine richtiggehende biologische Erneuerung sein." „Und die nächsthöhere Ebene, die Kausal-Ebene?" fragte ich sie.

„Die nächsthöhere Ebene, die Kausale-Ebene, wird von Saturn regiert. Saturn ist das Symbol für den Speicher aller von uns jemals eingenommenen Bewusstseinszuständen in allen dualen Welten. Dort sind auch die Erinnerungen und Erfahrungen aller Lebewesen gespeichert. Die Anthroposophen und die Inder nennen es auch Akasha-Chronik. Durch den Zugang zu Saturn habe ich Zugang zu dem gesamten Wissen, auch zu zeitlosem Wissen, und nicht nur zu dem Wissen auf Erden. Aber du kannst auch mit sehr unangenehmen Dingen konfrontiert werden. Ich habe uns zum Beispiel als Adler erlebt. Es war wunderschön. Aber dann bist du tödlich verunglückt. Ich blieb allein zurück. Jagte und fraß nicht mehr. Klagte der Welt mein Leid. Es hat sehr lange gedauert, bis ich endlich verhungert bin und im Tod Erlösung fand."

Einige Minuten verharrten wir schweigend. Zärtlich hielt ich sie in meinen Armen, streichelte ihre Wangen und ihr Haar. Da lächelte sie mich an und nahm mich ganz fest in die Arme. Ein leichtes Schwindelgefühl und das Empfinden, als löste sich unser Bewusstsein mit einer sachten Drehbewegung von unseren physischen Körpern.

Eine phantastisch schöne Landschaft. Und da waren große, runde Brunnen in fast unirdisch anmutenden, wunderschönen Farben. Eingebettet in eine Fläche aus spiegelndem Marmor. Da war der Jupiter-Brunnen, bis zum Rand gefüllt mit Türkis. Wir stiegen hinein in, ja in was? In die „Flüssigkeit"? Sie trug uns sanft, schaukelte uns leicht. Mich durchdrang ein vorher nie gekanntes Gefühl von Frieden und Harmonie, von Serenität, ja, von halkyonischer Stimmung. Ich hätte für immer hier bleiben können! Laila ergriff meine Hand und zog mich zum Rand. Einen Moment saßen wir dort, die Beine noch im Brunnen. „Komm, Liebling!" Nur mit Mühe riss ich mich los.

Sie führte mich zum gegenüberliegenden Brunnen. Ein fast aggressives, helles Rot. Der Mars-Brunnen. Wir hechteten mit Kopfsprung hinein. Auch das war herrlich! Ich spürte einen unerhörten Zustrom an Kraft und Energie. Fühlte mich stark und mächtig wie nie zuvor. Und nicht nur das: Ich konnte auch das Maß meiner Energie genau einschätzen, wusste genau um meine Willensstärke, mein Durchhaltevermögen Bescheid. Wusste genau, was ich aushalten und bewältigen konnte und was nicht. Auch hier hätte ich ewig bleiben können. Es mussten etliche Stunden verstrichen sein. Laila zog mich irgendwann dann wieder zum Brunnenrand. Nur sehr ungern gab ich nach.

Und ich spürte ihre Angst und ihre Besorgnis. Angst um mich. Ich blickte hinüber zu einem Brunnen, dessen Inhalt blauschwarz schimmerte. Saturn. Oder Santor, die schwarze Sonne. Und wusste plötzlich, dass Harmonie und Energie nur Stärkung und Vorbereitung gewesen waren für die Konfrontation mit den Erinnerungen aus Welten und Ewigkeiten. Ich fühlte mich überhaupt nicht dafür gewappnet. Und trotz meiner Angst sagte ich zu ihr:

„Komm, Laila. Gehen wir hinüber und steigen in den Schwarzen Brunnen!" „Auf keinen Fall, Liebster!" erwiderte sie erschrocken. „Das würde dich töten." Ihr Lächeln kam etwas verzagt. „Ich erlebte einmal eine Erinnerung aus dem Mittelalter. Ich wurde als Hexe auf dem Scheiterhaufen verbrannt. Als ich in die jetzige Zeit hierher zurückkam, hatte mein irdischer Körper noch wochenlang ekelhaft schmerzende Brandblasen." „Dann steht Saturn also für alles Negative und Gefährliche?" „Nein, Gérard. Überhaupt nicht. Nur kannst du all die schönen und schlimmen Erinnerungen einer Ewigkeit nicht verkraften. Vielleicht sterben wir nur deshalb, weil die Last der Erinnerungen zu schwer zu tragen wird. In der griechischen Mythologie trinken die Verstorbenen zuerst aus Lethe, der Quelle des Vergessens. Saturn ist nicht negativ. Saturn speichert, noch einmal kurz gesagt, zeitloses Wissen, die Erfahrungen über Ursache und Wirkung, Wissen über Karma, die Erfahrungen aller bisher eingenommenen Bewusstseinszustände in den dualen Welten."

„Die vorsichtige Annäherung an das gesamte Wissen dieses Universums kann dir so viel geben! Umfassendes Wissen, Einsicht, Weisheit. Woher sollte ich mit meinen sechzehn Jahren alle diese Kenntnisse haben?" Sie zögerte. „Es kann sehr unangenehm werden, Chéri. Wir brauchen es auch nicht zu tun. Wir können jetzt umkehren. Ich dachte nur, es könnte dir helfen, Nine ebenfalls Heilung zu bringen." Unsicher schaute sie mich an. „So, wie du mir Heilung gebracht hast? So, wie du mich vollständig geheilt hast, meine Liebste?" Sie nickte. „Ja, Liebling." sagte ich. „Zeige du mir, was ich tun muss. Führe mich zu dieser Chronik der Ewigkeit." Sie lächelte wieder. „Ich komme mit dir, mein Gérard. Du musst dabei an Nine denken, und vielleicht an einige der Leben, die du in der Vergangenheit mit ihr verbracht hast."

Wir gingen zurück zum Jupiter-Brunnen, stiegen hinein in das wunderbare Türkis. Jetzt war Laila in meinen Gedanken. Wir waren wieder ein Körper und ein Geist, so ähnlich wie gestern im silbernen Brunnen des Mondes. Immer tiefer sanken wir in den Brunnen hinab. Atmen in diesem wundervollen Türkis war einfach köstlich, brachte nur Harmonie und Frieden.

Wir schienen am Grunde angelangt zu sein. Dann wieder dieses leichte Schwindelgefühl. Oben wurde zu unten. Plötzlich saßen wir am Rand des Saturn-Brunnens. Das blaue Schwarz zog meine Augen magisch an. Ich dachte intensiv an Nine. Und da war sie. Meine kleine Tochter Nine! Meine Frau war bei der Geburt gestorben und hatte mich traurig zurückgelassen. Und da war dieses süße zweijährige Mädchen, das immer meine Nähe suchte, das nachts neben mir schlief, das mich immer anlächelte. Ich sah sie heranwachsen, erlebte sie als ausgelassenen Teenager, schließlich als Ehefrau eines Mannes, der sie liebte und der zu ihr passte. Doch Vater und Tochter blieben immer eng verbunden.

Und dann waren wir zwei blaue Eisvögel unter dem seidenblauen Himmel Griechenlands. Immer waren wir zusammen, flogen weit hinaus aufs Meer und wieder zurück zum Nest. Zur Brutzeit im September ließ Göttervater Zeus die Winde schlafen. Und wir brachten unseren Kleinen das Fliegen bei. Herrlich war es. Es konnte kein schöneres Leben geben.

Dann war da eine andere, rauhere Landschaft. Von herber, wilder Schönheit. Wir waren weiße Schwäne. Auch das war ein herrliches Leben. Jahre vergingen. Und eines Abends wurde Nine von Wölfen zerrissen. Ich ging auf die Wölfe los, stieß mit meinem Schnabel zu wie mit einer Dampframme. Zwei der Bestien verletzte ich tödlich. Aber ein dritter biss mir in die Brust. Hilflos trieb ich auf dem Wasser des Sees. Fühlte mich langsam und qualvoll sterben.

Und kam wieder zu mir auf der Wolldecke am See der Oase. In Laila's Umarmung. Sie wiegte mich sanft, wie jemand, der ein Kind wiegt. Mein Bauch unter dem Rippenbogen tat höllisch weh. Wochenlang hatte ich dort noch ziemliche Schmerzen.

Ich stutzte, als mein Blick zufällig auf meine Armbanduhr fiel. Wir hatten drüben ganze Lebensalter verbracht. Und hier war nicht einmal eine Minute vergangen. „Laila?" Sie lächelte. „Ja, Chéri. Das da drüben ist die Wirklichkeit. Diese Welt hier ist Illusion, oder Maya, wie die Inder sie nennen. Zeit und Raum, Energie und Materie sind nur der verfestigte Ausdruck unserer Gedanken und Gefühle." Ich fasste mir an den Kopf. „Es ist so unvorstellbar, meine Liebste." „Wir können es uns auch nicht richtig vorstellen. Nur in unvollkommenen analogen Vergleichen." Was wären solche Vergleiche zum Beispiel?"

„Stelle dir zum Beispiel ein Buch vor, einen Roman. Alle Personen und Ereignisse sind in diesem Roman sozusagen „gleichzeitig" vorhanden. Aber du brauchst Zeit, um diesen Roman zu lesen, kannst alles nur nacheinander, in „zeitlicher Reihenfolge" in dich aufnehmen und erleben. Einen sehr schönen analogen Vergleich findest du auch in der Erzählung „Siddhartha" von Hermann Hesse. Ich zitiere:" Laila schloss die Augen und schmiegte ihren Kopf in meine Halsgrube. „ . . . da sah ich mein Leben an, und es war auch ein Fluss, und es war der Knabe Siddhartha vom Manne Siddhartha und vom Greis Siddhartha nur durch Schatten getrennt, nicht durch Wirkliches. Es waren auch Siddhartha's frühere Geburten keine Vergangenheit und sein Tod und seine Rückkehr zu Brahma keine Zukunft. Nichts war, nichts wird sein; alles ist, alles hat Wesen und Gegenwart." Sie richtete sich auf und küsste mich, lächelte auf einmal spitzbübisch.

Der Schalk blitzte in ihren Augen. Und ich war gespannt, was jetzt wohl kommen würde: „Einstein drückte in einem seiner humorigen Sätze, unser Unvermögen, die

Wirklichkeit durch die Ratio zu begreifen, recht treffend aus. Er sagte: „Es scheint mir, dass die moderne Physik auf Annahmen beruht, die irgendwie dem Lächeln einer Katze gleichen, die gar nicht da ist." Wie findest du das?" Wir lachten. Fröhlich und ausgelassen wie zwei unbekümmerte Kinder.

Ich drückte Laila fest an mich. „Liebste. Jetzt weiß ich, dass alles mit allem zusammenhängt, und wie alles mit allem zusammenhängt." Und zögerte. „Wenigstens so ein bisschen." Hingerissen schaute ich sie an, diese zierliche wunderschöne Sechzehnjährige, die einmal für immer meine Gattin sein würde. In einer unendlichen Folge zukünftiger Leben. Aktiver, Sinn-erfüllter und glücklicher Leben. „Laila. Jetzt weiß ich, dass ich Nine heilen kann. So, wie du mich geheilt hast."

Stunden verstrichen. „Gibt es denn noch andere Ebenen?" fragte ich sie. „Über Saturn hinaus?" „Ja. Die Saturn übergeordnete Ebene ist die Ebene der Urbilder. Es ist wahrscheinlich die höchste Ebene aller dualen Ebenen. Aber es ist noch keine materielle Ebene. Auf der Saturn-Ebene finden wir die erste „Andeutung" von Materie. In der Form, dass das Kreuz der Materie schwer auf der Seele lastet."

„C. G. Jung würde die Ebene der Urbilder als Archetypen-Ebene bezeichnen. Dort befinden sich gewissermaßen die Baupläne der gesamten Schöpfung, für das ganze Leben auf allen dualen Ebenen, auch für das Leben von Tieren, Pflanzen, Bakterien, materiellen Stoffen und so weiter. Alles ist männlich oder weiblich. Dort ist der Wohnsitz der

Urfrau und des Urmannes. Es ist eigentlich nicht mehr zu erfassen mit unserer Sprache." „Waren wir auch einmal Bakterien?" fragte ich eigentlich im Scherz. Sie blieb ernst und nickte. „Ja. Vor einer kleinen Ewigkeit waren wir auch einmal Bakterien. Und ich war immer die Frau!" „Ja." stimmte ich zu. „Ungeheuer sexy. Mit Büstenhalter, Spitzenhöschen, Handtasche und Stöckelschuhen!" Laila lachte schallend. Dann wurde sie wieder ernst.

„Auch sogenannte „leblose" Materie ist männlich oder weiblich. In einem von Platos Dialogen erklärt Sokrates einem seiner Schüler das Urbild des Goldes. Du musst es unbedingt lesen, mein Gérard." „Und welches Geschlecht hat Gold, ma Princesse?" „Männlich natürlich, Liebster. Ein Analogon dazu ist die Sonne, die natürlich auch männlich ist. Genau so das Ego der Lebewesen. Das Gold und unser Ego haben also etwas mit der Sonne zu tun, sind im Grunde Ein und das Selbe." Laila war auch in meinen Gedanken. Sie zeigte mir diese Zusammenhänge viel klarer, als es die Worte der Sprache vermochten.

„Und Silber ist weiblich. Und hat mit dem Mond zu tun. Und mit unseren Gefühlen." platzte ich spontan heraus. Und dann, völlig verblüfft: „Sélène!"

Die Erinnerung an eine mehrwöchige Radtour war plötzlich da. Es war ein sehr heißer Tag gewesen. Ich ließ mir kurz vor Einbruch der Dämmerung meinen großen Wassersack füllen. Fand dann aber erst nach etwa zwei Stunden abseits von jeder Straße eine Wiese als wunderbar geeigneten Lagerplatz. Das Zelt schlug ich erst gar nicht auf, sondern breitete einfach meine Iso-Matte und meinen Schlafsack aus. Dann trank ich etwas von dem köstlichen Nass. Ich zog ich mich nackt aus, wusch meinen verschwitzten Körper auf der vom Licht des vollen Mondes beschienenen Wiese. Und empfand ganz tief die Magie dieses Augenblicks. Ja, es war Magie. Serenität und Harmonie. Der silberne Glanz umfing mich sanft und liebevoll. So, wie die Arme einer liebenden Frau. Laila hatte diese Erinnerung gedanklich mit mir geteilt. Sie umarmte mich zärtlich. „Ach, Gérard!"

Dann versank sie in Gedanken, ging gewissermaßen in sich selbst hinein. „Nine." sagte sie leise. „Es geht ihr gar nicht gut. Du musst dich beeilen, Schatz. Fahre zuerst zu Sophocle." „Ja, Liebes." „Ich werde Nine für dich finden. Ich werde sie dazu bringen, zu dir nach Verdun zu kommen. Sie ist nämlich gar nicht so weit von Verdun entfernt. Mache sie glücklich, mein Gérard." „Das werde ich, Laila. Sag mal? Bist du denn gar nicht eifersüchtig?" „Überhaupt nicht!" „Na! Na!" „Vielleicht ein ganz klein bisschen!" gab sie zu. Aber ihre Augen blickten fröhlich. Denn Laila und ich. Wir hatten Zeit. Wir hatten alle Zeit der Welt.

Ein kleines Festmahl in Form von Couscous, Harissa und Rotwein wartete auf uns. Sélène und Jean-Pierre waren mehr als glücklich. Wir brauchten gar nichts zu erzählen. Was wir im Laufe des Abends dann doch ausführlich taten.

„Wo ist denn Ecrin?" wollte ich endlich wissen. Jean-Pierre schmunzelte. „Der ist uns „untreu" geworden. Er ist „übergelaufen" zu Omar. Omar betrachtet ihn als seinen eigenen Sohn. Ecrin ist ein begabter Ingenieur. Ist zur Zeit in den Vereinigten Staaten zu einem kurzen Studium. Er sucht sich die geeigneten Bücher aus und lernt dann hier als Autodidakt weiter. Du wirst ihn bei deinem nächsten Besuch kennenlernen." Jean-Pierre wurde wieder sehr ernst, als er Laila's Gesichtsausdruck bemerkte. „Ja, Laila. Ich weiß. Es ist Eile geboten. Gérard und ich brechen morgen auf. Übermorgen geht eine Maschine von Air Algérie nach Alger mit einem direkten Anschlussflug von Air France nach Orly."

In Paris nahm ich ein Taxi zum Gare de L'Est und hatte Glück. In einer knappen Stunde ging der nächste Zug nach Verdun. Von einer Telefonzelle aus rief ich Bagir an. „Gérard. Wie geht es dir? Konnten Jean-Pierre und Laila dir helfen?" „Oh, Bagir. Ich bin vollkommen geheilt! Laila wirkt Wunder! Das nächste Mal fahren wir zu viert: Nine, Ariadne, du und ich ins Tamanrasset. Laila heilt auch dich." „Klar, Gérard. Das werden wir so bald wie möglich in Angriff nehmen. Du fehlst uns aber sehr. Komm uns doch hier besuchen. Willst du gleich heute kommen?" „Ihr fehlt mir auch. So bald es möglich ist, komme ich euch besuchen. Aber jetzt werde ich in Verdun dringend gebraucht. Laila sagte mir, dass Nine in höchster Gefahr sei. Sie wird Nine zu mir führen." Einen Augenblick war Schweigen in der Leitung. Dann war da wieder Bagir's aufgeregte Stimme. „Mon Dieu! Gérard! Wie sehr ich dir wünsche, dass du mit ihr glücklich wirst! Wenn wir irgend etwas für dich tun können, dann rufe uns sofort an." „Danke, Bagir. Das werde ich tun. Grüße ganz lieb Papa und Maman von mir. Und vor allem unser süßes Rhonetal-

Mädchen. Ariadne! Ich sehe ihr liebes Gesicht direkt vor

mir."

Danach rief ich Sophocle an. Sophocle holte mich in Verdun am Bahnhof ab. Und schaute mich erstaunt und erfreut an. „Du bist wie verwandelt, Gérard. Jede Last ist anscheinend von dir genommen. Ein wahres Wunder!" „Laila!" sagte ich ihm. Jetzt erst umarmten wir uns. Dann saßen wir beisammen, tafelten und tranken. Und ich musste erzählen. Erst lange nach Mitternacht sahen uns unsere Betten.

Das Katerfrühstück am nächsten Morgen war eigentlich gar nicht nötig. Trotzdem schmeckte es. Frische Baguette mit Rollmops und Zwiebelringen, Essiggurken, schwarze Oliven, Ziegenkäse und heißer süßer schwarzer Kaffee. Zwei bange Tage des Wartens. Ruhelos streifte ich durch Verdun, ging aber immer schnell ins Bistro zurück, aus Angst, ich könnte einen eventuellen Anruf von Nine verpassen. Die nervliche Anspannung versuchten wir mit Cognac und Rotwein zu mildern.

Wieder ein Katerfrühstück. Diesmal war es leider nötig! Wir hatten uns gerade Zigaretten angezündet. Da klingelte das Telefon. Sophocle hörte kurz zu. „Augenblick, Nine." sagte er dann in den Hörer. „Ich gebe dir Gérard." Sofort war ich hellwach. Ihre Stimme erkannte ich fast nicht wieder. Fast tonlos. Eingeschüchtert vom Leben. „Nine!" sagte ich erschüttert. „Liebes! Ich habe dir so viel abzubitten. Ich hoffe nur, dass du mir verzeihen kannst." „Vielleicht kannst du mir nicht verzeihen, Gérard." „Nine! Was immer auch geschehen sein mag. Es ist überhaupt nicht wichtig. Ich liebe dich! Ich habe nur einen einzigen

Wunsch: Ich wünsche mir ein langes und glückliches Leben mit dir als meiner Frau."

„Oh, Liebster." kam es wie ein Hauch durch die Leitung. „Das wäre so schön. Aber wahrscheinlich willst du mich nicht mehr, wenn du alles über mich erfahren hast." „Nine. Wir fangen ganz neu an. Ich hole dich heute noch ab. Ich fahre sofort los und bin so schnell wie nur möglich bei dir. Wo bist du, mein Liebling?" „In Bar-le-Duc. Ich komme zum Bahnhof." Sophocle reichte mir die Wagenschlüssel. Mit einer Kopfbewegung deutete er an, dass ich mich schnellstens aus dem Staube machen sollte. „Gérard?" kam ihre Stimme noch einmal. „Ja, meine Liebste?" „Ich muss es dir sagen! Ich war im Gefängnis. Jahrelang. Ich bin erst heute auf Bewährung freigekommen." „Gehe jetzt einfach zum Bahnhof, mon Amour. In einer Stunde bin ich bei dir."

XIII Nine

**Wir wissen, dass ein ehern Schicksal waltet, das
unaufhaltsam alles lenkt und wägt.**
**Doch ist der Mensch es selbst, der es gestaltet und in
sich seines Schicksals Sterne trägt.**
**Wir sind es selber, die das Schicksal wenden durch
unsren Willen und durch unsre Tat.**
**Wir säen aus mit unsern eignen Händen und ernten
ein die Früchte unsrer Saat.**
(Ludwig Ruge)

Die etwa fünfzig Kilometer nach Bar-le-Duc schaffte ich in
einer knappen halben Stunde. Ich parkte den Wagen. Ihre
Silhouette hätte ich unter Tausenden wieder erkannt. Aber
sie wirkte mit ihrer kleinen Reisetasche und dem
abgetragenen, dünnen Mantel so einsam und verloren auf
dem sonst menschenleeren Bahnsteig. Mit klopfendem
Herzen eilte ich auf sie zu. Wir fielen einander in die Arme.
Mit Tränen in den Augen. „Kannst du mir jemals
vergeben?" stammelten wir fast zur gleichen Zeit. Zärtlich
drückte ich sie an mich. Sie hatte sich kaum verändert.
Nur ihre Augen verrieten eine ungeheure, überwältigende
Traurigkeit. Und Verzagtheit und Angst vor dem Leben.
Dieses süße, quirlige Mädchen von einst mit seinen
lustigen, kohlschwarzen Kulleraugen! Es dauerte einen
langen Augenblick, bis ich meiner Erschütterung und
meines eigenen Schuldbewusstseins Herr wurde. „Komm,
Liebste." sagte ich leise. „Wir fahren nach Verdun zurück,
zu Sophocle." Hand in Hand gingen wir zum Auto. Auch

während der Fahrt hielt ich ihre Hand, die sich wie schutzsuchend und scheu in meine schmiegte. „Gérard." sagte sie ganz verzagt. „Wenn ich dir alles über mich erzählt habe, dann wirst du bestimmt nichts mehr von mir wissen wollen." „Nine, ma Chérie. Was immer auch geschehen ist: Wir werden glücklich miteinander werden. Was immer auch geschehen ist: Ich liebe dich und ich werde dich lieben bis an das Ende unseres gemeinsamen Lebens."

„Mein Liebster." flüsterte sie. „Ich habe dich immer geliebt. Und ich werde nie aufhören, dich zu lieben."

Als ich den Wagen neben Sophocle's Bistro abstellte, warf Nine einen Blick hinüber zum Parc de Londres - und brach erneut in Tränen aus. Ich legte meinen Arm um sie. Wir überquerten die Straße, gingen, ohne uns verständigt zu haben, hinüber zu den drei Chalets meiner ehemaligen Auberge. Nine war fassungslos. Ich lächelte. „Die Zeit von damals ist vorbei." Dann besichtigten wir den Rasen, auf dem früher in den Sommermonaten die Wohnwagen der Familie Pollin gestanden hatten. Auch hier war nichts mehr geblieben. Wir standen vor einer Baugrube, fast bis zum Rand mit Grundwasser gefüllt. Langsam schlenderten wir zurück. Ich hielt sie fest an mich gedrückt. Fühlte fast körperlich, welchen Trost ich ihr damit gab. Und ich war glücklich darüber.

Sophocle umarmte sie mit väterlicher Fürsorge. „Nine." sagte er leise. „Wo ist denn unsere fröhliche, lebendige Nine geblieben? Das wird schon wieder, mein Kleines. Da müsste ich Gérard schlecht kennen!" Es tat ihr unheimlich gut, merkte ich, dass sie auch von Sophocle immer noch gemocht und akzeptiert wurde. Auch hier und heute. So, wie sie war.

Sophocle hatte ein herrliches Ratatouille vorbereitet. Dazu gab es heißen, süßen, starken Kakao. Wir drei aßen in Ruhe, lächelten uns an. Die Atmosphäre war völlig ungezwungen, harmonisch und heiter. Mir wurde bewusst, wie Sophocle und ich „unsere" Nine in warme Fürsorge einhüllten. Jeder Augenblick trug sie weiter weg von den Ufern der Verzweiflung und der Traurigkeit. Irgendwann waren wir beim Käse angelangt, zu dem wir ein Gläschen trockenen Rotwein tranken. Nine's Kopf sank plötzlich auf meine Schulter. „Gérard." Die Augen fielen ihr zu. Sie schlief tief und fest an meiner Schulter. Sophocle hatte ein schönes Zimmer für uns vorbereitet. Ich nahm Nine in meine Arme, trug sie die Treppe hoch, zog ihr die zerschlissenen Hosen und die abgetragene Jacke aus, ließ sie auf das Bett gleiten. Sie schlief wie eine Tote. Stumm schaute ich auf sie nieder. Und ich merkte plötzlich, dass auch ich todmüde war. Die emotionalen Erschütterungen der letzten Stunden hatten uns beide völlig geschafft. Ich zog mich aus bis auf die Unterwäsche, kuschelte mich an Nine und nahm sie in die Arme. Noch im Einschlafen merkte ich, wie sich die tief schlafende Nine eng an mich schmiegte. Wie wir uns gegenseitig Wärme und Geborgenheit spendeten.

Erst am späten Nachmittag wachte ich auf und schaute direkt in Nine's nachtdunkle Augen, die zärtlich auf mich herab blickten. Wir lächelten uns zu. Ich küsste sie. „Jetzt muss ich dir endlich erzählen . . ." begann sie, wieder verzagt. „Nein, Liebste. Wir haben so viel Zeit. Und sollten nichts überstürzen." Ich nahm ihre Jacke und Hose hoch. „Die alten Klamotten trägst du nicht mehr lange, mein Schatz. Wir trinken jetzt erst einmal einen Kaffee. Diese Woche gehen wir auch zum „Monoprix", weißt du noch? Das Kaufhaus, das alles hat, sogar auch das, was ein keusches Frauenherz begehren könnte." scherzte ich. Und entlockte ihr damit ein Lächeln.

Sophocle brachte Café au Lait in drei großen Bols auf die Terrasse. Und einen kleinen Berg Croissants, Töpfchen mit Feigen-Confitüre, Mirabellen-Marmelade und Pflaumenmus. Wir ließen es uns schmecken. Nine war richtig gelöst. So schön entspannt.

Schließlich führte ich Nine wieder hoch in unser Zimmer. „Wie geht es deiner Familie, Nine?" fragte ich, von einer bangen Ahnung erfüllt. Sie drückte sich an mich und fing haltlos zu weinen an. „Sie sind alle tot, Gérard!" Und ich weinte mit ihr. Ich hatte der Sippe Pollin nicht nur sehr viel zu verdanken. Sie waren damals so etwas wie meine eigene Familie geworden. Und sie sollten einmal durch meine Heirat mit Nine wirklich meine Familie werden. Meine Kehle war wie zugeschnürt. „Was ist denn geschehen, Nine? Was, um Gottes Willen ist da geschehen? Bitte! Ich muss es wissen!" Sie zitterte in meinen Armen. Ich ließ ihr Zeit, war selbst dankbar für ein bisschen Ereignislosigkeit nach dieser niederschmetternden Nachricht.

Den Kopf in meine Halsgrube gedrückt, fing sie zu sprechen an. Ganz leise.

„Ich war gerade einen Monat inhaftiert, da rief mich mein Bruder im Gefängnis an. Er hatte erfahren, was mit mir geschehen war. Meine Familie war gerade in Toulouse auf dem Markt. Etwa tausend Kilometer von mir weg. Finanziell ging es ihnen nicht mehr so gut. Sie hatten gegen die Konkurrenz von Versandhäusern und gegen den Billigimport aus China zu kämpfen. Sie hatten auch Schulden, was vorher nie der Fall gewesen war. Trotzdem brachen sie sofort auf nach Verdun, um mich möglichst oft in Bar-le-Duc besuchen zu können. In Dijon hatte Papas Zugmaschine eine Havarie. Sie schafften es gerade noch in einen der öffentlichen Parks von Dijon, an den Rand des „Parc des Carrières Bacquin". Am nächsten Morgen wollten sie die Zugmaschine selbst reparieren. Gegen Mitternacht gab es eine furchtbare Gasexplosion. Eine Leitung des städtischen Gaswerkes war undicht geworden. Es müssen riesige Mengen an Gas ausgeströmt sein, bevor irgendein Funke die Explosion verursachte. Von den Wohnwagen, von meiner Familie blieb nichts mehr übrig. Alle tot!"

Nine's Nägel gruben sich in mein Fleisch. Ich wiegte sie sanft wie ein Kind. Ich weinte mit ihr.

„Verzeih' mir, Liebster." lispelte sie schließlich. „Man konnte keine der Leichen identifizieren. Es war einfach nur noch schwarzer Staub und Matsch. Die Stadt hat alles, was übrig blieb, in einem Grab auf einem der Friedhöfe beigesetzt. Aber da ist niemand mehr, den wir besuchen können. Niemand mehr." Nine's Stimme verlor sich. Ich gab ihr zwei Schlaftabletten, hielt sie in meinen Armen, küsste und streichelte sie, bis sie eingeschlafen war. Und ich blieb noch lange neben ihr liegen.

Sophocle und ich tranken Bier und Gin, für uns schon gewohntes Beruhigungsmittel nach Tiefschlägen des Schicksals. „Deshalb konnte ich nie etwas in Erfahrung bringen. Deshalb schien die ganze Familie wie vom Erdboden verschwunden zu sein." Düster brüteten wir über unseren Getränken. Auf ein Klingelsignal hin stand er auf, um in die Küche zu gehen. „Ich war dabei, uns eine Lasagne zu machen. Die ist jetzt gleich fertig. Die essen wir jetzt. Mit einer Flasche Bourgogne." Zuerst brachte ich keinen Bissen hinunter, empfand dann aber die würzig nach Thymian, Oregano und Koriander duftende hausgemachte Lasagne als recht tröstlich.

Lange nach Mitternacht stolperte ich die Treppe hoch und ging zu unserem Zimmer. Leise zog ich mich ganz aus und legte mich neben die schlafende Nine. Trotz meinem schweren Schwips musste ich die erste Schlaftablette meines Lebens nehmen, um selbst schlafen zu können.

Mit Sophocle's Wagen fuhren wir für eine Woche in den südlichen Pfälzer Wald. In Hirschthal, direkt an der französischen Grenze, fanden wir eine freundliche Familienpension. Tag für Tag wanderten wir durch diese zauberhaft schönen Berge und Wälder, stiegen zu etlichen Ritterburgen empor, natürlich zuerst auf Burg Fleckenstein. Immer kehrten wir in sauberen Gasthäusern oder Hütten des Pfälzer Wald-Vereins ein. Ich ermunterte Nine, alle Pfälzer Spezialitäten auszuprobieren. Die grobe Pfälzer Leberwurst mit Sauerkraut und dem dunklen deutschen Schwarzbrot, dazu eine Schorle Morio-Muskat, hatte es ihr besonders angetan.

Die langen Wanderungen durch die stillen Wälder waren die beste Medizin. Und dann kam für mich ein ganz glücklicher Augenblick: Nine's erstes echtes Lächeln seit Verdun. Und glücklich und ein wenig heiler fuhren wir zurück nach Verdun. Wir blickten wieder nach vorn. Unser Leben hatte wieder Zukunft. Sophocle schloss uns in die Arme und lachte fröhlich. Sein Ratatouille war dieses Mal besonders schmackhaft.

Wir schlenderten durch Verdun, am Quai der Maas entlang, schließlich über die steinerne Brücke. Hinüber zum „Monoprix" in der Rue Mazel. Die uralten Rolltreppen trugen uns durch die drei Etagen des Kaufhauses. Mir war fast, als wäre ich nie weg gewesen. „Liebste." sagte ich. „Magst du wieder Jeans und Rollkragen-Pullover wie damals vor sechs Jahren?" Und wir kauften. Zwei Paar Jeans. Zwei schöne Pullover, der eine schwarz und der andere blau, drei Paar bequeme Schuhe, Hausschuhe, Bademantel, Blusen und Hemden. Und zwei leichte Sommerkleider. „Schatz. Mach langsam. Das kann ich nicht alles bezahlen. Für die Arbeit im Gefängnis habe ich nur sehr wenig bekommen." „Mach dir doch keine Sorgen. Das erledige alles ich. Du kannst mich ja nachher zu einer Tarte Flambée mit allen Schikanen und einem Sekt einladen." Glücklich waren wir. Und ausgelassen. Wie zwei Kinder, die gerade die Schule schwänzen.

„Und jetzt noch Unterwäsche." meinte ich. „Aber da gehe ich allein hin, Liebster." meinte sie etwas verschämt.

„Kommt nicht in die Tüte!" widersprach ich. Ich habe doch ein Mitspracherecht bei dem, was ich dir bald einmal wieder ausziehe!" Nine wurde puterrot im Gesicht, hielt sich die Hand vor den Mund und lachte dann unbändig. Die zunächst sehr erstaunte Verkäuferin der Abteilung Damenunterwäsche ließ sich schnell von unserer Ausgelassenheit anstecken. Mit Späßen wählten wir gemeinsam hauchdünne Damen-Nachthemdchen, Büstenhalter, Spitzenhöschen und Seidenstrümpfe. „Von diesem Verkauf werde ich wahrscheinlich noch meinen Enkeln erzählen." meinte die junge Verkäuferin kichernd zum Abschied.

Den ganzen Berg an Klamotten konnten wir auch zu zweit unmöglich zum Bistro schleppen. So beauftragte ich den Service des Kaufhauses, die ganzen Einkäufe bei Sophocle abzuliefern. Dann saßen wir am Quai der Maas, im Freien, an dem Tisch eines kleinen Restaurants, schauten den ruhig dahinziehenden Wassern des Flusses und den Anglern zu. Die Tarte Flambée war herrlich. Auch der kühle, trockene Champagner war ausgezeichnet.

Müde und zufrieden trudelten wir bei Sophocle ein, der uns einen schönen, heißen Lumumba nicht einmal aufzudrängen brauchte. Nine ging nach oben in unser Zimmer, um ihre neuen Kleider in den Schrank zu räumen und eine Dusche zu nehmen. Zwei Lumumbas später ging ich auch nach oben, duschte gründlich und zog einen frischen Pyjama an. Nine lag auf dem breiten Bett in einem der hauchdünnen Nighties. „Bist du aber schön, Nine!" meinte ich bewundernd. „Ich bin doch nicht schön, mon Gérard." meinte sie verlegen. „Du bist wunderschön."

widersprach ich ihr. „Ich habe doch nur so ganz kleine Brüste." „Deine süßen, kleinen Brüste wecken alle Zärtlichkeit der Welt in mir." Lächelnd nahmen wir uns in die Arme. Und schliefen bald darauf tief und fest. Erst kurz nach Mitternacht wachten wir wieder auf. Eine stille, laue Nacht. Durch das offene Fenster schien der noch fast volle Mond.

Wir zogen unsere Bademäntel über und gingen hinunter. Ich nahm eine Flasche dunklen Bourgogne, Cognac und Gläser mit auf die Terrasse. „Wenn wir jetzt einander unsere Fehler und Irrtümer beichten, kann die rechte Menge Alkohol nur von Nutzen sein." meinte ich auf Nine's missbilligenden Blick hin. „Das verlangsamt und dämpft nicht nur die körperlichen Reaktionen, sondern auch die emotionalen. Danach werden wir uns richtig auf eine spartanische Phase freuen." „Liebster, du hast ja so Recht." erwiderte sie nachdenklich.

Wir setzten uns dicht nebeneinander auf eine Bank, tranken einen Schluck Wein und schauten hinauf zum Mond. „Lass mich dir erst mein Leben seit unserer Trennung erzählen, Liebling." sagte ich. Sie lächelte dankbar. Denn sie fühlte, dass ich es ihr damit leichter machen wollte, ihr mehr Sicherheit geben wollte.

Ich fing an, zu erzählen. Fing damit an, als ich sie damals gehen ließ. Weinend. Dass alles in mir mich dazu drängte, ihr nachzueilen und sie in die Arme zu nehmen. Und dass ich trotzdem wie gelähmt dastand. Und mir ganz kläglich und feige vorkam. Und das Gefühl unendlicher, kalter Einsamkeit, noch verstärkt durch das Wissen, dass auch

Jean-Pierre und Bagir zumindest für längere Zeit aus meinem Leben verschwinden würden. Mein Entschluss, mit Bagir nach Algerien zu gehen. Wein und Cognac waren bald vergessen. Ich durchlebte das alles noch einmal, aber irgendwie völlig detachiert. Laila hatte mich geheilt. Ich ließ nichts aus. Nicht die Schlange Djamila und meine Naivität, nicht das Sprengstoff-Attentat. Nicht die brutalen Gemetzel, die wir miterleben mussten, nicht die Not der Menschen und das Grauen, das Algerien heimsuchte.

Und drückte die oft fassungslos weinende Nine zärtlich und tröstend an mich.

Dann erzählte ich, wie ich selbst zum Soldaten wurde, und von unserem langen Rückzug durch das verlorene Land. Erst, als ich ihr von Ariadne erzählte, wurde Nine wieder ruhiger und lächelte wieder. Wir küssten uns.

Anschließend berichtete ich von meiner verzweifelten Suche nach ihr. Dass auch Sophocle mir nicht helfen konnte, Nine aufzufinden. Ich erzählte von Châtenay Malabry und der Episode mit den zwei CRS-Typen und Général Marcel Bigeard. Wie ich täglich Sophocle anrief, ob er schon etwas über Nine's Verbleib erfahren hatte. Und schließlich von dem Wiedersehen mit Jean-Pierre, von der Bergwildnis des Tamanrasset, von Omar und seinen Getreuen, von Monique, von Séléne. Vor allem aber von Laila. Von unserer beider Beziehung, von den Zusammenhängen, die sich mir offenbarten. Von den Tagen und Nächten, die Laila und ich zusammen verbrachten, und von den verschiedenen Ebenen der

Wirklichkeit. Nur sehr unvollkommen und unbeholfen konnte ich ihr die höheren Ebenen und die Geschehnisse dort beschreiben. Wie Laila mir mitteilte, dass Nine in einem früheren Leben meine Tochter war; und dass dies wahrscheinlich der Grund für mein mehr als seltsames Verhalten damals ihr gegenüber gewesen sein musste.

Ich zog sinnend an meiner Zigarette. „So, Liebste. Das war die Geschichte meiner Irrfahrt. Und jetzt bin ich glücklich wieder bei dir. Für immer." Sie drückte sich an mich und zitterte leicht. „Nine. Du brauchst mir auch nichts über deine letzten sechs Jahre zu erzählen, wenn es dir schwer fällt." „Doch, mon Amour. Ich muss einfach. Ich kann mir nicht vorstellen, dass es Geheimnisse zwischen uns geben könnte." Zärtlich küsste ich sie auf die Nase.

„Gérard?" „Ja, Liebste?" „Bitte, gehe mit mir hoch ins Bett und nimm mich in die Arme. Es fällt mir dann wahrscheinlich leichter." Wir tranken ein Glas Wasser. Sie kuschelte sich an mich. Dann fing sie zögernd zu erzählen an.

„Ich war so dumm, mon Amour! Ich fühlte mich von dir verstoßen. Du kennst vom Sehen her René Dupont, den Sohn des Großindustriellen. Ich wurde nicht so recht mit ihm warm. Er warb um mich, überhäufte mich mit teuren Geschenken. Aus dummem Trotz und wohl auch, um mich selbst zu bestrafen, und um das Gefühl der eigenen Wertlosigkeit los zu werden, willigte ich schließlich in die Hochzeit ein. Seine Gründe, mich zu heiraten, sind mir bis heute vollkommen unklar geblieben."

Nine sprach langsam und überlegt. Sie offenbarte mir ihr Inneres, ihre Seele. Ich streichelte sie zärtlich.

„Nach der Hochzeit wurde alles ganz anders. Wir bezogen ein riesiges Appartement in Paris, in der Nähe der Champs-Elysées. Er ließ zwei Strichmädchen kommen und zog sich mit ihnen ins Schlafzimmer zurück. Als sie gegangen waren, schlug und vergewaltigte er mich brutal. Das war meine Hochzeitsnacht." Sie weinte. Ich hörte nicht auf, sie zu streicheln und sie zärtlich an mich zu drücken.

„Fünf Mal hat er mich misshandelt und vergewaltigt, nachdem er sich vorher mit Huren vergnügt hatte. Beim fünften Mal hat er mich mit einer Reitgerte ausgepeitscht. Ich floh aus dem Schlafzimmer in den Treppenflur. Er war schwer betrunken und packte mich bei den Haaren. Ich wehrte mich. Da stürzte er die Treppe hinab und brach sich das Genick."

„Sein reicher Vater machte seinen Einfluss geltend, um mich wegen Mordes lebenslänglich ins Gefängnis zu bringen. Wie umfassend dieser Einfluss war, in Regierungskreisen, in der Gerichtsbarkeit, sollte ich sehr schnell erfahren. Ich hatte das Glück, an einen klugen und engagierten Anwalt zu geraten. Er bewies ganz klar meine Unschuld, wies auf die Peitschenstriemen hin, die ich wohl mein Leben lang behalten werde. Zahlreiche Strichmädchen wurden als Zeuginnen vernommen. Doch keine machte eine Aussage. Sie alle hatten zu viel Angst."

„Mein Anwalt von damals gab aber keine Ruhe. Obwohl ich kein Geld mehr hatte, ihn zu bezahlen, machte er weiter, legte Berufung ein und wurde selbst fast Opfer eines Attentats. Daraufhin beantragte er einen Waffenschein und lernte, mit der Pistole zu schießen. Beim zweiten Überfall gab es einen Schusswechsel. Dupont's Pistolero wurde tödlich getroffen, starb aber erst zwei Tage später im Krankenhaus. Um sein Gewissen zu erleichtern, gestand er, was sich damals wirklich zugetragen hatte. Einige Richter wanderten ins Gefängnis. Dupont bekam eine Geldstrafe, die er wütend zahlte. Und ich selbst kam, zunächst auf Bewährung, frei."

Ich küsste und streichelte Nine, die sich zitternd an mich schmiegte. Denn sie wusste wohl, was ich jetzt von ihr verlangen würde. „Liebster! Du wirst nichts mehr von mir wissen wollen, wenn du das siehst." „Wie immer dein Rücken auch aussehen mag. Ich liebe dich. Und ich werde dich immer lieben. Und wir werden sehr glücklich miteinander sein."

Trotzdem widerstrebte sie noch leicht, als ich ihr dann unter Streicheln und zärtlichen Worten das Nightie auszog. Bei unseren Umarmungen hatte ich diese Narben schon gefühlt, wusste aber nicht, worum es sich handelte. Mir nahm es fast den Atem, als ich die schlecht verheilten, hässlichen, dicken, schwieligen Narben sah. Nicht einmal in der Untersuchungshaft, nicht einmal im Gefängnis hatte man ihre Wunden anständig versorgt.

„Und jetzt, Gérard?" „Nine. Meine Liebste. Möchtest du mit mir schlafen?" Sie nickte zaghaft. Unter Tränen. „Willst du mich wirklich?" „Nur dich, mein Liebling." Sie öffnete mir ihre schlanken, seidigen Schenkel und zog mich zu sich herab. „Nine?" „Ja, mon Amour?" „Du musst mir sagen, wenn ich etwas falsch mache. Ich habe noch nie mit einer Frau geschlafen." „Und ich habe noch nie mit einem Mann geschlafen." flüsterte sie. „Ich wurde vergewaltigt." Ein glückliches Lächeln erhellte ihr liebes Gesicht.

Die Vereinigung mit ihr war wunderschön. Für sie und für mich. Wir gingen ineinander auf. Ich war sie. Und sie war ich. Eine wonnevolle Ewigkeit lang. Dann kuschelte sie sich ganz eng an mich, zog meine Hände hinunter auf ihren glatten, zarten Bauch. „Gérard." flüsterte sie noch einmal, schon im Schlaf. Lange lag ich noch ganz ruhig neben ihr und lauschte ihren tiefen Atemzügen. Bei wahrer Liebe bedarf es keiner „Liebeserfahrung", wurde mir klar. Schon seit ich sie abgeholt hatte am Bahnhof in Bar-le-Duc, hatte ich mich danach gesehnt, mit ihr zu schlafen. Ich hatte mir unsere Vereinigung wunderschön vorgestellt. Aber eine solche Seligkeit hatte ich nicht erwartet. Ja! Wir würden ein Leben lang glücklich sein! Jede Nacht, die wir zusammen waren, schliefen wir miteinander. Und schliefen dann ganz eng aneinander gekuschelt ein, wie zwei glückliche Kinder. Es war immer pures Glück. Diese wunderbaren Nächte mit Nine. Heute, da wir meinen fünfundsiebzigsten Geburtstag und Nine's siebenundsiebzigsten Geburtstag feiern - wir sind beide am gleichen Tag im Februar geboren - können wir sagen, dass all die Jahre nichts weggenommen hatten an der puren Seligkeit unserer Nächte. Auch wenn wir jetzt nicht mehr jede Nacht miteinander schliefen: Einander in den Armen zu halten, einander zu fühlen, war immer ein wunderbares Geschenk.

Es war später Vormittag, als wir uns mit Sophocle an den Frühstückstisch setzten. Sophocle freute sich über unsere strahlenden Gesichter. „Jean-Pierre hat heute morgen angerufen. Er schlägt vor, dass ihr euch in Frankreich nur standesamtlich trauen lasst. Danach feiern wir die Hochzeit im Tamanrasset." Ich war hellauf begeistert von der Idee. Und Jean-Pierre war ich sehr dankbar. „Nine, Liebes. Magst du?" Nine nickte strahlend. Ja, wir waren kaum der Worte mächtig. Alles war so neu, so wunderbar! Dann zog ein Schatten über Nine's Gesicht. „Gérard. Ich bin doch nur auf Bewährung frei und darf das Département Meuse nicht verlassen. Wir hätten nicht einmal nach Hirschthal fahren dürfen." „Überlass das nur mir. Ich werde das recht schnell regeln." sagte ihr Sophocle. „Wie denn, Sophocle?" „Das bleibt ganz allein mein Geheimnis." schmunzelte er. „Aber jetzt müssen wir die Geschichte mit Dupont und Konsorten auch endgültig zu Ende bringen. Was meinst du, Gérard ?" „Müssen wir unbedingt!" stimmte ich sofort zu.

„Ganz ruhig, ma Chérie." beschwichtigte ich Nine, bevor sie etwas sagen konnte. „Wir müssen es einfach tun. Aber um uns brauchst du überhaupt keine Angst zu haben."

Zwei Tage später traute uns ein lächelnder Standesbeamte. Wir küssten uns und steckten uns gegenseitig die goldenen Ringe an die Finger. Sophocle wartete mit einer Flasche Sekt und einer Geburtstagstorte aus Dinkelmehl und viel dunkler Schokolade auf uns. Feiern würden wir die Hochzeit dann richtig im Tamanrasset. Auch Sophocle wollte dann mitkommen.

XIV Abrechnung

Was, wenn Mut und Phantasie, wenn Freundschaft
und Liebe und Opferbereitschaft
ganz gewöhnliche Eigenschaften der Sterblichen?
Was würde dann aus den Göttern?
Sie würden nicht mehr gebraucht.
Aber inzwischen gibt es da unten noch so viel
Dummheit, Gier und Niedertracht,
dass es für eine Ewigkeit reicht.

(Griechische Mythologie)

Trotz allem. Die feinfühlige Nine ahnte wohl so ungefähr,
auf was wir uns jetzt einlassen wollten. „Gérard!
Spophocle! Nicht! Ich habe solche Angst um euch. Jetzt
darf ich dich nicht mehr verlieren, Gérard." „Du wirst mich
nie wieder verlieren, mon Amour." versicherte ich ihr. „Ich
werde Bagir anrufen und alles mit ihm besprechen. Die
Typen von der FLN waren ganz andere Gegner als die
Killer, die ein verkommener und größenwahnsinniger
Industrie-Fritze für seine Zwecke bezahlt. Dem Général
Bigeard erklären wir diese „Kleinigkeit", nachdem wir
reinen Tisch gemacht haben." lächelte ich grimmig. „Für
ein gründliches und endgültiges Aufräumen hat er ja volles
Verständnis." Ich dachte kurz daran, wie Jean-Pierre mit
dem Krötengesicht umgesprungen war und spürte eine
grimmige Befriedigung.

„Wir müssen es auch tun, Nine." meinte Sophocle. Und an mich gewandt: „Schau mal auf die andere Straßenseite, Gérard. Der Typ, der gerade vorbeigeht auf der anderen Straßenseite. Er steht immer vor dem Lebensmittel-Laden weiter oben, als wollte er etwas kaufen. Dann schlendert er die Straße hinunter und mustert dabei so betont unauffällig unsere Terrasse, dass es schon wieder höchst auffällig ist. Das geht so von morgens bis abends. Es sind zwei, die sich einmal am Tag gegenseitig ablösen." Ich dachte einen Moment nach. „Bezahlte Killer, von Dupont beauftragt?" Er nickte. „Dupont muss dich einfach umbringen lassen, Nine." erklärte ich meiner Frau. „Du könntest ja seine ganzen Machenschaften publik machen. Du selbst hast mir erzählt, wie dein brutaler Ex-Mann im Suff mit den Verbrechen und Mordaufträgen geprahlt hat, die er und sein Vater veranlasst hatten." „Aber ich würde schweigen. Ich will doch nur meine Ruhe." wandte Nine ein. „Der geht auf Nummer Sicher." erwiderte ich. „Und wir müssen jetzt auch auf Nummer Sicher gehen." „Morgen Vormittag werden sie versuchen, uns zu erschießen, hier auf der Terrasse. Sie haben sich vorhin zum ersten Mal getroffen und kurz abgesprochen. Solche Typen machen einen Überfall nie alleine, mindestens zu zweit. Aber die werden eine Riesen-Scheiß-Überraschung erleben!" meinte Sophocle grimmig.

Wir gingen in die Gaststube. Tranken Café au Lait. Danach setzte Sophocle lächelnd einen Römertopf auf den Tisch und entkorkte eine Flasche Vin du Maroc, dunkel wie Ochsenblut. Wildschwein-Braten, Karotten, Sellerie, Brokkoli und Paprika in einer nach Thymian und Koriander duftenden Zwiebelsoße. Wir ließen es uns schmecken. Dann zeigte mir Sophocle grinsend drei ebensgroße Schaufenster-Puppen. Eine war wie Sophocle gekleidet. Eine andere trug ein Khaki-Hemd und eine Jeans von mir, die dritte eines von Nine's Kleidern. Tu piges? - kapierst du, Gérard?" Ich nickte bewundernd.

Am nächsten Morgen, es war noch dunkel, setzten wir die drei Puppen an den Tisch auf der Terrasse, an dem wir sonst zu sitzen pflegten. Die herunterhängenden Ranken der Reben verbargen wie ein dichter Vorhang die Gesichter der Puppen. Wir gingen wieder ins Haus. Nine brachte ich auf unser Zimmer. „Schatz!" sagte sie bang. „Es wird alles gut, Liebling!" Sophocle ging zum Waffenschrank. Mir reichte er eine Pump-Gun und eine Schachtel Schrotpatronen Kaliber 12/70. Ich lud die Waffe mit fünf Patronen. „Denk dran, Gérard. Die Waffe vor dem Schuss fest in die Schulter ziehen. Sonst ist der Rückstoß schlimmer als der Tritt von einem Muli." Er selbst nahm sich die zweiläufige Schrotflinte mit Kaliber 12/76. Wir postierten uns in zwei benachbarten Räumen im Obergeschoß. „Du erledigst den links und ich den rechts, in Ordnung?" Ich nickte. Die Schiebefenster zogen wir nur einen Spalt nach oben, so dass sie von unten wie geschlossen wirkten und setzten uns auf Stühle hinter den Fenstern, die Waffen im Schoß. Und warteten.

Kurz bevor es ganz hell wurde, fuhr ein schwarzer Peugeot heran und hielt auf der gegenüberliegenden Straßenseite. Einen Augenblick lang geschah nichts. Dann öffneten sich die beiden vorderen Wagentüren. Die beiden Gestalten stiegen aus. Plötzlich zogen sie Maschinenpistolen unter ihren Mänteln hervor und ballerten wild drauflos. Die Salven zerfetzten die drei Puppen vollständig. Dann, aus dem Zimmer von nebenan, ein Knall wie von einem Kanonenschuss, gleich darauf ein zweiter. Fast gleichzeitig schoss ich dem anderen Gangster zwei Schrotladungen in den Bauch. Sophocle ging seelenruhig zum Telefon und rief das Polizei-Kommissariat an. Wir gingen hinaus. Die beiden Killer lagen mit zerfetzten Bäuchen am Boden.

Als die Polizei eintraf, hatten sie ihr Leben bereits verröchelt. Wir gaben eine plausible Erklärung ab, die nichts über die Hintergründe enthüllte und ließen unsere Waffenscheine überprüfen. Ich ging hoch zu Nine und versuchte, sie zu beruhigen. Sie war sehr tapfer. Die beiden Polizisten schickten einige Zuschauer, die herbeigeeilt waren, wieder weg. Der Polizeichef traf mit etwas Verspätung ein. Sophocle stellte mich ihm vor. „Wir werden da ein bisschen etwas unternehmen müssen, Sophocle." meinte er. „Sonst sorgt der Staatsanwalt dafür, dass ihr wegen Notwehr-Exzess eingebuchtet werdet, oder gar wegen kaltblütig geplantem Mord." „Das darf auf keinen Fall passieren, Chef!" sagte Sophocle mit Nachdruck. „Wir haben noch eine Menge zu erledigen, wenn wir überleben wollen. Aber das willst du bestimmt nicht wissen."

„Nein." sagte der Chef. „Das will ich ganz bestimmt nicht wissen." Er seufzte. Ein über Funk gerufener Wagen brachte die beiden Gangster ins Leichenschauhaus. Der Chef schärfte seinen Untergebenen ein, den Vorfall auf keinen Fall weiter zu berichten. Er wolle die Sache bei seiner Rückkehr selbst in die Hand nehmen. „Auch unsere

Pathologen sollen die Finger von den Leichen lassen. Ihr schafft sie sofort in die Morgue!" Da es nämlich um einen Skandal in höchsten Kreisen ginge, müsse die Angelegenheit mit viel Takt und Diplomatie gehandhabt werden. Die beiden Polizisten verabschiedeten sich von uns. Wir gingen mit dem Polizeichef in die Gaststube. Nine hatte Kaffee gekocht und eine Platte belegter Croissants vorbereitet. Ihre Hände zitterten stark, aber sie lächelte tapfer.

Wir stellten Nine dem Chef vor. „Aber das ist ja die kleine Nine Pollin, die unschuldig im Gefängnis saß." meinte er. „Um sie geht es hauptsächlich." sagte Sophocle. „Gewisse Leute müssen sie einfach umbringen lassen, weil sie sonst sehr kompromittierende Dinge publik machen könnte. In den nächsten Tagen werden einige Köpfe rollen. Und wir wollen unbedingt dafür sorgen, dass es nicht unsere Köpfe sind."

„Nicht, dass du allzu erstaunt bist, Gérard." wandte sich der Polizeichef an mich. „Sophocle und ich sind alte Freunde. Wir haben einander schon oft aus der Patsche geholfen in den Wirren der letzten fünfundzwanzig Jahre. Ich habe als Soldat im Zweiten Weltkrieg gekämpft. Nach der Befreiung von Verdun versteckte ich einen blutjungen deutschen Soldaten vor dem Mob. Dafür wollten mich vier Typen von der Résistance aufknüpfen. Sophocle hat sie alle in eine bessere Welt befördert, um ihnen das auszureden." meinte er mit grimmigem Humor. „Mit unserem Land am Rande des Bürgerkrieges wegen Algerien war hier bis jetzt oft der Teufel los. Da war mit offiziellem Vorgehen oft wenig auszurichten. Auch da haben wir uns etliche Male gegenseitig aus den Fettnäpfchen geholfen, in die wir hinein gehüpft waren." Sophocle kramte die berühmte Cognac-Flasche für besondere Gelegenheiten hervor. Nine brachte lächelnd vier Gläser.

Ein Mann und eine Frau klopften an. Reporter der hiesigen Zeitung. Der Polizeichef ging hinaus und redete kurz mit ihnen. Sie nickten und verabschiedeten sich wieder. „Ich habe ihnen gesagt, dass wir noch gar nichts wissen. Wahrscheinlich das Begleichen einer alten Rechnung zwischen Mafiosi. Ich habe ihnen versprochen, ihnen ein ausführliches Interview zu geben, sobald wir etwas Konkretes wissen." Er grinste. Mir war dieser Chef sehr sympathisch geworden. Als wir uns anlächelten, wusste ich, dass wir uns wirklich vertrauen konnten.

„Die Sache ist ganz einfach zu regeln." sagte er zu uns. „Niemand aus der Nachbarschaft kommt auf die Idee, dass ihr in die Schießerei verwickelt gewesen seid. Niemand hat euch gesehen. Der Fall wurde ordnungsgemäß protokolliert, die Spuren gesichert und die paar Nachbarn, die nach der Schießerei aus ihren Häusern kamen, als Zeugen vernommen. Schrotflinten sind bei Gangstern gebräuchliche Waffen. Ihr reinigt also die Flinten sehr, sehr sorgfältig. Damit wären wir schon auf der sicheren Seite." Dann grinste er wieder spitzbübisch. Durch ein bedauerliches Missverständnis werden die Leichen schon heute ins Krematorium gebracht und sogleich eingeäschert. So! Und jetzt ziehe ich gleich los, damit ja nichts schief geht." Er trank noch genüsslich den Cognac aus. „Ich schulde dir mal wieder was." meinte

Sophocle. „Wenn alles vorbei ist, veranstalten wir wieder mal eine gemütliche Fête in deinem Bistro. Ich zähle dabei auf deine exzellenten Kochkünste." Er schüttelte uns die Hände und fuhr davon.

Ich trank langsam einen Cognac mit Sophocle und dachte nach. Dann beredete ich mich kurz mit ihm. Nine trank ihren Cognac schlückchenweise, wollte sich darauf noch ein wenig hinlegen. Die Schießerei hatte sie natürlich weitaus mehr mitgenommen als Sophocle und mich. Wie ein Kind brachte ich sie ins Bett, küsste sie und deckte sie liebevoll zu. Sie lächelte dankbar. „Liebster." sagte sie. „Du kannst wie ein liebevoller und fürsorglicher Papa sein." „Ich bin aber dein Mann, ma Chérie."

Sophocle und ich machten uns über die belegten Croissants her. „Wir müssen schnell handeln." meinte er. „Ja." stimmte ich zu. „Das Ende des Dramas wird sich in Paris abspielen. Ich nehme Bagir mit ins Boot. Operation Krötengesicht!" „An so etwas hast du doch bestimmt schon vor der Schießerei gedacht." „Ja." sagte ich. „ Bagir hat auch schon Vorarbeit geleistet und sich mit den Gewohnheiten dieses ehrenwerten Herren vertraut gemacht. Und du passt schön auf Nine auf." „Natürlich, Gérard." Er schaute mich sinnend an. „Ich mache hier für ein paar Tage zu und fahre mit Nine irgendwo hin, wo uns niemand findet." „Eine hervorragende Idee! Wir suchen gleich einen Ort gemeinsam aus. Ich muss ja wissen, wo ich euch erreichen kann." Nur kurz studierten wir die Karte. „Ich fahre mit ihr nach Neufchâteau sur Meuse. Die Gegend ist sehr schön und mir tun ein paar Wanderungen auch mal wieder gut. Du erreichst uns bei einem

Bekannten von mir." Er schrieb mir die Adresse auf und zeigte mir auf der Karte noch einmal, wo das Städtchen lag.

Dann ging ich über die Straße zur öffentlichen Telefonzelle und rief Bagir an. Ich vermied es, vom Bistro aus anzurufen. Die Fahrpläne der SNCF für die Züge zwischen Verdun und dem Gare de l'Est in Paris kannte ich inzwischen auswendig. „Adler ruft Falke, Adler ruft Falke. Falke bitte kommen. Ende." „Hier Falke. Adler bitte kommen. Ende." „Operation Krötengesicht im Elysion läuft heute schon an. Adler landet Nord-Nord-West, Strich Nord-Nord-Ost plus Zwei im Falkennest. Ende." „Habe verstanden, Adler. Ende." „Habe verstanden, Falke. Ende und aus." Für den an sich unwahrscheinlichen Fall, dass Bagir's Telefon angezapft war, hatten wir uns diese Verschlüsselung ausgedacht, diese Mischung von Lausbuben-Jux und codiertem militärischem Funkverkehr. Bagir und ich wussten aber genau, was wir zu tun hatten.

Nine musste ich wecken. Sie hatte fest geschlafen. Mein Zug ging in einer Stunde und ich musste mich beeilen. Leise erklärte ich ihr, was jetzt zu tun sei. Sie nickte tapfer. Wir hielten uns in den Armen. „Dir darf nichts passieren, mon Gérard." „Es wird mir nichts passieren, Liebste. Und dir auch nicht. Sehr bald haben wir Frieden an allen Fronten!"

Sophocle fuhr mich zum Bahnhof. Wir umarmten uns. „Bis bald, Sophocle." „Bis bald Gérard. Als dein Stellvertreter kann ich ja in Neufchâteau eure Flitterwochen mit Nine feiern." „Was? Untersteh' dich! Such' dir ein eigenes

Weib!" Ich drohte ihm scherzhaft mit dem Finger. Er verzog das Gesicht. „Was Vernünftiges zu finden ist heutzutage unmöglich!" murrte er. „Wie sagst du immer so schön: Die Weiber sind auch nicht mehr das, was sie unter Kaiser Wilhelm waren." „Ja." gab ich ihm Recht. „Genauso wie die Franzosen. Die sind auch nicht mehr das, was sie unter Kaiser Wilhelm waren!" Wir lachten und umarmten uns ein zweites Mal. Es ist wunderbar, solche Freunde zu haben. Die Trillerpfeife des Schaffners. Der kurze Pfiff der Lokomotive. Die Bahnhofsgebäude glitten vorbei. Bald blieb Verdun zurück.

Als mein Zug zwölf Minuten nach elf Uhr im Gare de l'Est eintraf, wartete Bagir schon am Bahnsteig auf mich. Herzliche Begrüßung. Sein geliebter Citroen 15 CV Traction Avant wartete vor dem Bahnhof auf uns. Herzliche Begrüßung bei Papa und Maman, die nur schlecht ihre Besorgnis verbergen konnten. Und Ariadne erst! Wir umarmten uns wie zwei Liebende. „Komm, Gérard! Gib dem dummen Rhonetal-Mädchen einen ganz dicken Kuss!" „Bestes, klügstes und schönstes Rhonetal-Mädchen, wo gibt!" versicherte ich ihr radebrechend. Alle lachten. Aber auch Ariadne konnte ihre Angst um Bagir und mich nicht verbergen. „Ich weiß ja, dass es sein muss." äußerte sie resigniert. Ausführlich erzählte ich, was sich inzwischen in Verdun alles ereignet hatte. Sie hörten bedrückt und aufmerksam zu. Dann aßen wir mit Genuss den Salade Niçoise und die Quiches Lorraines, die Maman uns servierte.

Bagir und ich verloren keine Zeit. Wir gingen in sein Studierzimmer und machten uns einen starken türkischen

Kaffee. „Dupont hat eine Villa im Bois de Boulogne, in Richtung Neuilly-sur-Seine. Eine richtige Festung. Mit Alarmanlagen, Panzerglas-Fenstern, Überwachungs-Kameras am Vorder- und Hintereingang, elektrisch betriebenen, schweren Roll-Läden. Jede Menge Elektronik. Ich habe inzwischen auch gelernt, wie man Alarmanlagen außer Betrieb setzt und mit einem Dietrich Sicherheits-Schlösser auf- und wieder zu kriegt. Zweimal war ich dort im Haus und habe mich mit den Örtlichkeiten vertraut gemacht. Beim zweiten Mal kam Dupont ganz unverhofft. Ich versteckte mich im Abstellraum. So konnte ich belauschen, wie er einem neuen Leibwächter einiges erklärte. Da gibt es ein Schaltbrett im rechten oberen Schubfach seines Schreibtisches. Ein roter Knopf auf diesem Schaltbrett lässt an beiden Eingängen ein intensives, rotes Licht neben den Kameras blinken. In diesem Falle erschießen die Leibwächter denjenigen, der herauskommt, ohne Warnung. Grüner Knopf und grünes Licht heißt hingegen „Alles in Ordnung".

Ich lauschte atemlos. „Bagir! Und wenn sie dich entdeckt hätten?" Er grinste humorlos. Dann wären er und sein Geschäftspartner jetzt tot und es wäre schon alles erledigt. Ich will aber mehr! Erinnerst du dich an Jean-Pierre's Ausspruch? „Der Schlange den Kopf abschlagen". Ich will auch hier dafür sorgen, dass diejenigen bezahlen, die anderen Menschen die Existenz ruinieren. Und wir werden dafür sorgen, dass Nine für die Zeit im Gefängnis eine angemessene Entschädigung erhält. Es gibt auch einen Safe mit Dokumenten, die eine ganze Reihe hochgestellter Persönlichkeiten aufs äußerste belasten. Den habe ich leider nicht aufgekriegt. Aber Dupont wird ihn „gerne" für uns öffnen. Die letzten Stunden dieses Schweinehundes werden wahrscheinlich ziemlich scheußlich für ihn sein. Danach werden in den sogenannten besseren Kreisen eine Menge Köpfe rollen."

„Ich bin dabei, Bagir. Klar, dass ich auch schon an eine angemessene Entschädigung für Nine gedacht habe. Es geht ja auch gar nicht um das Geld." „Nein, Gérard. Es geht gar nicht um das Geld. Es geht um das Bezahlen. Das einzige, was einem solchen Salaud so richtig weh tut, ist der Verlust von Geld oder Leben. Und er wird beides verlieren." „Er wird beides verlieren." stimmte ich Bagir finster zu.

„Jeden zweiten Tag lässt er sich abends zu der Villa fahren. Heute wieder. In Begleitung zweier Leibwachen. Dort trifft er sich mit „Geschäftspartnern" seines Schlages. Oft lassen sie sich dann zwei oder drei Nutten kommen. Es wird immer ziemlich alkoholisch und laut im Haus. Die Zuhälter der Nutten werden gut dafür bezahlt, dass diese Sadisten auch nach Herzenslust prügeln dürfen. Wir werden heute Abend ebenfalls in der Villa sein und Schicksal spielen." „Ja." sagte ich. „Das ist äußerst günstig. Denn vom Tod seiner beiden Killer in Verdun weiß er ja noch nichts; er ist also in dieser Hinsicht noch völlig ahnungslos."

Meine Familie hatte sich für den Stadtverkehr in Paris eine der wendigen Renault Dauphines zugelegt. Am späten Nachmittag fuhren wir mit der Dauphine in den Bois de Boulogne. Wir parkten sie sehr vorschriftsmäßig. Sie war weitaus unauffälliger als der überaus beliebte und schon fast selten gewordene Traction Avant. Völlig unbefangen näherten wir uns dem Haus; so wie einige andere Spaziergänger schlenderten wir langsam vorbei. Ich schaute mir die Kamera am hinteren Eingang an. Und musste lachen. Sie drehte sich langsam in der Horizontalen, so dass für längere Zeit links und rechts riesige tote Winkel entstanden. Stand man erst einmal in der Nähe unterhalb der Kamera und war leise, so konnte sie gar nichts bemerken. So eine Pfuscherei! Wir gingen weiter bis uns die Ecke der Villa vor der Kamera verbarg. Schauten auf den Sekundenzeiger unserer Uhren. Als die Kamera fast auf die andere Seite geschwenkt war, sprinteten wir zum hinteren Eingang. Schon nach Sekunden standen wir direkt unter der Kamera, welche ungerührt ihre horizontalen Schwenker vollzog. Wir zogen Gummihandschuhe an, um nirgends Fingerabdrücke zu hinterlassen. Lautlos öffnete Bagir die Tür mit dem Dietrich und zog sie dann nur ins Schloss. Für den Fall, dass wir es mit dem Rückzug eilig hatten.

Fast sofort wurde uns klar, dass wir einen unverzeihlichen Fehler begangen hatten. Aus dem großen Wohnzimmer war eine laute Diskussion zu vernehmen: Dupont war mit einem seiner „Geschäftspartner" schon früher eingetroffen. Wir hatten uns nur auf den Hintereingang konzentriert und völlig versäumt, den vorderen Eingang zu überprüfen. Vorsichtig öffnete Bagir die Tür des Zimmers nebenan. Es war ein Schlafzimmer mit einem großem Bett. Auf einem Tischchen lagen zu meinem nicht geringen Erstaunen verschiedene Reitgerten und acht Paar Handschellen. Auch eine Kette und einige Vorhängeschlösser fehlten nicht. Zum Glück war niemand in diesem Zimmer. Als wir durch die Gardine nach draußen spähten, sahen wir einen Citroen DS21 und einen Mercedes, beide mit jeweils zwei Leibwachen besetzt. Die gerade ausgestiegen waren und betont gemütlich vor den Wagen auf und ab schlenderten.

Leise besprachen wir uns. Wir hätten unbemerkt wieder fortgehen können. Aber dann würde Dupont vom Tod seiner beiden Auftragskiller erfahren haben und wäre gewarnt gewesen. Das würde alles sehr viel riskanter für uns machen. Andererseits war nur Bagir mit den Örtlichkeiten vertraut. Das war ein schweres Handikap für unsere Zusammenarbeit und konnte zur Katastrophe führen. Durch die Panzerglasfenster und die dicken Türen und Wände würde man jedoch Pistolenschüsse im Hause draußen kaum hören. Also beschlossen wir, jetzt gleich „Nägel mit Köpfen zu machen". Ich würde Bagir die Initiative überlassen und im übrigen auf meine Instinkte vertrauen müssen. Die Pistolen in Bereitschaft unter den weiten Herbstmänteln betraten wir den Raum. Ein Sektkübel und Gläser, eine angebrochene Flasche Whisky. Dupont saß mit dem Rücken zu uns, sein Gegenüber auf der anderen Seite des Schreibtisches. Ihr hitziger Disput nahm die beiden so in Anspruch, dass der „Geschäftspartner" uns erst bemerkte, als wir direkt hinter Dupont standen. Ihm fiel das Kinn nach unten.

Bagir trat von hinten an Dupont heran, packte seinen rechten Arm und zog das obere Schubfach auf. Der andere Typ rührte sich nicht: Er blickte direkt in den Lauf meiner Mauser HSc. In dem Schubfach befand sich das von Bagir erwähnte Schaltbrett. Daneben lag eine SIG

P210, eine Pistole mit Kaliber 9 mm und einem 8 Schuss-Magazin. Geladen, gespannt und entsichert! Und noch drei volle Magazine gleich daneben. So viel zum Vertrauen zwischen solchen „Geschäftspartnern". Aber wenn ich auch nur halb so viel auf dem Kerbholz gehabt hätte wie einer der beiden, dann wäre ich auch im höchsten Grade paranoid gewesen. Als ich den Blick senkte, um den Inhalt des Schubfaches zu begutachten, glaubte der Typ eine einmalige Gelegenheit zu haben. Er zog eine Pistole aus der Jackentasche. Ich hätte ihn mit Leichtigkeit erledigen können, noch bevor er die Waffe halbwegs in Anschlag gebracht hätte. Bagir kam mir aber zuvor: Blitzschnell hatte er die SIG von Dupont ergriffen und hochgerissen. Es blitzte und bellte. Der Typ gegenüber fiel tot hintenüber mit einem Loch in der Stirn. Dupont begann voller Panik zu schreien. Ich schlug ihm die geballte Faust mit voller Wut und mit voller Wucht ins Gesicht. Er spuckte ein paar Zähne aus und wimmerte keuchend. Wir musterten ihn gelassen und schweigend von oben herab.

„Was wollt ihr denn?" brachte er schließlich bibbernd hervor. Brutal packte ich ihn an den Rockaufschlägen und zog ihn zu mir heran. „Dein Dreckskerl von Sohn hat meine Frau Nine vergewaltigt, gequält und entstellt. Und du Salaud hast sie schließlich auch noch jahrelang ins Gefängnis gebracht. Jetzt bekommst du die Rechnung präsentiert. Für das, was dein Sohn mit deiner Billigung ihr angetan hat, wirst du zuerst einmal ganz einfach kastriert." Blitzschnell stieß ich ihm das Knie mit aller Gewalt zwischen die Beine. Der ungeheure Schmerz ließ ihn sofort in Ohnmacht fallen.

Bagir nickte. Wir brauchten keine Worte. Stumm und düster billigte er mein Tun. Obwohl wir uns vor uns selbst entsetzten, mussten wir so brutal vorgehen. Sonst wären wir erstickt an unserem Ekel vor der Verderbtheit dieses Ungeheuers. Das war uns beiden klar. Aber es kam noch etwas hinzu. „Nur absolute Brutalität gegen Dupont kann uns helfen, lebend hier wieder heraus zu kommen, Bagir." ‚Ja, Gérard. Du hast Recht. Wir müssen ihm so viel Schmerz zufügen und Angst einjagen, dass er alles daransetzt, uns hier wieder herauszuhelfen. Aber, bei Allah! Es ist furchtbar!"

Jetzt kamen wir erst dazu, wirklich in Ruhe zu überlegen. Der Bissen, den wir hier schlucken mussten, war eigentlich etwas zu groß für uns. Es brauchte jetzt nur noch ein zweiter „Geschäftspartner" mit Leibwächtern aufzutauchen. Dann hätten wir nur noch die Chance, kämpfend zu sterben. Uns war also völlig klar, dass wir sehr gute Chancen hatten, bei dieser Aktion unser Leben zu lassen. Oder für ziemlich lange Zeit Zuchthausmauern von innen zu sehen. Unsere Pistolen waren registriert. Die Untersuchung eines abgefeuerten Geschosses würde uns die Freiheit kosten. Da würde uns selbst der Polizeichef von Verdun nicht mehr helfen können.

Das Dringendste zuerst: Mit kräftigem Klebeband, das wir mitgebracht hatten, fesselten wir Dupont an seinen Klubsessel, so dass er sich nicht mehr rühren konnte. Sein Taschentuch diente als Knebel. Darüber kam ebenfalls ein Stück Klebestreifen.

„Wir dürfen keinen einzigen Schuss aus unseren eigenen Pistolen abgeben, Bagir." Er nickte. „Nimm du dir die Pistole von Dupont. Ich hole mir die Knarre von dem anderen Typen." Wir überprüften die Magazine. Beide voll. Bei der Durchsuchung des Schreibtisches und der Kleidung des „Geschäftspartners" fanden wir noch je vier volle Reservemagazine. „Nom d'une pipe!" meinte ich. „Die haben ja wunderbar für uns vorgesorgt!" Wir lächelten freudlos. „Wir könnten später versuchen, durch den Hinterausgang zu verschwinden, Gérard." „Geht nicht, Bagir. Die Typen schlendern jetzt immer bis über die Ecken der Villa hinaus. Wir kämen keine zehn Meter weit."

„Also gewaltsamer Ausbruch, wenn wir hier fertig sind. Du versuchst mit Dupont's Pistole die beiden Leibwächter vom Mercedes zu erledigen. Ich nehme die Knarre des anderen Typen zur „Behandlung" von Dupont. Mit ihr werde ich auch die Leibwächter des DS21 zu töten versuchen. Ist das für dich so in Ordnung, Bagir?" „Es ist wirklich unsere einzige Chance, um ungeschoren hier wieder davonzukommen." willigte er ein.

Gerade wollte ich das vorher Versäumte nachholen, nämlich mich mit den übrigen Örtlichkeiten der Villa vertraut zu machen, da zeigte uns ein dumpfes Wimmern, dass Dupont wieder das Bewusstsein erlangt hatte. Ich zögerte. Kam aber dann gleich zu dem Entschluss, ihm keine Pause zum Überlegen zu gönnen, sondern sozusagen das Eisen zu schmieden, so lange es noch heiß war. Bagir ließ mich stillschweigend gewähren. Er war heilfroh, dass ich die Rolle des Folterknechtes übernommen hatte. Aber es ging ja hier schließlich und endlich um meine Frau!

Langsam und drohend wandte ich mich wieder an Dupont. „Ich werde dir jetzt das Pflaster von deiner Fresse reißen. Aber wenn du mir zu laut schreist, bekommst du Knebel und Pflaster wieder verpasst." Mit einem Ruck riss ich den Klebestreifen weg. Dupont wimmerte leise vor sich hin. „Also: Als erstes will ich eine kleine Entschädigung für Nine: Fünf Millionen Nouveaux Francs, das heißt, eine Million für jedes Jahr im Gefängnis." „Du bist ja verrückt! So viel Geld ist kein Mensch wert!" Ohne Warnung jagte ich ihm eine Kugel aus der Pistole des anderen Typen durch den linken Fuß. Das musste fast so höllisch wehtun wie die Schmerzen, die ihm seine zermatschten Hoden verursachten. Ein spitzer Schrei, eine Drohgebärde von mir. Nur noch mühsam unterdrücktes Stöhnen. Und bei mir nur noch mühsam unterdrückter Abscheu vor mir selbst. „Jetzt sind es zehn Millionen." sagte ich ganz leise. „Zwei Millionen für jedes Jahr." „Aber. . ." Langsam hob ich die Pistole und zielte auf den rechten Fuß. „Nein, nein! Ich tue alles, was du willst!"

„Dein Sohn hat damit geprahlt, wie viel Zaster ihr auf Nummernkonten in der Schweiz habt. Du nimmst jetzt schön das Telefon und überweist die zehn Millionen auf mein Nummernkonto in der Schweiz. Blitzüberweisung, so dass ich das gleich hier kontrollieren kann. Hier ist die Nummer." Ich schob ihm einen Zettel hin und schnitt ihm dann die Klebebänder so weit auf, dass er beide Hände frei hatte. Zitternd und stöhnend befolgte er meinen Befehl. Nach einer knappen Viertelstunde schon kam die telefonische Bestätigung, dass die Überweisung erfolgt war. Ich rief bei der Basler Kantonalbank an, identifizierte mich mit dem Passwort und fragte nach dem Kontostand. Die zehn Millionen lagen jetzt auf diesem Nummernkonto. Auf dem Nummernkonto, das ich für Nine ohne deren Wissen eröffnet hatte.

„Wunderbar!" lobte ich. „Jetzt kommt Punkt Nummer Zwei unserer Tagesordnung: Sei doch so gut und öffne uns den großen Safe hinter dem „Picasso." Ich deutete auf Picassos „Guernica" an der Wand rechts vom Schreibtisch. Wie elektrisiert zuckte Dupont zusammen. „Ihr habt doch alles, was ihr wollt! Auf keinen Fall werde ich den Safe für euch öffnen!" Sofort schoss ich ihm jetzt auch den rechten Fuß kaputt. Ein fast unmenschlicher Schmerzensschrei wurde gleich mit Mühe einigermaßen unterdrückt, als ich Miene machte, ihm wieder den Knebel zu verpassen. Ihn noch mehr zu verstümmeln wollte ich mir selbst nicht antun. Ich konnte fast nicht mehr, musste ihm auch so klarmachen können, dass er uns absolut nichts verweigern durfte. „Du hast auch noch zwei Knie." sagte ich mit möglichst kalter, gefühlloser Stimme. „Du hast auch noch zwei Hände, zwei Ellenbogen, zwei Schultern, zwei Ohren und zwei Augen. Oder soll ich dir zur Abwechslung gleich ein Auge mit diesem schönen Füllfederhalter eindrücken?" Spielerisch nahm ich den goldenen Stylographen in die Hand und näherte ihn seinem rechten Auge. Und bemerkte mit ungeheurer Erleichterung, dass er jetzt völlig gebrochen war und alles tun würde, was ich von ihm verlangte.

Mit zitternden Händen schrieb er eine Zahlenreihe auf den Schmierblock. Schon hatte ich den „Picasso" heruntergenommen und wollte den Safe öffnen, zögerte dann aber. Denn ich dachte an Betäubungsgas oder Selbstschüsse. Bei Dupont's Paranoia war alles möglich. Deshalb schob ich ihn mit seinem Klubsessel vor den Safe. Er öffnete die Safe-Tür mit bebenden Händen. „Hol alles heraus und gib es mir." Drei metallene Kassetten. Ich stellte sie auf den Schreibtisch. „Mach die Deckel auf." Dabei drückte ich ihm seine Pistole gegen die Schläfe. Denn die Kassetten konnten durchaus noch irgendwelche Waffen beherbergen. „Mein lieber Mann!" sagte ich mit Nachdruck, als ich den Inhalt sah.

In der obersten Kassette lagen auf Betten von purpurfarbenem Samt Ringe aus Gold und Platin, in die sehr teuer aussehende Edelsteine gefasst waren. Und Armbänder und Halsketten. Das blitzte und funkelte von Smaragden, Rubinen und Diamanten. Ich packte die ganze Pracht in eine Tasche, die ich in der Kammer für Bedienstete gefunden hatte. Papa würde als passionierter Juwelier seine wahre Freude an dieser Sammlung haben. Bestimmt würde er das Zeug umarbeiten und auf diese Weise auch „entschärfen." Nach kurzer Überlegung tat ich eine der Halsketten wieder zurück. Es sollte ja nicht nach Raub aussehen. Bagir nickte zustimmend. Fast konnten wir gegenseitig unsere Gedanken lesen.

Die zweite Kassette enthielt schätzungsweise etliche Millionen Dollar. Alles 500- und 1000-Dollar- Scheine. Auch das Geld wanderte in die Tasche. Auch hier ließ ich zwei Bündel 500-Dollar-Scheine in der Kassette.

In der untersten Kassette befand sich das, was für uns von wirklicher Bedeutung war: Ein dickes Bündel Dokumente mit belastendem Material. Nach fünf Minuten Lektüre war mir klar, dass diese Papiere nicht nur Dupont, sondern auch einige Regierungsbeamte, Advokaten und Richter für Jahre ins Zuchthaus bringen würden. Diese Dokumente, Verträge und Quittungen über getätigte Barzahlungen waren unumstößliche Beweise. Das ganze Bündel kam in die Tasche. Wir würden Kopien davon anonym an jede französische Zeitung von einiger Bedeutung schicken. Wenige Tage später gab es ein richtiges Erdbeben in den höheren Kreisen. Langjährige Zuchthausstrafen wurden verhängt. Das alles war durchaus vergleichbar mit dem vor gar nicht so langer Zeit durch Général Marcel Bigeard ausgelösten Erdrutsch.

„Komm, Bagir. Schauen wir uns noch einmal in allen Zimmern um. Vielleicht finden wir eine Maschinenpistole und ein paar Handgranaten. Das würde unsere Chancen wesentlich verbessern." „Mach dir keine allzu großen Hoffnungen. So Saukerle wie Dupont lassen die wirkliche Drecksarbeit von ihren Killern erledigen." „Die beiden hatten doch auch Pistolen. Vielleicht haben wir trotzdem Glück." „Wir können doch mit Dupont als Geisel einfach zum Vordereingang hinaus spazieren, Gérard." Ich dachte nach. „Die Killer des anderen Typen würden uns und auch Dupont sofort abknallen. Sie müssten ja zu dem Schluss kommen, dass ihr Boss in eine Falle gegangen war. Also schauen wir doch einmal nach, ob wir unser Arsenal nicht doch aufstocken können." „Gut." stimmte Bagir zu. Dupont knebelten und fesselten wir wieder so, dass er sich nicht rühren konnte. Er schien total gebrochen und gefasst. Das

Zuchthaus schien ihm jetzt, nach dem, was er hinter sich hatte, wohl die weitaus weniger unangenehme Alternative zu sein. Wir betraten zuerst das Zimmer, das ich nicht gesehen hatte. Und schauten uns entsetzt an.

Auf dem breiten Bett lag ein sehr junges Mädchen, das uns mit angstgeweiteten, veilchenblauen Augen anstarrte. Ein leises Wimmern war zu hören. Ihre weit gespreizten Arme und Beine waren mit Handschellen an die Bettpfosten gefesselt. Peitschenstriemen, Kratzer und Spuren von Faustschlägen bedeckten ihren völlig nackten Körper. Die kaum entwickelten kleinen Brüste zeigten mir, dass sie fast noch ein Kind war. Bagir und ich schauten uns an, schüttelten schon kurz darauf beide den Kopf. Wir hatten wieder den gleichen Gedanken: Die Kleine musste alles gehört haben, was sich im Wohnzimmer abgespielt hatte. Auch unsere Namen hatte sie gehört. Und jetzt hatte sie unsere Gesichter gesehen. Wenn wir sie leben ließen, konnte sie uns ins Zuchthaus bringen. Aber komme, was da wolle. Einen Mord an diesem Kind konnten und wollten wir nicht auf unser Gewissen laden. Das hatte unser Kopfschütteln zu bedeuten.

Als wir auf das Bett zugingen, wandt sie sich in panischer Angst. Wir redeten beruhigend auf sie ein. Vor Bagir schien sie besondere Angst zu haben. Wahrscheinlich hatte sie fürchterliche Erfahrungen mit Arabern machen müssen. „Ich gehe wieder ins Wohnzimmer zurück." sagte Bagir. „Nimm' du ihr die Angst, Gérard."

Weiterhin beruhigende Worte von mir gebend, holte ich die Schlüssel zu den Handschellen, die auf dem

Nachttisch lagen und löste ihre Fesseln. Da waren überall Schürfwunden an den Hand- und Fußgelenken. Sie rollte sich sofort zu einer Kugel zusammen und brach in haltloses Weinen aus. Ich setzte mich auf den Bettrand. „Du brauchst keine Angst mehr zu haben, Kleines." sagte ich zärtlich zu ihr. „Niemand darf dir jetzt noch etwas Übles antun." „Der Araber." flüsterte sie angstvoll. „Der Araber heißt Bagir und ist mein bester Freund. Er ist der liebste Mensch, den du dir nur vorstellen kannst. Und ich bin Gérard." Leicht legte ich meine Hand auf ihre Schulter. Sie zuckte zurück. „Tut mit leid, Kleines." Im Kleiderschrank fand ich einen Bademantel. „Komm. Zieh diesen Bademantel an." Zitternd erhob sie sich. Ihre Gliedmaßen gehorchten ihr noch nicht richtig. Sanft half ich ihr, den Hausmantel überzustreifen. Danach wollte ich sie neben mich auf das Bett setzen. Und plötzlich saß sie auf meinem Schoß, ihre Arme um meinen Hals gelegt. Und weinte haltlos. „Weine dich nur aus, mein Liebes." Zärtlich streichelte ich ihren Rücken und hielt sie dabei fest in meinen Armen. Flüsterte ihr liebe, dumme, hilflose Worte ins Ohr.

Langsam verebbte das Weinen. Die Angst aus ihren Augen war verschwunden, als sie mich ansah. „Traust du dir zu, unter die Dusche zu gehen und dich selbst zu waschen?" Sie nickte tapfer. Langsam humpelnd und auf meinen Arm gestützt stieg sie in die Duschkabine. Ich nahm ihr den Bademantel ab und legte Waschlappen und Handtuch für sie bereit. „Ruf mir, wenn du fertig bist, Liebes. Ich helfe dir dann wieder." Bald schon machte sie sich leise bemerkbar. „Schatz." sagte ich dann zu ihr. „Macht es dir etwas aus, wenn du nackt vor mir bist? Ich

möchte gerne deine Wunden versorgen." Sie schüttelte
den Kopf und blickte mich an. Grenzenloses Vertrauen
sprach aus diesem Blick. Einige Wunden hatten sich böse
entzündet. Watte, Alkohol und Jodtinktur fand ich in der
Hausapotheke. Ich machte mich an die Arbeit. „Du hättest
ja sterben können an diesen Schlägen!" sagte ich empört
und erschüttert.

„Gèrard?" kam es zögernd, während ich ihre Wunden
reinigte und desinfizierte. „Ja, mein Liebes?" „Einige
Mädchen sind auch an den Schlägen gestorben." Ich
glaubte es ihr sofort. „Das ist jetzt alles vorbei." sagte ich
sanft. „Wenn du dich ein wenig erholt hast, und falls wir
lebend hier heraus kommen, bringen wir dich zu deiner
Mutter." Sie fing an, wieder still vor sich hin zu weinen.
„Meine heroinsüchtige Mutter hat mich an einen Zuhälter
verkauft, bevor sie an einer Überdosis krepiert ist."

„An einen Araber?" fragte ich ahnungsvoll. Sie nickte unter
Tränen. „Yussuff Haddad. Er vergewaltigt mich auch und
schlägt mich, wenn er nicht mit mir zufrieden ist. Er leiht
mich an spezielle Kunden aus." „Kunden wie Dupont?"
fragte ich düster. Sie nickte.

„Weißt du, was wir machen können? Wir nehmen dich mit
zu unserer Familie. Magst du? Alle werden dich lieb
haben, mein Kleines. Das Leben wird wunderschön für
dich werden. Und schon bald wirst du all das Schreckliche
vergessen haben und wieder ohne Alpträume schlafen
können. So. Und jetzt muss ich wieder ins Wohnzimmer
und Bagir helfen, damit wir die Sache hinter uns bringen."
Erschrocken klammerte sie sich an mich. „Bitte geh nicht

weg. Bitte, lass mich nicht allein, Gérard." Ich küsste sie leicht auf den Mund. „Ich muss, Liebes. Aber warte mal." Im Nachttisch fand ich starke Schlaftabletten. Zwei davon löste ich in einem Glas Wasser auf. „Komm. Trink das, Schatz." Gehorsam trank sie das Glas leer. Ich legte sie auf das Bett und deckte sie liebevoll mit der leichten Steppdecke zu. Dann setzte ich mich noch einmal auf den Bettrand und lächelte sie beruhigend an. Zart streichelte ich ihr nachtschwarzes Haar. Und dann geschah etwas Wunderbares. Ihr erstes Lächeln in ihrem schönen, lieben Gesicht! Völlig entspannt schloss sie die Augen. Und schlief schnell ein. Die vielen alptraumhaften Stunden und das Wissen, dass ich ihr die Schlaftabletten gegeben hatte, ließen sie fast sofort in den Schlaf hinüber gleiten. Leise zog ich die Tür hinter mir zu.

Bagir blickte von den Dokumenten auf. „Das wird immer schöner! Auch Mädchenhandel! Jede Menge Quittungen über Unsummen. Überweisungen auf Schweizer Nummernkonten und auf Konten in aller Welt! Und ein ganzer Stapel an Quittungen von jeweils 700 Nouveaux Francs an einen Zuhälter namens Yussuff Haddad. „Bezahlung von Frischfleisch" steht zynisch auf den Wischen!" Grimmig ohrfeigte er Dupont. Ich trat an ihn heran. „So, du elender Salaud! Ich verpasse dir noch einen kleinen Denkzettel für das, was du diesem halben Kind da drüben angetan hast!" Ich konnte nicht anders! Mit meinem Feuerzeug verbrannte ich ihm nacheinander beide Ohrläppchen, bis sie in der Flamme zu schmoren anfingen. Der Schmerz ließ ihn wieder ohnmächtig werden. Bagir wandte sich schaudernd ab. „Gérard!" „Bagir! Du müsstest einmal die Schläge und die Wunden der Kleinen aus der Nähe gesehen haben! Ein Glück, dass sie noch lebt! Sie erzählte mir auch, dass mehrere Mädchen an den Schlägen gestorben seien." Düster und verstehend nickte er. „Das erklärt auch die fünf anderen Zahlungen an den Zuhälter. Fünf Quittungen über jeweils dreißigtausend Nouveaux Francs zur „Begleichung von Betriebsunfällen". „Wenn wir es schaffen, den Medien diese Unterlagen zukommen zu lassen, dann wandert der Zuhälter für den Rest seines Lebens ins Zuchthaus." „Gibt es in Frankreich eigentlich noch die Todesstrafe, Bagir?" „Ich weiß es nicht, Gérard." „Ich hoffe es! Ich bin zwar gegen die Todesstrafe. Aber in diesem Fall mache ich gerne eine Ausnahme!" sagte ich voller Wut.

„So. Jetzt wird bald die Entscheidung darüber fallen, wer auf der Strecke bleibt." Ich goss Dupont das Eiswasser aus dem Sektkübel über den Kopf. Wimmernd kam er wieder zu sich. Er war völlig gebrochen. Wir banden ihn los. Unentschlossen sah ich auf ihn herab. Eigentlich konnte er in Zukunft ja keine Existenzen mehr ruinieren. Sollte er nach vielen Jahren Zuchthaus tatsächlich in Freiheit gesetzt werden, so würde die Justiz doch immer ein wachsames Auge auf ihn haben. Bagir und ich töteten nicht gerne, auch wenn uns das Leben noch so oft dazu gezwungen hatte. Wir würden ihn also am Leben lassen können. Oder?

Andererseits wusste er jetzt, wer wir waren und konnte uns ebenfalls ins Zuchthaus oder gar in die Todeszelle bringen. Es ging schon an meine Grenzen, dieses perverse Monstrum zu foltern, um meine Lieben zu schützen und um weitere scheußliche Verbrechen zu verhindern. Etwas ganz anderes war es, einen vielleicht unschädlich gemachten Verbrecher einfach hinzurichten. Ich blickte Bagir an. Er fühlte sich genau so unwohl wie ich. Wir beide zermarterten uns die Gehirne nach einem gangbaren Weg. Vielleicht gab es doch eine Möglichkeit.

Aber Dupont selbst nahm uns diese schwere Entscheidung ab. „Ich gehe mit euch hinaus." wimmerte er. „Unsere Wachen werden euch nichts tun. Ich gebe nur kurz Bescheid." Damit zog er das obere Schubfach auf und drückte auf den roten Knopf des Schaltbretts. „Schau mal, Bagir." sagte ich gespielt naiv. „Die rote Blinklampe. Das heißt doch bestimmt, dass niemand schießen soll." „Genau!" bestätigte Dupont bibbernd. „Geht nur schon voraus. Ich komme langsam nach." „Ach nein, mon beau Salopard! Du gehst voraus! Das ist vielleicht doch sicherer für uns." „Nein. Nein! Ich kann mich nur ganz langsam bewegen. Ihr habt mich so verstümmelt." „Dann gehst du eben ganz langsam voraus. Du willst doch nicht, dass uns in letzter Minute noch etwas passiert?" Ich spielte Katz und Maus mit ihm, zog allzu gerne die Minuten seiner Todesangst in die Länge. Das hatte er mehr als verdient. Dann hatten wir ihn endlich an der Eingangstür. Wir schlossen sie auf. Er konnte sich vor Angst kaum auf den Beinen halten.

Bagir riss die Tür auf. Ich stiess Dupont mit Schwung hinaus. Wir nahmen Deckung und pressten uns links und rechts von der Tür an die Wand. Blitzschnell zogen alle vier Leibwachen kurze Maschinenpistolen unter den Jacken hervor. Sie feuerten die Magazine leer in Richtung Tür. Dupont tanzte seinen letzten Tanz unter der Wucht der Einschläge. Dann war ein ganz kurzer Augenblick Stille. Wir sprangen aus dem Haus und leerten die Magazine unserer Pistolen auf die Wachen. Die vier waren jetzt ebenso tot wie ihre Herren und Meister.

„Jetzt aber schnell weg, Bagir. In einigen Minuten sind die Flics hier." Wir gingen in das Schlafzimmer. Gerührt schaute Bagir auf die Gestalt des schlafenden Mädchens. „Hol die Dauphine an den Hintereingang, Bagir. Zerstöre vorher die Überwachungskamera." Er sprintete los. Ich nahm das schlafende Mädchen in meine Arme. Auch die Steppdecke nahm ich mit. Die Schüsse hatten eventuell in der Nähe flanierende Spaziergänger verscheucht. Niemand sah uns also gehen. Ich ging Bagir entgegen. Er blieb am Steuer. Vorsichtig setzte ich mich auf den Rücksitz mit dem immer noch fest schlafenden Mädchen auf meinem Schoß.

Streng die Geschwindigkeitsbegrenzungen einhaltend schlängelten wir uns durch den belebten Verkehr von Paris. Wir hielten dicht vor dem Hintereingang des Hauses von Papa und Maman. Bagir entriegelte die hintere Eingangstür zum Haus und zog sie ganz weit auf. Dann öffnete er die hintere Wagentür so, dass die Sicht auf mich durch die Tür verdeckt wurde. Anschließend ging er um den Wagen herum und verdeckte mit seinem Körper auch von der anderen Seite die Sicht auf mich. Ich stieg aus. Mit meiner süßen Last in den Armen verschwand ich im Haus, während Bagir den Wagen in die Garage fuhr.

Es war schon über eine Stunde nach Mitternacht. Ariadne erwartete mich. „Bagir?" fragte sie angstvoll. „Alles in

Ordnung." beruhigte ich sie. Er bringt nur die Dauphine in die Garage und sagt Papa und Maman Bescheid, dass wir beide wohlauf sind. Liebevoll legte ich das Mädchen auf die Couch. „Gérard? Wen bringst du uns da? Ach, die arme Kleine!" Ich gab keine Antwort. Denn ich schaffte es gerade noch zur Kloschüssel im Bad und kotzte mit dem Inhalt meines Magens auch den Abscheu vor der Schlechtigkeit mancher Leute sowie das Entsetzen über mich selbst heraus. Kaum war ich aus dem Bad zurück, als Bagir eintrat. Er umarmte und küsste Ariadne. Dann schaffte auch er es gerade noch ins Badezimmer.

Ausgepumpt und emotional ausgehöhlt schlurfte ich zur Couch. Ich nahm meinen Schützling auf den Schoß. Ariadne holte einen ihrer Pyjamas. Vorsichtig zog ich der Kleinen den Pyjama an. Unser zierliches Rhonetal-Mädchen hatte fast die gleiche Kleider-Größe, so dass der Schlafanzug wie angegossen passte. Bagir kam zurück und setzte sich neben seine Frau. Minutenlang schwiegen wir. „Ich muss ihr noch zwei Schlaftabletten geben oder bei ihr bleiben." murmelte ich schließlich. „Aber dazu habe ich jetzt nicht die Kraft." „Ich habe etwas Besseres." sagte Ariadne. Sie holte eine Spritze und eine Ampulle und zog die Spritze auf. „Was ist das, Ariadne?" „Es ist recht neu, Gérard. Ein sicheres Schlafmittel ohne erhebliche Nebenwirkungen. Damit wird sie bis in den späten Vormittag hinein schlafen, und nicht nur betäubt sein." Sie verabreichte der Kleinen die Spritze. Wir brachten sie ins Gästezimmer. Ich legte sie in das Bett und deckte sie sanft zu.

„Wir brauchen jetzt etwas Sauberes, Reines und Klares nach all der Perversität und Sauerei." sagte ich. Ariadne ging in die Küche. Kurze Zeit später erschien sie wieder mit einem Tablett: Salzgebäck, drei Biergläser und drei Flaschen eiskaltes Bier. Drei große Gläser mit Gin und Eiswürfeln. „Ich trinke heute Nacht mit euch. Werde es wohl ebenfalls brauchen, wenn ihr jetzt erzählt." Und wir erzählten ihr alles. Wir schrieen und weinten manchmal dabei. Und Ariadne weinte mit uns. Immer wieder fassten wir Bier und Gin nach. Allmählich wurden wir alle drei ruhiger. Und irgendwann fühlten wir fast gleichzeitig, dass wir fähig waren, zu schlafen. „Wir gehen zu dritt in unser Bett." bestimmte Ariadne leise. „Von euch lasse ich heute Nacht keinen allein."

Die Lampe auf dem Nachttisch leuchtete in sanftem rötlich-gelbem Schein. Ariadne lag zwischen mir und Bagir. Tiefe Atemzüge verrieten uns, dass Bagir schon den Schlaf gefunden hatte. Ich schaute zur Decke des hohen Raumes empor. Aus fernen Kindertagen tauchte eine Erinnerung in meinen Gedanken auf. „Ariadne, Liebes?" „Ja, Gérard?" „Kann ich dir noch ein paar Minuten lang etwas erzählen?" „Natürlich, Schatz." sagte sie liebevoll. Ihre Hand suchte nach meiner Hand unter der Bettdecke und umschloss sie zärtlich. „Alles, was du willst, mein Liebling." Und ich fing an, zu erzählen. Ich erlebte diese Zeit damals, diese wunderschöne Zeit in der Erinnerung wieder.

„Mein Großonkel August und meine Großtante Ida hatten einen kleinen Bauernhof in einem Dörfchen in der südlichen Pfalz. Onkel August war im Ersten Weltkrieg

Dragoner gewesen und hatte in Frankreich gekämpft. Er musste mehrere seiner Gegner mit der Lanze oder dem Reitersäbel vom Pferd geholt haben. Er selbst hatte die hässliche Narbe eines Lanzenstiches in der linken Schulter. Und er redete nicht gerne über diese Kämpfe. Aber er schwärmte von Frankreich. Er liebte Frankreich. Ist Krieg nicht ein totaler Irrsinn? Später habe ich mich oft gefragt, wie es wohl gewesen sein mochte, wenn zwei Dragoner ihren Pferden die Sporen gaben und mit eingelegter Lanze oder dem schweren Reitersäbel versuchten, sich gegenseitig zu töten. Zur Ehre und zum Ruhme irgendeines Vaterlandes. Die müssen doch auch fürchterliche Angst gehabt haben."

„Aber damals, im Alter von drei oder vier Jahren, wusste ich davon natürlich noch nichts. Nachts durfte ich immer zwischen Onkel August und Tante Ida in ihrem Ehebett schlafen. Die Räume des Hauses waren auch sehr hoch. Und während wir unser Nachtgebet sprachen und ich zu dieser weit oben befindlichen Zimmerdecke hinaufblickte, so als wäre sie der Himmel, war ich ganz einfach glücklich. Als dann Onkel August das Licht ausmachte, kuschelte ich mich beim Einschlafen an ihn oder an meine Tante Ida. Und fühlte mich so wunderbar beschützt und geborgen. Und angenommen und geliebt. Es sollte mehr als zwanzig Jahre dauern, bevor ich mich wieder geborgen und angenommen fühlen konnte."

Meine Zunge war schwerer geworden. Schon halb im Schlaf fühlte ich, wie Ariadne sich über mich beugte und mir einen zärtlichen Kuss auf die Stirn gab.
Es war schon fast zehn Uhr morgens, als wir drei gut

ausgeschlafen und wie befreit erwachten. Sofort ging ich
in das andere Schlafzimmer hinüber, um nach meinem
Schützling zu sehen. Sie würde bald aufwachen. Ich
setzte mich auf den Bettrand und betrachtete sie voller
Liebe. Sie sollte nicht alleine sein, wenn sie die Augen
öffnete. Die Intensität meiner Zuneigung, nein Liebe, für
sie verwirrte mich, machte mich unruhig und ganz konfus.

Und dann schlug sie ihre Augen auf. Ich lächelte sie
beruhigend an. Sie lächelte zurück, ergriff meine Hand
und presste sie auf ihre Wange. „Ich hole dir erst einmal
etwas zu essen und zu trinken, mein Liebes." „Ich habe
keinen Hunger, Gérard. Bitte, bitte, gehe nicht weg." „Ich
gehe nicht weg, Liebling." Sacht öffnete ich die Tür und
rief nach Ariadne. Zu sagen brauchte ich gar nichts. „Ich
mache etwas für euch beide zurecht, Gérard. Ich klopfe
dann an die Tür, wenn ich in zehn Minuten fertig bin."
Dankbar lächelte ich sie an. Wunderbare, alles
verstehende Ariadne!

„Ich habe für euch beide etwas gemacht. Es ist gut, wenn
ihr gemeinsam esst." Ariadne strahlte mich an, als sie mir
ein großes Tablett reichte. Da waren Gläser, eine große
Flasche Perrier-Mineralwasser, zwei Gläser mit frisch
gepresstem Orangensaft, Tassen und eine Kanne mit
heißer Schokolade, Gläser mit Feigen- und Mirabellen-
Konfitüre, Berge von Toastbrot und belegten Croissants.
Ich füllte zuerst zwei Gläser mit Perrier. „Komm, Liebes.
Du musst unbedingt erst einmal etwas trinken." Es schien
so, als würde sie nur mir zu Gefallen von dem Wasser
kosten. Doch dann verklärte sich ihr Antlitz. Ganz langsam
und andächtig trank sie das Glas leer. „Noch ein bisschen,

ja?" Sie nickte. Ich setzte mich neben sie auf den Bettrand, legte meinen Arm um ihre Schultern und goss ihr noch einmal ein. An mich gekuschelt trank sie auch dieses Glas langsam aus. „Es wäre schade um den frischen Orangensaft." sagte ich nach einer Weile. „Den sollten wir nicht verkommen lassen." Lächelnd prostete ich ihr zu. Wir stießen an und tranken langsam die Gläser leer.

„Und jetzt essen wir beide zusammen, meine Süße." „Ich habe doch gar keinen Hunger, Gérard." „Der Hunger kommt beim Essen. Stell dir das einmal vor: Wir essen zum ersten Male gemeinsam. Ist das nicht schön?" Ich bestrich zwei Toastbrote mit Butter und Konfitüre, reichte ihr eines davon und goss uns dazu Kakao ein. Sie kostete, zuerst fast widerwillig. Dann aß sie ganz langsam und andächtig. Bei jedem Schluck Kakao schloss sie die Augen. Wir schafften es nicht ganz, das Tablett leer zu essen, aber fast. „War das nicht herrlich, Liebes? Unsere erste gemeinsame Mahlzeit?" Der letzte Schluck Kakao war getrunken.

Bedachtsam stellte sie die leere Tasse ab und blickte vor sich auf den Boden. „Gérard, ich liebe dich." kam es verzagt und schüchtern. „Ich liebe dich auch, mein Kleines. Ich liebe dich so sehr." Ich drückte sie fest an mich und streichelte sie. „Gérard?" „Ja, meine Süße?" fragte ich sanft. „Das muss doch Liebe sein, Gérard. Ich habe so etwas noch nie erlebt. Immer nur Angst und Ekel. Es ist so wunderbar mit dir, so wunderbar, dass es mir durch und durch geht. Und es muss so wunderschön sein, iebster Gérard, wenn wir miteinander schlafen und wir so zärtlich zueinander sind."

„Mein süßes Mädchen." sagte ich leise zu ihr. „Ich kann nicht mit dir schlafen, so sehr ich dich auch liebe." „Willst du mich nicht, Gérard?" „Darum geht es nicht, Liebes. Ich bin verheiratet. Meine Frau und ich lieben uns über alles." Sie schmiegte sich noch enger an mich. „Aber du wirst mich nicht wieder ganz verlassen?" kam es angstvoll von hr. „Nein, Liebes. Ich werde auch für dich immer da sein." Ein bisschen unwohl war mir doch. Die Intensität meiner Liebe zu ihr machte mir Angst. Andererseits konnte ich es mir gar nicht vorstellen, mit ihr zu schlafen. Obwohl wir beide jede Berührung als etwas Wunderbares empfanden. Wunderbar und wunderschön.

„Aber deine Frau wird eifersüchtig auf mich sein." „Das wird sie nicht. Sie weiß, dass ich ihr absolut treu bin. Und ich weiß genau, dass sie dich sehr gerne haben wird. Auch meine Freunde werden dich sehr mögen." „Warum sollten sie, Gérard?" „Weil du so ein liebes Menschenkind bist, wie man es heute nur ganz selten findet. Soll ich dir von meiner Frau erzählen?" Sie nickte und schaute mich erwartungsvoll an. „Sie heißt Nine. Und hat so schöne, nachtschwarze, glatte Haare wie du. Aber sie hat nicht diese herrlichen veilchenblauen Augen, wie du sie hast. Sie hat kohlschwarze, lustige, runde Kulleraugen. Auch du wirst Nine mögen. Das weiß ich." Sie nickte beruhigt. Ich streichelte ihre Wange.

„So, Schatz. Jetzt gehen wir ins Wohnzimmer zu meinen Freunden Ariadne und Bagir." Ich brachte erst einmal das

Tablett hinaus. Dann legte ich ganz fest meinen Arm um ihre Schulter und wir gingen durch die Tür. Ich setzte mich mit ihr auf die Couch, auf der auch Ariadne saß. Mein feinfühliger Freund Bagir hatte etwas weiter entfernt in einem der Sessel Platz genommen. Ariadne lächelte dem Mädchen freundlich zu, welches ihr Lächeln schüchtern erwiderte. „Ich habe Kaffee für uns alle gekocht. Schönen türkischen Kaffee." Ariadne kam mit einer großen Thermoskanne und einem Tablett mit Tassen für uns alle. „Magst du auch einen Kaffee mit uns trinken, Liebes?" „Oh ja, Gérard." Langsam taute sie auf. Das Weitere konnte ich ruhig Ariadne überlassen. Ariadne begann so ein bisschen zu erzählen von ihrem Leben im Rhonetal. Dass sie damals nicht lesen und schreiben konnte und wie ich sie unterrichtete. Wie sie Bagir kennen gelernt hatte. Wie sie sich ineinander verliebten. Wie sie heirateten und seither so glücklich miteinander waren.

„Ja, wir sind sehr glücklich miteinander." sagte Bagir vom Sessel her. „Und ich hoffe, dass du jetzt keine Angst mehr vor mir hast. Weißt du was? Ich würde gerne zu dir kommen und wir geben uns einfach die Hände. Magst du?" Sie nickte eifrig. Sie gaben sich die Hände. Bagir lächelte sie freundlich an. „Verzeihen Sie mir bitte, Monsieur. Ich war sehr ungerecht zu Ihnen." sagte sie leise. „Aber nein, Kleines." antwortete ihr Bagir. „Wir wissen alles über diesen arabischen Zuhälter. Da ist es doch kein Wunder, dass du Angst vor allen Arabern gehabt hast. Aber jetzt hast du gar keine Angst mehr vor mir, nicht wahr?" Sie schüttelte eifrig den Kopf. „Nein, überhaupt nicht, Monsieur." „Das ist ja wunderbar.

Aber nenne mich doch einfach Bagir. Wir sind doch Freunde, nicht wahr?" Sie nickte und lächelte ihm zu.

„Und mich kannst du bitte Ariadne nennen." sagte unser Rhonetal-Mädchen und umarmte die Kleine. „Wie heißt du denn, mein Schatz?" Ihr fielen schon wieder die Augen zu. „Lise." kam es schon etwas verschlafen. Wir drei blickten uns betroffen an. „Habe ich etwas falsch gemacht?" fragte sie erschrocken und für einen Moment wieder wach. „Nein, meine süße kleine Lise. Du hast überhaupt nichts falsch gemacht." sagte ich zu ihr. „Wir mussten nur an ein anderes kleines Mädchen denken, an die kleine Lisette, die ein Freund von mir vor Jahren gerettet hat. So wie Bagir und ich dich jetzt gerettet haben. Ich erzähle dir das alles einmal in aller Ruhe. Ich glaube, wir haben einander noch so viel zu erzählen." „Ja, mein liebster Gérard."

Ich nahm sie wie ein Kind auf meine Arme und trug sie wieder in ihr Schlafzimmer. „Gérard. Magst du dich ein kleines bisschen neben mich legen? Das dürfen wir doch?" „Ja, Schatz. Das dürfen wir. Ich nahm sie fest in die Arme. „Gérard. Nicht böse sein, dass ich schon wieder so müde bin. Da ist so viel Neues; und alles ist so anders." „Ich verstehe dich doch, mein Liebling." „Es ist eine ganz andere Welt, Gérard. Ich wusste gar nicht, dass es so eine Welt gibt. So, wie ein wunderschöner Traum, Gérard. Ist das denn wirklich Wirklichkeit?"

„Soll ich dich einmal in den Po kneifen? Wenn es nur ein Traum ist, dann musst du ja davon aufwachen." Sie blieb ernst. „Dann will ich lieber für immer in diesem schönen Traum bleiben und immer bei dir." „Dieser Traum ist

Wirklichkeit, mein Liebling. Du wirst noch so viel Schönes erleben und sehr glücklich sein. Schlaf jetzt, Schatz. Ich werde immer wieder nach dir schauen, ja? Und wenn du Lust hast, kannst du auch jederzeit zu uns ins Wohnzimmer kommen." Ich gab ihr einen Kuss. Sie lächelte, schon halb im Schlaf. Liebevoll packte ich sie in die Steppdecke ein.

Im Wohnzimmer schauten wir drei uns fast betroffen an. „Schon in der Villa von Dupont war mir das ziemlich unheimlich." sagte ich sinnend. „Diese überstarke Analogie zu Jean-Pierre's Vergeltungsaktion gegen Krötengesicht. Auch wie ich diesen Salaud gefoltert habe, der Tresor, das Mädchen. Ich kam mir vor wie unter einem hypnotischen Zwang. Und jetzt erfahren wir auch noch, dass sie Lise heißt. „Lisette" heißt ja einfach „kleine Lise". Das ist schon sehr starker Tobak." „Gibt es eine Erklärung dafür, Gérard?" fragte Ariadne.

Ich atmete tief durch. „Ich habe das Gefühl, dass Bagir und ich einfach die Werkzeuge einer höheren Macht waren. Von Laila habe ich ja so einiges mitbekommen über die Wirklichkeit und die höheren Welten." „Und was ist da geschehen, deiner Meinung nach?" fragte Bagir. „Wahrscheinlich ist es so: Eine Instanz in der nächsthöheren Welt wacht über die Balance in unserer Welt. Wird ein gewisses Maß an Disharmonie und Unordnung erreicht, so greift diese höhere Macht ein und stellt Harmonie und Ordnung wieder her. In extremen Fällen kann das auch zu riesigen Katastrophen führen. Überschwemmungen, Erdbeben, Kriege, solche Vergeltungsaktionen wie die unsere. Und wer weiß, was sonst noch." „Du meinst also, dass wir die Ausführenden einer solchen Korrektur waren?" fragte Ariadne. „Ja, Ariadne. Und du sagst mit Recht „wir". Denn du hast mit deiner Zuneigung und Herzlichkeit sehr viel erreicht, um das seelische Gleichgewicht bei unserer kleinen Lise wieder herzustellen."

Bagir schaute nachdenklich drein. Dann fing er auf einmal an, auf deutsch aus der Edda zu zitieren:

Von dort kommen Frauen, vielkundige,
Drei aus dem Born, der beim Baume liegt.
Urd hieß die eine, die andre Werdandi, Skuld die dritte. . ."

Und ich setzte, wie verzaubert, das Zitat fort:
Lose lenkten sie, Leben koren sie,
Menschenkindern Männergeschick. . ."

Lange saßen wir in Gedanken versunken. Ariadne brach schließlich den Bann, als sie aufstand und uns noch einmal Kaffee brachte.

„Ariadne. Bagir." „Ja, Gérard?" fragte Ariadne. „Ich habe da ein Problem, das mir im Augenblick schwer zu schaffen macht: Ich liebe Lise mit einer Intensität, die mir Angst macht. Ich möchte gar nicht mehr ohne sie sein!" gestand ich sorgenvoll.

Und Ariadne lachte schallend. „Ariadne!!!" Auch Bagir fing zu lachen an. Beide wieherten geradezu vor Lachen. „Was habt ihr denn? Ich finde das überhaupt nicht komisch oder lustig!" sagte ich fast wütend. Ariadne wischte sich die

Tränen aus den Augen und versuchte, mit ihrem Lachen fertig zu werden. Was ihr nur langsam und mühselig gelang. Auch Bagir hatte Mühe, mit dem Lachen aufzuhören. „Also! Könnte mir mal einer von euch Scherzkeksen erklären, was dabei so lustig ist?" fragte ich empört. Ariadne kam lächelnd zu mir und ergriff meine Hand. „Du weißt wirklich nicht, was mit euch beiden ist?" fragte sie, wieder ernst geworden. „Das ist so schön zwischen euch." „Was denn? Zum Donnerwetter!!!"

„Um es kurz zu machen." erklärte Ariadne. „Ihr beide benehmt euch nicht nur wie Vater und Tochter. Ihr seid Vater und Tochter." Sie sah mich gerührt an. „Wenn sie dich anschaut, wenn du sie in die Arme nimmst, wenn du mit ihr sprichst, wird sie psychisch zu einem drei- oder vierjährigen Kleinkind, ohne es zu bemerken. Und du behandelst sie wie deine über alles geliebte dreijährige Tochter. Ohne, dass es dir bewusst wird. Gérard. Das ist so schön, euch beide zusammen zu sehen." Bagir nickte bestätigend.

„Aber sie sagte, dass sie sich darauf freut, mit mir zu schlafen, dass das sehr schön sein wird." sagte ich etwas hilflos. Ariadne lächelte. „Fast alle kleinen Mädchen wollen ihren Papa heiraten. Wenn sie erst einmal acht oder neun Jahre alt sind, legt sich das meistens. Und die Papas sind über diese Veränderung meist gar nicht so sehr erfreut."

Sie hatte vollkommen Recht. Aber es dauerte ein bisschen, bis ich es endlich geschluckt hatte. Dann lachte auch ich, lachte glücklich. „Ein vierundzwanzigjähriger Vater mit seiner fünfzehnjährigen Tochter. Chapeau! Elle est bonne, celle-là!" Ariadne umarmte mich lächelnd. „Du siehst so glücklich aus, du Kindernarr. Die Araber sind doch eigentlich die geborenen Kindernarren." Sie lachte spitzbübisch und zwinkerte Bagir zu, der ihr scherzhaft mit dem Finger drohte. „Auch Nine wird die kleine Lise sehr lieb haben. Wir alle. Sie ist ein wunderbares Mädchen, Gérard. Auch Sophocle wird sie mögen."

Ich rief Sophocle in Neufchâteau sur Meuse an und erreichte ihn auch sofort. „Hier Adler." sagte ich. „Kehren wir dahin zurück, wo alles begann." „Morgen Mittag treffen wir uns dort, wo alles begann." kam die Bestätigung.

Abschied von Ariadne und Bagir. „Komm bald wieder, Gérard. Mit Nine und mit Lise." Ich umarmte Ariadne. „Versprochen, meine liebstes Rhonetal-Mädchen." Ariadne hatte für Lise einen Koffer mit Toilettenartikeln, Kleidern und Schuhen von sich selbst gepackt, die Lise recht gut passten. Lise umarmte sie dankbar und noch immer etwas verlegen. Bagir brachte uns zum Gare de L'Est.
Lise und ich waren allein in einem Abteil. Sie kuschelte sich an mich. Wir blickten hinaus auf die vorüberziehende Ebene. „Ich könnte ewig so mit dir in der Eisenbahn fahren, Gérard." „Ich mit dir auch, mein kleines Fräulein." sagte ich zärtlich. Irgendwann packte ich die Thermoskanne mit dem heißen Kaffee und die belegten Baguette aus, die uns Ariadne als Casse-Croûte mit auf den Weg gegeben hatte. Wir aßen und tranken mit Appetit.

Mit leichtem Gepäck schlenderten wir Hand in Hand durch die Straßen Verduns in Richtung von Sophocle's Bistro.

„Ist das schön hier, Gérard. Die schönen alten Häuser. Und alles ist so sauber." Wohl eine halbe Stunde lang saßen wir am Quai der Maas. Sahen die klaren Wasser des Stromes gemächlich und friedlich dahinziehen. Die Maas. Sie würde noch durch viele schöne und malerische Landstriche ziehen, ihrer noch so fernen Vereinigung mit dem Meer entgegen.

Ich hatte meinen Arm um Lise gelegt. Sie schmiegte sich noch enger an mich, Tränen in den Augen. Wir verstanden uns auch ohne Worte. Ich fasste es dann dennoch in ein paar Sätze: „Die Maas." sagte ich zu Lise. „Vielleicht ein Sinnbild für dein Leben in der Zukunft, vielleicht für unser aller Leben in der Zukunft. Sie fließt durch so viele wunderschöne Landschaften, ruhig und friedlich zwischen freundlichen, verträumten Ufern. So wird jetzt dein Leben sein. Es wird so viel Schönes geben für dich, für mich, für uns alle, mein Liebling." Sie kletterte auf meinen Schoß und umhalste mich. „Ich hab' dich so lieb, Gérard." „Ich dich auch, meine süße, kleine Prinzessin." Hand in Hand gingen wir weiter.

Schließlich langten wir bei Sophocle's Bistro an. Entzückt betrachtete Lise die Terrasse mit der Weinlaube. „So schön!" entfuhr es ihr. Mit meinem Schlüssel öffnete ich die Haustür. Wir gingen nach oben. „So, mein Schatz. Das hier ist jetzt dein Zimmer. Du kannst schon mal deine Kleider in den Schrank einräumen. Irgendwann in den nächsten Tagen kaufen wir noch ein, was du noch brauchst. Hier ist die Dusche mit Toilette ganz für dich allein. Ich lasse dich jetzt in Ruhe. Wenn du fertig bist, kommst du einfach zu mir hinunter auf die Terrasse."

„Dieses schöne Zimmer ist mein Zimmer?" „Ja, ganz allein dein Zimmer, ma Princesse."

Wir hätten ewig auf dieser Terrasse sitzen können, Lise und ich. Aber schon nach etwa einer Stunde fuhr Sophocle's Wagen vor. Das Klappen von Autotüren, die raschen Schritte zweier Personen und die völlig verblüfften Gesichter von Nine und Sophocle, als sie uns beide händchenhaltend auf der Bank sitzen sahen. Ich stand auf, umarmte und küsste meine Frau. Gott! Erst jetzt merkte ich, wie sehr ich sie vermisst hatte. Dann begrüßte ich Sophocle. Ich holte Lise. Legte ihr meinen Arm beruhigend um die Schultern und stellte sie den beiden vor. „Liebste Nine, Sophocle. Dieses schöne Mädchen hier heißt Lise. Bagir und ich haben sie bei der Aktion „Krötengesicht" befreit. Sie hat ein schlimmes Schicksal hinter sich. Ich erzähle euch später den ganzen Horror-Roman in aller Ruhe. Und ich habe dieses süße Mädchen sehr, sehr lieb."

Nine strahlte meine „Adoptivtochter" an und streckte ihr die Arme auf Hüfthöhe entgegen, die Handflächen waagrecht nach oben haltend. Und Lise verlor schnell ihre Verlegenheit. Ich merkte, dass beide sich auf Anhieb mochten. Meine Frau umarmte sie. Und Lise erwiderte gerne die Umarmung. Sophocle schien von Lise wie verzaubert. Er umarmte sie vorsichtig. Auch zu ihm fasste sie sofort Zutrauen.

„Deine Augen. Du wirst ja schon wieder müde, mein Kleines." sagte ich zärtlich zu ihr. „Komm, ich bringe dich wieder hoch auf dein Zimmer." „Verzeih mir, liebster

Gérard." sagte sie verlegen. „Es ist all das Neue und Schöne und die Aufregungen." „Das verstehe ich vollkommen, mein Schatz." Ich küsste sie. „Wenn du aufwachst, kannst du jederzeit zu uns nach unten kommen."

Am anderen Ende des Flures stand die Tür zu unserem kleinen Appartement offen. Nine schaute heraus und winkte mich herbei. Ich ging zu ihr, schloss die Tür hinter uns und sank in zärtlicher Umarmung mit ihr auf das breite Bett. „Oh, Liebster. Ich habe dich ja so vermisst. Sophocle hat Verständnis dafür, dass er sich jetzt eine Weile gedulden muss." Sophocle musste sich ziemlich lange gedulden. Es wurde aber danach ein sehr langer und schöner Abend. Auch Lise war wieder zu uns nach unten gekommen. So würde ich meine Schilderung über die „Aktion Krötengesicht" auf morgen verschieben. Wir feierten mit Vin du Maroc und Cognac. Und Sophocle mixte und dünstete einen großen Topf herrlicher Ratatouille.

Frühstück im Sonnenschein, zu viert auf der Terrasse. Starker, heißer Kakao, Baguette mit Butter, Knoblauchwurst, Pâté de Campagne und Ziegenkäse. Und mein Schützling sah so gelöst und glücklich aus. Sophocle konnte die Augen kaum von Lise abwenden. Auch sie schaute dauernd zu ihm hinüber. Als Sophocle den Tisch abräumte, wandte sich Lise an mich. „Gérard. Meinst du, ich kann ein wenig allein in Verdun herumlaufen?" „Ja, natürlich, mein Schatz. Warte." Ich schrieb ihr die Adresse von Sophocle's Bistro auf. Dann drückte ich ihr vierhundert Nouveaux Francs in die Hand, was damals eine Menge Geld war. „Damit kannst du ins Monoprix gehen und dir an Kleidung und an Sonstigem kaufen, was du brauchst und was dir gefällt. Du brauchst nicht zu sparen, Liebes." Verlegen und mit feuchten Augen schaute sie mich an. „Liebster Gérard. . ." „Geh' nur, meine kleine Prinzessin."

Jetzt berichtete ich Nine und Sophocle ausführlich, was Bagir und ich alles erlebt hatten. Stumm und betroffen lauschten sie dieser Horror-Geschichte. Wir waren alle froh, als ich zu Ende erzählt hatte. „Irgend jemand musste es tun, hätte es vielleicht schon längst tun müssen." sagte Sophocle mit Nachdruck. Und Nine nickte zustimmend.

Nach etwas mehr als drei Stunden kam Lise zurück. Sie schleppte eine Tasche mit Kleidungsstücken, Sandalen und einigen Büchern. „Fast hundert Nouveaux Francs habe ich ausgegeben, Gérard. Ist das schlimm?" „Das ist ja furchtbar!" regte ich mich auf. „Weiber!" Sie lachte, warf mir die Arme um den Hals und küsste mich ab. Das restliche Geld legte sie vor mich auf den Tisch. Ich gab ihr davon zwanzig Nouveaux Francs. „Das ist jetzt für jede Woche dein Taschengeld, mein Schatz. Und wenn du etwas außer der Reihe brauchst, dann sagst du uns das einfach." Ernst schaute sie uns der Reihe nach an. „Ich bin so glücklich." sagte sie leise. „Und ich werde euch nie Kummer machen."

Stille Tage in Verdun unter einem seidenblauen Sommerhimmel, himmlische Nächte mit Nine, köstliche Mahlzeiten und gute Gespräche zu viert auf der Terrasse. Lise und ich blieben nach wie vor einander in aller Liebe und Zärtlichkeit zugetan. Aber sie und Sophocle schienen eine besondere Beziehung zueinander zu entwickeln. Jeden Tag machten sie zusammen stundenlange Spaziergänge, fuhren auch mit dem Auto weg und waren dann halbe Tage unterwegs. Immer kamen sie strahlend und mit leuchtenden Augen zurück. Da Nine und ich es ähnlich machten, dämmerte uns etwas völlig Unwahrscheinliches. Nein, das konnte doch nicht wahr sein!

Aber es war so! Eines schönen Nachmittags, zurück von einer Fahrt mit dem Wagen in die Umgebung, entkorkte Sophocle feierlich gleich zwei Flaschen besten Champagne. Sorgfältig goss er die vier Gläser voll und schaute Nine und mich verlegen an. Lise schwieg mit gesenktem Kopf. Mit einer Kopfbewegung bat ich Sophocle, mit mir ins Haus zu gehen. „Sophocle. Du alter Narr! Das darf doch nicht wahr sein!" „Ist aber so, Gérard. Lise und ich, wir lieben uns. Als Mann und Frau. Wir werden heiraten, sobald sie volljährig ist." „Sophocle. Ihr macht euch doch nur gegenseitig unglücklich. Du bist achtundsechzig Jahre alt. Lise ist nicht einmal sechzehn! Das kann doch nicht gut gehen!" „Doch, Gérard. Lise und ich wissen das genau. Wir werden sehr glücklich miteinander sein. Schau, Gérard. Ich kann gut hundert Jahre alt werden, und zwar nicht als Tattergreis. Ein alter Soldat fühlt so etwas." Ich blieb allerdings mehr als skeptisch.

Lise, die sich in Nine's Arme geflüchtet hatte, vermied es, mich anzusehen. Dann kehrte sie wieder auf ihren Platz neben Sophocle zurück. Einen Augenblick herrschte

Schweigen. Nine zog mich zu sich heran. „Schnell, Gérard! Schau mal Lise an. Wie sie Sophocle gerade anschaut." Ich blickte hinüber. Lise und Sophocle blickten einander an. Und ich sah das Glück und die tiefe Liebe in den Augen des Mädchens, das noch ein halbes Kind war. Mit einem Male wusste ich, rein intuitiv, dass beide sehr glücklich miteinander werden würden. Erleichtert räusperte ich mich. Als die beiden sich uns zuwandten, hoben Nine und ich feierlich die vollen Gläser. „Wir wünschen euch Gesundheit und ein langes glückliches, gemeinsames Leben." sagte ich. Auch Lise und Sophocle hoben jetzt die Gläser. „Pour le meilleur, pour le pire - in den besten und schlimmsten Zeiten vereint." sagten Nine und ich. „Pour le meilleur, pour le pire." sagten Lise und Sophocle ergriffen. Langsam und feierlich tranken wir die Gläser leer.

Für mich blieb Lise das Kleinkind, das mir in aller Liebe zugetan war. Jeden Abend kuschelte sie mit mir eine halbe Stunde, war ganz und gar mein drei- oder vierjähriges Töchterchen, meine süße kleine Prinzessin. War sie dann mit Sophocle zusammen, so wirkte sie, wohl ohne dass es ihr bewusst wurde, wie eine ziemlich erwachsene Frau. Sie half Sophocle eifrig im Haushalt. Immer mehr Arbeiten übernahm sie, und zwar mit dem Stolz und der Freude der Hausherrin. Recht schnell lernte sie von ihm, diese köstlichen Mahlzeiten zuzubereiten.

Das schüchterne, ängstliche Mädchen von früher gab es nicht mehr. Für uns war es eine Freude, sie so zu erleben.

Ihr erstes Couscous mit eigener Harissa war ein voller Erfolg. Wir sparten nicht an Lob. Ich hob mein Glas mit dem dunklen Vin du Maroc. „Sophocle." sagte ich dann lachend zu ihm „Wir sind aber ein Verein ziemlich schräger Vögel. Gewissermaßen der Schrecken jedes halbwegs anständigen Ornithologen. Bist du dir eigentlich der Absurdität unserer Beziehungen bewusst?" Er grinste zurück. „Ich weiß nicht genau, was du meinst, Gérard." „Also. Ich bin der vierundzwanzigjährige Papa einer fünfzehnjährigen Tochter, was an sich schon schlimm genug wäre. Aber jetzt bin ich auch noch der vierundzwanzigjährige Schwiegervater eines achtundsechzigjährigen lüsternen Bistro-Besitzers. Ist das nicht mehr als schräg?" Wir lachten alle schallend. „Und Nine?" fragte Sophocle. „Ist doch klar! Nine ist die böse Schwiegermutter." Nine gab mir einen Klaps. „Das wirst du mir aber heute Nacht im Bett näher erklären müssen, mein süßer Gemahl!"

„Bagir und Ariadne haben ein schönes Haus in den Pyrenäen bei Termes in der Gegend von Perpignan gekauft. Sie renovieren es selbst mit Begeisterung, wie sie mir immer am Telefon erzählen. Nine und ich wollen sie öfter besuchen, wenn wir erst einmal unsere eigene Heimat gefunden haben. Denn ich möchte auch nicht für immer in Verdun bleiben, Sophocle. Ich möchte zurück nach Deutschland und irgendwo mit Nine im südlichen Pfälzer Wald leben." „Geht aber nicht zu weit von uns weg. Sonst können wir uns nicht so oft gegenseitig besuchen." baten Lise und Sophocle. „Nein. Wir wollen möglichst in der Nähe bleiben." versicherten ihnen Nine und ich. „Es ist ja auch gar nicht so weit. Und wahrscheinlich macht ihr das Bistro nur noch gelegentlich für die paar Stammkunden auf." „Ja, Gérard. Du hast Recht. Lise und ich brauchen viel Zeit füreinander. Wir wollen auch gemeinsam viel lernen und alle die Bücher lesen, die ich schon seit Jahrzehnten lesen wollte."

Fünf volle Wochen waren Nine und ich unterwegs. Wir nahmen immer für drei oder auch fünf Tage ein Zimmer und erkundeten dann die nähere Umgebung mit den Fahrrädern, die wir in Paris gekauft und mitgenommen hatten. Nine war wie verzaubert von den herrlichen Landschaften meiner Heimat. Von Ludwigswinkel aus ging es über Hinterweidenthal, Wilgartswiesen, Annweiler, Vorderweidenthal und Bad Bergzabern kreuz und quer durch den südlichen Pfälzer Wald. Als wir zwischen Hirschthal und Nothweiler einen sonnigen Bauplatz mit einer herrlichen Aussicht entdeckten, schauten wir uns wortlos an und wussten sofort: Hier ist es! Hier ist unsere endgültige Heimat! Das nächste Haus lag etwa hundert Meter entfernt, weiter talwärts.

Den Bauplatz kauften wir sofort. Für Lise und Sophocle nahm ich alle Ansichtskarten aus der Region mit. Natürlich stellten wir uns unseren zukünftigen Nachbarn vor. Ein sehr nettes älteres Ehepaar und beide auch sehr gute und intelligente Gesprächspartner. Spontan luden sie uns zum Abendessen ein. Dabei lernte Nine eine andere Spezialität der Region kennen, die dann später auch bei uns öfter auf den Tisch kam: Mit Majoran deftig gewürzte Leberknödel, dazu Sauerkraut und Bratkartoffeln oder Kartoffelsalat; und eine kühle Morio-Muskat-Schorle passte dazu ausgezeichnet..

Begeistert betrachteten Lise und Sophocle die Ansichtskarten. Sechs Tage und halbe Nächte saßen wir dann zu viert über dem Grundriss unseres zukünftigen Hauses, den wir selbst entwarfen. Wir redeten uns die Köpfe heiß, radierten, zerrissen die Pläne und fluchten alle vier wie die Landsknechte. Lachten dann und fingen wieder von vorne an. Wir nahmen uns kaum Zeit, vernünftig zu essen. Und der schwarze Kaffee stand uns manchmal bis zum Halse. Dann endlich, nach nochmaliger kritischer Prüfung, begossen wir die fertigen Grundrisse mit einer Flasche Champagne und dem dazugehörigen Cognac.

Lise und Sophocle ließen es sich nicht nehmen, mit uns nach Hirschthal zu kommen. Wir klapperten alle Baufirmen ab, fragten etliche Eigentümer neuerer Häuser, welche Firma sie mit dem Bau beauftragt hatten und entschieden uns schließlich für einen kleineren Betrieb. Der Architekt war völlig verdutzt, als wir ihm die fertigen Grundrisse vorlegten. Schon nächstes Jahr im Frühling würde unser Haus fertig sein. „Das hier ist völlig außerhalb der Welt und doch nicht." meinte ich. „Unser Haus liegt fast auf der Grenze zu Frankreich. Wissembourg ist gerade mal zwanzig Kilometer entfernt und nach Verdun sind es etwa zweihundertundzwanzig Kilometer." „Ich werde Deutsch lernen." strahlte Nine. „Ich auch, liebster Gérard." sagte Lise. Und Sophocle meinte, dass er auch noch etwas mehr Deutsch lernen wollte, als „Achtung! Bicyclette!" und „Was ist das? Petite Fenêtre." Ach! War unser Leben schön geworden!

In einer netten Pension fanden wir eine saubere und ruhige Unterkunft. Jeden Tag kamen wir kurz zur Baustelle und sprachen ein paar Worte mit dem Capo, um eventuelle Missverständnisse auszuräumen. Alles verlief nach unserer vollständigen Zufriedenheit. Die Baufirma war eine gute Wahl gewesen. Halbe Tage verbrachten wir an dem großen stillen See auf der französischen Seite der Grenze, dem Etang du Fleckenstein. Ein wahres Juwel, eingebettet zwischen bewaldeten, sanft abfallenden Hängen, auf denen golden das Licht der Sommersonne lag. Stundenlang schwammen wir in den reglosen Wassern. In der stillen Oberfläche des Sees spiegelten sich die vom Sonnenlicht überfluteten Berghänge. So, als gäbe es sie ein zweites Mal auf dem Grunde des Sees. Für uns war es wie ein zauberhaftes Schweben zwischen zwei Welten.

Jeden Tag unternahmen wir Ausflüge und Wanderungen in der Umgebung. Natürlich waren wir auch auf Schloss Fleckenstein. Bis zum fernen Horizont erstreckten sich nur Berge und Wälder. Und liebliche Wiesentäler mit schmucken Gehöften. Pure Schönheit. „Lise und mich werdet ihr wohl oft am Halse haben." meinte Sophocle schmunzelnd. „Das soll uns mehr als recht sein." lächelte ich. „Hoffentlich sagen das Bagir und Ariadne auch." Lise strahlte mich an. „Ganz in der Nähe habe ich noch einen wunderschönen Bauplatz gesehen." verkündete ich. „Hättet ihr keine Lust, für immer hierher zu kommen? Das wäre doch herrlich!" Lise und Sophocle schauten sich einen Augenblick fragend an. Dann schüttelte Sophocle wie bedauernd den Kopf. „Nein, Gérard. Wir werden euch sehr oft besuchen kommen. Und wir werden immer eine wunderbare Zeit zusammen haben. Aber ich habe in Verdun in dem Bistro schon längst meine endgültige Heimat gefunden. So wie du und Nine sie jetzt hier findet." Er lächelte und küsste seine Lise. „Ich werde noch lange mit Lise glücklich dort leben. Noch viele Jahre. Und wenn dann das Ende naht, werde ich dankbar sein für all das Gute, das ich in diesem Leben empfangen durfte."

Schnell kam der Herbst. Bald würde Winter sein. Dann ruhte hier die Bautätigkeit. Und wir konnten endlich unsere Hochzeit im Tamanrasset feiern. Sophocle und Lise würden ebenfalls mit uns kommen. Bagir und Ariadne versprachen, das nächste Mal mit ins Tamanrasset zu kommen. Wenn ihr Haus fertig sein würde. Vorsorglich hatte ich schon Telefon in einem abschließbaren Raum des Baues installieren lassen. Ich rief Jean-Pierre's Freund in Alger an. Gab ihm meine Telefonnummer und bat ihn darum, Jean-Pierre auszurichten, dass er mich unter dieser Nummer anrufen möchte. Anderthalb Wochen später kam der erwartete Anruf.

„Kommst du endlich mit Nine zu uns, eure Hochzeit feiern?" klang Jean-Pierre's Stimme aus dem Hörer. „Ja! Endlich, Jean-Pierre! Wir kommen so bald wie möglich. Und Sophocle möchte ebenfalls mitkommen. Mit einer süßen kleinen Prinzessin. Geht das in Ordnung?" „Natürlich! Ihr seid alle von Herzen willkommen." „Wann ist es möglich?" „Kläre den Termin mit den anderen und rufe meinen Freund in Alger wieder an. Ich habe zu ihm immer noch nur Funkverbindung. Kommt so bald wie möglich." „Nichts lieber als das, Jean-Pierre. Menschenskind! Wie

ich mich freue!" „Ich auch! Sagt mir den Termin drei Tage
vorher. Ich hole euch dann am Flugplatz von Tamanrasset
ab. Gute Bergstiefel müsst ihr mitbringen; du kennst ja das
Gelände hier. Schlafsäcke für euch alle besorge ich."
Eine Caravelle der Air France brachte uns sicher nach
Alger, wo wir am frühen Morgen ankamen. Schon zwei
Stunden später saßen wir in einer Noratlas von Air Algérie.
Außer uns befanden sich nur zwei algerische Ehepaare in
der Maschine. Wir begrüßten einander mit einem Lächeln
und wechselten ein paar freundliche Worte. Ein netter
Steward servierte uns frisch gepressten Orangensaft und
etwas später einen schmackhaften Salade Niçoise. Es
wurde ein ruhiger Flug. Etwa dreitausend Meter unter uns
zog die endlos erscheinende Wüste dahin. Ab und zu
Wasserstellen oder auch kleine Oasen. Beduinen-Zelte,
Menschen, Kamele, Schafe und Ziegen. Dann allmählich
die zerklüftete Bergwildnis des Tamanrasset. Pünktlich
und relativ sanft landete die Noratlas nach fünfstündigem
Flug auf der Piste von Tamanrasset.

XV Tamanrasset

Einen Saal sehe ich, sonnenglänzend,
Mit Gold gedeckt zu Gimle stehen.
Wohnen werden dort wackere Scharen.
Der Freuden walten,
In fernste Zeit.

(Edda, Nordische Mythologie)

„Jean-Pierre!" „Gérard! Sophocle! Nine!" Mit feuchten
Augen hielten wir vier uns umarmt. Dann wandte sich
Jean-Pierre der kleinen Lise zu, die etwas verlegen
daneben stand. „Du bist aber ein schönes Mädchen! Wie
heißt du denn?" fragte er sie lächelnd. Lise erwiderte sein
Lächeln. Sie fasste sofort Zutrauen zu Jean-Pierre und
ließ sich gerne von ihm umarmen. „Ich heiße Lise." Und
etwas befangen: „Ich bin die Freundin von Sophocle."
Jean-Pierre stieß einen überraschten Pfiff aus. „Mit dir hat
dieser alte Schwerenöter aber ein Riesenglück gehabt!
Und ich dachte, du würdest meine Nebenfrau werden!"
„Das kann ich dir doch nicht antun, Jean-Pierre!" sagte
Sophocle leichthin. „Sélène würde dich zuerst kielholen,
dann in der Luft zerreißen und dich anschließend durch
den Mixer jagen!" Wir lachten ausgelassen. Fünf
glückliche Menschen! „Und unsere süße Nine?" fragte
Jean-Pierre. „Ist sie immer noch die kleine hübsche
Pollin?" „Nein, Jean-Pierre. Ich bin jetzt Nine Landenfels."

„Dann steht also der Hochzeitsfeier nichts mehr im Wege." stellte Jean-Pierre begeistert fest.

In der Talstation der Seilbahn begrüßten uns zwei von Jean-Pierre's Soldaten. Mit dem Jeep ging es dann in das Dorf. Herzliche Begrüssung. Salz und Brot. Ein Krug kühlen Wassers. Etwas später ein Couscous mit Harissa. Dazu gab es einen trockenen, aromatischen Rotwein, den die Menschen hier selbst anbauten und der dem Vin du Maroc im Geschmack sehr ähnlich war. Wir fühlten uns alle sehr wohl in dieser herzlichen Atmosphäre. Trotzdem gingen wir früh zu Bett, da wir am nächsten Tag schon im Morgengrauen aufbrechen wollten.

Es war noch dunkel, als wir ein herzhaftes Frühstück zu uns nahmen. Sophocle hatte es sich nicht nehmen lassen, es selbst zuzubereiten: Zu dem dunklen, duftenden Brot hatte er einen „Mixed Grill" aus kleinen Steaks, Leberstückchen und Boudin fabriziert. Und in einer zweiten Pfanne brutzelte ein wahres Meisterwerk aus Rührei, Zwiebeln, Schinken, Wurst, Paprika und Käse, abgeschmeckt mit Kräutern und Gewürzen. Zum Glück hatte er zwei riesengroße Pfannen „in Betrieb genommen". Jean-Pierre und unsere Gastgeber, bei denen wir übernachtet hatten, und die jetzt mit uns frühstückten, waren begeistert. Nicht ein Krümelchen blieb übrig. Und in den großen Bols dampfte heißer, schwarzer Kaffee.

Die Rucksäcke mit der Verpflegung und den Schlafsäcken hatten wir schon am Abend gepackt. Jean-Pierre hatte auch zwei kleine Wassersäcke mit Rotwein abgefüllt. Der würde uns heute Abend nach dem anstrengenden Marsch wohl sehr gut schmecken. Auch drei Pistolen und ein Jagdgewehr für uns Männer gehörten zu der Ausrüstung, hauptsächlich zur Verteidigung gegen hungrige Hyänen gedacht. Dann nahmen wir Abschied von den Menschen des Dorfes. Wir mussten versprechen, beim nächsten Male einige Tage zu bleiben. Was wir aufrichtig und gerne taten.

Wieder der Marsch durch die aufregend herrliche Bergwildnis des Tamanrasset. Wie beschwipst von der klaren Luft, die wie Sekt prickelte, marschierten wir fast wie im Traum. Jede Stunde machten wir eine kleine Pause und einige Streckübungen, aßen ein paar Datteln und tranken reichlich Wasser. Etwa eine Stunde vor der Dämmerung erreichten wir die windgeschützte Senke mit dem Wäldchen und dem Unterholz, das uns reichlich Brennholz für ein Lagerfeuer lieferte. Bald saßen wir auf unseren Schlafsäcken um das Feuer. In einem Kochgeschirr siedete das Wasser für einen Tee aus indischer Pfefferminze. Erfüllt, glücklich und schweigend schlürften wir den starken Kräutertee. Dann das Abendessen aus Schwarzbrot, Knoblauchwurst und Ziegenkäse. Dazu tranken wir den dunklen Rotwein und schauten dem Spiel der heimeligen Flammen zu. Schauten auch noch eine ganze Weile in die Glut des erlöschenden Feuers. Was für ein wunderbarer Tag!

Zeit zum Schlafengehen. Sophocle und ich knöpften je zwei Schlafsäcke zusammen. So konnte Nine mit mir, und Lise mit Sophocle aneinander gekuschelt schlafen. Wir Männer teilten uns die Nacht in drei Wachen ein. Die

Frauen würden wir schlafen lassen. Ich übernahm die erste Wache. Dazu setzte ich mich etwas abseits. Am Horizont erschien die dünne Sichel des Mondes. Unwillkürlich dachte ich an Sélène und lächelte vergnügt. Die Sterne waren in dieser trockenen, klaren Luft wieder zum Greifen nahe. Das leise Flüstern des Windes in den Bäumen, sonst war Stille, ab und zu kurz unterbrochen durch das klägliche Heulen eines Schakals oder das alberne Gekicher einer Hyäne. Weitaus besser gefiel mir da das Käuzchen, das ab und zu seinen leicht melancholischen Ruf ertönen ließ. Meine drei Stunden Wache vergingen hier oben wie im Flug. Leise weckte ich Jean-Pierre, der die zweite Wache übernehmen wollte.

Nine war sofort wach. Sie schmiegte sich eng an mich, als ich zu ihr in den Schlafsack kroch. „Mein Liebster!" Sie küsste mich und drückte sich einen Augenblick eng an mich. Dann lagen wir still nebeneinander. Ihre Hand kroch in meine Hand. „Chéri." „Ja, Liebling?" „Siehst du diesen Stern, der ganz nahe bei uns ist?" „Ja, meine Prinzessin." „Den holen wir uns jetzt hierher zu uns." „Und was machen wir dann?" „Wir reisen mit ihm zu dem Nordstern, ganz da oben. Das ist bestimmt der Stern des Kleinen Prinzen." Ich küsste sie zärtlich und zog sie in meine Arme. Dann schliefen wir tief und fest in der Geborgenheit dieses herrlichen nächtlichen Himmels.

Es war noch fast dunkel, als wir noch einmal Feuer machten und uns schwarzen, heißen Kaffee zu einem frugalen Frühstück kochten. Nach etwas mehr als vier Stunden Marsch erreichten wir Omar's Dorf. Himmel! War das eine Freude! Auch Nine und unser Nesthäkchen Lise

fühlten sich sogleich wohl. Angenommen, ja geliebt. Der
bärtige Riese Omar eroberte sofort die Herzen unserer
Frauen. Alle Soldaten, die Leutnants, Sabri, Tahir und
Yusuf begrüßten uns mit einer herzlichen Umarmung.
Das dauerte eine ganze Weile. „Wo ist denn Omar's Frau
Monique? Wo sind Sélène und Laila?" fragte ich Jean-
Pierre, als wir wieder Atem schöpfen konnten. „Alle drei
wollen euch etwas stiller begrüßen." erwiderte er lächelnd.
„Wir gehen jetzt erst einmal zu Monique. D'accord?" „Oui,
mon Commandant!"

Lächelnd erwartete uns Monique. Sie umarmte uns der
Reihe nach. „Oh, Gérard. So schön, dich endlich wieder
zu sehen!" Dann drückte sie sich fest an mich und küsste
mich. Einen langen, intensiven Augenblick. Ich stellte ihr
dann meine Gefährten vor. „Wollt ihr etwas essen? Ich
habe eine schöne Sacher Torte für euch gebacken.
„Hüftgold" nennen wir so etwas jetzt." Sie lachte
ausgelassen. „Und dazu gibt es starken, heißen Kakao."
Wir aßen und tranken und erzählten. Die Zeit verging wie
im Flug. Irgendwann schaute Jean-Pierre erschrocken auf
die Uhr. „Mein trautes Weib wird mich erschlagen, wenn
wir sie noch länger warten lassen!" Kurz bevor wir gingen,
trat ich an Monique heran. „Ich habe für euch Frauen ein
kleines Geschenk." sagte ich zu ihr und zog ein Etui aus
der Tasche. Zeigte ihr den Ring mit dem blauen Saphir.
„Gérard! Das kann ich doch nicht annehmen!" Ich steckte
ihr den Ring an den Finger. Er passte wie angegossen.
„Es ist auch ein Gruß von meinem Bruder Bagir und
unseren Eltern."

Sélène! Auch hier die gleiche herzliche Begrüßung. Ich stellte ihr meine Freunde vor. „Sélène!" entfuhr es da Lise plötzlich. „Du bist so schön wie der Mond!" Jean-Pierre und ich krümmten uns vor Lachen. Und Lise hielt sich erschrocken die Hand vor den Mund. „Ach, meine liebste Lise." sagte ich, noch lachend zu ihr. „Als ich Sélène zum ersten Male sah, habe ich ganz spontan dasselbe zu ihr gesagt wie du jetzt." Und Sèlène war fast verlegen, flüchtete sich so ein bisschen in die Arme von Jean-Pierre. Auch hier verging die Zeit viel zu schnell. Mich drängte es, Laila wieder zu sehen. Sélène würde mit uns mitkommen. Aber vorher überreichte ich ihr feierlich ein kleines Etui. Sie öffnete es. Ich steckte ihr den silbernen Ring mit dem nahezu farblosen Mondstein an den Finger. „Gérard!" Die atemberaubende Ausstrahlung des Steines ließ ihr die Tränen in die Augen treten. Es war wie der silbrige Schimmer von Mondlicht, das sich im Wasser des Sees der Oase spiegelt.

Die vierzig Minuten Eilmarsch zur Bergfestung erschienen mir endlos lang. Entschuldigung heischend blickte ich Nine an, die verständnisvoll lächelnd nickte. Ich ließ die anderen hinter mir zurück. Endlich! Laila kam mir entgegengelaufen. Wir gingen auf ihr Zimmer. Die ersten Stunden wollten wir ganz für uns alleine haben. Eng umschlungen und mit Tränen in den Augen sanken wir auf ihre Couch. „Gérard. Mein Liebster." „Laila, du meine Prinzessin." Sie schmiegte sich an mich, als wollte sie in mich hinein kriechen. Unsere Seelen, unser Geist, alle unsere Körper sprachen miteinander. Wir gingen zur Astral-Ebene. Dort waren wir Eins. Nur für einen Augenblick der Ewigkeit eines unaussprechlichen Glücks.

Irgendwann kamen wir zurück und blickten uns lächelnd und erfüllt an. Ich konnte den Blick nicht von ihr abwenden, von ihren aquamarin-blauen Augen. Zärtlich streichelte ich ihr Haar, das die leicht goldene Farbe sonnengereiften Hafers hatte.

Sie entdeckte das Etui aus Perlmutt auf dem Couchtisch und lächelte mich still fragend an. „Oh, mein Liebster!" entfuhr es ihr, als ich ihr den massiven Ring aus Silber an den Finger steckte. Ein lupenreiner Aquamarin von der Farbe ihrer Augen, von meinem Vater Safi meisterhaft geschliffen. Es war der schönste Stein, den wir finden konnten. Auch Laila hatte Tränen in den Augen, als sie mich noch einmal umarmte und küsste. Erst spät in der Nacht kam ich zu Nine zurück.

Früh am Morgen begannen die Vorbereitungen für unsere Hochzeitsfeier. Auf dem Rasen standen jede Menge Tische und Bänke, in lockerer Hufeisen-Form angeordnet. Schalen mit Obst standen bereit und alle verfügbaren alkoholischen und nicht-alkoholischen Getränke. Da wurde gekocht, gebrutzelt und gegrillt. Sophocle war in seinem Element und half begeistert mit. Nein. Er hatte die Regie übernommen. Die Frauen und Mädchen arbeiteten voller Begeisterung mit ihm und bestanden darauf, dass er ihnen diverse Rezepte erklärte und aufschrieb. Über hundert Menschen! Aber ich kannte sie alle. Zu allen hatte ich eine herzliche Beziehung. Die Hochzeitsfeier zu Ehren von Sophocle, Lise, Nine und mir dauerte den ganzen Tag. Es wurde erzählt, immer wieder etwas gegessen und getrunken. Trotz der vielen Menschen verlief alles in harmonischer Ruhe. Und wir mussten alle begrüßen und umarmen.

Am späten Vormittag zogen Laila, Nine, Lise und ich uns wie auf Verabredung für eine Weile zum See der Oase zurück. Wir setzten uns auf den grasigen Hang am Ufer. Ich sagte gar nichts. Sondern setzte mich schon nach Minuten etwas abseits auf die Bank, die Jean-Pierre vor so langer Zeit gezimmert hatte. Im Augenblick war ich nur Zuschauer. Die drei Mädchen umarmten sich und sprachen leise miteinander. Alle drei gehörten irgendwie zusammen. Auf ähnliche Weise, wie ich zu ihnen gehörte. Wir alle waren voll eingebracht in unsere Beziehung, mit den verschiedenen Rollen, die jeder von uns für sich verkörperte. Wir waren, ja, was waren wir? Eine lebendige, harmonische Einheit.

Nach einer ganzen Weile kam Lise zu mir und setzte sich still neben mich auf die Bank. „Ist Laila eine Göttin?" fragte sie mich, halb im Ernst. „Nein." sagte ich belustigt und wuschelte ihr durch die Haare. „Aber vielleicht fehlt bei ihr nicht viel dazu." Andächtig schauten wir zu den beiden hinüber. Sie saßen dicht nebeneinander. In stillem, intensivem Gespräch. Ab und zu umarmten sie sich leicht. Dann saßen sie wieder still da. Und ich wusste: Laila las mit Nine's Erlaubnis ihre Gedanken. Dann schrie Nine verzweifelt auf, weinte herzzerreißend.

Ich fuhr erschrocken zusammen. Und wusste dann aber intuitiv: Meine Frau Nine erlebte jetzt noch einmal sozusagen „im Zeitraffer-Tempo" die Hölle, die sie einmal hatte durchleben müssen. Laila streichelte sie sanft, murmelte ihr liebe und beruhigende Worte ins Ohr. Unaufhörlich strichen Laila's Hände wie beschwichtigend über Nine's Rücken. Allmählich wurde Nine ruhiger, hörte auf zu weinen, war schließlich vollkommen gelöst. Zwei Schwestern, die sich von Herzen liebten. Das, was mich am meisten berührte, war der Eindruck, dass die jetzt achtzehnjährige Laila so etwas wie Nine's ältere Schwester war. Die große beschützende Schwester der sechsundzwanzigjährigen Nine. Beide kamen Hand in Hand zu mir und Lise herauf. Nine's verklärtes Gesicht strahlte mich an. Ich stand auf und ging auf sie zu. Sie fiel mir in die Arme. „Gérard, liebster Gérard. Ich . . . So wie der Himmel!" Sie weinte wieder, vor glücklicher Ergriffenheit. Und ich weinte mit ihr.

Auch Laila strahlte mich glücklich an, küsste mich leicht auf den Mund. „Gérard. Ich entführe dir jetzt deine kleine Lise. Darf ich?" „Laila?" wandte ich mich an sie. „Ja, Liebster?" „Dürfen Nine und ich hierbleiben?" „Aber natürlich." Lise und sie gingen Hand in Hand zum Ufer des Sees. Mein kleines fünfzehnjähriges Mädchen Lise. Und im Moment Laila's ganz kleine Schwester. Auch jetzt gab es zuerst ein stilles, intensives Gespräch. Alles verlief ganz ähnlich. Als dann Lise aufschrie und weinte und Laila sie beruhigend streichelte, schaute mich Nine entsetzt an. „Gérard! Schatz! War es bei mir genau so?" wisperte sie erschrocken. Ich zog sie zu mir heran. „Ja, Chérie. Es war ganz ähnlich." „Und ich weiß das gar nicht mehr." flüsterte sie. „Aber es geht mir jetzt so gut wie noch nie."

Laila kam mit einer erlösten und gelösten Lise zurück. Aber sie hatte sich total verausgabt. Sie war zu Tode erschöpft. „Gérard." flüsterte sie nur mühsam. Ich wusste, was ich jetzt tun sollte und musste und wollte. „Verzeiht mir." bat ich Nine und Lise. Sie nickten verstehend. Ich führte Laila an das Ufer, nahm sie auf den Schoß, spürte, wie sie zitterte. Eng umschlungen legten wir uns ins Gras. Und ich ließ mich von ihr führen. Für kurze Zeit waren wir in der phantastisch herrlichen Welt der Astral-Ebene. Aber Laila wollte gleich weiter. Und wir befanden uns in diesem wunderbaren Garten der Oberen Mental-Ebene. Vor uns die zehn Brunnen des Lebens. Eng umschlungen tauchten wir in den Mars-Brunnen ein. Ich spürte förmlich, wie Laila Kraft und Energie zuflossen. Ihr Mentalkörper gewann die alte Spannkraft. Und ich wusste, dass das Gleiche mit ihrem physischen Körper „unten" am See der Oase geschah.

Lange badeten wir dann in der türkisfarbenen Flut des Jupiter-Brunnens. Die uns in dem Mars-Brunnen zugeflossene Energie harmonisierte sich hier. Laila war wieder nur Anmut und Schönheit. Unsere Mentalkörper verschmolzen zu einer Einheit. Lange verweilten wir in den türkisfarbenen Fluten, bezogen erst kurz vor der Rückkehr wieder unsere eigenen Mentalkörper, liebkosten einander glücklich und entzückt.

Dann hatte die physische Welt uns wieder. Und wir tanzten zu viert einen Ringelreihen, hopsten wie ausgelassene Kinder im Gras herum. „Jetzt aber schnell zurück zu eurer Hochzeitsfeier." meinte Laila schließlich mit einem stillen Lächeln. Immer wieder schaute ich sie an. Meine Besorgnis schwand allmählich. Sie war wieder, wie zuvor, nur Anmut, Energie und Schönheit.

Jean-Pierre und Sophocle hatten auf uns gewartet. Sie ahnten, dass sich etwas ganz Großes und Wunderbares ereignet hatte. Und dass wir das jetzt nicht zerreden durften. Strahlend gossen sie uns Champagner in die Gläser. Prosteten uns zu. „Pour le meilleur, pour le pire." wünschten sie uns wieder. Nine und ich blickten einander zärtlich an. „Pour le meilleur, pour le pire." versprachen wir einander noch ein Mal. Irgendwann beteiligten wir uns wieder ein bisschen an der Unterhaltung. Aßen von der reichen Auswahl der Köstlichkeiten. Wir vier sahen uns immer wieder an. Mit glückstrahlenden Augen. Wir fühlten das Band, das uns vereinte, uns weiter vereinen würde - über viele Leben hinaus.

Die Dämmerung brach herein. Das Fest neigte sich dem Ende zu, als Lieutenant Ibrahim mit einer Trompete in der Hand in die Mitte unseres kleinen Festplatzes trat. Gemessen und feierlich verneigte er sich reihum. Mich überraschte das völlig. Davon hatte ich gar nichts gewusst. Jean-Pierre neigte sich zu mir herüber. „Es ist das erste Mal, dass er vor Publikum auftritt. Die letzten Wochen hat er jeden Tag stundenlang geübt, um dir und Nine eine Freude zu machen." Erwartungsvolles Schweigen. Alle unsere Augen richteten sich auf Ibrahim. Und dann die ersten Klänge von „Il Silenzio" unter dem weiten, langsam dunkler werdenden Himmel. Es war wie eine lodernde Flamme, ein inbrünstiges Gebet, das zu den Sternen empor stieg. Verhalten erst, feierlich, dann intensiver, lauter, zu den Herzen der Menschen und der Götter sprechend. Viele der Frauen und Mädchen fingen zu schluchzen an, so ging diese Melodie ihnen zu Herzen und zu ihren Gefühlen. Ergriffenes Schweigen, noch lange, nachdem der letzte Ton verklungen war. Nine und ich umarmten Ibrahim mit feuchten Augen. Aber wahrscheinlich hatten wir alle Tränen in den Augen vor Ergriffenheit, fühlten das Göttliche in uns Menschen angesprochen.

Ich trug Nine in meinen Armen über die Schwelle unseres Zimmers, setzte sie drinnen ab, schloss leise die Tür und küsste meine Prinzessin ganz zart. „So, Liebste." sagte ich zärtlich zu ihr. „Jetzt holen wir die Hochzeitsnacht noch einmal nach." Sie erwiderte meinen Kuss. „Ja, Schatz. Aber bitte, bitte ganz, ganz lange. Ich mache mich nur noch schnell ein wenig frisch für dich." Sie eilte ins Bad.

Wenn ein Mensch etwas völlig Unerwartetem und Überraschendem begegnet und vielleicht auch ein wenig dabei erschrickt, so atmet er scharf und deutlich hörbar ein. Diesen Laut hörte ich jetzt aus dem Bad. Ich riss die Tür auf. Nur mit einem Höschen bekleidet stand die fassungslose Nine vor dem Waschtisch und versuchte, in dem großen Spiegel ihren Rücken zu inspizieren. Mir entfuhr der gleiche Laut der Überraschung, freudiger Überraschung. Das Bild im Spiegel zeigte mir den schmalen makellosen Rücken meiner wunderschönen Frau Nine. Nicht die winzigste Spur mehr der hässlichen roten Peitschenstriemen, mit ihren wulstigen Rändern. Ich nahm meine Frau in die Arme und streichelte die zarte, wunderbar glatte Haut ihres Rückens. Laila! Oh Laila!

Dann setzte ich mich auf den Bettrand und zog Nine auf meinen Schoß. Sie hatte ihre Arme fest um mich geschlungen, drückte ihren Kopf auf meine Brust und weinte und lachte in einem. „Oh, Gérard! Oh, Laila!" So saßen wir eine ganze Weile. Ein Engel berührte ganz zart mein Herz. Und in meinen Gedanken erschienen Laila's freudige Gedanken. „Gérard, mein Liebster! Ich bin so glücklich mit euch! Und ich wünsche euch eine wundervolle Hochzeitsnacht. Und ein langes, aktives, Sinn-erfülltes und glückliches Leben. Ich liebe euch!" Dann waren wir wieder allein, wussten beide, dass Lise und Sophocle vielleicht gerade in diesem Augenblick die gleiche wundervolle Entdeckung machten. Allein, mit dem Zauber, der noch in uns nachklang, fanden wir zueinander, als Liebende, die ganze Nacht, bis wir morgens erschöpft und erfüllt von unserer Vereinigung abließen. Eng umschlungen schliefen wir ein. Draußen ging die Sonne auf. Die Vögel begrüßten mit ihrem Gesang den neuen Tag.

Stille, glückliche Tage in der paradiesischen Oase. Bei all den Menschen, mit denen wir in Liebe und Freundschaft verbunden waren. Laila und ich verweilten fast jeden Tag „zeitlose Zeit" in unserem Garten auf der oberen Mental-Ebene. Besonders der Jupiter-Brunnen umfing uns immer wieder in seinen türkisfarbenen Fluten. Und dann die unaussprechlich intime Vereinigung unserer Astralkörper in unserem Garten auf der Astral-Ebene. Und die Nächte mit Nine in dieser seelischen und körperlichen Vereinigung, die auf eine andere Art genau so etwas Wunderbares war.

Viel zu bald nahte der Abschied. Einige Tage verbrachten wir noch mit den Menschen im Dorf bei der Seilbahn.

Dann brachte uns Jean-Pierre zum Flugplatz. Jeden Winter würden wir wieder wunderbare Wochen, ja Monate in der Oase bei unseren Lieben verbringen. Ariadne und Bagir würden auch mit uns kommen. „Da unternehmen wir etwas für den Aufschwung der Aktien von Air Algérie." frotzelte ich ein bisschen.

Nach dem Couscous im Flugzeug genehmigten wir uns zwei kalte Bier und zwei doppelte Gin mit Eis. Nine lehnte sich an mich, als sie einschlief. Ich legte meinen Arm um sie, schaute aus dem Fenster der Noratlas auf die Felsen und Dünen der Wüste unter uns. Und dachte an den Abschied von Laila, den Abschied zweier Liebender. „Liebster." flüsterte sie plötzlich in meinen Gedanken. „Wenn du es erlaubst, werde ich dich jeden Abend besuchen, werde einige Minuten in deinen Gedanken sein. So kann ich dir auch immer erzählen, was sich bei uns tut. Und wir können uns ganz lieb in die Arme nehmen." „Darf ich?" „Jederzeit, meine allerliebste Prinzessin." Da spürte ich noch so etwas wie ein zärtliches Streicheln in meinem Inneren. „Gib auch Nine einen dicken Kuss von mir, wenn sie aufwacht." „hörte" ich Laila's Stimme noch einmal in meinen Gedanken.

In Hirschthal erwartete uns ein früher und milder Vorfrühling. Die Arbeit am Bau wurde wieder aufgenommen. Es ging zügig voran. Und Anfang Juli bezogen wir unser Haus, unsere Heimstatt für hoffentlich viele glückliche und friedliche Jahre. Meine Frau Nine trug ich jetzt zum dritten Male über eine Schwelle.

XVI Hirschthal

**Freue dich, dass es dich gibt
und tu' dir Gutes!
Gönn' dir schöne Stunden
und genieße sie.
Gönne dir Ruhe und Frieden!
Leiste dir Schönes!
Schaffe dir Glück!**

(Benjamin Klein „ . . . von wegen Sterben.")

Für uns begann hier eine wunderbare Zeit. Täglich
unternahmen wir Radtouren oder Wanderungen in den
herrlichen Bergen. Fast jeden Tag schwammen wir
stundenlang im Etang du Fleckenstein. Danach kehrten
wir meist auf ein Gläschen und ein gutes Gespräch als
gern gesehene Gäste bei unseren netten Nachbarn ein.
Und die Nächte mit Nine.

Ich begann zu schreiben. Zuerst allerlei Kurzgeschichten,
die wie angeflogen kamen. Und dann, viele Jahre später
und vielleicht dennoch viel zu früh, fing ich an, die
Geschichte meines Lebens zu schreiben. Wie würde sie
enden? Und wann? Ich erlebte alles noch einmal, die
Jahre meiner Kindheit und meiner Jugend. Meine
Einsamkeit. Die Begegnungen und das Zusammensein
mit den Menschen, die mir so schnell lieb und teuer

wurden. Aber auch die Gefahren, das oft grausige Geschehen, die entsetzlichen Ereignisse.

Eigenartig! Das Schreiben war wie eine Katharsis, eine Erlösung. Und es bescherte mir unglaubliche Einsichten und Eingebungen. Nine saß dabei still neben mir und las, was ich da niederschrieb, erlebte alles mit mir mit. Im Grunde, das begriffen wir nur langsam, arbeiteten wir beide an unserer persönlichen Entwicklung. Ich schrieb immer am frühen Morgen, wenn die Intuitionen aus meinen Träumen und die Erinnerungen aus der Kausal-Ebene noch etwas lebendig in mir waren.

Danach gab es ein kräftiges Frühstück. Anschließend arbeiteten wir im Garten, legten Beete für Gemüse an, setzten Obstbäume und Beerensträucher. Auch etliche Feigensträucher. Das machte dann den richtigen Appetit für das Mittagessen. Ich muss schon sagen: Nine konnte im Kochen und Zubereiten von Speisen Sophocle fast Konkurrenz machen. Und dann ging es ab in die freie Natur!

Aus jedem Fenster blickten wir auf bewaldete Hänge und Felsen aus rotem Sandstein. Das große Panoramafenster in unserem Wohnzimmer gab den Blick frei bis weit hinunter in das Tal mit dem silbern glänzenden Bach und auf den wieder sanft ansteigenden bewaldeten Hang auf der anderen Talseite. Wir fühlten uns immer wie Adler in ihrem Horst. Der Balkon vor dem Fenster war in den Sommermonaten wie ein zusätzliches Wohnzimmer. Ich hatte unterhalb des Balkons Reben gepflanzt, die schnell emporwuchsen und sich noch in diesem Jahr am Balkongeländer entlang ranken würden. Vielleicht konnten wir schon nächstes Jahr die ersten dunklen Weintrauben essen.

Der Besitzer eines Waldstückes in Nothweiler brachte uns abgelagertes, trockenes und fertig zugeschnittenes Buchenholz für unseren Kaminofen im Wohnzimmer. Wenn in ihm ein Feuer brannte, konnten wir die Zentralheizung getrost abschalten.

Frohes Wiedersehen mit Ariadne und Bagir, die wir im Monat September für ganze vier Wochen in ihrer neuen Heimat in den Pyrenäen besuchten. Die frohen und stillen Tage mit ihnen gingen viel zu schnell vorbei. Nächsten Sommer würden sie einen Monat mit uns hier in Hirschthal verbringen. Und so würden wir es jedes Jahr machen. Auch Sophocle und Lise kamen uns oft und gerne für ein oder zwei Wochen besuchen. Wir alle hatten wohl unsere endgültige Heimat gefunden. Und jeden Winter weilten wir immer für mindestens zwei Monate bei all unseren Lieben im Tamanrasset.

Ein heißer Monat August war wieder einmal fast vorbei. Wir freuten uns schon auf unsere Reise in die Pyrenäen und auf die vier Wochen mit Ariadne und Bagir. Meine nunmehr dreißigjährige Frau Nine war in den letzten Tagen irgendwie stiller geworden. Wir saßen auf dem Balkon und bewunderten schweigend den dramatisch schönen Sonnenuntergang. Als dann die Dämmerung hereinbrach und die ersten Fledermäuse so elegant und schnell um das Haus kurvten wie tagsüber die Schwalben, sah mich Nine lächelnd an. „Gérard, mein Liebster. Ich muss dir jetzt etwas sagen."

Sie erhob sich. „Lass uns ins Haus gehen." Drinnen zog sie mich auf die Couch und setzte sich auf meinen Schoß. Tausend lustige Funken tanzten in ihren Augen. „Schatz!" sagte sie dann glücklich lachend. „Wir bekommen ein Kind." „Was, Liebste? Dann bekommt dein Gérard wohl jetzt auch einen Stammhalter." Etwas weniger als ein Jahr zuvor hatten Ariadne und Bagir einen wunderschönen Sohn bekommen, dem sie den Namen unseres Vaters gaben: Safi.

Nine kicherte vergnügt. „Non, Chéri. Es wird ein ganz süßes Mädchen sein." „Woher willst du denn das wissen?" fragte ich verblüfft. Sie streckte mir die Zunge heraus und ich drohte ihr mit dem Finger. Natürlich tat sie so, als hätte sie furchtbare Angst und gab mir dann einen Kuss. „Weißt du, Liebster. Wenn man mit so abgehobenen Typen zu tun hat wie zum Beispiel mit meinem Ehegatten und erst recht mit Laila, oh je, oh je! Dann färbt das gewaltig auch auf eine ganz vernünftig und gesund denkende Frau ab."

Ich erhob mich. Nahm sie in den Arm und trug sie ins Schlafzimmer. Sanft setzte ich sie im Bett ab. „Weißt du, worauf ich jetzt Lust habe, meine Prinzessin?" „Nein! Keine Ahnung." Sie riss ganz erstaunt ihre runden schwarzen Kulleraugen auf. „Ich möchte jetzt ganz lange und zärtlich mit einer ganz vernünftig und gesund denkenden Frau schlafen."

„Du brauchst doch nicht so eine Riesen-Angst um mich zu haben." lachte sie mich aus, wenn wir zu Fuß oder mit den Rädern unterwegs waren oder im Etang du Fleckenstein weit hinaus schwammen. Und ich ihr jede Anstrengung abnehmen oder untersagen wollte. Aber der Aufenthalt im Tamanrasset fiel dieses Jahr aus. Wenigstens das konnte ich durchsetzen. „Von wegen ganz vernünftig und ganz gesund denkende Frau!" schimpfte ich. „Ein total verrückter Vogel bist du!"

Im Februar kam unsere Tochter auf die Welt. Nine hatte darauf bestanden, unser Kind in unserem Haus zur Welt zu bringen und hatte sogar die Hilfe einer Hebamme abgelehnt. „Nur wir beide, Liebster." hatte sie sich durchgesetzt. „Für uns ist es doch genau so intim, wie wenn wir miteinander schlafen."

Ich weiß nicht, ob ich jemals vor etwas eine solche Angst gehabt hatte. „Ich weiß doch gar nicht, was ich machen soll, Schatz! Wenn es nun Komplikationen gibt! Wenn dir etwas passiert!" Mir stand wirklich der Angstschweiß auf der Stirn. Nine lächelte beruhigend. „Alles wird mehr als gut verlaufen. Du wirst alles richtig machen, Liebling." Und sie hatte vollkommen Recht. Es war wie vor einem Kampf. Die Angst vorher. Die dann einer inneren Ruhe wich, wenn es wirklich losging.

NIne hatte fast keine Wehen. Das Kind kam fast wie von selbst. So, als wollte es in meine Arme kommen. Mit einem lauten Schrei, der nichts von Weinen an sich hatte, begrüßte es die neue Welt. Ich knipste die Nabelschnur mit einer vorher sterilisierten Schere durch und band sie am Nabel unseres Mädchens ab. Dann wusch ich unser Kind zart in der kleinen Wanne mit körperwarmem Wasser und gab es Nine in die Arme. Sie legte es an ihre Brust. Erschöpft und zufrieden schloss die Kleine ihre Augen. Ganz zart wusch ich Nine ab. Dann setzte ich mich auf den Bettrand. Und blickte ergriffen auf meine Frau und unsere Tochter.

Etwas Heiliges ging von ihnen aus. Nine's wunderschönes, glücklich lächelndes Gesicht. Ihre kleine Brust mit der dunkelroten Zitze, an der das Kind müde und zufrieden lag. „Nine." Zärtlich streichelte ich ihr Wangen und Haar.

„Welchen Namen werden wir ihr geben, Liebster?" „Laila." wollte ich sagen. Aber bevor ich es aussprach, wusste ich, dass es irgendwie nicht richtig wäre. „Liebste. Sie ist so schön wie der Mond." „Sélène!" sagten wir gleichzeitig.

Unsere kleine Sélène hatte Nine's nachtschwarze glatte Haare und ihre kohlschwarzen Augen. Sonst war sie mir wie aus dem Gesicht geschnitten. Nine hatte Deutsch gelernt; sie sprach es sogar fast ohne Akzent. Aber jetzt verblüffte sie mich einmal mehr:

„Denn wo das Strenge mit dem Zarten,
Wo Starkes sich und Mildes paarten,
Da gibt es einen guten Klang."

zitierte sie leise aus Schiller's „Glocke".

Immer wenn ich in der Nähe war, streckte die kleine Sélène mir ihre Ärmchen entgegen, strampelte und quietschte, bis ich sie in die Arme nahm, sie sanft wiegte, herzte und abküsste. „Ein absolutes Papa-Kind." stellte Nine lachend fest. „Da habe ich ja eine ganz starke Konkurrenz bekommen." Und die kleine Sélène schlief jede Nacht zwischen uns. Kuschelte sich für ein paar Minuten an Maman. Den Rest der Nacht blieb sie an mich gekuschelt. Es war eine Zeit der Fülle. Unsere Herzen waren voll. Voller Dankbarkeit und Glück.

Nächstes Jahr im Tamanrasset bekam sie gleich zwei Paten-Tanten: Sélène und Laila. Als Laila sich mit dem jetzt einjährigen Mädchen und einer dicken Decke an das Ufer des Sees zurückzog, wussten wir, was geschehen würde. Laila würde ihr ein Geschenk machen, das wohl größte Geschenk, das ein Mensch überhaupt erhalten kann.

Und richtig. Unsere Tochter strahlte Stärke und Energie aus, war pure Anmut und Harmonie. Sie wurde und blieb der erklärte Liebling all unserer Freunde und Bekannten. Fünfzehn Jahre später, wenn Papa und Tochter allein unterwegs waren, konnte es passieren, dass die Leute uns ganz erstaunt anblickten, wenn Sélène „Papa" zu mir sagte. „Was haben die denn?" fragte sie mich beim ersten Male erstaunt. „Die halten uns für ein Liebespaar, mein Schatz." schmunzelte ich. Sie umarmte mich, legte ihren Kopf an meine Brust und schloss die Augen. „Aber wir sind doch ein Liebespaar, Papa." sagte sie leise. „Ja, meine süße Prinzessin." sagte ich glücklich. „Wir sind ein

Liebespaar. So wie einst Sélène und Aristide, so wie Laila und Jean-Pierre."

Unsere Sélène war gerade neunzehn Jahre alt geworden, als sie den Mann ihres Lebens kennen lernte. Rudolf Rieth besaß eine Obstplantage und eine Gärtnerei in der Gegend von Dahn. Er war uns auf Anhieb sympathisch. Ein im Grunde einfacher Mensch, sehr belesen und nur an den Dingen interessiert, die wirklich wichtig sind, wurde er sehr schnell einer der Unsrigen. Im Winter arbeitete er als freier Übersetzer für deutsche und französische Texte aller Art.

Wieder gab es nur die standesamtliche Trauung und Hochzeitsfeier im engen Kreise. Acht Monate später erblickte ihr Sohn das Licht der Welt, wie man so schön zu sagen pflegt. Sie tauften ihn auf den Namen Ecrin. Auch unser Enkelchen war uns nur pure Freude. Schon ein Jahr später kam er mit uns allen ins Tamanrasset. Aber das ist wieder eine ganz andere Geschichte. Und soll vielleicht ein andermal erzählt werden.

XVII Lange Nacht und Neues Morgen

Die Nacht bricht herein, der Tag erstirbt.
Er stirbt wie alles vergängliche Leben.
Doch auch nach jeder noch so langen Nacht
wird es ein neues Morgen geben.

(Gerhard Wirth: „Gedichte.")

Die lange Reihe köstlicher, erfüllter Jahre schien keine
Spuren bei uns zu hinterlassen. Wie lange kann und will
ein Mensch leben, wenn er sich nicht nur knapp und
hochwertig ernährt, sondern auch in völliger Harmonie und
Liebe mit seiner Umgebung und seinen Lieben lebt?

Ein früher Julimorgen des Jahres
Zweitausendsechsundzwanzig. Das erste Licht des Tages
begann die umliegenden Gipfel zu erhellen. Der Chor der
Vögel setzte ein, die, wie wir, den neuen Tag begrüßten.
Nine und ich saßen nebeneinander auf dem Balkon, vor
uns zwei Bols mit heißem, schwarzem, süßem Kaffee.
Den wir still und genussvoll tranken.

Man hätte uns unser Alter nicht geglaubt. Ich war im
Februar vierundachtzig und Nine sechsundachtzig Jahre
alt geworden. Wenn wir spaßeshalber jemanden baten,
unser Alter zu schätzen, dann hörten wir Zahlen, die so
zwischen dreißig und vierzig lagen.

Wir hatten gerade ausgetrunken. Nine richtete einen Korb mit Pique-Nique für uns beide. Gleich würden wir uns auf die Räder schwingen und in den noch kühlen Wassern des Etang du Fleckenstein stundenlang schwimmen. Das melodische Läuten des Telefons ließ uns erstaunt aufhorchen. Es war gerade halb fünf Uhr morgens. Mit einem etwas unguten Gefühl hob ich den Hörer ab und meldete mich. „J'écoute!"

„Papa." Nein. Es war nicht unsere Tochter Sélène. Die klanglose Stimme erkannte ich zuerst nicht. Und dann aber: „Lise! Mein Liebes!" So weit ich mich erinnern konnte, hatte Lise noch nie zuvor „Papa" zu mir gesagt. Ich schaltete den Lautsprecher ein, so dass Nine mithören konnte.

„Papa! Sophocle ist kurz vor Mitternacht gestorben. Kommst du zu mir nach Verdun? Oh, Papa. Ich brauche dich so sehr." „Natürlich komme ich sofort, mein Liebling. Nine und ich fahren sofort los." Meine Frau und ich schauten uns an. Wir packten einige Kleider und Unterwäsche in eine Reisetasche und machten das Haus dicht. Den Korb mit dem Pique-Nique und eine Thermoskanne mit Kaffee nahmen wir mit in den Wagen.

Obwohl wir schon einige Zeit mit Sophocle's Tod rechnen mussten, - er war jetzt etwas mehr als einhundertachtundzwanzig Jahre alt - traf es uns doch wie ein Schock. Ein scharfer Schmerz in der Brust, in der Gegend des Herzens. Vor noch nicht ganz drei Wochen war er mit Lise zu Besuch bei uns gewesen. Er schien so vital und rüstig wie immer. Doch im Nachhinein wurde mir auf einmal bewusst, dass er irgendwie ruhiger und abgeklärter gewirkt hatte. Er hatte eine stille Heiterkeit ausgestrahlt. Hatte er geahnt, dass er bald hinüber gehen würde in eine ihm jetzt noch unbekannte Welt? Ganz bestimmt!

Ich sehe ihn noch vor mir, als er am letzten Abend seines Besuches bei uns sein Glas hob und uns zuprostete. Und mit einem stillen Lächeln die eine Passage des Reiterliedes aus Schillers „Wallenstein" zitierte:

„Und trifft es uns morgen,
so lasset uns heut'
noch schlürfen die Neige
der köstlichen Zeit."

Als Sophocle mich damals zum Abschied umarmte, hatte ich den Eindruck, dass in dieser Umarmung etwas Endgültiges lag. Auch die Art und Weise, wie er mir in die Augen blickte, hatte so etwas Eindringliches und Endgültiges. Als Lise und Sophocle weg waren, versuchte ich diese Spinnweben einer Vorahnung aus meinem Kopf zu verscheuchen. So ein Unsinn! Sophocle war so vital und lebensfroh wie sonst auch. „Was beschäftigt dich denn so, Liebster?" Nine blickte mich fragend an. Als ich ihr sagte, welche Gedanken mir durch den Kopf gingen, nickte sie ernst. „Mir geht es ebenso. Ich habe auch so etwas wie eine Vorahnung." sagte sie etwas bedrückt. Und wir nahmen uns fest in die Arme, damals nach dem Abschied von Lise und Sophocle. Und jetzt waren wir unterwegs nach Verdun. Noch etwa zehn Minuten, bis wir bei Lise sein würden.

Im Laufe der letzten Jahre hatte sich Verdun sehr verändert. Die Straßen konnten die Ströme an Autos kaum fassen und ertranken fast in den Abgasen. Das „Monoprix" gab es nicht mehr. Die Kinos waren weg. Auch die ganzen kleinen Geschäfte waren verschwunden. Imbiss-Buden, Lärm und Gestank.

Schon vor Jahren hatten Lise und Sophocle das Bistro deshalb durch eine dichte Thuja-Hecke von der Straße abgeschirmt und die Terrasse nach hinten verlegt. So wirkte das Bistro mehr denn je wie eine heil gebliebene Insel.

Lise saß still auf der Terrasse. Wir umarmten sie zärtlich. „Sie haben Sophocle gerade vor einer halben Stunde abgeholt und in die Morgue überführt. Mich wollten sie auch mitnehmen. Ich sagte ihnen, dass ich Zeit brauche, dass meine nächsten Angehörigen sich um mich kümmern würden. Sie waren sehr verständnisvoll und freundlich." Dann schaute sie mich an. „Papa. Kommst du mit mir? In euer Zimmer oben?" „Ja, mein Mädchen." sagte ich mit trockener Kehle. „Ich bleibe hier unten." sagte Nine. „Wenn ihr irgend etwas braucht, so sagt mir Bescheid."

„Papa. Bitte komm. Ich muss dich spüren." Sie zog die Kleider aus und schlüpfte in ein langes weißes Nachthemd. Ich entkleidete mich ebenfalls und zog meinen Pyjama an. Wir legten uns auf das breite Bett. Da nahm ich sie in die Arme und sie kuschelte sich ganz eng

419

an mich. In der Tat wurde sie wieder das ganz kleine Mädchen für mich. „Lise, mein Liebling! Das darfst du mir nicht antun!" flehte ich fast. Denn ich ahnte, wie diese Nacht mit ihr verlaufen würde. Und ich würde alles tun, um das Kommende abzuwenden. „Darf ich dir erzählen, Papa?" „Natürlich, ma Chérie. Du darfst alles." Und Lise erzählte. Von ihrem Leben mit Sophocle, von ihrer glücklichen Ehe. Wir ließen alle diese vielen Jahre noch einmal Revue passieren, lachten und weinten dabei. So verging der Rest des Tages. So verging die Nacht. Nine hatte sich irgendwann in eines der Zimmer zurückgezogen und schlafen gelegt. Draußen kam langsam die Dämmerung heraufgezogen. Und Lise erzählte mir noch in wenigen Sätzen, wie ihre letzte Nacht mit Sophocle verlaufen war.

„Nach dem Abendessen öffnete Sophocle eine Flasche besten Champagne, die er fröhlich, ja fast ausgelassen mit mir leerte. Und noch eine zweite Flasche. Er animierte mich zum Trinken, schäkerte mit mir. So, als wäre ich noch das ganz junge Mädchen von damals. Später entkorkte er eine Flasche „Vin du Maroc", den er so gerne trank und goss uns die Gläser voll. Papa! Du weißt ja, dass es zwischen mir und Sophocle nie ein böses Wort gab. Er war der zärtlichste und liebevollste Gatte, den ich mir nur wünschen konnte. Aber an diesem Abend floss er geradezu über vor Zärtlichkeit. Es war ein heiterer Abend. Wir tranken langsam, sprachen nicht mehr viel. Hielten uns an den Händen. Küssten uns ab und zu. Und mir wurde langsam beklommen zumute. Erst jetzt hatte ich eine düstere Vorahnung."

„Dann nahm er mich in die Arme. „Liebste Lise." sagte er leichthin, wie so nebenbei. „Wenn mir etwas geschehen sollte, dann gehst du am besten zu Gérard und Nine. Du bist eine gesunde und sehr attraktive Frau, gerade mal fünfundsiebzig Jahre alt. Vielleicht lernst du auch noch einmal einen lieben Mann kennen." meinte er, vielleicht eher im Scherz. „Du kannst noch viel glückliche Lebensjahre vor dir haben." Einen Augenblick war ich wie erstarrt."

„Ich schrie fast auf. Und es war das erste Mal in unserer Ehe, dass ich ihn anfuhr. „Wie kannst du nur so etwas sagen! Wie kannst du so roh zu mir sein?" „Verzeih mir, Liebes." Er lächelte sanft. „Solche Gedanken kommen einem wohl ab und zu, wenn man hundertachtundzwanzig Jahre alt ist. Versprich mir nur, weiterzuleben und die Freuden anzunehmen, die das Leben dir zu bieten hat." „Ich kann gar nichts versprechen, mein Liebster. Ich kann wirklich nichts versprechen." sagte ich verzagt. „Ich möchte es so." sagte er leise. „Und jetzt hören wir einfach auf, uns diesen wunderschönen Abend mit düsteren Gedanken zu verderben." „Ja, Schatz!" sagte ich erleichtert. Lise holte tief Luft. Sprach dann mit ganz leiser Stimme weiter.

„Er lächelte heiter und lehnte sich zurück an die Hauswand, wie er das immer gerne tat. In der Rechten hielt er das noch halb volle Glas mit dem dunkelroten Wein. Den linken Arm hatte er um meine Schultern gelegt. Ab und zu nahmen wir einen Schluck Wein, sahen uns an und lächelten. Dann trank er den letzten Schluck Wein und behielt das leere Glas in der Hand. Die Kirchturm-Uhr

421

schlug gerade Mitternacht. Auf einmal wusste ich, dass mein Gemahl gegangen war, ganz still gegangen war. Ich beugte mich über ihn und küsste seinen Mund, der noch immer heiter lächelte." Lise drückte ihr Gesicht in meine Halsgrube und weinte still vor sich hin. Sie fasste sich schnell und sprach weiter.

„Ich weiß, dass ich sofort den Notarzt hätte rufen sollen. Ich hätte es auch getan, wenn ich nicht absolut sicher gewusst hätte, dass mein Mann tot war. Und ich wollte mir um keinen Preis der Welt diese letzten gemeinsamen Stunden mit ihm nehmen lassen. So saß ich die ganze Nacht neben ihm, hielt seine Hand, streichelte ihn und sprach mit ihm, sagte ihm immer wieder, wie lieb ich ihn habe. Und ich konnte mich noch einmal bedanken für all das Schöne und Gute, das ich mit ihm habe erleben dürfen. Am frühen Morgen kam René vorbei, der Enkel eines Freundes. Ich glaube, du kennst ihn. Er will das Bistro übernehmen, wenn Sophocle es nicht mehr braucht. René leitete alles Notwendige in die Wege."

Einige Minuten weinte Lise noch leise. Ich streichelte sie. Dann sah sie mich heiter lächelnd an. Alles in mir erstarrte. Denn ich wusste, was jetzt geschehen würde. „Lise. Mein Liebes! Das kannst und darfst du mir nicht antun!" beschwor ich sie noch einmal. „Gerade in diesem so wichtigen Augenblick darfst du mich nicht allein lassen, Papa." Auf einmal wusste ich, dass sie Recht hatte. Jetzt hätte ich sie auch um keinen Preis der Welt allein gelassen, diese meine süße, kleine Tochter.

„Oh, Papa. Es ist so Vieles. Einmal dieser unsägliche Schmerz des Verlustes. Dann aber auch so viel Dankbarkeit für alles, was wir haben durften. Wir waren mehr als sechzig glückliche Jahre Tag und Nacht zusammen. Und dann die Freude, dass ich bald wieder bei ihm sein werde." Sie sah mich ruhig lächelnd an. „Es ist das einzige Mal, dass ich ihm nicht gehorsam bin. Aber ich weiß, dass wir in der anderen Wirklichkeit weiterhin glücklich sein werden. Papa. Verzeih auch du mir. Ich weiß: Ich füge dir jetzt noch einmal den gleichen Schmerz zu, den auch ich empfand. Aber ich kann doch nicht anders." Sie drückte sich ganz eng an mich. Dann entspannte sich ihr Körper. Auch Lise war gegangen. Ich hielt sie noch für Stunden in meinen Armen und sprach mit ihr, mit dieser meiner Tochter.

Dann kam der Augenblick der trostlosen Leere in mir. Und dieser brennende Schmerz des Verlustes. Nine kam herein. Intuitiv wusste sie, was geschehen war. Sie beugte sich über Lise, küsste und streichelte sie. Dann führte sie mich hinaus und in das andere Zimmer und nahm mich in ihre Arme. Ich weinte wie ein verlorener kleiner Junge. Wir gingen noch einmal zu Lise und nahmen ein zweites Mal stillen Abschied von ihr. Dann verständigten wir René und die Behörden.

Vier Tage später wurden Lise und Sophocle beerdigt. Auf dem gleichen Friedhof, auf dem auch Madame Deroulain und Robert begraben lagen. Nicht nur Nine und ich und René, fast alle Nachbarn der näheren Umgebung geleiteten sie zur letzten Ruhe. Der Priester sprach ein Gebet. Auch er hatte Tränen in den Augen. „Ich brauche euch nicht viel zu sagen." schloss er dann. „Wir wissen alle, dass zwei der besten und liebsten Menschen von uns gegangen sind." Nine und ich traten an das Grab mit den beiden Särgen heran. Bevor wir die ersten Schaufeln Erde auf die Särge fallen ließen, beugte ich mich nieder und legte eine lila Schwertlilie auf Sophocle's Sarg. Und eine dunkelrote, duftende Rose auf den von Lise. Ihre Lieblingsblume.

Tische und Bänke auf der Terrasse und im Gastraum des Bistro konnten die Schar der Nachbarn gerade so aufnehmen. René hatte Kannen mit Café und Tabletts mit Pflaumen- und Mirabellen-Kuchen für die Frauen vorbereitet. Und für die Männer große Platten mit Appetithappen und sämtliche Getränke außer Champagne. Alle unterhielten sich leise miteinander. Sprachen von den schönen Abenden, die sie hier verbracht hatten und bald wieder verbringen würden. Sprachen von Episoden im Leben von Sophocle und Lise, von lustigen und weniger lustigen Ereignissen in beider Leben. Auch mir taten diese ruhigen Gespräche gut. Sie dämpften wirklich den Schmerz über den Verlust.

Und ich begriff auch, dass das überaus harmonische und herzliche Verhältnis zwischen allen Nachbarn der näheren Umgebung Sophocle, Lise und seinem Bistro zu verdanken war. Es war eine Oase des Friedens gewesen und würde es mit René wieder sein. Hier sprachen sich die Menschen miteinander aus, klärten Missverständnisse und schlossen Freundschaften. Als sie gingen, drückten alle Nine und mir stumm die Hand. Wir halfen René beim Abräumen und beim Abwasch. Zu dritt saßen wir dann wieder auf der jetzt leeren Terrasse. René hatte eine neue Flasche „Vin du Maroc", eine Karaffe besten Cognacs und Gläser für uns gebracht. Schweigend stießen wir miteinander an. Wir wussten, dass er das Bistro ganz im Sinne von Sophocle weiterführen würde. Er selbst wirkte auf uns fast wie ein jüngerer Sophocle. Nine und ich waren sehr froh darüber.

René prostete uns zu. „Ihr dürft euer Zimmer oben gerne behalten." sagte er. „Betrachtet es ruhig als euer Eigentum. So wie es bei Sophocle auch gewesen ist." Nine und ich verständigten uns wortlos. „Das ist mehr als anständig von dir, René." sagte ich zu ihm. „Aber wir haben keinen Grund mehr, nach Verdun zu kommen. Lass uns einfach morgen noch einmal von beiden Abschied nehmen." Er nickte. „Trotzdem, Gérard. Wenn ihr jemals wieder hier her kommen solltet, werdet ihr mir immer willkommen sein." Später tranken wir Bier und Gin, „etwas Sauberes", wie Sophocle und ich das oft ausgedrückt hatten, sprachen miteinander, saßen bis fast Mitternacht beisammen.

Zum Frühstück hatte René Café au Lait und ein herrliches Couscous mit Harissa vorbereitet. „Das Rezept für die Harissa habe ich von unserer Lise." schmunzelte er. „Mensch, René." sagte ich. „Du hast dir schon eine Menge Arbeit gemacht nach dem sehr späten Abend gestern." Er lächelte. „Wenn jemand so ein Bistro führt, dann muss er es lieben. Und auch die ganze Arbeit, die das mit sich bringt. Sonst sollte er es besser ganz einfach sein lassen."

Zum Friedhof fuhren Nine und ich allein. Wir besuchten zuerst das Grab von Madame Deroulain und Robert und dann das Grab von Sophocle und Lise. Noch einmal hielten wir lange stumme Zwiesprache. Die Stunden verrannen. Hier in Verdun hatte für uns alles begonnen, vor fast genau sechsundsechzig Jahren. Für mich und für Nine, auch für Bagir, und später für Lise. Es war der Beginn von so viel Entsetzlichem, aber auch von so viel Wunderbarem, von so turbulenten Ereignissen, die uns alle verändert hatten. Und hier endete alles. Hier schloss sich heute ein fast unüberschaubarer Kreis. Ohne unsere Lieben hier hatte Verdun aufgehört, irgendeine weitere Bedeutung in unserem Leben zu haben. Ein letzter Blick zurück, ein Lächeln. Dann bestiegen wir den Wagen und verließen Verdun. Für immer.

Die Jahre vergingen. Wir schienen nur ganz langsam älter zu werden. Eines schönen Sommertages saßen wir mit Schwiegersohn Rudolf und unserer Tochter Sélène in einem Biergarten im Dahner Felsenland und ließen uns eine Zusammenstellung griechischer Vorspeisen und den zugehörigen Retsina schmecken. Irgendwie kam es, dass mich ein älteres Ehepaar am Nebentisch nach meinem Alter fragte. „Ich werde demnächst fünfundneunzig Jahre alt." erwiderte ich. Die beiden fühlten sich auf den Arm genommen und machten eine entsprechende Bemerkung. Da ging ich hinüber an ihren Tisch und zeigte ihnen lächelnd meinen Reisepass. Als sie mich anschauten, als würde ein Gespenst vor ihnen stehen, musste ich schallend lachen.

„Mir kommt es auch so erstaunlich vor, dass du mindestens fünfzig Jahre jünger aussiehst, als du tatsächlich bist, Gérard." Rudolf blickte mich kopfschüttelnd an. „Als ihr mir sagtet, dass Sophocle hundertachtundzwanzig Jahre alt wurde und bis zum letzten Tag noch vital und rüstig war, wollte ich es nicht glauben. Wieso bleibt ihr so lange jung?" „Das ist recht einfach, Rudolf. Du wirst wahrscheinlich auch sehr alt werden und rüstig dabei bleiben." „Erkläre es mir, Gérard."

„Klare Luft und sauberes Wasser. Viel Bewegung im Freien. Körperliche und geistige Anstrengung und die Freude daran. Knappe Mahlzeiten, hauptsächlich Obst, Beeren und Gemüse; Hirse und Buchweizen statt Brot und Kartoffeln. Ab und zu sauberen Seefisch, den es ja, den Göttern sei Dank, noch immer gibt. Du weißt auch, dass wir außer einem guten Olivenöl nur Hanföl benutzen. Dann auch ab und an mal ein ausgelassenes Gelage mit Freunden, so wie heute. Fanatismus, auch in Sachen Gesundheit, lässt die Menschen schneller altern. Lachen und Freude, ja Glücklich-Sein ist sehr wichtig. In Frieden mit sich selbst und seiner Umgebung leben. Und das Allerwichtigste ist wohl Liebe."

„Dann alle Gifte, mit denen uns die Industrie auch in Punkto „Körperpflege" überschüttet, weglassen. Nur Meersalz aus Salzbergwerken. Und wenn du die Inhaltsangaben von „Sonnenschutzmitteln" aufmerksam liest, wirst du begreifen, dass dies die sicherste Art ist, sich Hautkrebs zuzulegen. Selbst in den Tropen habe ich als einzigen Sonnenschutz Olivenöl mit ein bisschen Zitronensaft auf die Haut gegeben. Ein wirksamer Schutz bei allzu viel Sonne ist auch das Essen von Tomaten und Karotten aus Freiland-Kulturen."

„Zum Zähneputzen nehmen wir nur Natron. Und zum Waschen nur einfache Kernseife ohne Duftstoffe. Die Inhaltsangaben der Lotionen und Schampons könnten auch für besonders aggressive Pestizide gelten."

„Ich leihe euch gern ein längst vergriffenes Buch der russischen Chirurgin Galina Schatalova. Sie war eine Frau mit großer intuitiver Begabung, mit scharfer Beobachtungsgabe und der Fähigkeit, wirklich frei zu denken und daraus ihre Schlüsse zu ziehen. Sie bewies ganz klar, dass der Mensch unter bestimmten Voraussetzungen mindestens einhundertvierundfünzig Jahre alt werden kann. Bei Patienten, die von der Schulmedizin aufgegeben worden waren, weckte sie die Selbstregulierungs-Kräfte des Körpers. Und machte mit ihnen Märsche durch eine Wüste in der Mongolei. Bei fünfzig Grad Hitze. Mit einem unglaublichen Durchschnitt von etwa 32 Kilometern am Tag. Durch heißen und meist lockeren Sand. Damals war sie selbst schon vierundsiebzig Jahre alt."

„Und dann erst Prentice Mulford, o je! Ich zitiere einmal kurz: „ . . .Wenn wir im Geiste ein Idealbild unseres Selbst tragen, das uns blühend, geschmeidig, stark und vollkommen dem inneren Auge zeigt, so setzen wir damit jene Kräfte in Bewegung, die uns in Wirklichkeit dazu machen. . . . Wir konstruieren gleichsam aus unsichtbarer Gedankensubstanz ein spirituelles Ich, das gesunde, schöne Ich der Zuversicht. Dieses spirituelle Ich wird mit der Zeit den Leib beherrschen, seine Zellen umformen und wirklich werden. . . " Weißt du, Rudolf. Nine und ich haben fast unser ganzes Leben an der Beherrschung der eigenen Gedanken gearbeitet. Und tun das immer noch. Das ist wirklich der Schlüssel zu aller Macht und zu allem Heil. Eigentlich muss ich mich bei euch entschuldigen, dass ich euch das alles nicht schon früher viel ausführlicher erzählt habe."

‚Das ist doch alles Theorie, könntet ihr denken. Informiert euch doch einfach einmal im Internet über das Bergvolk der Hunzas. Diese lebten in einem unzugänglichen Tal im Himalaya. Sie wurden ausnahmslos hundertzwanzig bis hundertvierzig Jahre alt, gesund und vital bis zum letzten Tag. Sie kannten keine Krankheiten, brauchten keine Krankenhäuser, keine Polizei und kein Gefängnis. Sie lebten so, wie ich euch das eben beschrieben habe. Vor allem in vollkommener Harmonie mit sich selbst und ihrer Umgebung. Und voller Lebensfreude. Irgendwann wurde von Indien aus eine Straße in dieses Hochtal gebaut. Und die „Segnungen" der Zivilisation hielten ihren Einzug. Nicht nur Weißmehl und Industriezucker, sondern auch Habgier, Missgunst, Lüge und Verbrechen. Die Hunzas wurden dann im Durchschnitt auch nicht mehr älter als die Inder. Die Inder werden im Durchschnitt gerade mal dreißig Jahre alt, wenn man von einigen ländlichen Gegenden absieht, in denen noch ein einfaches und natürliches Leben möglich ist. Und die Hunzas brauchen, wie die Inder Polizei, Gefängnisse und Krankenhäuser."

„Es gibt noch etliche andere Orte auf unserem Planeten, an denen die Menschen so alt werden oder wurden wie einst die Hunzas. Die entscheidenden Faktoren sind aber überall dieselben."

Rudolf stand auf und umarmte mich spontan. „Oh, Gérard. Für mich wird es sich auch lohnen, steinalt zu werden! Bei dieser meiner wunderbaren Frau!" Sélène gab ihm einen zärtlichen Kuss — sie zählte inzwischen auch schon siebenundsechzig Lenze. „Ja, und ich?" fragte ich empört und deutete mit dem Zeigefinger auf meine Wange. „Aber natürlich, Papa!" Sie küsste auch Nine und mich.

Ein Jahr um das andere ging vorüber. Ich hatte es schon lange aufgegeben, mich um die öffentlichen Medien zu kümmern, da sie schon seit Jahrzehnten in einer so vollkommenen Weise gleichgeschaltet worden waren, dass selbst die Bolschewisten unter Väterchen Stalin vor Neid erblasst wären. Sie lieferten nur noch gezielte Desinformation und gründliche Gehirnwäsche für die „Gläubigen."

Seit es die Europäische Union gab, seit es den Euro als Zahlungsmittel gab, war es mit der Wirtschaft aller beteiligten Länder steil bergab gegangen. Vorläufige Gewinner waren nur die Banken, die Politiker und die Konzerne, die alle viel ungestörter im Trüben fischen konnten. Fünfzehn Jahre nach seiner Einführung hatte der Euro, der zumindest den Deutschen und Franzosen durch „demokratischen" Erlass ihrer Regierungen aufgezwungen wurde, nur noch ein Drittel seiner ursprünglichen Kaufkraft. Das Einzige, womit es aufwärts ging, war die steuerliche Belastung, vorwiegend der Arbeiter und Angestellten und der Mittelschicht.

Die Arbeiter und Angestellten verarmten. Viele kleine und mittlere Unternehmen mussten Konkurs anmelden, weil sie die Belastungen durch Bürokratie und Steuern nicht mehr verkraften konnten. Es gab Pläne, das Bargeld ganz abzuschaffen und nur noch Zahlungen über Kreditkarten zu erlauben. Das hätte den Regierungen die totale Kontrolle über jeden Bürger in die Hände gegeben. Ein totalitäres System, so entsetzlich und umfassend, wie es in dieser Art noch nie zuvor existiert hatte. Die Abwanderung von Facharbeitern und der Ruin des Mittelstandes erinnerten mich in fataler Weise daran, dass sich jetzt in Deutschland eine ähnliche Entwicklung anbahnte wie damals in Algerien beim Abzug der Franzosen im Jahre 1962. Mein Schwiegersohn Rudolf und Sélène, die sich das Gehirn ebenfalls nicht verkleistern ließen durch die Medien, hielten mich in groben Zügen informiert, egal ob mir das passte oder nicht.

Als im Jahre 1949 die Bundesrepublik gegründet wurde, gab es in Deutschland wahrscheinlich die einzige Demokratie auf der Welt, die tatsächlich funktionierte. Es gab das Wirtschaftswunder, auf das wir mit Recht stolz waren und für das wir vom Ausland bewundert wurden. Fast unmerklich nach einem Jahrzehnt und dann immer schneller begann der Abbau dieser Demokratie und der lange Weg in einen totalitären Staatsapparat, der unter demokratischer Flagge segelte. Und für immer mehr Deutsche begann der Weg in die Armut.
Ab Gründung der Europäischen Union wurde aus der Zuwanderung von Asylsuchenden allmählich ein Strom,

der uns Millionen „Flüchtlinge" ins Land brachte. Es gab natürlich viele echte Flüchtlinge, die aus entsetzlicher Not zu uns kamen und denen oft die Ermordung in ihrer Heimat drohte. Aber die überwältigende Mehrheit waren Wirtschaftsflüchtlinge, welche unsere Regierung geradezu einlud, in den Selbstbedienungsladen Deutschland zu kommen.

Als immer klarer wurde, dass uns unsere demokratisch gewählten „Interessenvertreter" ins Verderben steuerten, begriffen viele, dass diese Regierung so schnell wie möglich abdanken sollte. Sie tat es natürlich nicht, sondern sie blieb am Futtertrog. Dank, wie immer, falscher Wahlversprechen und dank der Borniertheit der meisten Wahlberechtigten. Einige verantwortungsbewusste Politiker suchten nach Alternativen, bildeten Gruppierungen, die diese Alternativen auch anboten.

Die Anfänge waren vielversprechend. Hätte die Mehrheit der Stimmberechtigten entsprechend reagiert, so hätte dies den Rücktritt der Bundesregierung zur Folge gehabt und der Ausweg aus der Krise wäre verhältnismäßig schmerzfrei und wahrscheinlich auch ohne Blutvergießen verlaufen.

Aber es kam, wie es kommen musste: Die Bundesregierung verleumdete die alternativen Gruppierungen in schlimmster Weise. Und allmählich begannen viele dem Bild dieser Verleumdungen zu entsprechen: Durch zunehmende Radikalisierung. Das ist wohl einfach ein Naturgesetz: Stelle jemanden lange genug als Wolf hin, dann wird er schließlich zum Wolf.

Oder, wie in dem Drama „Andorra" von Max Frisch: Stelle jemanden lange genug als Juden hin, dann wird er zum Juden, wird unfehlbar als solcher erkannt und schließlich ermordet. Die zunehmende Radikalisierung war also ganz zwangsläufig. Es gab einen Rechten Flügel und einen Ultrarechten Flügel. Es gab natürlich auch einen Linken Flügel und einen Ultralinken Flügel. Und tonnenweise Dummheit, Gemeinheit, Lüge, Hass. Und schnell fortschreitende Destabilisierung und Gewalt.

Die Regierung verlor immer mehr die Kontrolle über die Ereignisse. Es gab immer häufigere und blutigere Anschläge durch Terroristen. Wie damals in Algerien. Regelrechte Straßenschlachten zwischen Polizei und linken oder rechten Gruppen und zwischen linkem und rechtem Mob. In Punkto Vergewaltigung war die Kölner Silvesternacht am 31.12. 2015 ein sehr milder Auftakt gewesen. Eine Welle von Vergewaltigungen und auch Morden setzte ein, hauptsächlich durch Schwarzafrikaner. Von denen unsere Regierung Zig Millionen ins Land geholt hatte. Und prächtig versorgt hatte, mit Designer-Klamotten, mit schönen Wohnungen und den entsprechend großzügigen monatlichen finanziellen Zuwendungen.

Immer mehr Einbrüche, Raubüberfälle und Plünderungen, hauptsächlich durch Wirtschaftsflüchtlinge. Immer mehr Deutsche beschafften sich Waffen, legal oder illegal. Machten aus ihren Wohnungen und Häusern kleine Festungen. In allen Staaten der Europäischen Union wurden aus den Straßenschlachten bürgerkriegsähnliche

Zustände. Menschliche Dummheit feierte überall noch einmal letzte Triumphe.

Einen dieser Tage rief mich mein Schwiegersohn Rudolf an. „Hallo, Gerd. Ich möchte dir etwas sagen. Aber lass mich bitte ausreden." „Tue ich das sonst nicht?" Er lachte. „Doch. Schon. Aber diesmal bin ich mir damit nicht ganz so sicher." „Schieß los, mein Junge!. Was juckt dich?" „Sélène und ich, wir haben eine Asylantenfamilie aus dem Kongo bei uns aufgenommen. Du weißt doch, in die eine leerstehende Wohnung bei uns." „Kaukasier oder Neger?" „Neger." „???!!!???" „Gerd? Sagtest du etwas?"

Nine und ich fuhren zu ihm auf die Plantage. Sélène und er stellten uns ein sehr schwarzes, sehr schüchternes und sehr sympathisches Ehepaar mit zwei Kindern, einem Jungen und einem Mädchen im Alter von etwa fünf oder sechs Jahren vor. Als Casse-Croûte zum Nachmittag hatte Sélène eine Platte mit Appetithäppchen und Kuchen vorbereitet, Kakao für die Kinder und für die Erwachsenen einen kühlen Blanc de Blancs. Das Eis war schnell gebrochen. Sie waren eigentlich Nigerianer, aber im nördlichen Kongo ansässig gewesen, wo sie in Gbadolite eine kleine Firma für Reparaturen aller Art innegehabt hatten. Mit geradezu unglaublichem Glück entgingen sie einem plötzlich über das Städtchen hereinbrechenden Massaker. Eine lang anhaltende „ethnischen Säuberung" hatte weite Landstriche heimgesucht. Ihre Rettung grenzte an ein Wunder. Anayo und seine Frau Nubia schilderten uns ihre unglaubliche Flucht. Nine und ich fühlten, dass sie nicht übertrieben und nicht logen.

Es waren sehr gebildete Menschen. Außer ihrem nigerianischen Igbo sprachen beide fließend englisch und französisch. Und auch schon ein bisschen deutsch. Und sie waren nur allzu glücklich darüber, dass Rudolf sie beide in der Plantage und in der Gärtnerei anstellen wollte. In kurzer Zeit erwiesen sie sich als äußerst geschickt, fleißig und zuverlässig. Sélène und Rudolf, denen die Arbeit in den letzten Jahren ein wenig über den Kopf wuchs, waren darüber sehr froh.

An diesem ersten Nachmittag kletterte das kleine Mädchen schon bald auf mein Knie. „Wie heißt du denn, meine Süße?" fragte ich sie auf englisch. Ihre runden schwarzen Augen strahlten mich an. „Fofo heiße ich." „Sie heißt eigentlich Fotanna." erklärte mir Nubia stolz lächelnd. Der Junge kletterte auf mein anderes Knie. „Und wie heißt du, mein Großer?" „Bouba." erklärte er ernst. „Er heißt eigentlich Boubacar." lachte Nubia wieder.

Als Bouba schließlich wieder zu seinem Vater zurück ging, kuschelte sich die kleine Fofo in meinen Schoß und schlief glücklich lächelnd ein. Gerührt betrachtete ich dieses zierliche, fast zerbrechlich wirkende Kind und streichelte zärtlich ihre glatten schwarzen Haare. „Oh, Gerd." lachte Nubia. „Du hast gerade eine Eroberung gemacht." „Die kleine Fofo aber auch." schmunzelte ich.

„Warum sagst du eigentlich immer „Neger" und nicht „Schwarzer", so wie jeder andere auch?" fragte mich Rudolf. Ich lachte. „Einmal ist es, rein sprachlich gesehen, wirklich barbarisch, ein denkendes und fühlendes Lebewesen mit einem Adjektiv anstatt mit einem

Substantiv zu bezeichnen. Was wichtiger ist: In Deutschland war das Wort „Neger" nie eine abwertende Bezeichnung. Oft wurde ich schon angegriffen, wenn ich „Neger" sagte. Ich habe dann stets hart verbal reagiert. Oft war es einfach Gedankenlosigkeit. Aber die wirklichen hundertfünfzig- und zweihundert- prozentigen Opportunisten waren schon immer die eifrigsten Spitzel, Helfeshelfer und Henkersknechte aller Diktaturen. Das bringt mich wirklich auf die Palme. Ganz besonders in Deutschland. Das Volk der Dichter und Denker ist heutzutage zur Nation der Deppen und Duckmäuser degeneriert. Das muss wieder anders werden!" Sélène kam herüber und und legte ihren Arm um mich. „Beruhige dich doch, Papa. Ich glaube, es wird schon bald wieder anders werden." Ich lächelte. „Ja, mein Liebes. Das denke ich auch." Tausend lustige Funken waren da plötzlich in ihren Augen. „Weißt du? Bei den Chinesen ist es gerade umgekehrt. „Chinese" entbehrt nicht des nötigen Respektes. Aber wehe, du sagst „Gelber". Das ist dann wirklich abwertend." Anayo und Nubia lachten schallend. Wir lachten mit. „Ich bin ein Neger." erklärte uns Anayo. „Ein ganz schwarzer Neger." bestätigte ihm Nubia kichernd. Da erwachte Fofo in meinem Schoß. Sie schmiegte ihre Wange fest in meine Hand und strahlte mich mit ihren kohlschwarzen Augen an. Ich lächelte noch mehr. „Du, süße kleine Fofo."

Es war ein sehr schöner Nachmittag, dem mit den Jahren viele ähnliche folgten. Das Schönste für mich war aber die Schmuserei mit den beiden Schokoladentörtchen auf meinen Knien gewesen. Auf dem Weg nach Hause lachte Nine herzlich. „Mein liebster Gérard. Du bist und bleibst der gleiche Kindernarr. Und alle Gören fliegen nur so auf dich." „Und ich auf die Gören." schmunzelte ich. Nine hatte Recht. Für mich waren Kinder einfach das Schönste, was diese Welt zu bieten hatte.

Ein gutes Jahr nach ihrer Ankunft sollte die nigerianische Familie, die sich schon gut eingelebt hatte und bei allen Leuten der Umgebung beliebt war, auf Anordnung irgendeiner obskuren Dienststelle abgeschoben werden. Sélène rief mich an. Nine und ich fuhren im Eiltempo zur Plantage. Dort debattierte Rudolf mit zwei Polizisten, die völlig unerwartet aufgetaucht waren und unsere nigerianischen Freunde gleich mitnehmen sollten.

„Da müsst ihr aber erst einmal an uns vorbei." erklärte ich dem Älteren der beiden. Der grinste geradezu boshaft. „Herr Landenfels. Wenn Sie mir ernsthaft versichern, dass diese Familie sich schon ins Ausland abgesetzt hat, so glauben wir das gerne." „Ja, doch!" schmunzelte ich. „Die sind schon seit Wochen weg." Séléne brachte Gläser und eine Flasche Pinot Noir. „Wir sind doch im Dienst." „Macht doch nichts!" Wir verbrachten eine Stunde angenehmer Plauderei miteinander. „Die Zeiten ändern sich wahrscheinlich jetzt schnell." meinte der Wortführer der beiden zum Abschied. „Unsere Bürokraten und Sesselfurzer in Berlin und Brüssel werden bald ganz andere Sorgen haben."

Rudolf holte die völlig verängstigte Familie aus ihrer Wohnung und lud sie zum Sitzen ein. Gleich waren die Kinder wieder auf meinen Knien. Ich legte beruhigend die Arme um sie. Sélène machte Kakao für die Kinder. Wir

Erwachsenen tranken wieder „etwas Sauberes": Kaltes Bier und Gin mit Eis. „Anayo. Nubia. Ihr braucht überhaupt keine Angst zu haben. Hier wird euch niemand gegen euren Willen abholen. Das ganze politische Chaos kann sowieso nicht mehr lange dauern." sagte ich. Rudolf nickte.

„Da lässt man Vergewaltiger ruhig gewähren, hindert die Polizei am Eingreifen, zwingt die Polizei dazu, Straftaten, die von sogenannten Asylsuchenden begangen werden, zu vertuschen. Und eine Familie, die in höchster Not zu uns gekommen ist, die sich voll eingelebt hat, die hier gebraucht wird und ein Gewinn für das Land ist, die soll in den ziemlich sicheren Tod abgeschoben werden!!! Oh, du schöne neue Welt!" Wir prosteten uns zu.

Meine süße Fofo! Sie wurde ihrer eigenen Familie so ein bisschen „untreu." Fofo und ich flogen geradezu aufeinander. Ein eigenes Enkelchen oder Urenkelchen hätte ich nicht mehr lieb haben können als sie. Die allermeiste Zeit war sie bei uns in Hirschthal. Tagsüber half sie Nine ganz gewichtig und ernst im Haus. Sie ging mit uns wandern, radeln und schwimmen. Ich hatte ihr ein eigenes Fahrrad geschenkt. Und abends brachte ich sie ins Bett - sie hatte bei uns ihr eigenes Zimmer bekommen - kuschelte mit ihr, erzählte ihr Geschichten, bis sie in meinem Arm einschlief. Ich war so richtig glücklich mit ihr.

Etwa ein Jahr später fuhren Nine, ich und Fofo nach Tschechien, um Freunde in der Gegend von Náchod besuchen. Danach fuhren wir zu einer Druckerei in Zlín, die schon vorher sehr zufriedenstellend für mich gearbeitet hatte. Dieses Mal ging es um eine Reihe von

Kurzgeschichten, die ich als Buch herausgeben wollte. Wie immer verlief die Verhandlung für beide Seiten zufriedenstellend.

Abend und Müdigkeit überraschten uns auf der Heimfahrt nach Hirschthal irgendwo in Bayern. Ein Gasthaus mit Zimmern am Rand eines Dorfes machte einen einladenden Eindruck. Als ich die Tür zum Schankraum öffnete, war ich mir nicht mehr ganz so sicher. Über dem Flaschenregal hinter der Theke prangte eine große Hakenkreuz-Fahne, rechts davon die Reichskriegs-Flagge der Kaiserlichen Marine. Hinter der Theke kam ein Skinhead mit Springer-Stiefeln hervor, um uns zu begrüßen.

Nine warf einen besorgten Blick auf Fofo. „Ach was!" meinte ich müde. „Die werden uns schon nicht fressen." Wir gingen hinein. „Ja, sie hatten auch ein Doppelzimmer mit Kinderbett." Der Skinhead war ruhig und freundlich. Er tauschte mit Fofo ein Lächeln. Ich wollte uns ins Gästebuch eintragen und hatte schon den Reisepass aus der Tasche geholt. „Nicht nötig." Der Skinhead winkte lächelnd ab. „An diese Regierung zahle ich möglichst auch keine Steuern mehr." schmunzelte ich. Er nickte und streckte mir die Hand hin. „Ich heiße Thomas." „Ich bin Gerd. Meine Frau Nine. Und diese Süße hier ist unsere Fofo. Können wir noch etwas zu essen bekommen?" „Ein bisschen spät." meinte er entschuldigend. „Aber wir haben noch einen deftigen Bohneneintopf, den ich wieder warm machen könnte." „Wunderbar. Genau das Richtige."

Ich drehte mich um. An einem großen Tisch saßen acht Bauern, zwei Inder und ein Neger. Sie erzählten einander und tranken ihr Bier in aller Eintracht aus großen Maßkrügen. Ein zweiter Skinhead, der ebenfalls am Tisch gesessen hatte, erhob sich und kam an die Theke. „Ich bin Ernst." stellte er sich uns vor. Und dann bekam ich einen Schreck. Irgendetwas lehnte sich schwer von hinten gegen meine Oberschenkel und mein Kreuz. Langsam drehte ich mich um. Da stand doch eine riesige Dänische Dogge, die mich mit treuherzigen Augen anblickte. Einen Arm legte ich ihr um den Hals. Mit der rechten Hand schlug ich ihr einige Male kräftig und schnell auf die Brust und auf den Oberbauch. Das erfüllt jedes Hundeherz mit wahrer Wonne. „Na, du blutrünstige Bestie." sagte ich zu ihr. „Ich hoffe, du hast gerade keinen Hunger." Am Tisch hinten lachten alle und die Dogge leckte mir feucht die Hand. „Sollst doch nicht gleich sabbern." tadelte ich sie. Reuevoll streckte sie mir die Pfote hin, die ich kräftig schüttelte. „Da hast du aber eine Eroberung gemacht." schmunzelte Ernst. „Kommt ihr mit an unseren Tisch?"

Wir setzten uns. Ernst stellte uns den Anwesenden kurz vor. Inzwischen war die Bohnensuppe fertig. Sie schmeckte ausgezeichnet. Erna, so hieß die Dogge, lag bei mir auf dem Fußboden halb unter dem Tisch. Ab und zu bekam sie von mir ein Stückchen Wurst aus meiner Suppe. Sie nahm es artig an und klopfte dabei jedes Mal geräuschvoll mit ihrem Stummelschwanz auf den Boden. Auch mit Fofo hatte sie sich angefreundet. Nach dem Essen war Fofo auf ihren Rücken geklettert, was der Dogge sichtlich behagte. Thomas brachte uns zwei Maßkrüge mit kühlem Bier und zwei Schnapsgläschen. Er

deutete auf die Flasche Enzian auf dem Tisch. Der
schmeckte auch ausgezeichnet. Ernst schaute
erschrocken auf die Uhr. „Ich muss gleich los. Komme erst
morgen Abend wieder. Werden wir uns wiedersehen?"
„Ganz bestimmt. Im nächsten oder übernächsten Jahr."
sagte ich.

Thomas zapfte sich auch ein Bier und setzte sich zu uns
an den Tisch. Er deutete auf die beiden Inder. „Diese
beiden schwarzen Schufte sind Bibin und Kaan. Die
kamen doch tatsächlich hierher und wollten unserem
Schuster im Ort Konkurrenz machen. Wir redeten ihnen
das aus und beschafften ihnen zwei ganz moderne
Nähmaschinen. Ich kann euch sagen: Die beiden
Burschen sind die geschicktesten Schneider, die du dir nur
vorstellen kannst. Jeder hier in der Gegend lässt sich von
ihnen Kleider, Hosen, Röcke, Blusen, Anzüge schneidern.
Sie kommen mit der Arbeit gar nicht nach. Entweder
sterben die beiden irgendwann an Stress oder sie können
mit dem Geld, das sie bei uns verdient haben, halb Indien
aufkaufen. Die beiden lächelten geschmeichelt. „Wir
gehen nicht mehr nach Indien zurück." erklärte mir Bibin in
einwandfreiem Deutsch. „Hier ist jetzt unser Zuhause."
Alle murmelten zustimmend.

Und dieser Neger da im besten Mannesalter ist Dieuveil.
Dieser schwarze Teufel repariert alles, was mal kaputt
geht: Autos, Pumpen,Traktoren, Bewässerungsanlagen.
Er mauert und zementiert, verlegt fachmännisch
Elektrizität und Wasser. Ein wahres Allround-Genie! Wir
wüssten gar nicht mehr, was wir ohne ihn anfangen
sollten. Der Haken an der Sache ist sein ungeheurer

Appetit. Der frisst uns noch die Haare vom Kopp! Habt ihr vielleicht ein Glück gehabt mit der Bohnensuppe! Und die Unsummen, die er mit seinen Reparaturen verdient, setzt er auch fast alle in Fressalien um. Unser Dieuveil ist ein wahres Naturwunder: Er ist innen viel größer als außen; er hat ein sehr geräumiges Innenleben. Wir alle haben Angst, dass er sich eines Tages mal selbst verschlingt." Dieuveil lachte. „Böses weißes Teufel lassen armes Nigger glatt verhungern! Müssen immer arbeiten. Nie zu essen. Magen knurrt wie Dogge Erna, wenn böse. Sonntags kleiner Stückchen Brot bekommen. Und Schläge mit großem Peitsche für Dessert. Grausames, böses, weißes Bwana! Richtig böser Tier! Ganz schlimmes Satan!" Mit der entsprechenden Mimik war die schauspielerische Leistung mehr als vollkommen. Wir krümmten uns vor Lachen, wieherten geradezu. „Und Mohrenköpfe und Negerküsse essen hier auch strafbar sein. Bringen armes Nigger in Bau. Nur das langweiliges Schaumkronen sein erlaubt. Ich denken, dass Bwana lügen." fügte er grinsend hinzu. „Jetzt wirst auch noch frech! Schau, dast anni kimmst, du Sau-Preiß, du afrikanischer." schrie ihn Thomas empört an. Bitterböse starrten sich die beiden Kampfhähne gegenseitig an. Dann konnten sie die Komödie nicht mehr aufrechterhalten, fielen einander in die Arme und brüllten vor Lachen. Nine verdrehte plötzlich in komischer Verzweiflung die Augen und verschwand wie ein geölter Blitz in Richtung Toilette. Es dauerte, bis wir, erschöpft vom Lachen, wieder ruhiger wurden. Und es wurde recht spät, als wir uns alle voneinander verabschiedeten. Fofo und die Dogge schliefen sozusagen Arm in Pfote miteinander. Sachte löste ich meine kleine Prinzessin aus der tierischen Umarmung und trug sie die Treppe hoch in unser Zimmer.

Mit etwas schwerem Kopf stiegen wir am späten Vormittag hinunter in den Schankraum. Thomas hatte schon ein Katerfrühstück für uns alle vier vorbereitet. „Wo ist denn Erna?" fragte ich. „Die ist mit Ernst unterwegs. Diese Dogge ist ganz verrückt nach Autofahrten. Das verrückte Vieh hockt angeschnallt auf dem Beifahrersitz, steckt den Kopf zum Fenster raus in den Fahrtwind und jault vor Wonne vor sich hin." meinte Thomas. „Gerd." sagte er darauf. „Darf ich dich etwas fragen?" „Nur zu." „Du warst auch Soldat, meine ich." Ich nickte. „So kann man es wohl nennen." „Wo denn?" „Die letzten zwei Jahre im Algerien-Krieg." „Moment! Das war doch Anfang der Sechziger Jahre! Dann musst du ja uralt sein!" „Ich bin neunundneunzig Jahre alt." Völlig verblüfft musterte er mich, stellte mein Alter aber nicht in Frage.

„Und du Thomas? Warst du auch im Krieg.?" Er nickte düster. „Afghanistan." „Es muss furchtbar gewesen sein." „Es war mehr als furchtbar! Du kannst es dir nicht vorstellen! Die Anschläge gegen Zivilisten. Verstümmelte Menschen. Am schlimmsten hat es mich getroffen, wenn Kinder auf diese Weise starben oder verkrüppelt wurden." „Ich kann es mir sehr wohl vorstellen, Thomas. In Algerien war es nämlich keinen Deut anders. Viele Jahre danach hatte ich noch Albträume." „Ich habe sie heute noch, Gerd. Ich kam total traumatisiert zurück. Das ruhige Leben hier im Dorf, das Zusammensein mit den Nachbarn und mit Ernst sind für mich die beste Therapie."

Er griff sich noch einen Rollmops und erzählte weiter. „Wir kauften das Haus hier und machten in Eigenarbeit diese Gaststätte daraus. Dieuveil lernten wir damals durch Zufall kennen. Das war ein großes Glück für uns. Er machte fast die ganze Arbeit. Er kann mauern, zementieren, verputzen. Ihm verdanken wir sehr viel. Er ist einer unserer besten Freunde."

„Und die Hakenkreuz-Flagge?" fragte ich lächelnd. Er lächelte zurück. „Bibin und Kaan sagten mir, dass es das Hakenkreuz schon zweitausend Jahre vor Christus in Indien, Japan und China gab. Als mächtiges, heiliges Symbol, das Glück brachte und Schutz gewährte." „In Skandinavien gab es das Hakenkreuz auch schon vor mehr als fünftausend Jahren." erklärte ich ihm. Mit der Drehrichtung im Uhrzeiger-Sinn und gegen den Uhrzeiger-Sinn. Es hatte dort die gleiche Bedeutung: Glück und Schutz. Vier Hakenkreuze sind auch auf einer über viertausend Jahre alten Trojanischen Münze abgebildet." „Es ist sehr schön." ließ sich unsere sechsjährige Fofo vernehmen. Thomas wuschelte ihr liebevoll durch das Haar. „Ja. Es ist sehr schön. Und hier drinnen hat es die gleiche Bedeutung: Glück und Schutz, mein Engelchen."

„Wie kommt eine Regierung nur dazu, Symbole zu verbieten?" sagte ich. „Symbole können das Beste und das Schlimmste in Menschen wecken und lassen sich nicht einfach wegleugnen. Spirituell sind Symbole Urgewalten: Das Hakenkreuz, und vor allem die ganzen Sterne: Sowjetstern, Davidstern, Stars and Stripes. . . Es ist fast, als wollte man Naturgesetze verbieten wie die Schwerkraft oder das Sonnenlicht. Oder als würde man die Würde von fühlenden Wesen schänden. Was ja auch geschieht. So wie hierzulande Tiere und auch Menschen behandelt werden, schreit wirklich zum Himmel." „Unsere Tiere hier im Dorf werden nicht gequält." versicherte mir Thomas. „Das glaube ich gerne." erwiderte ich.

„Aber wie kam es denn zu der Hakenkreuz-Flagge?" fragte ich dann. „Vor etwa drei Jahren war mein Bruder Ernst auch unterwegs, um Material einzukaufen. In einem Gespräch ließ er vernehmen, dass man eine Regierung, die unser Land in den Medien als „Industriestandort Deutschland" bezeichnet, schnellstens abwählen sollte. Und dass jemand, der Begriffe wie „Vaterland", „Heimat", „Tradition" gebraucht, heutzutage schon als Nazi verdächtigt wird. Er wusste gar nicht, wie Recht er damit hatte. Ein dreihundertprozentiger Deutscher zeigte ihn anonym an. Hinzu kam, dass eine Überwachungskamera auf einem öffentlichen Platz ihn erfasste und gleichzeitig mit ihm einen Naziverdächtigen, der in der Nähe war und den Ernst überhaupt nicht kannte. Computer verknüpften diese Bilder. Das genügte anscheinend. Ernst bekam eine hohe Geldstrafe, die uns damals sehr empfindlich traf und saß ein halbes Jahr im Gefängnis. Alles auf Grund einer anonymen Anzeige und weil er zur falschen Zeit am falschen Ort von einer Überwachungskamera erfasst worden war."

Betroffen hatten wir zugehört. Wir glaubten ihm aber jedes Wort. „Mir kam dann die Idee mit der Hakenkreuz-Fahne und der Reichskriegs-Flagge. Ich konnte und wollte nicht mit dem Gefühl leben, mich nicht frei äußern zu können, ohne eine Anzeige und eine Verhaftung zu riskieren. Auf einer Versammlung mit den Dörflern, um die ich gebeten hatte, trug ich meine Idee vor. Alle stimmten begeistert zu. Dabei ist unter ihnen kein einziger Mensch, der dem Dritten Reich nachtrauert. Die Verhaftung von Ernst hatte alle auf die Palme gebracht."

„Ich scherte mir die Haare und beschaffte mir die Springer-Stiefel. Bibin und Kaan nähten mit Begeisterung die beiden Flaggen. Die sind ihnen herrlich gelungen. Und ich fühlte schnell, dass dies alles, so wie wir das hier verstehen, unser Lebensgefühl ausdrückt. Unsere beiden Polizisten, die manchmal auch auf ein Bier kommen, verloren schnell ihre Bedenken. Viele Angehörige der Polizei haben schon lange mehr als genug von den gegenwärtigen Zuständen."

Er lachte. „Als Ernst nach der Entlassung aus dem Gefängnis unseren Schankraum betrat, fiel er fast auf den Rücken. Fast das ganze Dorf war hier, um seine Entlassung zu feiern. Mich umarmte er mehrere Male und sagte, dass dies das schönste Geschenk wäre, das ihm je einer gemacht hätte: Nämlich das freie Bekenntnis zu Meinungsfreiheit."

„Kommt ihr wieder?" fragte Thomas beim Abschied. „Sehr gerne." sagte ich. „In spätestens zwei Jahren." „Ihr seid mehr als willkommen." Er umarmte uns. „Und von dieser süßen schwarzen Prinzessin beiße ich mir jetzt ein großes Stück Schokolade ab." Er biss sie leicht in den Arm. „Ah, schmeckt das aber gut!" Unsere Fofo quietschte vergnügt.

Schweigend fuhren wir durch das schöne Land. Die Unterhaltung mit Thomas musste sich erst etwas setzen. „Und was ist jetzt die Moral von der Geschicht?" fragte ich lächelnd. „Du wirst es mir gleich sagen." neckte mich Nine. „Ich grinste. „Ganz einfach: Skinhead ist nicht gleich Skinhead." „Und Inder ist nicht gleich Inder." meinte Nine. „Und Neger ist nicht gleich Neger." krähte es plötzlich vom Rücksitz.

Und im Jahre des Herrn 2040 brach die Europäische Union mit einem Schlage auseinander. Es begann mit dem Putsch des Militärs in Frankreich. Wie damals in Algerien! Der Putsch fegte die Regierung hinweg. Die Armée verhängte das Kriegsrecht und bildete eine vorläufige Militärregierung.

Dann geschah ein Wunder: Der deutsche Michel erhob sich mühsam von seiner Ofenbank, zog sich die Schlafmütze aus dem Gesicht und stellte erschrocken fest, dass er handeln musste, da er sonst bald keine Ofenbank mehr haben würde. So tat er es der Brudernation gleich. Polizei und Heer verweigerten den Gehorsam und zwangen die Regierung zum Rücktritt. Auch in Deutschland wurde jetzt das Kriegsrecht verhängt. Plünderer und Vergewaltiger wurden standrechtlich erschossen. Wirtschaftsflüchtlinge wurden ohne viel Federlesens in Truppentransportern der Marine in ihre Heimatländer verschifft. Auch etlichen Regierungsmitgliedern wurde der Prozess gemacht. Teilweise gab es Zuchthaus mehrmals lebenslänglich.

Die ein oder zwei Prozent an wirklichen Flüchtlingen im Lande durften bleiben, erhielten aber strenge Auflagen. Sie mussten alle richtig Deutsch lernen und ihren jeweiligen Fähigkeiten entsprechende Arbeit annehmen. Die Jüngeren erhielten die Chance, einen Beruf zu erlernen und auszuüben. Unter diesen Bedingungen gelang den allermeisten Familien die Integration. Schon in wenigen Jahren wurden aus ihnen gleichberechtigte Bürger, die sich in ihrer neuen Heimat sehr wohl fühlten und ihren Nachbarn willkommen waren. Auch dem Staat waren sie willkommen: Gute Facharbeiter waren „Mangelware" in Deutschland geworden, da unter der EU-Regierung viele ausgewandert waren. So wie damals in Algerien.

Und was sagte der Russische Bär dazu? Zum ersten Male seit langer Zeit klatschte er laut und freudig Beifall: In Russland waren durch die Umstürze in den ehemaligen EU-Ländern die terroristischen Anschläge weitaus seltener geworden. Vielleicht war dies die Chance für einen echten und dauerhaften Frieden mit dem Osten.

Der Euro wurde wieder abgeschafft. Frankreich hatte den Franc Français wieder, Deutschland die Deutsche Mark. Es gab wieder Lire, Drachmen und so weiter. Langsam gab es wieder Stabilität und Wohlstand und Hoffnung und Zukunft. Und wozu dieser Alptraum, der Jahrzehnte gedauert hatte, der alle beteiligten Länder ausbluten ließ, der mindestens einige Hunderttausende Opfer an Leben forderte? Wegen der Profitgier und Machtgier von Politikern und Konzernen. Und nicht zuletzt wegen der Dummheit, der Trägheit und der Gleichgültigkeit der

Massen! Materiell hatte uns hier in Hirschthal dies alles nicht tangiert. Aber es war ein weitaus besseres Lebensgefühl, in einem Lande mit Zukunft zu leben und mit der Hoffnung auf endgültigen Frieden. Anstatt auf einem morschen Kahn zu sitzen, der in stinkendem und selbstproduziertem Morast absäuft! Jetzt erst waren wir wirklich frei!

XVIII Epilog

Herr, es ist Zeit.
Dein Sommer war sehr groß.
Leg Deinen Schatten auf die Sonnenuhren.
Und auf den Fluren
lass die Winde los.
Befiehl den letzten Früchten, voll zu sein.
Schenk ihnen noch zwei südlichere Tage.
Dränge sie zur Vollendung hin und jage
die letzte Süße in den schweren Wein.

(Rainer Maria Rilke)

Ab etwa dem Jahre 2010 wurde an deutschen Schulen
eine „fortschrittliche" Art des Sexualkunde-Unterrichtes
eingeführt. Die Teilnahme der erst Sechsjährigen am
Sexualkunde-Unterricht war Pflicht. Sie lernten nicht nur,
wie man ein Präservativ über einen Holzpenis zieht,
sondern wurden auch zu homosexuellen Spielchen aller
Variationen animiert, Junge mit Junge, Mädchen mit
Mädchen, auch zu mehreren gemischt. Die mit Recht
besorgten Eltern, die ihren Kindern das ersparen wollten,
konnten sogar mit Gefängnis bestraft werden. Und diese
„Aufklärung", durch Filmvorführungen verdeutlicht, hatte
Bestand im „Industrie-Standort Deutschland" bis zum
Untergang der EU. Staatlich verordnete Anleitung zur
Unzucht und Perversion schon von Kleinkindern? Gab es
das schon einmal in der Geschichte der Menschheit?
„Diese perversen Sauereien wird unsere Fofo auf keinen

Fall über sich ergehen lassen müssen!" erklärte ich Nine zornig. Nine stimmte mir grimmig zu.

Wir fuhren also zu dritt nach Wissembourg. In Frankreich hatte man inzwischen völlig Abstand von der in Deutschland noch immer praktizierten pervertierten Art der „sexuellen Aufklärung" genommen. Der Sturm empörter Eltern und Pädagogen hatte vollen Erfolg gehabt. Sexualkunde war Wahlfach und auch wesentlich dezenter. Wir würden unsere Fofo selbst aufklären, wenn die Zeit dafür reif war. Unsere kleine Prinzessin meldeten wir in der Ecole Jean Ohleyer in Wissembourg an. Dort fühlte sie sich sehr schnell wohl und war bald eine der besten Schülerinnen.

Beide wollten wir, dass sie den Zauber der sich entfaltenden kindlichen Gefühle voll erfahren durfte. Andere Eltern taten es uns nach. Die meisten Kinder hier im Grenzgebiet wuchsen inzwischen zweisprachig auf. Wir hatten einen Schulbus-Dienst eingerichtet. Alles klappte vorzüglich.

Einige Zeit später hatte ich etliche Einkäufe in Landau zu tätigen. Auf dem Marktplatz wurde ein großer Flohmarkt abgehalten. Da ich Zeit hatte, schlenderte ich durch die Reihen und konnte auch einige antiquarische Bücher, die ich schon lange suchte, erwerben. In einer Ecke war ein klitzekleiner Stand aufgebaut. Ein müder, alter Mann bot alle möglichen Kleinigkeiten an. Und mein Blick fiel auf eine wunderschöne Kamee aus Onyx. Ich hielt fast den Atem an; so sehr beeindruckte mich die Schönheit dieses Kunstwerkes. Dem Alten war die pure Verzweiflung ins

Gesicht geschrieben. Er und viele andere Leute verkauften alles, was sie halbwegs entbehren konnten. Weil die Rente durch den rapiden Verfall des Euro den meisten Menschen nicht mehr zum Notwendigsten reichte.

Ich unterhielt mich ein wenig mit dem Mann. Fünfundvierzig Jahre hatte er als Klempner in einer größeren Firma gearbeitet. Seine Frau sollte unbedingt operiert werden. Der von der „Gesundheits-Kasse" geforderte Eigenanteil sollte fünfhundert Euro betragen. Und er wusste nicht, wie er das Geld dafür zusammenkratzen sollte. „Diese Kamee hier ist wunderschön." sagte ich. „Die würde ich sehr gerne kaufen. Was wollen Sie dafür?" „Dreißig Euro?" kam es zögernd und unsicher. Ich schüttelte den Kopf. „Zwanzig Euro?" „Ich kaufe sie." Er packte sie liebevoll in ein Stück Papier. Mit diebischem Vergnügen zählte ich tausendundfünfhundert Euro ab und drückte sie ihm in die Hand. Fassungslos starrte er mich an. „Das können Sie doch nicht machen!" „Doch, das kann ich. Diese Kamee aus Onyx ist es mir wert. Für mein Enkelkind wird sie eine große Freude bedeuten. Und Sie haben das Geld für die Operation und es reicht noch für ein Geschenk an Ihre Frau und für noch ein bisschen mehr." Dem alten Mann liefen die Tränen über die Wangen. „Gott segne Sie!" Ich umarmte ihn kurz und ging dann schnell weg. Weil mir selbst zum Heulen zumute war.

Ein Jahr später brachte Fofo ihr erstes Jahreszeugnis nach Hause. Es war ausgezeichnet. „Das ist mein Mädchen!" lobte ich sie. Sie strahlte mich an. „Weißt du, Schatz? Ich habe eine kleine Überraschung für dich. Aber dazu gehen wir zu unserem Baum. Ja?" „Ja, Fa." stimmte sie begeistert zu. Ganz am Anfang unserer beider Beziehung hatte sie mich einige Tage „Gerd" genannt, dann nur noch „Fa". In der Fofo-Sprache bedeutete es wohl „Papa" oder auch „Opa". In diesem ihrem einfachen ‚Fa" lag jedoch so viel Liebe, ja Verehrung, dass ich manchmal richtig verlegen wurde. Wir gingen also zu unserem Baum, setzten uns auf die Bank und schauten, wie so oft, einfach über das Schilfmoor vor unserem Baum, der eine alte Buche war. „Hier, liebste Fofo." sagte ich dann und gab ihr das Päckchen. Andächtig wickelte sie ihr Geschenk aus. Und hielt dann den Atem an. „Fa!"

Die Kamee zeigte den Kopf eines Mädchens in edlem, fein geschnittenem Profil. Den Kopf eines schwarzen Mädchens. Darunter eine Inschrift. „Fa! Das willst du mir schenken?" „Gefällt es dir?" „Es ist so wunder-wunderschön!" Sie kletterte auf meinen Schoß, legte ihre Ärmchen um meinen Hals und gab mir einen dicken Kuss. Dann versuchte sie, die Inschrift zu lesen, sah mich fragend an. „Das ist Latein." erklärte ich ihr. „Nigra sum, sed formosa." entzifferte sie. „Was heißt das, Fa?" ‚Schwarz bin ich, aber schön."

Ach ja. Unser Baum. Seit jeher betrachte ich Bäume als Lebewesen, sogar als verehrenswerte Lebewesen. Und zu der alten Buche hatten Fofo und ich eine ganz besondere Beziehung. Wir drückten uns an ihren moosbewachsenen Stamm und sprachen mit ihr. Sie sprach mit uns. Wir gaben ihr Kraft. Sie gab uns Kraft. Dann setzten wir uns still auf die Bank und ließen den Blick über das Schilf bis zum gegenüberliegenden

Berghang schweifen. Immer kroch dabei eine Kinderhand in meine Hand. Auf der anderen Seite stand meist, lange bewegungslos, ein Reiher. Nicht weit davon saß meist ein großer Bussard auf einem niederen Ast. Beide Vögel lebten anscheinend in friedlicher Ko-Existenz. Diese Idylle strahlte einen solchen Frieden aus. Es war ein Kraftort, wie ich so etwas nannte. Wir schöpften hier Kraft und Energie. Der Abschied fiel immer schwer. Lieben Abschied auch noch von unserer Buche. Wir sagten ihr, dass wir bald wieder zu ihr hierher kommen würden. Dann schwangen wir uns auf die Räder und fuhren die etwa zwölf Kilometer nach Hause zurück.

Laila! Jeden Abend kamen ihre lieben, leisen Gedanken mich besuchen. Sie streichelten meine Gedanken. Dazu zog ich mich in das Fremdenzimmer zurück, legte mich auf das breite Bett und ging in Trance, um mich besser auf sie konzentrieren zu können. Ein leises, zärtliches Lachen. „Liebster. Erschrecke nicht, wenn du mich jetzt auch wahrnehmen kannst." Tatsächlich sah ich meine geliebte Laila auf dem Bettrand sitzen. Ich streckte die Hand nach ihr aus, konnte aber nur ganz undeutlich etwas fühlen. So ähnlich wie ein körperwarmes Fluidum. Und dennoch dermaßen vertraut. „Das wird noch besser werden, Chéri."

Und tatsächlich: Ihr Körper wurde von Abend zu Abend substantieller. Schon bald legte sie sich neben mich auf das Bett. Und wir konnten uns in die Arme nehmen. So, als wäre sie tatsächlich hier. So, als läge keine Entfernung von über dreitausend Kilometern zwischen uns. Aber sie war hier! Hier bei mir! Es war wunderbar. So, wie in einem wunderschönen Traum. „Mon Amour." Ihre Stimme - wir konnten jetzt auch wirklich miteinander sprechen und nicht nur in Gedanken miteinander kommunizieren - war voll ungeheurer Freude. „Ja, meine liebste Prinzessin?" „Ich bin doch deine wahre Frau und bin die wahre Tochter von Jean-Pierre. Und Nine ist deine wahre Tochter. Und Sélène ist die wahre Frau von meinem Papa Jean-Pierre. Wenn wir in einigen Jahren sterben, dann kann ich es so einrichten, dass wir uns nie wieder verlieren. Nicht in dieser Welt und auch in keiner anderen Welt! Wir werden immer zusammen sein. Bis an das Ende der Zeit." Spontan wechselten wir auf die Astralebene.

Nine jubelte mit mir. Sie küsste mich leidenschaftlich. „Dann muss ich die Zeit aber noch gut nutzen, so lange ich noch deine Frau bin." meinte sie schelmisch und zog mich ins Bett. „Schatz." sagte ich. „Lasse es uns für uns behalten. Wir beide können es ja selbst kaum begreifen." „Ja, Liebster. Du hast Recht. Dies alles ist wie ein wahnsinnig wunderschöner Traum. So wirklich und doch so unwirklich." Sie schmiegte sich an mich. „Und ich weiß auch: Du wirst mich als Tochter sehr, sehr lieb haben. Und mich jeden Abend ins Bett bringen und mit mir kuscheln."

Meine Tochter Sélène, mein Schwiegersohn Rudolf und natürlich Fofo merkten sehr schnell, dass sich etwas geändert hatte und zeigten sich besorgt. Kein Wunder! Beschwingt wie Traumtänzer tanzten wir durch die Tage. Aber sie beruhigten sich schnell, als wir ihnen erklärten, dass das Ganze mit Laila zu tun hatte, kaum erklärbar war und für uns nur Grund zur Freude bedeutete. Sie respektierten auch unseren Wunsch, nicht näher darauf eingehen zu wollen.

In einer stillen Stunde, früh am Morgen spürte ich auf einmal den Wermutstropfen im Kelch der Seligkeit. Meine Tochter Sélène, meinen Schwiegersohn und meine süße Fofo. Würden wir ihnen auch wieder begegnen? „Ich weiß es nicht, Liebster." vernahm ich Laila's Gedanken. „Wenn ich etwas dazu tun kann, so werde ich es tun. Aber ich weiß es jetzt wirklich noch nicht."

„Fa?" „Ja, mein Liebes?" „Ich liebe einen Mann. Und er liebt mich. Wir lieben uns sehr." „Na? Wer ist denn der Unglückliche?" neckte ich sie. Die jetzt siebzehnjährige Fofo kletterte auf meinen Schoß und legte mir die Arme um den Hals. „Es ist der Konrad Berger aus Schönau." flüsterte sie verzagt. „Wie praktisch!" frotzelte ich. „Ganz in der Nähe." „Fa!" „Ja, meine Prinzessin?" „Er ist kein Taugenichts, wie manche meinen! Er ist fleißig und intelligent und er lernt viel und arbeitet tüchtig und er hat mich sehr lieb. Bist du mir böse, Fa?" „Aber nein, Schatz. Warum sollte ich dir böse sein? Ich kenne ihn. Nine und ich haben ihn einige Male am Etang du Fleckenstein getroffen. Wir hatten gute Gespräche miteinander. Ich glaube, du hättest gar keinen besseren Mann finden können." „Fa!" Sie bedeckte mein Gesicht mit stürmischen Kinderküssen.

Der jetzt dreiundzwanzigjährige Konrad Berger erinnerte mich sehr an mich selbst aus meiner ach, so fernen Jugendzeit. Er hätte fast eine zweite Ausgabe meines Selbst sein können. Im Alter von achtzehn Jahren ging er von zu Hause weg in die Welt hinaus. Abenteuerlust. Sehnsucht, andere Länder kennen zu lernen. Er lebte in Frankreich, in Spanien und in England. Hielt sich mit Gelegenheitsarbeiten über Wasser und lernte die Sprachen dieser Länder fast fließend in Wort und Schrift. Mit fast leeren Taschen kam er zurück nach Deutschland. Durch Fernlehrgänge erwarb er den Abschluss als Elektroinstallateur und war dabei, den Meisterbrief in seinem Fach zu erwerben. Wie sich doch die Bilder glichen! Mehr noch: Er war aufrichtig und direkt, an allem interessiert. Und er dachte seine eigenen Gedanken und lebte seine eigenen Gefühle. Da war überhaupt nichts Aufgepfropftes, nichts Nachgeahmtes. Er war von Grund auf echt. Ein echter Mann!

Mir fiel ein riesiger Stein vom Herzen. Jahrelang war es schon meine große Sorge gewesen, dass mein Mädchen an den falschen Mann geraten könnte. In gewisser Weise glich meine Fofo den Delfinen: Ihr Glaube an die Ehrlichkeit und das Gute im Menschen war unerschütterlich. Sie ging natürlich von sich selbst aus. Ich bin mir ziemlich sicher, dass sie noch nie in ihrem Leben gelogen hatte, noch niemals Hass oder Neid empfunden hatte. Mein wunderbares Mädchen! Jetzt drückte ich sie an mich und knutschte sie so richtig ab. Sie quietschte vor Vergnügen, vor Freude und Erleichterung. "Fa! Dich hab' ich auch ganz doll lieb!"

Ein Jahr später heirateten die beiden. Sie mieteten sich eine Dreizimmer-Wohnung in Schönau. Konrad arbeitete als Angestellter einer Elektrofirma aus Wissembourg. Fofo nahm eine Halbtagsarbeit als Verkäuferin in der Bäckerei in Schönau an. Die zwei wurden sehr glücklich miteinander. Und blieben es über all die Jahre. So etwa jeden zweiten Abend kamen sie uns besuchen. Konrad und ich wurden sehr gute Freunde. Und Fofo kuschelte dann immer noch ein Viertelstündchen mit mir. Oder auch etwas länger. Und ich musste lernen, sie so ein kleines bisschen loszulassen.

Es waren wunderbare Jahre, diese Jahre im Spätherbst unseres Lebens. Ja. Es waren zehn ganze, wundervolle Jahre. An einem herrlich klaren Abend im September saßen wir, wie so oft, auf der Terrasse unseres Adlerhorstes, genossen jeder ein Gläschen Rotwein und schauten wieder zu, wie die Schatten der Dämmerung die Berghänge sachte zudeckten. Der elegante, schnelle Flug der ersten Fledermäuse. Nine fröstelte es plötzlich. „Lass uns gleich ins Bett gehen, Liebster." bat sie. Und ich wusste sofort: Jetzt kam der Abschied für uns in diesem Leben. Liebevoll hob ich sie hoch und trug sie in unser Schlafzimmer. Ich zog sie aus und legte sie sachte auf das Bett. „Du bist noch immer so ein wunderschönes Mädchen wie früher." „Nur ein wenig älter." lächelte sie. Ich entledigte mich ebenfalls meiner Kleidung und nahm sie zärtlich in die Arme.

Da war keine Trauer in uns beiden. Nur Freude. Wir wussten: Die Trennung würde nicht lange dauern. Nine drückte sich an mich und küsste mich zärtlich. Dann schloss sie die Augen. Für einen Moment waren Laila's liebevolle Gedanken bei uns. Noch zwei tiefe, lange Atemzüge. Dann: „Gérard. Mon Amour. Da ist so viel Licht. Da rechts singen sie." „Was singen sie denn, Liebste?"

„Hell schon erglühn die Sterne, grüßen aus blauer Ferne. Möchte zu euch so gerne flieh'n, himmelwärts . . ." Und links spielt Ibrahim für mich „Il Silenzio". Da kommen Lise und Sophocle. Bis bald. Du meine große Liebe." Dann war es vorbei. Nine war zu den Sternen gegangen. Ich streichelte sie. Sie sah so glücklich aus, so überaus glücklich. Die ganze Nacht hielt ich sie in meinen Armen. Da war keine Trauer in mir. Es war ganz einfach schön. Es lag ganz einfach in der Ordnung der Dinge. Erst am nächsten Morgen verständigte ich die Behörden, meine Tochter Sélène und Fofo.

Ihre Männer waren auf der Arbeit. Aber Sélène und Fofo kamen sofort zu mir, um mich zu trösten. Wir gingen ins Schlafzimmer. Beide Frauen nahmen weinend Abschied von Nine. Ich lächelte einfach. „Es besteht doch überhaupt kein Grund zur Trauer." sagte ich zu ihnen. „Haben Nine und ich nicht alles gehabt, was ein Mensch in einem seiner Leben nur erreichen kann? Und ich sehe sie ja bald wieder." Seltsam. Es schien fast so, als müsste ich meinen beiden Mädchen Trost spenden. Wir gingen auf den Balkon hinaus und ließen uns wärmen von der Morgensonne. Fofo machte für uns drei ein kleines Frühstück mit Milchkaffee.

Und wir konnten Nine ihren letzten Wunsch erfüllen. Schon lange hatte sie sich gewünscht, einmal hier oben, in unserem Garten, begraben zu werden, neben mir. Mit dem Blick über das wunderschöne Tal. Nach einigem Hin und Her erhielten wir die Genehmigung dazu. Es war ein stilles Begräbnis. Ohne Traurigkeit. Einfach ein Abschied für nur kurze Zeit. Eine breite, schlichte Stele aus weißem

Marmor. Darauf Nine's Name mit dem Datum von Geburt und Tod. Nine war einhundertdreiundzwanzig Jahre alt geworden. Rechts davon stand mein Name, bei dem nur noch das Datum meines Ablebens fehlte. Darunter die Inschrift:

„Per Aspera ad Astra."
Und weiter stand da:
„Stärker als alles waren Freundschaft und Liebe.
Danke für dieses wunderbare Leben."

Einen zweieinhalb Meter hohen Rosenbogen ließ ich so einzementieren, dass er die Stele schützend überspannte. Rudolf plünderte erbarmungslos seinen Rosengarten. Mit großer Sorgfalt verpflanzte er seine ausgewachsene und in voller Blüte stehende Kletterrose Farruca hierher. Sie nahm den Wechsel des Standortes nicht übel, so dass ich mich noch in diesem Jahr an ihrem Anblick erfreuen konnte. Es war eine von Nine's Lieblingsblumen gewesen.

Die Fürsorge meiner Lieben. Jeden Abend kamen sie mich besuchen. Wir saßen auf der Terrasse, tranken ein wenig Rotwein oder ein kleines Bier und ließen uralte, halb vergessene Erinnerungen aufleben. Die guten und die weniger guten. Tagsüber war ich allein. Und das war gut so. Vor Sonnenaufgang saß ich schon auf der Terrasse und hörte dem Morgengesang der Vögel zu. Dann machte ich mir einen Café au Lait und vielleicht zwei Buchweizen-Pfannkuchen mit Quark oder Feigenkonfitüre zum Frühstück. Und schaute dabei auf Nine's letzte Ruhestätte in diesem Leben. Dann ging ich hinunter, setzte mich auf die Einfassung und dachte an meine Frau und Tochter. Und nachts war Laila bei mir. Ich schlief immer in ihren Armen ein.

Der Winter kam mit viel Schnee. So konnte ich nicht mehr zum Grab hinuntergehen durch den tiefen Schnee. Aber ich sah es ja von der Terrasse aus, wo ich gut eingemummelt viele Stunden des Tages verbrachte. Dann genehmigte ich mir einen starken, heißen Grog und starrte in das wärmende, lebendige Feuer des Kaminofens. Feuer und Meer haben so vieles gemeinsam. Beide sind lebendige Elemente. Beiden kann ich Stund um Stunde versunken zuschauen. In mir war nur Ruhe und Glück.

Nur meine liebste Fofo, die inzwischen dreißig Jahre alt geworden war, machte mir ein wenig Sorgen: Sie wurde immer trauriger. Sie sah mich mit flehenden Augen an. Mit ihren sprechenden Augen. „Fa! Verlass' mich nicht!" sagten diese Augen. Dann legten wir uns auf mein Bett und ich wiegte sie stundenlang in meinen Armen. Wie einst das süße fünfjährige Kind Fofo.

Der Winter ging vorbei. Als die Wege frei von Schnee wurden, besuchten Fofo und ich jeden Tag unsere Buche. Ich fuhr mit dem Wagen in die Nähe. Die etwa zwei Kilometer Waldpfad bis zu unserem Baum schaffte ich mit Leichtigkeit. Das waren die einzigen Stunden des Tages, in denen Fofo nicht traurig war. Das erste frische Grün zierte die Bäume. So ist der Wald am schönsten, wenn er sich mit den ersten zarten, hellgrünen Blättern schmückt. Wir setzten uns auf die Bank und nahmen uns in die Arme. „Mein Liebling." sagte ich zu ihr. „Du darfst nicht traurig sein. Du musst wissen, dass jedes Lebewesen für sehr lange Zeit seine Spuren hinterlässt. Diese liebe, alte Buche und ich. Wir sind schon so lange zusammen, dass ein großer Teil von mir selbst in ihr wohnt. Ein großer Teil von mir selbst ist sozusagen der Baum. In der Nordischen Mythologie sind die Bäume des Waldes den verschiedenen Göttern geweiht. Die Buche gilt als Trägerin des Lebens. Sie ist der Frigga geweiht, der Göttin, die Liebe und Leben und Ehe verkörpert. Und Schönheit und Anmut und Weisheit. Für die ganze lange Zeit, die unsere Buche noch zu leben hat, kann ich bei dir sein. Wir werden immer miteinander sprechen können, werden einander berühren können, solange du hier bist. Und in unserem nächsten Leben: Wer weiß? Laila wird ihr Möglichstes tun, dass auch wir beide wieder zusammen sind. Sie küsste mich. „Ja, Fa." sagte sie tapfer.

„Ich komme dich jetzt nur noch tagsüber besuchen, mon Amour." sagte Laila. „Fofo braucht dich so nötig in diesen deinen letzten Tagen hier. Ihr seid inzwischen seelisch so stark miteinander verbunden, dass sie die Nacht deines Todes weiß. In zwei Wochen wirst du nämlich zu den Sternen gehen." „Ich weiß, meine Prinzessin." Sie lächelte glücklich. „Und ich, mein Liebling, ich werde mit dir zu den Sternen gehen."

„Gerd." sagte Konrad am nächsten Abend zu mir, als er mich zur Begrüßung umarmte. „Fofo möchte die letzten Tage immer bei dir sein. Ist das für dich in Ordnung?" „Ja, Konrad. Aber ist es auch für dich in Ordnung?" „Fofo und ich werden noch so viele glückliche Jahre zusammen sein. Bei dir kann sie nur noch diese wenigen kurzen Tage bleiben. Ich will, dass sie bei dir bleibt. Tag und Nacht.

Weil ich sie über alles liebe." Diesen Abend tranken wir nach einem vorzüglichen Ratatouille mit zugehörigem Rotwein nach langer Zeit wieder mal „etwas Sauberes", nämlich ein kühles Bier und einen Gin mit Eis. „Ich habe dich so gerne, als wärst du mein Vater." sagte mir Konrad zum Abschied. „Und du bist schon lange wie ein geliebter Sohn für mich." Wir umarmten uns ein letztes Mal.

„Ich habe eine kleine Überraschung für dich, Liebes." sagte ich zu Fofo, als wir allein waren. Sie lächelte. „Noch so eine wunderschöne Kamee?" fragte sie erwartungsvoll. Diese Kamee trug sie übrigens jeden Tag. An jedem Kleid und an jeder Bluse. „Nein. Dieses Mal nicht." sagte ich lächelnd und reichte ihr einen dünnen Aktendeckel. Nach einigen kurzen Minuten sah sie mich bestürzt an. „Das kannst du doch nicht tun, Fa!" „Gefällt dir unser Haus nicht, mein Liebling?" „Es ist das schönste Haus auf der ganzen Welt, Fa. Aber. . ." „Mit Sélène und Rudolf ist alles abgesprochen. Die freuen sich mit euch. Die würden ihre Plantage und ihr wunderbares Haus nie verlassen. Auch für deine Eltern ist dort schon lange Heimat."

„Fa! Ich bin fix und fertig!" Sie kletterte auf meinen Schoß. Denn sie musste erst einmal verdauen, dass ich ihr das Haus und unser gesamtes Vermögen vermacht hatte. Aber ich wusste: Sie würde mit allem verantwortungsvoll umgehen. Auch für sie war Reichtum nur eine Leihgabe der Götter. „Dann werden mein Konrad und ich hier leben. Und du wirst auch hier bei uns sein. Und Nine." Sie schaute hinaus zu der Stele und dem Rosenbogen. „Und ich kann ganz bei dir sein, bei unserem Baum!"

Heute Nacht würde ich gehen. Zusammen mit Laila. Fofo wusste es, ohne dass wir ein Wort darüber verloren hätten. „Fa. Diese letzte Nacht möchte ich dich ganz fühlen. Bitte!" Ich nickte. „Ja, mein Liebes." sagte ich und zog das Oberteil des Pyjama wieder aus. Im Schein der Stehlampe entkleidete sie sich. Dann schlüpfte sie in ein kurzes weißes Nachthemdchen. Ihre Haut, schwarz wie Ebenholz, stand geradezu dramatisch im Kontrast zu dem weißen Hemdchen. Mir nahm es den Atem, als ich sie betrachtete. Wie schön sie war! Dieser schlanke, feingliedrige Körper, von tiefem, glänzendem Schwarz, war nur Schönheit und Anmut. Da war tiefe Dankbarkeit in mir: Ich durfte sie heranwachsen sehen, durfte all die Jahre mit ihr zusammen sein.

Sie wandte mir ihr süßes Gesicht zu und lächelte. Da war nur noch ein wenig Traurigkeit, ein wenig Wehmut in diesem Lächeln. „Schatz." sagte ich. „Ja, Fa?" „Wenn ich so an die neunzig Jahre jünger wäre und wir beide wären frei, dann würde ich ganz heftig um deine Hand anhalten." „Fa! Ich würde sofort „Ja" sagen!" Sie lachte, obwohl ihr jetzt wieder die Tränen über die Wangen liefen. Ich streckte die Arme aus und wir kuschelten uns eng aneinander. „Tu es nigra et pulchra." sagte ich zu ihr. „Schwarz bist du und wunderschön."

Fofo's Gesicht verschwamm vor Gerds Augen. Da war samtschwarze Nacht um ihn. Und das Gefühl, in einem engen Tunnel zu stecken. In der Ferne, am Ende des Tunnels erschien ein helles Licht, das immer heller wurde. Und dann schwamm er in einem Meer wunderbaren Lichtes. Laila und Nine kamen auf ihn zu und umarmten ihn mit strahlenden Augen. Von links ertönte leise Beethoven's Hymne an die Nacht, gewann an Intensität. Drüben standen Jean-Pierre und Sélène, Lise und Sophocle, Onkel August und Tante Ida, sein Vater und seine Tante Lieselotte und lächelten ihm zu, während sie sangen. „Hell schon erglüh'n die Sterne, grüßen aus blauer Ferne..."

Als die Hymne verklungen war, trat Lieutenant Ibrahim vor ihn hin und salutierte lächelnd. „Es ist mir eine große Ehre, mein Freund." sagte er leise, bevor er die Trompete an die Lippen setzte. Und die Trompetenklänge von „Il Silenzio" stiegen empor. Eine lodernde Flamme. Ein inbrünstiges Gebet.

Einige Tage später saßen Fofo und Konrad im Sonnenschein auf der Bank bei der Buche. Fofo hatte sich lange Zeit an den Baum geschmiegt. Sie hatte mit ihm gesprochen und ihn gestreichelt. Konrad küsste sie. „Konrad." sagte Fofo, und ergriff seine Hand. „Du und Fa. Ihr beide seid die große Liebe meines Lebens."

Und irgendwo jenseits von Zeit und Raum schloss sich sanft und leise ein dickes, goldenes Buch mit schier endlos vielen, eng beschriebenen Seiten. Ebenso sanft und leise öffnete sich ein anderes Buch mit fast endlos vielen Seiten, die noch alle unbeschrieben waren.

Aber das ist wieder eine andere Geschichte. Und soll ein anderes Mal erzählt werden.

Der Autor:

Gerhard Wirth wurde 1942 in einem Dorf der Südlichen Pfalz nahe der französischen Grenze geboren.

Schon früh fühlte er eine besondere Verbundenheit mit dem Pfälzer Wald und den Vogesen. Als neunjähriger Bengel campierte er bereits an den Wochenenden auf Waldlichtungen und schlief unter Sternen oder unter einer Zeltplane, lebte hauptsächlich von Erbswurst, Kartoffeln, Beeren, Pilzen und „gewilderten" Forellen, erst allein, später mit seinem Jugendfreund.

Mit sechzehn Jahren fuhr er mit Rad und Zelt und etwa sieben Mark in der Tasche das Rhonetal hinunter in die Camargue, lebte für gute zwei Wochen von Milch, Baguette, geklautem Obst und gemopsten Tomaten.

Bis in die jüngste Zeit unternimmt er vier- bis sechswöchige Radtouren durch Frankreich, Spanien, Australien oder Tschechien. Dabei macht er jedes Mal die beglückende Erfahrung, wie wenig der Mensch wirklich braucht, um glücklich zu sein.

Mit achtzehn wurde er Jugendherbergsvater in Frankreich, abenteuerte dann durch Nordafrika, Zentralafrika und bis zu den Hängen des Kilimandscharo.

In chronologischer Reihenfolge sieht sein beruflicher Werdegang etwa wie folgt aus:
Elektriker, Jugendherbergsvater in Frankreich, Funker beim Grenzschutz, Bierkutscher in Kassel, Hausmeister

an einem französischen Lyceum. Dann zwanzig Jahre lang Arbeit als Wartungstechniker, Ingenieur der Konstruktion, Ausbilder und später Dozent in Deutschland, Frankreich und USA als Angestellter eines internationalen Computerkonzerns. 1989 Auswanderung nach Uruguay und Aufbau einer biologischen Gemüsefarm und eines kleinen Ferienparks.

Als geborener Autodidakt lernte er ohne große Hilfe Französisch, Englisch, Spanisch, Tschechisch, und in ferner Vergangenheit auch etwas Arabisch und Kisuaheli. Das Abitur holte er an dem humanistischen Gymnasium in Kassel nach. Später folgte ein Studium der Elektronik auf dem zweiten Bildungsweg.

Wohl zeitlebens vertieft er seine Kenntnisse in Physik, Geschichte, Pädagogik, Psychologie, Philosophie, Mythologie. . . Der Autor ist zahlreichen Lehrern zu tiefem Dank verpflichtet, allen voran vielleicht Plato, Marcus Aurelius, Prentice Mulford, Ken Keyes. . .

Wegen schwerer Krankheit zur Aufgabe seiner Zukunftspläne und zur Rückkehr nach Deutschland gezwungen, arbeitete er entschlossen und erfolgreich an der Wiederherstellung seiner Gesundheit und widmet von da an sein Leben auch der Weitergabe von Wissen auf den verschiedensten Gebieten, vor allem in Form seiner Bücher.

In seinem „Adlerhorst" bei einem abgelegenen Dörfchen im Pfälzer Wald hat er seine endgültige Heimat gefunden.